프랑켄슈타인

이 도서의 국립중앙도서관 출판예정도서목록(CIP)은 서지정보유통지원시스템 홈페이지(http://seoji.nl.go.kr)와
국가자료공동목록시스템(http://www.nl.go.kr/kolisnet)에서 이용하실 수 있습니다.
(CIP제어번호: CIP2012002332)

세계문학전집
094

Mary Shelley : Frankenstein

프랑켄슈타인

메리 셸리 장편소설

김선형 옮김

문학동네

제가 청했습니까, 창조주여, 흙으로 나를 인간으로 빚어달라고?
제가 애원했습니까, 어둠에서 끌어올려달라고?

　　　　　　　　　　　　　　　　　　　　—「실낙원」

『정치적 정의』『케일럽 윌리엄스』의 저자
윌리엄 고드윈에게 존경을 담아 이 책을 바친다

서문[*]

이 허구적 이야기의 토대가 되는 사건은, 다윈 박사를 비롯해 독일의 몇몇 생리학 저자들의 추정에 따르면 불가능하지는 않다고 한다.[**] 하지만 내가 그런 공상에 일말이라도 진지한 믿음을 부여한다고 생각한다면 오산이다. 그러나 그것이 상상력의 소산인 소설의 토대라고 전제할 때는, 그저 초자연적 괴담들을 이리저리 짜맞춘 것일 뿐이라고 생각하지도 않았다. 이 소설이 주로 관심을 갖는 사건은 단순한 귀신이나 주술 이야기가 드러내는 맹점에서 벗어나 있다. 전개되는 상황이 새롭다는 점을 좋게 볼 수 있을 뿐 아니라, 물리적 사실로서는 어처구니없

[*] 영국 시인이자 메리 셸리의 남편인 퍼시 비시 셸리가 1818년에 쓴 서문.
[**] 여기서 말하는 다윈 박사는 찰스 다윈의 할아버지인 이래즈머스 다윈을 가리킨다. 독일 생리학자에는 블루멘바흐, 루돌피, 티데만이 포함된다.

고 황당무계할지언정 인간의 열정을 그려내는 상상력 면에서 보자면 실재하는 사건을 서술하는 그 어떤 평범한 이야기보다 더 포괄적이고 설득력 있는 시각을 지니기 때문이다.

그리하여 나는 인간 본성의 기초 원칙들이 지니는 진실은 훼손하지 않으려 애쓰되, 그 원칙들을 조합하는 데는 개선의 노력을 아끼지 않았다. 그리스의 비극 시詩『일리아드』,『템페스트』와『한여름밤의 꿈』의 셰익스피어, 그리고 특히『실낙원』의 밀턴은 바로 이러한 규칙을 따르고 있다. 그리고 아무리 겸허한 소설가라 해도, 집필의 노동에 즐거움을 부여하거나 일에서 즐거움을 찾으려 한다면, 주제넘지 않은 한도에서 이런 자유, 아니 이런 규칙을 산문소설prose fiction에 적용해도 좋을 거라 생각한다. 그 규칙으로 말미암아 인간 정서의 기기묘묘한 조합들 하나하나가 최고의 표본이 될 만한 시들을 탄생시켰으니 말이다.

소설의 근거가 된 상황에 착안하게 된 건 일상적 대화를 나누던 중이었다.* 처음에는 순전히 재미삼아, 또 한편으로는 이제까지 시험해보지 않은 정신 능력을 발휘하기 위한 방편으로 시작했던 일이었다. 작업이 진행되면서 또다른 모티프들이 끼어들었다. 나는 내 소설에 나타나는 정서나 등장인물들이 독자에게 끼칠 도덕적 영향에 대해 절대 무심한 사람이 아니다. 하지만 이런 측면에서는 이 시대의 다른 소설들처럼 무기력을 고취시키지 않고,** 가족의 애정이 얼마나 사랑스러우며 보편적 미덕이 얼마나 훌륭한 것인지 보여주려 애쓰는 선에서 머물렀다. 주인공의 성격과 상황에서 자연스럽게 솟아나는 견해들이 언제나 나의

* 바이런과 퍼시 비시 셸리가 함께 나누던 대화였다.
** 당시에는 소설을 읽는 일이 게으름의 원인이자 결과라는 견해가 상당히 많았다.

신념을 배후에 업고 있다고 여긴다면 그건 오해다. 뒤이어 펼쳐질 책장 속에서 마땅히 도출하게 될 여러 추론 역시 어떤 철학적 입장을 편파적으로 지지하거나 반대한 데서 나온 것이 아니다.

이 이야기가 주된 배경인 그 장엄한 지역에서 아쉬운 마음이 가시지 않는 교제를 통해 처음 시작되었다는 사실은 작가에게 특별한 의미로 다가온다. 나는 1816년 여름을 제네바 근처에서 보냈다. 춥고 비가 많은 계절 탓에 우리는 저녁마다 불타는 모닥불 주변에 복작복작 모여앉았고, 어쩌다 수중에 들어오는 독일 유령 이야기들을 읽으며 즐거워하기도 했다. 이런 이야기들을 접할 때면 우리 마음속에는 모방하고 싶다는 장난기 섞인 욕망이 꿈틀거렸다. 또다른 친구 둘과(그중 한 친구의 펜에서 나온 이야기가 내가 쓰고자 하는 그 어떤 소설보다 대중의 반응이 좋을 텐데) 나는 초자연적인 현상에 근거한 이야기를 각각 한 편씩 쓰기로 했다.

하지만 날씨가 갑자기 온화해졌다. 내 두 친구는 나와 헤어져 알프스산맥으로 여행을 떠났고, 눈앞에 펼쳐진 장엄한 풍광 속에서 그 소름 끼치는 상상의 기억을 까맣게 잊고 말았다. 이 글에 뒤이어 펼쳐질 이야기만 유일하게 완성되었을 뿐이다.

차례 ▌

|제1권|

편지 1

영국의 새빌 부인에게

상트페테르부르크, 17××년 12월 11일

그토록 불길하게 여기셨던 일이 별다른 탈 없이 시작되었다는 소식
을 들으신다면 무척 기뻐하시겠지요. 어제 이곳에 도착했어요. 저의 첫
임무는 바로, 제가 아주 잘 있을 뿐 아니라 임무를 성공적으로 수행할
수 있다는 자신감이 점점 커진다는 소식을 전해 제 사랑하는 누이를
안심시키는 일입니다.

벌써 런던에서 한참 북쪽까지 왔습니다. 페테르부르크 거리를 걷노
라면 차가운 북방의 산들바람이 뺨을 간질이는 느낌이 드는데, 신경이
바짝 서면서 온몸이 쾌감으로 충천하지요. 이런 기분을 아실까요? 지
금 제가 다가가고 있는 그 지역에서 여기까지 여행해 온 이 바람은 얼
어붙는 듯한 기후를 미리 맛보게 해줍니다. 이 약속의 바람에 영감이라
도 얻었는지, 내 백일몽은 점점 더 열렬해지고 생생해져가지요. 저는

아무리 애를 써도 북극이 서리로 뒤덮인 황량한 오지라는 사실이 믿기지 않아요. 상상 속에서는 언제나 아름다움과 기쁨의 땅으로 등장하거든요. 마거릿 누님, 그곳에서는 항상 태양을 볼 수 있답니다. 광량한 원형의 태양이 지평선에 살짝 걸쳐, 영원히 지지 않는 화려한 빛을 뿜어내는 겁니다. 그곳에서—누님이 허락하신다면 앞서간 항해자들을 저는 믿고 싶습니다—눈과 서리는 추방되어 찾아볼 수 없지요. 잔잔한 바다를 항해하다 보면, 사람들이 거주하고 있는 지구에서 이제까지 발견된 그 어떤 지역과도 비교할 수 없이 아름답고 경이로운 땅에 안착하게 될지도 모릅니다. 아직 발견되지 않아 고독한 땅에도 틀림없이 천체의 현상은 미칠 터이니, 지역의 산물과 형상도 전례가 없겠지요. 영원한 빛의 나라에서 무엇인들 기대하지 못하겠습니까? 그곳에서 제가 나침반의 바늘을 끌어당기는 경이로운 힘을 발견할 수도 있고, 수천 가지 천문 관측을 지배할 수도 있으며, 이 여행을 끝으로 이제까지 기이한 예외로 간주되던 현상들이 사실 얼마나 일관된 법칙을 지닌 것이었는지 마침내 밝혀내고 논쟁에 종지부를 찍을 수도 있잖아요. 한 번도 인간이 방문한 적 없는 이 세상 어딘가, 그 풍경을 이 눈으로 목격하고 사람의 발자국이 한 번도 찍히지 않은 땅을 밟아, 이 달뜬 호기심을 달랠 생각입니다. 제 마음을 사로잡는 건 바로 이런 생각들입니다. 위험이나 죽음에 대한 두려움을 극복하게 해주고 이 고생스러운 여정을 기쁜 마음으로 시작할 수 있게 해주지요. 마치 어린 소년이 휴일에 친구들과 함께 마을의 강을 따라 탐험 여행을 떠나는 기분처럼 말입니다. 하지만 행여 이런 가정이 모조리 틀렸다 해도, 현재로서는 몇 달씩 긴 여행을 해야 갈 수 있는 나라들로 이

어지는 극점 근처의 항로를 발견한다면, 그것만으로도 분명히 인류 최후의 세대까지 파장이 미칠 공헌을 하게 되는 겁니다. 아니면 자기 장의 비밀을 밝히게 될지도 모릅니다. 만에 하나 그런 성취가 가능하다면, 그 유일한 방법은 제가 하는 것과 같은 여행을 하는 것뿐이거든요.

이런 생각들을 하니 처음 편지를 쓰기 시작할 때 마음을 어지럽히던 근심이 사라지고, 심장이 열정으로 달아오르네요. 덕분에 제 마음이 천국으로 떠오르는 듯합니다. 마음을 차분하게 진정시키는 데는 역시 흔들리지 않는 목표만한 것이 없나봅니다. 영혼이 하나의 초점에 지성의 눈길을 고정시킬 수 있으니까요. 이 원정은 제 어린 시절에 품었던 가장 소중한 꿈의 실현입니다. 저는 극점을 에워싼 바다를 지나 북태평양에 도달하고자 했던 여러 원정 기록들을 열정을 가지고 탐독했지요. 누님이 기억할지 모르겠지만, 미지의 땅을 발견하려 했던 원정 기록들이 토머스 숙부님의 서재를 전부 채우고 있었잖아요. 제가 비록 학교 공부는 게을리했지만 책 읽기만큼은 열렬히 사랑했었죠. 이런 책들을 밤낮으로 파고들고 또 친숙해지다 보니, 어렸을 때 아버지가 돌아가시면서 절대 제가 항해를 하지 못하도록 막으라고 숙부님께 엄히 명하셨다는 것을 알고 너무나 안타까웠지요.

이런 꿈들은 제가 시인들이 토로하는 감정에 처음으로 영혼이 매료되면서 희미하게 빛이 바랬습니다. 그래서 저는 시인이 되어 1년간 스스로 창조한 낙원 속에서 살기도 했지요. 호메로스와 셰익스피어가 모셔진 성전 한구석 감실에 제 자리가 있을 거라는 상상도 했습니다. 제 실패에 대해서는 누님도 잘 알고 계시지요. 그 낙심을 얼마나 힘겹게 받아들였는지도요. 하지만 때마침 친척의 유산을 물려받게 되는 바람에 어린 시절 마음이 기울었던 길을 새삼 다시 고려하게 되었습니다.

지금의 원정을 결심하고 나서 6년의 세월이 흘렀어요. 이 위대한 기획에 몸을 던지게 되었던 그때가 지금도 생생하게 기억나는군요. 저는 고난에 대비해 육신을 단련하는 것부터 시작했습니다. 북해로 떠나는 고래잡이배를 타고 자발적으로 추위, 굶주림, 갈증과 수면 부족을 참아내곤 했습니다. 낮에는 평범한 선원들보다 더 열심히 일하고, 밤이면 수학, 의학 이론, 그리고 해양탐험가에게 실용적으로 큰 도움을 줄 수 있는 물리학 분야들을 공부하는 데 몰두하는 나날이 허다했고요. 두 번인가는 실제로 그린란드 포경선에 보조 항해사로 취직해서 동료들의 존경을 받을 정도로 훌륭하게 일을 해냈어요. 솔직히 말해서, 선장이 부선장 자리를 제안하면서 제발 남아달라고 간청할 때는 조금 우쭐한 기분이 들더군요. 그만큼 제가 해낸 일을 훌륭하게 평가해준 셈이니까요.

사랑하는 마거릿 누님, 그러니 이제 저도 뭔가 위대한 목적을 성취할 자격이 있는 게 아닐까요? 안온과 사치 속에서 인생을 흘려보낼 수도 있었겠지요. 하지만 저는 제 인생길 앞에 부(富)가 흩어놓은 그 어떤 유혹들보다 영예에 더 마음이 끌렸습니다. 아, 누군가 격려하는 목소리로 제가 옳다고 대답해준다면 얼마나 좋을까요! 용기와 결단은 확고하지만, 희망은 기복이 심하고 사기도 떨어지기 일쑤입니다. 이제는 길고 어려운 여행을 떠나야 해요. 이 급박한 여행은 제 안에 있는 불굴의 의지를 모두 발휘하도록 요구할 겁니다. 대원들의 사기를 진작해야 하는 건 물론이고, 모두 낙담할 때 나 홀로 의기意氣를 세워야 할 때도 있을 테지요.

러시아는 지금이 여행하기에 최적의 시기예요. 러시아 사람들은 썰매를 타고 눈 위를 휙휙 날아다닌답니다. 썰매의 움직임은 상쾌할뿐더러 제가 보기에 영국 마차보다 훨씬 나은 것 같아요. 모피를 둘러쓰고 있기만 하면 추위는 그렇게 견디기 힘들 정도로 혹독하지 않습니다. 물론 저도 이미 모피 옷을 하나 마련했습니다. 갑판을 걸어다니는 것과 몇 시간 동안 가만히 앉아 있는 건 완전히 다른 일이거든요. 몸을 전혀 움직이지 않으면 정말로 혈관 속에서 피가 얼어버릴 수도 있어요. 상트페테르부르크와 아르한겔스크 사이의 우편 수송로에서 목숨을 잃고 싶은 마음은 추호도 없습니다.

2주일이나 3주일 후에 아르한겔스크로 출발할 예정입니다. 그리고 지금 생각으로는 그곳에서 배를 한 척 빌려—그건 선주에게 보험료를 지불하면 수월하게 처리될 일이에요—고래잡이에 익숙한 선원들을 필요한 만큼 최대한 많이 고용할 계획입니다. 6월까지는 항해를 시작하지 않을 생각이에요. 그리고 언제 돌아가느냐고요? 아, 사랑하는 누님, 이런 질문에 어떻게 대답을 하겠습니까? 성공한다 해도 누님과 제가 재회하기까지는 아주 아주 여러 달, 아니 어쩌면 여러 해가 지나야 할지도 모르겠습니다. 실패한다면 머지않아 만나거나 아니면 영영 못 보게 되겠지요.

안녕히, 어디에도 비길 데 없는 사랑하는 우리 마거릿 누님. 하늘이 누님의 머리 위에 소나기처럼 흠뻑 축복을 내리시길, 그리고 저를 보우해주시길. 그리하여 누님께서 베풀어주신 깊은 사랑과 친절에 감사하는 마음을 다시 또다시 신 앞에 고백할 수 있게 해주시길.

사랑하는 동생,

R. 월턴

편지 2

영국의 새빌 부인에게
아르한겔스크, 17××년 3월 28일

이렇게 서리와 눈에 둘러싸여 있으니, 여기서는 얼마나 시간이 느리게 가는지 모르겠어요. 하지만 제 기획을 향한 두번째 발걸음을 디디고 있습니다. 배를 한 척 빌렸고, 지금은 선원들을 모집하는 일에 집중하고 있답니다. 이미 고용한 선원들은 신뢰해도 좋을 것 같거니와, 뭐니뭐니해도 거침없는 용기만은 대단합니다.

하지만 한 가지 부족한 점이 채워지질 않는군요. 지금 이 순간 그 부재는 무엇보다 혹독한 불행으로 느껴지네요. 저는 친구가 하나도 없습니다, 마거릿 누님. 성공에 대한 열의로 뜨겁게 달아오를 때 환희에 동참해줄 이도 없고, 실망감에 시달릴 때 쓰러지지 않게 붙들어줄 사람도 없습니다. 물론 제 생각들을 종이에 적을 수야 있지요. 하지만 그것이 감정을 소통하는 데는 썩 훌륭한 매체가 아니지 않습니까. 공감*해줄 사람이 동행한다면 얼마나 좋을까요. 바라보면 눈빛으로 화답해줄 수 있는 그런 사람 말입니다. 사랑하는 누님, 제가 낭만적으로** 군다고 생각할지 모르지만, 친구의 부재를 쓰라리게 절감합니다. 제 곁에는 아무도 없습니다. 온화하면서도 용감하고, 교양을 갖추었으되 넓은 마음을 지니고 있으며, 저와 취향이 같고, 제가 세운 계획을 인정해주거나 수정해줄 만한 그런 사람이 하나도 없어요. 그런 친구라면 누님의 이 딱한 동생의 실수들을 훌륭하게 바로잡아줄 텐데 말이지요! 저는 실천에 옮기는 데 지나치게 의욕이 앞서서 난항을 찬찬히 겪으면 견뎌내지 못하는 사람이지 않습니까. 하지만 더 큰 결점은 독학으로 공부했다는 사실이에요. 태어나 14년 동안 제멋대로 들판을 뛰어다니면서, 토머스 숙부님이 소장한 원정기 말고는 아무것도 읽지 않았습니다. 열네 살이 되어서야 우리 나라의 위대한 시인들을 접하게 되었고요. 하지만 모국어 외에 다른 언어들을 배워야 할 필요성을 느꼈을 때는, 그런 생각을 통해 최고의 혜택을 끌어낼 수 있는 힘을 이미 상실하고 난 후였어요. 이제 저는 스물여덟 살이 되었는데 실제로는 웬만한 열다섯 소년들보다 무식합니다. 물론 그들보다 더 깊이 많은 사유를 했고, 훨씬 더 대범하고 장엄한 꿈을 꾸고 있지만, 이런 사유와 꿈도 (화가들 말대로) 구도를 잘 잡아야 하지 않겠습니까. 그래서 저는, 낭만적이라는 이유로 저

---

* '같은 느낌을 공유하다'라는 뜻으로 'sympathize'를 쓰고 있다. 이곳에서도 그렇고 다른 곳에서도 월턴은 '감성(sentiment)'과 연관된 어휘들을 쓰고 있는데, 이는 헨리 매켄지의 『감성적인 남자』라든가 로런스 스턴의 『센티멘털 저니』 등의 소설을 통해 인기를 얻고, 제인 오스틴의 『이성과 감성』에서 패러디의 대상이 된 어휘다.
** '로맨스 속에 나오는 등장인물처럼'이라는 뜻. 상상력에 쉽게 영향을 받는다는 뜻으로 이해할 수도 있다.

를 경멸하지 않을 정도로 배려 깊고, 제 마음을 붙잡아주려고 애써줄 만큼 애정 있는 친구가 절실히 필요하답니다.

하긴, 이런 건 쓸데없는 불평이지요. 망망대해 위에서나 여기 아르한젤스크에서나, 장사꾼과 뱃사람들 사이에서 그런 친구를 찾을 수는 없으니까요. 하지만 인간 본성의 더러운 때가 묻지 않은, 어떤 순수한 감정들이 이 거친 가슴들 속에도 뛰고 있더군요. 예를 들어 우리 항해사는 경이로운 용기와 포부를 가진 사람입니다. 광적으로 명예를 갈구하고요. 그는 영국인인데, 국적이나 직업적인 면에 대해 온갖 편견을 가지고 있고 교양으로 다듬어지지 않은 사람이지만, 인간성의 가장 고귀한 자질들을 아직 간직하고 있습니다. 고래잡이배를 탔을 때 처음 알게 됐는데, 그가 이 도시에서 일자리를 구하지 못하고 있는 걸 알고 나서 쉽게 원정을 도와달라고 부탁할 수 있었어요.

선장은 인품이 훌륭한 인물로, 신사답고 온화한 절도를 갖추고 있어 이 배에는 아주 적합합니다. 성품이 얼마나 다정한지, 피 흘리는 것을 참을 수 없어 사냥도 하지 않는답니다(여기서는 다들 사냥을 즐기고, 유일한 오락거리이기도 한데 말입니다). 게다가 관대하기가 가히 영웅적이랍니다. 몇 년 전, 그는 그리 재산이 많지 않은 가문의 젊은 러시아 숙녀를 사랑하게 되었습니다. 그가 모아둔 상당한 금액의 포획 상금을 받은 처녀의 아버지는 결혼에 합의했지요. 그는 정해진 혼례 날짜 전에 약혼녀를 단 한 번 만났습니다. 처녀는 눈물로 범벅이 된 얼굴로 그의 발치에 몸을 던져, 제발 자신을 구해달라고 애원하며 다른 사람을 사랑하고 있다고, 하지만 그 사람이 가난하기 때문에 아버지의 허락을 받을 수가 없다고 고백했습니다. 한없이 너그러운 제 친구는 애원하는 처녀를 안심시키고, 그녀가 사랑하는 연인의 이름을 듣자마자 구애를 그만 두었습니다. 그에게는 이미 자기 돈으로 사둔 농장이 있었지요. 훗날 그곳에서 여생을 보내려 계획하고 있었습니다. 하지만 그는 농장 전체를 연적에게 주고, 남은 포획 상금도 가축을 사라고 주었습니다. 그리고 딸이 사랑하는 연인과 결혼할 수 있게 허락해달라고 젊은 처녀의 아버지를 설득했습니다. 하지만 노인은 단호히 거절했지요. 제 친구와 명예를 걸고 약속을 했다고 믿었던 겁니다. 친구는 노인의 의지를 꺾을 수 없다는 걸 깨닫고, 조국을 떠나 사랑하던 옛 여인이 원하는 사람과 결혼했다는 소식이 들려올 때까지 영영 돌아가지 않았습니다. "참으로 고결한 사람이구나!" 하고 누님은 감탄하시겠지요. 정말 그렇습니다. 하지만 평생을 배 위에서 보낸 사람인지라, 밧줄과 돛줄 말고는 아는 바가 거의 없기도 합니다.

하지만 제가 좀 불평을 한다고 해서, 혹은 실제로는 영영 만날 수 없겠지만 이 고생스러움에 위로가 될 사람을 좀 상상해본다고 해서, 제 결심이 흔들리는 게 아닐까 여기지는 마세요. 결단은 숙명처럼 확고하니까요. 제 여정이 지금 미뤄지긴 했지만 날씨가 허락하기만 하면 곧 출항할 겁니다. 겨울은 끔찍이도 혹독했어요. 하지만 봄의 전조는 훌륭하네요. 예년에 비해 눈에 띄게 봄이 빨리 찾아왔다고 합니다. 그래서 어쩌면 예상보다 일찍 바다로 나가게 될지도 모르겠어요. 무슨 일이든 경솔하게 서두르지는 않겠습니다. 누님도 타인의 안전이 달려 있을 때 제가 얼마나 신중하고 사려 깊은지 잘 아실 거라 믿습니다.

눈앞으로 다가온 원정에 대한 제 느낌은 뭐라 형용할 수가 없네요. 반쯤은 쾌감으로, 반쯤은 두려움으로 출발을 준비하는 떨리는 느낌을 관념으로는 도저히 전달할 수가 없습니다. 저는 미답의 지역으로, '안개와 눈의 땅'*으로 떠납니다. 하지만 앨버트로스는 한 마리도 죽이지 않을 테니, 제 안전은 너무 걱정하지 마세요.

망망한 대해를 횡단하고, 아프리카나 아메리카 대륙 최남단의 곶을 거쳐 돌아오면, 누님을 다시 만날 수 있을까요? 그런 성공은 감히 기대하지 못하겠지만, 반대의 경우를 상상하자니 그 또한 차마 견딜 수가 없군요. 기회가 있을 때마다 제게 편지를 보내주세요. (그럴 가능성은 매우 희박하지만) 가장 절실하게 의기를 드높여야 할 때 때맞춰 누님의 편지를 받게 될지도 모르니까요. 진심으로 사랑합니다. 제 소식을 영영 듣지 못하더라도, 애정을 가지고 저를 기억해주세요.

사랑하는 동생,
로버트 월턴

---

* 낭만주의 시인인 새뮤얼 테일러 콜리지의 시 「늙은 수부의 노래」에서 인용. 이 발라드에서 늙은 수부는 앨버트로스 한 마리를 죽인 후, 목숨은 붙어 있되 죽은 것과 다름없는 상태로 세상을 헤매는 저주를 받는다.

편지 3

사랑하는 누님,

일신이 안전하고, 여행이 순조롭게 진척되고 있다는 걸 알리기 위해 황급히 몇 줄 씁니다. 이 편지는 아르한겔스크에서 고국으로 돌아가는 상인 편에 영국에 도착할 것입니다. 어쩌면 앞으로 수년간 고향 땅을 보지 못할 저보다 훨씬 운이 좋은 사람이지요. 그래도 저는 사기가 충천하답니다. 선원들은 용감무쌍하고 목적의식도 확고합니다. 유빙들이 끊임없이 우리 곁을 스쳐가며 우리가 접근하고 있는 지역이 얼마나 위험한지 상기시키고 있지만, 선원들은 낙심하는 기색이 전혀 없습니다. 우리는 벌써 상당한 고위도 지역에 도달했습니다. 하지만 지금은 여름이 한창이고, 영국만큼 그렇게 따뜻하지는 않지만, 제가 그토록 열렬하게 도달하고자 하는 바로 그 해변으로 우리를 질주하게 해주는 이 세

28

찬 남풍이 뜻밖에 어느 정도 새로운 온기를 불어넣어주는군요.

편지에 특별히 언급할 만한 사건은 일어나지 않았습니다. 한두 번 돌풍이 불었다든가, 돛대가 부러졌다든가 하는 건 노련한 항해자들이 굳이 기억해 기록할 만한 일이 아니지요. 그리고 항해중에 이보다 나쁜 일이 일어나지만 않는다면 저로서는 대만족입니다.

안녕히 계세요, 누님. 걱정 마세요. 누님을 위해서, 그리고 저 자신을 위해서도 무모하게 위험을 무릅쓰지는 않을 테니까요. 냉정하고 끈질기고 신중하게 행동하겠습니다.

영국에 있는 친구들 모두에게 안부 전해주세요.

진심으로 누님을 사랑하는 동생,
R. W.

편지 4

영국의 새빌 부인에게

17××년 8월 5일

우리에게 너무 이상한 사건이 일어나서, 도저히 기록하지 않을 수 없군요. 이 편지가 누님의 손에 들어가기 전에 직접 저를 보시게 될 가능성이 아주 높지만 말입니다.

지난 월요일(7월 31일)에 우리는 사방을 에워싸고 좁혀 들어오는 얼음에 완전히 포위당할 뻔했습니다. 배가 떠 있을 공간이 아예 없어질 지경이었지요. 상당히 위험한 상황이었어요. 더구나 몹시 짙은 안개가 주위를 온통 뒤덮고 있었으니까요. 따라서 우리는 이물을 바람 부는 방향으로 돌리고 정선停船한 후 대기와 기후에 변화가 있기만을 바랐습니다.

두시경 안개가 말끔히 개자, 우리 시야에 사면으로 한없이 뻗어 있는 광활하고 울퉁불퉁한 빙원이 펼쳐졌습니다. 한도 끝도 없어 보였습니다. 몇몇 동료의 입에서 신음이 새어나왔고 저 역시 불안한 생각에 정신이 번쩍 들었는데, 바로 그 순간 괴이한 형체가 갑자기 눈길을 끄는 바람에 우리는 그만 처지를 까맣게 잊은 채 정신이 팔리고 말았답니다. 우리가 본 건 나지막한 마차였습니다. 썰매가 달려 있고 개들이 끄는 마차가 반 마일 거리에서 북쪽으로 지나치고 있었습니다. 사람의 형체를 하고 있으나 덩치가 거인처럼 위압적인 어떤 존재가 썰매에 앉아서 개들을 몰고 있었어요. 우리는 여행자가 저멀리 울퉁불퉁한 설원을 지나 사라질 때까지, 엄청난 속도로 전진하는 모습을 망원경으로 지켜보았습니다.

이 형상의 출현으로 우리는 경악과 흥분의 도가니에 빠졌습니다. 우리는 그 어떤 육지로부터 수백 마일은 족히 떨어져 있다고 생각했습니다. 하지만 이 유령은 마치 육지가 실상 우리 생각만큼 멀지 않다는 증표 같았습니다. 그러나 사면이 얼음에 둘러싸여 있으니, 그 형체의 행로를 밟는 건 불가능했습니다. 우리는 촉각을 곤두세우고 그의 행보를 관측했지만요.

이 일이 있고 나서 두 시간쯤 지났을 무렵, 바다에서 해빙되는 소리가 들려왔습니다. 그리고 밤이 오기 전에 얼음이 쩍 갈라졌고, 배는 자유의 몸이 되었습니다. 하지만 우리는 해빙된 후 주위를 떠다니는 거대한 얼음덩어리들과 어둠 속에서 충돌하지 않기 위해 아침까지 정선했습니다. 이때를 틈타 저는 몇 시간 반가운 휴식을 취할 수 있었습니다.

그러나 아침에 날이 밝자마자 갑판으로 나간 저는 선원들이 모두 배한쪽에 모여들어 바다 위의 누군가에게 말을 하고 있는 모습을 보았습니다. 알고 보니 일전에 우리가 본 것과 같은 썰매였습니다. 밤에 커다란 얼음조각을 타고 우리 쪽으로 표류한 모양이었습니다. 목숨이 붙어 있는 개는 한 마리뿐이었지만, 썰매에는 인간이 타고 있었습니다. 선원들은 승선을 권유하고 있었습니다. 지난번 본 여행자는 어느 미지의 섬에 사는 야만인 같은 행색이었지만, 이 사람은 유럽인이었습니다. 제가 갑판에 나타나자 우리 선장이 말했습니다. "여기 우리 대장님이 오시는군요. 우리 대장님은 망망대해에서 당신이 얼어죽도록 그냥 내버려두실 분이 아닙니다."

저를 본 낯선 이방인은 외국 억양이 섞여 있지만 또박또박한 영어로 말을 걸어왔습니다. "제가 승선하기 전에 어디로 향하고 계신지 목적지를 좀 알려주실 수 있겠습니까?"

빈사의 사내로부터 이런 질문을 받은 제가 얼마나 놀랐을지 누님은 상상하실 수 있지요. 제 배가 그 사람에게는 지상의 그 어떤 귀한 보물을 주고도 바꿀 수 없는 선물이나 다름없었을 텐데요. 아무튼 저는 우리가 북극점을 향해 탐험 여행을 하고 있다고 대답했습니다.

이 말을 듣고 그는 만족한 듯 승선에 동의했습니다. 하느님 맙소사! 마거릿 누님, 일신의 안위를 어찌나 철저하게 포기한 모습이었는지, 직접 보셨다면 아마 놀라움을 금치 못했을 거예요. 사지는 다 얼어버리다시피 했고 육신은 피로와 고생으로 끔찍하게 야위어 있었어요. 제 평생 그렇게 참혹한 몰골은 본 적이 없습니다. 우리는 그를 선실로 옮기려고 했습니다. 하지만 맑은 공기가 통하지 않는 데로 들어가자마자, 그는 즉시 혼절하고 말았습니다. 그래서 하는 수 없이 다시 갑판으로 데리고 나와, 브랜디로 몸을 마사지하고 억지로 조금 삼키게 해서 기사회생시켰습니다. 숨이 붙어 있는 걸 확인하자마자 담요로 몸을 싸서 부엌 화덕의 굴뚝 근처로 옮겼지요. 천천히 기력을 회복한 그는 수프를 약간 먹었는데, 그 덕분에 기적적으로 원기를 되찾았습니다.

이런 식으로 이틀이 지난 후에야 그는 간신히 말을 할 수 있게 되었습니다. 가끔은 그간의 고초가 너무 심해서 이해력을 상실한 게 아닐까 걱정스럽기도 했어요. 어느 정도 건강이 회복되고 나서 저는 그 사람을 제 선실로 옮기고 집무 수행에 방해가 되지 않는 선에서 성심성의껏 간호했습니다. 생전 처음 보는, 참으로 흥미로운 생명체였습니다. 눈빛은 대개 야성적으로 번득이며 심지어 광기마저 비쳤어요. 한편으로 누군가 친절을 베풀 때면, 아무리 하찮은 친절이라도 얼핏 얼굴 전체가 환하게 밝아지곤 했습니다. 자애롭고 다정하게 빛나는 그런 광채에 비견할 만한 것을 저는 이전에 한 번도 본 적이 없습니다. 하지만 대체로 침울했고 절망에 빠져 있었지요. 가끔은 가슴을 짓누르는 고뇌를 참을 수 없다는 듯 이를 갈기도 했어요.

손님이 원기를 회복하고 난 후에는 선원들한테서 떼어놓느라 몹시 고생을 했답니다. 선원들은 수천 가지 질문을 하고 싶어 안달이었는데, 한가로운 호기심을 만족시키겠다고 철저히 요양을 해야 심신이 회복될 환자를 괴롭힐 수는 없었으니까요. 그런데 한 번인가, 항해사가 질문을 던진 적이 있습니다. 그렇게 희한한 물건을 타고 얼음 위를 건너 이토록 멀리 오신 이유가 뭡니까, 하고요.

즉시 그 사람의 얼굴에는 깊이 모를 어둠이 깃들었습니다. 그리고 이런 대답이 돌아왔지요. "제게서 도망친 자를 찾으려고요."

"선생님이 쫓고 있는 그 사람도 같은 썰매를 타고 있습니까?"

"그렇습니다."

"그렇다면 우리가 그자를 본 것 같군요. 선생님을 구조하기 전날, 개들이 끄는 썰매 한 대가 사람을 태우고 얼음을 가로질러가는 걸 보았습니다."

이 말에 이방인이 촉각을 곤두세우더군요. 그리고 그 악마─그가 그렇게 부르더군요─가 간 방향에 대해 질문 공세를 퍼부었습니다. 잠시 후, 저와 단둘이 남은 그가 이렇게 말했습니다. "이 착한 사람들뿐 아니라 대장님도 제게 궁금한 것이 많으실 텐데 다만 워낙 사려 깊은 분이셔서 따져 묻지 않으실 뿐이겠지요."

"물론입니다. 아무리 궁금해도 지금 선생님을 귀찮게 하는 건 무례하고 비인간적인 일이지요."

"하지만 기괴하고 위험한 상황에서 저를 구해주셨잖습니까. 너그럽게도 제가 원기를 회복하도록 도와주셨고요."

이 말을 하자마자 그는 얼음이 깨지면서 그 썰매가 바다에 빠졌을 거라 생각하느냐고 묻더군요. 그래서 확실한 대답은 드릴 수 없다고 했습니다. 얼음은 자정께까지 깨지지 않았으니, 그전에 여행자가 안전한 곳에 당도했을지도 모르는 일이니까요. 하지만 저로서는 판단하기 어려웠습니다.

이때부터 이방인은 놀라운 열의를 보이면서 갑판으로 나가 예전에 나타났던 썰매를 찾기 위해 망을 보고 싶다고 우기더군요. 하지만 제가 선실에 남아 있으라고 만류했지요. 살벌한 찬 공기 속에서 버티기엔 체력이 너무 약했기 때문입니다. 다만 누군가 대신 망을 보게 하고 새로운 물체가 시야에 나타나면 즉각 보고를 하도록 하겠다는 약속을 했습니다.

이상이 현재까지 이 괴사건과 관련해 제가 기록한 일지입니다. 이방인의 건강은 서서히 회복되었지만, 말수가 몹시 적거니와 저 말고 다른 사람이 선실에 들어오면 불안해하는 기색이 역력합니다. 하지만 매무새가 워낙 호감 가고 온화해서, 선원들 모두가 제대로 말도 섞어보지 못한 그 사람에게 깊은 관심을 갖고 있습니다. 저로 말씀드리자면 이 사람을 형제처럼 사랑하기 시작했어요. 깊고도 한결같은 그 슬픔을 보고 있자니 마음에 공감과 연민이 차오릅니다. 한창 시절에는 아마 고귀한 인물이었을 겁니다. 폐인의 몰골로도 이리 매력적이고 사랑스러우니까요.

사랑하는 마거릿 누님, 일전에 보내드린 편지에서 망망대해에서 어떻게 친구를 찾겠느냐고 말씀드렸죠. 그런데 불행으로 영혼이 망가지지만 않았다면 기꺼이 의형제를 맺고도 남았을 인물을 찾아낸 거예요.

가끔 시간이 날 때마다 이 이방인에 대해 계속해서 일지를 쓰도록 하겠습니다. 뭔가 기록할 만한 새로운 사안이 생긴다면 말입니다.

17××년 8월 13일

손님을 향한 제 애정은 날마다 커져만 갑니다. 경이로우리만큼 존경과 연민을 한꺼번에 자아내는 사람이거든요. 저토록 고결한 인물이 불행으로 파괴되는 모습을 바라보면서, 어찌 통렬한 슬픔을 느끼지 않을 수 있겠습니까? 그는 참으로 온화하며 또한 현명합니다. 학식으로 연마된 정신을 지니고 있어 말할 때마다 한 단어 한 단어를 탁월한 기교로 선택하되 거침없고 비길 데 없이 유창한 달변을 자랑합니다.

이제 병마에서도 많이 회복되어 계속 갑판 위에 나와 있는데, 아무래도 일전에 앞서가던 썰매를 찾는 것 같습니다. 그러나 불행 속에서도 자기 연민에만 빠져 있지 않고, 다른 사람들의 일에 깊은 관심을 보입니다. 제 구상에 대해서도 여러 가지 질문을 던지기에, 저 역시 변변찮은 이야기지만 허심탄회하게 털어놓게 되더군요. 그는 제 솔직함에 기뻐하는 눈치였고, 계획을 이렇게 저렇게 수정해보면 어떻겠느냐고 제안도 해주었습니다. 하나같이 매우 유용한 충고들이었지요. 현학을 뽐내려는 허세는 전혀 찾아볼 수 없었습니다. 행동 하나하나가 본능적으로 오로지 주변 사람들의 이익을 생각하는 데서 비롯되었어요. 우울함에 사로잡히는 경우가 잦았지만, 그럴 때면 혼자 가만히 앉아 침울하고 비사교적인 성정을 극복하려 애쓰곤 했습니다. 여전히 절망은 그의 곁을 한시도 떠나지 않지만, 특히 이런 주기적 발작은 햇살을 받은 구름처럼 자취를 감추고 있네요. 저는 그의 신의를 얻으려 애썼는데 드디어 성공한 것 같습니다. 어느 날 저는 제 마음을 알아주고 조언으로 길을 인도해줄 벗을 찾고 싶다는, 항상 품어왔던 소망을 털어놓았습니다. 저는 충고를 듣고 기분 나빠하는 그런 부류의 인간이 아니라고 말했습니다. "저는 독학으로 공부한 사람이라서 제 힘에만 의존해서는 아무래도 안 될 것 같습니다. 그래서 보다 현명하고 경험 많은 벗이 저를 인정해주고 지지해주었으면 좋겠습니다. 참된 벗을 찾는 것이 불가능하다 믿지도 않고요."

"저도 같은 생각입니다." 이방인이 대답하더군요. "우정은 희망사항에 불과한 게 아니라 실제로 얻을 수 있다고 믿으니까요. 저 역시 한때는 그런 친구가 있었습니다. 세상 누구보다 고결한 사람이었지요. 그러니 서로를 존중하는 우정을 판단할 자격은 있다고 생각합니다. 대장님에게는 희망이 있고 온 세상이 눈앞에 펼쳐져 있으니, 좌절하실 이유가 어디 있습니까. 하지만 저는? 저는 모든 걸 잃었어요. 다시 새로운 삶을 시작할 수도 없습니다."

이 말을 하는 그의 얼굴에 차분하게 가라앉은 설움이 떠올라 제 심금을 울렸습니다. 하지만 그는 아무 말 없이 곧 선실로 들어가더군요.

그토록 상심한 상태인데도 그는 세상 누구보다 자연의 아름다움을 깊이 느끼는 사람입니다. 잔별이 총총한 하늘, 바다, 그리고 기적처럼 경이로운 극지의 풍광, 이런 것들은 그의 영혼을 하늘로 둥실 떠오르게 만드는 힘을 여전히 지니고 있었습니다. 그런 사람은 이중의 존재를 갖고 있어요. 불행을 겪고 상심에 꺾일지언정 내면으로 물러나면 마치 후광을 두른 천상의 영혼이 된 듯, 그 빛의 반경 속으로 어떤 설움도 우매함도 감히 범접할 수 없게 된단 말입니다.

이 성스러운 방랑자에 달뜨 흥분한 제 모습을 보고 누님은 웃음을 터뜨리실까요? 아마 직접 보시면 웃지 못하실 겁니다. 만약 그러셨다면, 한때 누님 특유의 매력이었던 꾸밈없는 소박함을 잃어버리신 게 틀림없어요. 하지만 꼭 웃고 싶으시다면, 제 표현에 배어나는 따스함을 보고 미소 지어주세요. 날마다 뜨거운 찬사를 바칠 이유를 저는 새록새록 찾아내고 있으니까요.

17××년 8월 19일

어제 이방인이 제게 이런 말을 했습니다. "월턴 대장님, 제가 더할 나위 없이 참담한 불행을 겪었다는 사실이야 수월하게 알아차리셨겠지요. 한때는 이 끔찍한 죄악의 기억을 제 죽음과 함께 영영 묻어야 한다고 결심했었습니다. 하지만 대장님의 설득이 제 마음을 돌렸습니다. 대장님은 제가 한때 그랬던 것처럼 지식과 지혜를 갈구하시지요. 부디 그 꿈의 실현이 과거 제 꿈이 그러했듯 대장님을 물어뜯는 뱀이 되지는 않기를 바랍니다. 제가 겪은 재앙을 털어놓는 일이 과연 대장님께 도움이 될지는 모르겠습니다. 하지만 마음이 동한다면 제 이야기를 귀담아들어주시기 바랍니다. 그 이야기에 연루된 희한한 사건들에서 자연을 보는 하나의 시각을 찾아, 대장님의 재능과 이해를 더욱 넓힐 수도 있으니까요. 앞으로 듣게 될 힘과 사건들은, 이제까지는 불가능하다고 믿어왔을 그런 일들이지요. 그러나 제 이야기를 계속 듣다 보면 사건이 진실임을 입증하는 증거가 저절로 전달되리라 믿습니다."

이런 소통의 제안을 제가 얼마나 반가워했을지 누님도 쉽게 짐작하실 수 있겠지요. 하지만 그가 불행한 사연을 되짚어가다가 슬픔을 새삼 절감하게 되는 건 차마 원치 않았습니다. 그가 약속한 이야기를 듣고 싶다는 열띤 마음이 있긴 했으나, 그건 한편으로 호기심에서, 또 한편으로는 제 힘이 닿는 한 그 숙명의 혹독함을 덜어주고 싶다는 소망에서였습니다. 그래서 이런 제 감정을 솔직히 털어놓았지요.

"그처럼 마음을 써주셔서 감사합니다만, 아무 소용 없습니다. 제 운명은 이제 거의 끝에 다다랐으니까요. 지금 단 한 가지 사건이 일어나기만을 기다리고 있는데, 그것만 실현되면 저도 평화롭게 잠들 수 있습니다. 대장님의 마음은 이해합니다." 제가 중간에 말을 끊으려 하자 눈치를 챈 그가 계속해서 말했어요. "하지만 그건 아닙니다, 친구여. 이렇게 부르는 걸 허락해주실지 모르겠지만 말입니다. 제 운명을 바꿀 수 있는 건 아무것도 없어요. 저의 과거사를 들어보십시오. 그러면 얼마나 돌이킬 수 없는 운명인지 알게 될 겁니다."

그러더니 다음날 제가 한가로운 시간에 이야기를 해주겠다고 했습니다. 이런 약속을 받으니 진심 어린 감사가 절로 나오더군요. 그리하여 저는, 꼭 해야 할 일이 없을 때는 밤마다 낮에 들은 이야기를 최대한 육성에 가깝게 기록하겠다고 결심했습니다. 일이 많을 때는 최소한 메모라도 해야겠다고 말이지요. 이 원고는 누님께도 비길 데 없는 즐거움이 될 터인데, 하물며 그를 알고 그의 입술을 통해 직접 이야기를 듣는 저라면, 먼 훗날 이 이야기를 얼마나 흥미진진하게, 얼마나 깊이 공감하며 다시 읽게 되겠습니까!

1장

나는 제네바 태생이고, 우리 가문은 공화국 최고의 명문가다. 선조들은 오랜 세월에 걸쳐 국가 자문위원과 평의원으로 일해왔고, 아버지는 여러 공직을 두루 수행하면서 명예와 훌륭한 평판을 얻은 분이다. 아버지를 아는 이들은 너나없이 당신의 바른 인품과 공사公事에 매진하는 집중력을 칭송했다. 아버지는 한창 젊은 시절을 항시 국사에 몰두하며 보냈다. 그리하여 삶의 전성기가 다 지난 뒤에야, 결혼을 해서 당신의 미덕과 이름을 후대로 이어갈 아들들을 국가에 선사해야겠다는 생각을 하게 되었다.

결혼을 둘러싼 상황이 아버지의 인물 됨됨이를 훌륭하게 말해주기에 이야기를 안 하고 넘어갈 수 없다. 절친한 친우 중에 상인이 있었는데, 무수한 불운을 겪은 끝에 화려한 신분에서 가난으로 전락한 사람이었다. 이름은 보포르였는데 자존심이 강하고 융통성이 없어 한때 높은 신분과 위세로 명성을 떨치던 바로 그 나라에서 이름 없이 가난하게 사는 삶을 차마 견디지 못했다. 그리하여 명예롭게 부채를 청산한 후, 딸과 함께 루체른 마을로 도피해서 무명의 고달픈 삶을 이어가고 있었다. 아버지는 참된 우정으로 보포르를 사랑했고, 이처럼 불행한 상황으로 전락해 은둔하게 된 친구의 신세를 깊이 슬퍼했다. 진실한 우정을 그리워했던 아버지는 친구를 찾아내 자신의 신용과 후원을 발판 삼아 친구가 다시 세상에서 활동할 수 있도록 설득하기로 결심했다.

보포르는 몹시 용의주도하게 신분을 감추었기 때문에, 거주지를 찾아내는 데 무려 열 달이나 걸렸다. 친구를 발견한 기쁨에 흥분한 아버지는 로이스강 근처 허름한 거리에 자리한 그 집으로 황급히 달려갔다. 하지만 집에 들어간 아버지를 맞아준 건 불행과 절망뿐이었다. 비참한 몰락을 겪는 와중에 보포르가 간신히 지켜낸 돈은 극히 소액이었다. 하지만 몇 달 동안은 생계를 유지할 수 있었기에, 보포르는 그사이 무역 회사에서 그럴듯한 일자리를 찾을 수 있기를 바랐다. 그러나 결국 일자리를 찾지 못하고 시간만 흘러가버리고 말았다. 생각할 여유가 많아질수록 슬픔은 점점 더 깊어져 마음에 울화가 맺혔다. 끝내 울분에 사로잡힌 그는 석 달 후 병으로 자리보전하고 꼼짝도 못하는 신세가 되었다.

딸은 더할 나위 없이 극진하게 아버지를 보살폈다. 그러나 얼마 되지 않는 돈이 급격하게 줄어드는 것을 지켜보며 절망할 수밖에 없었다. 다른 곳에서 후원을 받을 수 있는 가능성도 전혀 없었다. 하지만 카롤린 보포르는 범상치 않은 정신의 소유자였고, 곤경에 처할수록 용기가 샘솟아 버틸 힘을 갖고 있었다. 미천한 일을 마다하지 않고, 심지어 짚을 엮기도 했다. 이렇게 여러 일을 하며 간신히 생계를 유지할 푼돈을 벌었다.

이런 식으로 몇 달이 흘렀다. 부친의 상태는 갈수록 악화되었다. 그녀는 부친의 간호에 전적으로 매달려야 했다. 생계를 꾸려나갈 길은 막막해지기만 했다. 그렇게 열 달이 지난 후 부친은 그녀의 품안에서 생을 마감했다. 혼자 남은 그녀는 고아일 뿐 아니라 거지 신세였다. 도저히 견딜 수 없는 마지막 일격이었다. 그녀가 보포르의 관 옆에 무릎을 꿇고 앉아 서럽게 울고 있었는데, 바로 이 순간 우리 아버지가 방에 들어섰다. 불쌍한 처녀에게 아버지는 수호천사와 다름없었다. 처녀는 순순히 아버지에게 몸을 의탁했다. 친구를 땅에 묻은 후 아버지는 처녀를 제네바로 데리고 가서 친척의 보호를 받게 했다. 이 일이 있고 2년 후 카롤린은 아버지의 아내가 되었다.

남편이자 부모가 된 아버지는 새로운 상황에 수반되는 의무들이 많은 시간을 요한다는 사실을 깨닫고 여러 공직에서 물러나 자식 교육에 헌신했다. 나는 그중 맏아들로서 아버지의 모든 일과 재산을 이어받을 후계자였다. 우리 부모님은 세상에 둘도 없이 다정한 분들이었다. 내가 건강하게 자라날 수 있도록 두 분은 부단한 정성으로 보살펴주었다. 특히 몇 년 동안이나 외아들이었기에 더욱 그랬다. 그러나 내 이야기를 계속하기 전에, 내 나이 네 살 때 있었던 일을 먼저 기록해야 한다.

아버지에게는 아끼고 사랑하는 여동생이 있었는데, 이른 나이에 이탈리아 신사와 결혼했다. 결혼을 하고 나서 채 얼마 되지도 않아 그녀는 남편의 모국으로 따라갔고, 몇 년 동안 아버지는 여동생과 거의 연락을 하지 못했다. 그 무렵 그녀는 세상을 떠났고, 몇 달 후 아버지는 매제로부터 이탈리아 숙녀와 결혼하고 싶으니 고인이 된 여동생의 유일한 혈육인 엘리자베트를 맡아달라는 편지를 받았다. "형님께서 친딸처럼 여기고 교육을 맡아주셨으면 하는 게 제 바람입니다. 아이 엄마의 유산은 아이 명의로 해두었으니, 그 문서는 형님이 보관해주십시오. 조카가 새어머니 밑에서 자라는 게 나을지 아니면 형님이 직접 키우시는 게 나을지, 잘 생각해보시고 결정하시기 바랍니다."

아버지는 망설임 없이 당장 이탈리아로 가서 엘리자베트를 데려왔다. 우리 어머니는 종종 말씀하시곤 했다. 그때 엘리자베트는 평생 한 번도 본 적이 없는 아름다운 아이였고, 그때부터 벌써 온화하고 다정다감한 성품이 엿보였다고. 이런 이유로, 그리고 가족의 사랑이라는 끈을 한껏 탄탄하게 묶고자 했던 소망으로, 어머니는 엘리자베트를 장래의 내 신붓감으로 정했다. 어머니가 끝내 후회할 이유를 찾지 못했으니, 훌륭한 계획이었다.

이때부터 엘리자베트 라벤차는 내 소꿉친구가 되었고, 나이가 들면서는 벗이 되었다. 그녀는 심성이 유순하면서도 선했지만, 여름날의 곤충처럼 쾌활하고 장난기가 많았다. 발랄하고 생동감 넘치는 성격이었지만 감성은 강인하고도 깊었으며 성정은 남달리 다정했다. 그녀는 누구보다 자유를 만끽하면서도, 속박과 변덕 앞에서 누구보다 우아하게 순종했다. 상상력은 풍요로웠으며, 응용력 또한 훌륭했다. 그녀의 외모는 정신을 그대로 드러냈다. 밤색 눈은 새처럼 초롱초롱하면서, 매혹적이고 부드러웠다. 몸매는 날렵하고 호리호리했다. 지독한 피로를 견뎌낼 힘을 지녔으면서도 세상에서 가장 연약한 존재처럼 보였다. 나는 그녀의 지성과 상상력을 흠모했지만, 아끼는 애완동물을 돌보듯 그녀의 시중을 드는 일이 그리도 좋았다. 심신 양면으로 이토록 꾸밈없으면서도 우아한 기품은 한 번도 본 적이 없었다.

누구나 엘리자베트를 사랑했다. 하인들이 청탁할 일이 생기면 언제나 엘리자베트가 중재에 나섰다. 우리는 불화나 다툼을 전혀 몰랐다. 우리 둘의 성격에는 큰 차이가 있었지만 바로 그 괴리에서 조화로움을 찾았다. 나는 내 단짝보다 훨씬 차분하고 사색적이었지만 성격은 나긋나긋하지 못했다. 나는 근면했고 훨씬 더 지구력이 있었다. 어떤 일에 몰두해 있으면 그렇게 힘겹지 않았다. 나는 현실 세계와 관련된 사실을 탐구하는 일이 즐거웠다. 반면 그녀는 시인들의 신기루 같은 창조물을 좇느라 분주했다. 내게 세상은 비밀이었고, 나는 그 비밀을 알아내고 싶었다. 그러나 그녀에게 세상은 텅 빈 여백이어서, 자기만의 상상력으로 그 여백을 채우고자 갈망했다.

형제들은 나보다 한참 어렸으나, 학교 친구들 중에 벗이 있어 그 빈자리를 채워주었다. 앙리 클레르발은 아버지의 가까운 친우인 제네바 상인의 아들이었다. 특출한 재주와 상상력을 지닌 소년이었다. 내 기억에 따르면, 그는 아홉 살 나이에 동화를 써서 주위 사람들을 놀라게 하고 또 즐겁게 해주었다. 가장 좋아하는 공부는 기사도와 로맨스에 관한 책을 읽는 것이었으며, 아주 어린 시절 우리는 그가 좋아하던 이런 책들을 토대로 지어낸 희곡들로 연기를 하곤 했다. 오를란도, 로빈 후드, 아마디스, 그리고 성 조지* 등이 주요 등장인물이었다.

나보다 더 행복하게 유년기를 보낸 사람은 없을 것이다. 부모님은 너그러웠고 벗들은 사랑스러웠다. 우리는 공부를 강요받은 적이 없었다. 하지만 우리 눈앞에는 언제나 이루어야 할 목표가 있었기에 열성적으로 공부에 정진할 수 있었다. 경쟁심이 아니라 이처럼 자발적인 열의로 연구를 했던 것이다. 엘리자베트는 친구들이 자기를 앞지를까 두려워서가 아니라, 제 손으로 마음에 드는 풍경을 그려 외숙모를 기쁘게 하고 싶은 마음 때문에 그림을 배웠다. 우리는 라틴어와 영어로 쓰인 글들을 읽기 위해 라틴어와 영어를 배웠다. 벌받으며 공부하느라 공부가 끔찍이 싫어지기는커녕, 오히려 학문을 사랑했다. 우리의 즐거움은 다른 아이들에게는 힘든 노동이었을지 모른다. 어쩌면 평범한 방식을 따라 공부한 사람들만큼 많은 책을 읽거나 언어를 빨리 배우지 못했을 수도 있다. 그러나 우리가 배운 건 기억 속에 깊이 새겨져 있었다.

우리 가족의 삶을 묘사하면서 앙리 클레르발을 빠뜨릴 수는 없다. 그는 항상 우리와 함께 있었기 때문이다. 나와 함께 학교를 다녔고, 대개 오후 시간은 우리집에서 보냈다. 외동아들인데다 집에는 함께 놀 친구가 없었기에, 그의 부친은 아들이 우리집에서 동무들과 어울리는 것을 매우 기뻐했다. 우리도 클레르발이 있어야만 비로소 온전히 행복할 수 있었다.

어린 시절의 추억을 회상하면 나는 더할 나위 없는 기쁨을 느낀다. 불행이 내 마음을 더럽히고, 널리 세상에 도움이 되겠다는 밝은 꿈을

---

* 오를란도는 루도비코 아리오스토의 영웅 서사시 「광란의 오를란도」의 주인공, 아마디스는 15세기 이베리아반도의 기사소설 「아마디스 데 가울라」의 등장인물, 성 조지는 영국의 전설적인 영웅이다.

오로지 나 자신에 대한 우울하고 편협한 생각으로 바꾸어놓기 전의 일이니까. 그러나 어린 시절의 그림을 하나씩 그려나가면서, 깨닫지도 못하는 사이 한 발 한 발 훗날의 불행으로 나를 이끈 사건들을 절대 생략해서는 안 된다. 훗날 내 운명을 좌우하게 되는 그 격정의 탄생을 스스로에게 설명하다보면, 그것이 마치 산을 따라 흐르는 냇물처럼 미미하고 거의 잊힌 원천에서 솟아나는 걸 알게 된다. 하지만 그 냇물은 흘러가면서 점점 불어 격류가 되었고, 결국 내 모든 희망과 기쁨을 휩쓸어가버리고 말았다.

자연철학은 내 운명을 통제한 정령이었다. 그러므로 이제 내가 자연철학에 경도하게 된 계기를 이야기하려 한다. 내 나이 열세 살이었을 때, 우리 모두는 토농 근처의 온천으로 함께 여행을 떠났다. 그런데 악천후 때문에 어쩔 수 없이 하루 꼬박 여관에 붙들려 있어야 했다. 이 집에서 나는 우연히 코르넬리우스 아그리파*의 저술을 묶은 선집을 한 권 찾아냈다. 처음에 책장을 열 때는 무심했다. 하지만 그가 증명하려는 이론, 그가 기술하고 있는 경이로운 사실들이 곧 이런 무심함을 열의로 바꾸어놓았다. 내 정신에 새로운 빛이 새벽녘처럼 비치는 듯했다. 환희에 들뜬 나는 이 발견을 아버지에게 전했다. 아버지는 책 표지를 대충 보더니 이렇게 말했다. "아! 코르넬리우스 아그리파! 우리 착한 빅토르, 이런 데 네 시간을 낭비하지 마라. 한심한 쓰레기란다."

이런 말 대신, 아버지가 귀찮더라도 아그리파의 원칙들은 이미 모두 타파되었고 현대과학 체제가 도입되었으며, 고대과학이 황당무계한

---

* 16세기 독일 의사이자 저명한 마술사, 연금술사. 『신비주의 철학』의 저자.

반면 현대과학은 현실적이고 실용적이기 때문에 훨씬 더 강력한 힘이 있다고 설명해주었더라면, 나는 아마 아그리파를 기꺼이 치워버리고 뜨끈하게 달구어진 상상력으로 현대의 발견에 토대를 둔, 보다 이성적인 화학이론에 몰두했을 것이다. 심지어 내 마음속에 싹튼 일련의 생각들이 결국 나를 파멸로 몰아간 그 치명적인 충동으로까지 이어지지 않았을지도 모른다. 하지만 아버지가 내 책에 던진 그 무성의한 눈길을 보니 내용을 잘 알고 있다는 확신을 도저히 가질 수가 없어 나는 계속해서 엄청난 열의로 그 책을 읽어나갔다.

집에 돌아온 나는 만사를 제치고 먼저 이 저자의 전작을 찾아보았고, 그다음에는 파라셀수스*와 알베르투스 마그누스**의 책들을 모두 찾았다. 나는 이 저자들의 화려한 공상을 즐겁게 읽고 연구했다. 마치 나 말고는 아는 사람이 거의 없는 보물 같았다. 이런 비밀스러운 지식의 보고를 아버지에게 말하고 싶었지만, 내가 좋아하는 아그리파를 애매하게 비난했던 일 때문에 늘 주저하곤 했다. 그래서 절대 비밀을 지켜달라는 약속을 받고 엘리자베트에게 내가 알아낸 것들을 털어놓았다. 하지만 그녀는 이런 주제에 관심이 없었고, 나는 그녀 곁에서 홀로 내 공부를 해야 했다.

18세기에 알베르투스 마그누스의 신봉자가 되었다는 사실이 몹시 이상하게 보일 수도 있겠다. 그러나 우리 가문은 과학과는 거리가 멀었고 나는 제네바 학교에서 하는 강의를 한 번도 들어본 적이 없었다. 덕분에 내 꿈은 현실의 간섭에 흔들리지 않을 수 있었다. 나는 엄청난 끈

---

* 16세기 스위스 의학자. 화학, 의학, 연금술에 대한 저작을 남겼다.
** 13세기 독일 스콜라 철학자이자 과학자. '만물박사'라는 별명을 갖고 있었다.

기와 성실로 현자賢者의 돌과 불멸의 묘약을 향한 탐색을 시작했다. 하지만 머지않아 오로지 불멸의 묘약에만 매달리게 되었다. 부富는 부차적인 목적이었다. 내가 인간의 육신에서 질병을 추방하고, 그 무엇보다 폭력적인 죽음으로부터 인간을 영원히 해방시킬 수만 있다면, 그 발견에 따라오는 영예는 상상도 못할 것이 아닌가!

이런 것들이 비단 나 혼자만의 꿈은 아니었다. 유령이나 악마를 불러내는 초혼은 내가 가장 좋아하는 저자들이 하나같이 적극 권장하는 일이었기에, 그것을 성취하기 위해 나는 열과 성을 다했다. 그리고 주문이 매번 실패하더라도 미숙하고 실수가 많은 내 탓으로 돌리고 선학들의 기술이나 진실성을 의심하지 않았다.

눈앞에서 날마다 일어나는 자연현상들도 놓치지 않고 탐구했다. 증류, 증기의 놀라운 효과, 내가 좋아하는 저자들이 전혀 알지 못했던 현상들은 참으로 경이로웠다. 그러나 그 무엇보다 놀라웠던 건 진공 상태를 만드는 기계인 에어펌프였다. 우리가 자주 찾아가던 어느 신사가 이 기계를 다루고 있었다.

이런 현상들을 비롯해 몇 가지 논점에 대한 고대 과학자들의 무지덕분에 내 맹목적인 믿음도 다소 사그라졌다. 그러나 뭔가 다른 체제가 내 마음속에서 그 학문의 자리를 대체하기 전에는 완전히 배척할 수도 없었다.

열다섯 살 무렵, 벨리브 근처로 이사가서 호젓이 살고 있던 우리는 세상에서 가장 파괴적이고 무시무시한 폭풍우를 목격했다. 폭풍우는 쥐라산맥 너머에서 왔고, 천둥은 하늘 여기저기에서 끔찍스러운 굉음을 내며 폭발했다. 폭풍우가 휘몰아치는 동안, 나는 호기심과 환희에 차서 진행상황을 계속 관찰했다. 문간에 서 있던 나는 우리집에서 약 18미터 거리에 서 있던 아름다운 늙은 참나무 한 그루에서 갑자기 불길이 치솟아오르는 광경을 보았다. 눈부신 빛이 순식간에 사라지자 참나무는 온데간데없고 그 자리에는 다 타버린 등걸만 남아 있었다. 다음 날 그 자리를 찾은 우리는 나무가 굉장히 독특한 방식으로 파괴되었다는 걸 알았다. 충격에 산산조각난 게 아니라, 완전히 쭈그러들어 가느다란 나무줄기들로 변해 있었던 것이다. 이토록 철저하게 파괴된 존재는 한 번도 본 적이 없었다.

이 거목의 재앙에 나는 극도로 경악했고, 천둥과 번개의 성격과 기원에 대해 아버지에게 열심히 여쭤보았다. 아버지는 "전기"라고 대답하며, 그 힘의 다양한 효과를 설명해주었다. 아버지는 작은 전기 기계를 만들어 몇 가지 실험을 보여주었다. 또한 철사와 끈이 달린 연을 만들어 구름에서 번개를 끌어내기도 했다.*

이 마지막 일격이 내 상상력의 주군으로 오랫동안 군림했던 코르넬리우스 아그리파, 알베르투스 마그누스, 파라셀수스를 완전히 무너뜨렸다. 하지만 어떤 숙명 때문인지, 현대과학 체계를 붙잡고 공부하고 싶은 마음은 생기지 않았다. 그리고 그런 마음은 다음과 같은 정황 탓이 컸다.

아버지는 내가 자연철학 강의를 듣는 게 좋겠다는 소망을 피력하셨고, 나는 흔쾌히 동의했다. 그러나 모종의 사고가 생기는 바람에 강의가 다 끝나갈 때까지 출석할 수가 없었다. 과정 마지막 강의에 들어가

---

* 번개가 전기 현상임을 입증한 벤저민 프랭클린의 유명한 연날리기 실험을 암시한다.

봤지만 전혀 이해할 수가 없었다. 교수는 포타슘과 붕소, 황산염과 산화효소 등 나로서는 아무 생각도 떠오르지 않는 용어를 가지고 유창하게 강의했다. 그래서 나는 자연철학이라는 학문을 싫어하게 되었다. 물론 여전히 플리니우스*와 뷔퐁**은 즐겁게 읽고 있었지만, 내가 보기에 그들은 상당히 흡사한 재미와 효용을 주는 저자들이었다.

이 나이 때, 나의 주된 관심사는 수학과 그 연관 분야의 학문이었다. 부지런히 언어 공부에도 매진했다. 라틴어는 이미 능숙했고, 사전의 도움을 받아 제일 쉬운 그리스 저자들의 글을 읽기 시작한 참이었다. 영어와 독일어는 완벽하게 해독할 수 있었다. 이런 것들이 열일곱 나이에 내가 이룩한 업적들이었으니, 다양한 글을 배우고 익히는 데 시간을 온전히 바쳤음을 짐작할 수 있으리라.

내게 또다른 일이 맡겨졌는데, 바로 동생들의 가정교사 노릇이었다. 나보다 여섯 살 어린 에르네스트가 주로 내 학생이었다. 에르네스트는 아기 때부터 몸이 약해 엘리자베트와 내가 꾸준히 병간호를 했다. 성품은 온화했지만, 어려운 공부는 감당하지 못했다. 가족의 막내인 윌리엄은 아직 어린 아기였고 세상에서 가장 아름다운 꼬마였다. 그 총기 넘치는 푸른 눈, 보조개가 팬 뺨, 애교 넘치는 행동을 보면 한없는 애정이 솟구쳤다.

그런 우리 가족이었다. 근심과 고통은 영원히 추방되고 사라진 것 같았다. 아버지는 우리의 공부를 지도했으며, 어머니는 우리의 즐거움을 함께 나누었다. 우리는 서로 상대보다 우월하다는 생각을 전혀 품지

---

* 로마의 사가이자 박물학자. 37권에 달하는 『박물지』의 저자.
** 프랑스 계몽기의 박물학자이자 왕립 식물원장. 44권에 달하는 대작 『박물지』의 저자.

않았다. 우리 사이에서 명령조의 목소리는 들을 수 없었다. 서로를 사랑하는 마음만으로 상대의 아주 작은 바람에도 모두가 순순히 응해주었다.

2장

 내가 열일곱 살이 되자, 부모님은 나를 잉골슈타트 대학교*에 보내기로 결심했다. 그때까지는 제네바에서 학교를 다니고 있었지만, 아버지는 내 교육을 완벽하게 마무리하려면 모국이 아닌 다른 나라의 관습을 익힐 필요가 있다고 생각했다. 그리하여 머지않아 출국하게 되었다. 하지만 그날이 오기 전에 내 인생 최초의 불행이 닥쳤다. 말하자면 앞으로 겪게 될 비참한 운명을 예고하는 불길한 징조였다.

 엘리자베트가 성홍열에 걸렸다. 증세가 심각하지 않아 병은 금세 회복되었지만, 그애가 격리되어 있는 사이에 무수한 언쟁이 오갔다. 어머니가 엘리자베트를 간호하지 못하도록 말리기 위해서였다. 처음에는

---

* 1472년 독일의 잉골슈타트에 세워진 대학교. 1826년 뮌헨으로 옮겨 현재의 뮌헨 대학교가 되었다.

어머니도 우리의 간청에 따랐다. 하지만 가장 사랑하는 아이의 병세가 좋아지고 있다는 소식을 듣자 더이상은 떨어져 있지 못하고 감염의 위험이 사라지기 훨씬 전부터 그녀의 방에 들어간 것이다. 이런 부주의의 결과는 치명적이었다. 셋째 날, 어머니는 앓아눕고 말았다. 열병은 지독한 악성이었고, 어머니를 간호한 의료진의 표정은 최악의 사태를 예견하고 있었다. 임종을 앞두고도 누구보다 훌륭한 이 여인의 강인함과 너그러움은 한결같았다. 어머니는 엘리자베트와 내 손을 맞잡고 말했다. "내 아이들아, 미래의 행복을 꿈꾸는 내 굳은 소망은 너희 두 사람이 혼인으로 맺어지는 거란다. 이런 기대가 이제 네 아버지에게 위안이 되어줄 거야. 엘리자베트, 내 사랑하는 아가, 이젠 네가 내 자리를 대신해 동생들을 돌봐주어야 한단다. 아! 너희들과 헤어져야 한다는 게 한스럽구나. 나처럼 행복하고 많은 사랑을 받은 사람이 너희 모두와 헤어진다는 게 어디 쉬운 일이겠니? 하지만 이런 생각은 내게 어울리지 않아. 기분좋게 체념하고 죽음을 맞으려 애써야 하니까. 그리고 너희들을 다른 세상에서 만나게 될 거라는 소망을 품어야겠구나."

어머니는 조용히 숨을 거두었다. 어머니의 얼굴에는 심지어 죽음 속에서도 애정이 깃들어 있었다. 어떻게도 보상할 수 없는 끔찍한 불행에 세상에서 가장 사랑하는 이를 잃은 사람들의 심정이 어떠했는지 굳이 묘사할 필요는 없으리라. 영혼에 드리워진 그 어마어마한 공허감, 그리고 표정에 떠오른 절망감을. 어머니가, 날마다 얼굴을 볼 수 있던, 마치 우리 자신의 일부 같았던 어머니가 영원히 떠나버리고 말았다는 사실을 우리가 마음으로 납득하기까지는 참으로 오랜 시간이 필요했다. 사랑하는 그 눈의 밝은 빛이 영원히 꺼져버렸고, 그토록 친숙한, 우리 귀에 너무나 익숙한 목소리가 숨이 죽어, 영영 들을 수 없게 되어버렸다는 사실을 실감하기까지. 이런 것들이 첫날의 기억이다. 하지만 시간이 흐르면서 참담한 현실이 뚜렷하게 드러나면 그제야 진짜로 비탄의 쓰디쓴 설움이 시작된다. 하지만 그 무자비한 손길에 사랑하는 이를 잃지 않은 사람이 세상에 어디 있단 말인가? 세상 누구나 느꼈을 슬픔, 그리고 반드시 느껴야만 할 슬픔을 굳이 내가 묘사할 필요가 있겠는가? 결국 때가 되면 비탄은 필연이라기보다 일종의 자기만족이 된다. 그리고 신성모독일지 모르지만, 입가에 서린 웃음이 사라지지 않는 날이 온다. 어머니는 돌아가셨지만, 우리에겐 여전히 수행해야 할 의무가 있었다. 남은 사람들과 함께 일상을 살아가면서, 약탈자의 손길에 잡히지 않은 사람이 남아 있으니 그나마 우리는 행운이라고 생각하는 법을 터득했다.

잉골슈타트로 떠나는 날짜는 이런 일련의 일들로 미루어졌다가 다시 정해졌다. 나는 아버지에게서 몇 주간의 휴가를 허락받았다. 이 기간은 슬픔 속에 흘러갔다. 어머니의 죽음과 황급한 출발 때문에 마음이 울적하기만 했다. 그러나 엘리자베트는 작은 우리 가정에 명랑한 기운을 다시금 불어넣고자 노력했다. 외숙모가 돌아가신 후로 다시 마음을 굳게 먹고 늘 활력을 유지하려 애썼다. 그리고 매사에 빈틈없이 자신의 의무를 다하려고 결심했다. 가장 절박한 의무, 즉 외숙부와 외사촌들을 행복하게 해주는 의무가 이제는 자기 몫이 되었다고 느끼고 있었다. 그래서 나를 위로해주고, 외숙부를 즐겁게 해주었으며, 내 형제들을 가르쳤다. 내 눈에는 그녀가 그 어느 때보다 더 매혹적으로 보였다. 다른 이들의 행복에 도움이 되고자 부단히 애쓰느라 정작 자신은 까맣게 잊고 있던 그녀였다.

마침내 출국일이 다가왔다. 나는 클레르발을 제외한 친구들 모두에게 작별인사를 했다. 클레르발은 우리와 함께 전날 밤을 보냈다. 그는 동행할 수 없는 신세를 한탄했다. 그러나 클레르발의 아버지는 아무리 설득해도 아들을 멀리 보낼 수는 없다면서 꿈쩍도 하지 않았다. 평범하게 살며 상업에 종사하는 데 학문이 꼭 필요한 건 아니라는 당신의 지론에 따라, 훗날 아들을 사업의 동업자로 만들겠다는 뜻을 품고 있었던 것이다. 앙리는 교양인의 정신을 지니고 있었다. 나태한 한량이 될 생각은 아니어서 기꺼이 부친의 사업을 도울 생각이었지만, 아주 훌륭한 상인이면서도 교양과 학식을 겸비하는 일이 가능하다고 믿었다.

우리는 늦게까지 잠을 이루지 못했다. 클레르발의 한탄을 들어주며, 장래를 기약하는 작은 약속들을 수없이 했다. 나는 다음날 아침 일찍 출발했다. 엘리자베트는 눈물을 펑펑 쏟았다. 내가 떠나는 게 슬프기도 했지만, 한편으로는 이미 석 달 전에 어머니의 축복을 받으며 떠났어야 하는 여행이라는 생각 때문에 흐르는 눈물이었다.

나를 멀리 데려갈 이륜마차에 몸을 던진 나는, 더할 나위 없는 우울한 생각들 속에서 허우적거렸다. 끊임없이 서로를 행복하게 해주려 애쓰는 상냥한 가족들에게 항상 둘러싸여 있던 내가 이제는 혼자가 되었다. 지금 향하는 대학에서는 스스로 알아서 친구들을 사귀어야 했고 스스로를 알아서 돌봐야 했다. 이제까지의 내 삶은 유별나게 가족의 테두리 안에 머물러 있었다. 그렇다 보니 새로운 얼굴들에 대해 도저히 극복하기 힘든 반감을 갖게 되었다. 나는 동생들과 엘리자베트, 그리고 클레르발을 사랑했다. 그들이 내겐 '친숙하고 반가운 얼굴들'*이었다.

하지만 내가 생각하는 나 자신은 낯선 사람들과 함께하는 생활에 전혀 어울리지 않는 인물이었다. 여행을 시작할 때는 이런 생각들로 가득차 있었다. 하지만 여행이 진척되면서 차츰 기운도 생기고 희망도 샘솟았다. 나는 지식을 열렬히 갈구했다. 고향에 있을 때는 종종 청년 시절을 이렇게 한군데 처박혀서 보낼 수는 없다는 생각을 하곤 했다. 세상에 뛰어들어 세상 사람들 사이에서 내 입지를 확보할 수 있기를 갈망했다. 이제 내 바람이 현실이 된 마당에 회한을 품는 건 우매한 짓이었다.

잉골슈타트까지 가는 도중에는 이런 생각을 비롯해 무수한 상념을 품을 시간이 넉넉했다. 여행은 길고 피로했다. 마침내 도시의 드높은 흰색 첨탑이 시야에 들어왔다. 마차에서 내려 혼자 쓰는 아파트**로 안내를 받았다. 저녁 시간은 내 마음대로 보낼 수 있었다.

다음날 아침 나는 소개장을 전달하고 주요 교수 몇 명을 찾아 인사를 드렸다. 그중에는 자연철학 교수인 크렘페 교수가 있었다. 그는 예를 갖춰 나를 맞아주었고, 자연철학과 관련된 다양한 과학 분야에서 내가 얼마나 심도 있는 공부를 했는지 알아보기 위해 몇 가지 질문을 던졌다. 솔직히 말하자면, 나는 두려움에 덜덜 떨며 이러한 주제에 대해 내가 읽은 몇 안 되는 저자들의 이름을 털어놓았다. 교수는 물끄러미 나를 쳐다보더니 이렇게 말했다. "자네 정말로 천금 같은 시간을 그런 헛소리를 연구하는 데 썼단 말인가?"

나는 그렇다고 대답했다. 크렘페는 따뜻한 어조로 말했다. "그 책들

---

* 영국 작가 찰스 램의 시 「친숙하고 반가운 얼굴들」에서 인용.
** 한 건물 내부에 여러 개의 숙소가 있는 건물 형태. 현대의 아파트와 유사하나 '단지' 개념은 아니다.

에 소모한 일분일초는 철저히, 완벽하게 낭비된 걸세. 타파된 체제와 쓸모없는 이름들로 기억력에 부담만 가중시킨 거야. 이럴 수가 있나! 대체 어떤 사막 같은 땅에 살았기에, 자네가 그렇게 게걸스럽게 탐닉한 이런 망상들이 수천 년 묵은 것들이고 케케묵다못해 곰팡내를 풍기는 거라고 제대로 친절하게 알려줄 사람 하나 없었던 건가? 이런 계몽과 과학의 시대에 알베르투스 마그누스와 파라셀수스의 신봉자를 만나게 될 줄은 몰랐는데. 자네는 아무래도 연구를 완전히 새로 시작해야겠네."

이렇게 말하면서 그는 자연철학 분야의 권장도서 목록을 적어주었다. 그리고 다음주 초부터 자연철학의 개략적 원리들에 대해 일련의 강의를 시작할 것이며, 자신이 강의를 하지 않는 날에는 동료 교수인 발트만이 화학 강의를 한다고 말하고는 면담을 끝냈다.

나는 집으로 돌아왔다. 실망스럽지는 않았다. 앞에서도 말했듯이, 나역시 교수가 비난한 저자들을 오래전부터 무용하다고 여기고 있었기 때문이다. 하지만 그가 추천한 책들을 공부하는 것도 썩 내키지 않았다. 크렘페는 목소리가 걸걸하고 외모가 혐오스러운 땅딸한 사람이었다. 그래서 애초부터 그 선생이 몰두하는 연구에 호감이 생기지 않았다. 게다가 나는 현대 자연철학의 효용을 깔보는 마음이 있었다. 과거 과학의 대가들이 불멸과 권력을 꿈꾸었던 것과는 몹시 달랐다. 그런 견해들은 현실적으로 무익할지언정 장대했다. 하지만 이제 과학계는 변했다. 연구자들의 야심은 애초에 나로 하여금 과학에 흥미를 갖게 만든 그 꿈들을 무너뜨리는 데 국한되어 있는 것 같았다. 말하자면 무한한 영화榮華의 환각을 버리고 보잘것없는 현실을 받아들이라고 요구하는 셈이었다.

이상이 잉골슈타트에서 첫 이삼일을 거의 혼자서 보내는 동안 뇌리를 스쳤던 생각들이다. 그러나 다음주 초가 되자 크렘페가 강의에 대해 했던 이야기가 생각났다. 그 기고만장한 땅딸보가 교단에 서서 내뱉는 말을 들으러 갈 마음이 동한 건 아니지만, 도시를 떠나 여행을 갔던 관계로 만나지 못한 발트만에 대한 이야기가 기억난 것이다.

반쯤은 호기심에서, 반쯤은 나태한 마음으로 강의실에 들어가자 곧 발트만이 들어왔다. 이 교수는 동료와 닮은 데가 전혀 없었다. 한 쉰 살이나 되었을까. 세상 누구보다 자애로워 보이는 인상에, 관자놀이를 덮은 회색 머리칼 몇 가닥이 보였지만 뒷머리는 거의 새카만 흑발이었다. 단신이었지만 놀랄 정도로 체구가 반듯했다. 그리고 그 목소리는 지금까지 들어본 목소리 중에서 가장 상냥했다. 그는 화학사를 개괄하고, 가장 뛰어난 학자들의 이름을 열정을 담아 또박또박 발음하면서 업적을 되짚어보는 것으로 강의를 시작했다. 그러고는 과학의 현상황에 대한 개략적인 견해를 제시한 후 많은 기초 용어들을 설명했다. 몇 가지 예비 실험을 마친 그는 현대 화학에 대한 예찬론을 펼치며 강의를 마쳤다. 그 말을 아마 나는 영원히 잊을 수 없을 것이다.

"이 과학의 고대 스승들은 불가능한 일을 약속하고 아무것도 실현하지 못했습니다. 현대의 대가들은 약속하는 바가 거의 없습니다. 금속의 형질 변형은 불가능하며 불멸의 묘약은 허깨비라는 걸 알고 있습니다. 이 철학자들의 두 손은 기껏해야 흙이나 만지작거리는 데 쓰는 것이고 두 눈은 현미경이나 도가니를 들여다보는 물건 같지만, 이들이야말로 기적을 일구는 사람들입니다. 그들은 자연의 후미진 거처를 꿰뚫어보고, 자연이 은거지에서 어떻게 일하는지를 보여줍니다. 그들은 저 하늘로 비상합니다. 그리고 혈액이 어떻게 순환하는지, 우리가 숨쉬는 공기의 본질이 무엇인지 발견해냈습니다.* 새로울 뿐 아니라 거의 무한한 힘들을 손에 넣었습니다. 하늘의 천둥을 마음대로 조종하고, 유사 지진을 일으키고, 심지어 어둠에 가려 우리 눈에 보이지 않는 세계까지 모방할 수 있습니다."

나는 몹시 기쁜 마음으로 강의실을 나섰고, 그날 저녁 당장 발트만 교수를 찾아갔다. 사석에서 본 그의 몸가짐은 공적인 자리에서보다 더 부드럽고 매력적이었다. 강의를 할 때 보이던 위엄은 사라지고 비길 데 없이 상냥하고 친절하기만 했다. 보잘것없는 내 얘기를 주의깊게 들었고 코르넬리우스 아그리파와 파라셀수스의 이름이 나오자 미소를 지었다. 하지만 그 미소에는 크렘페 교수가 드러내던 경멸이 없었다. 그는 이런 말을 해주었다. "현대의 철학자들은 바로 이 사람들의 지칠 줄 모르는 열정에 지식의 근간을 빚진 셈이지. 그들은 우리에게 상대적으로 쉬운 작업을 남겨주었다네. 상당 부분 그들 덕분에 조명된 사실들에 새로운 이름을 붙여주고 서로 연관된 분류 체계로 정렬하는 일이지. 천재들의 노고란 아무리 오도된 것이라도 결국은 인류의 선을 공고히 하는 데 쓰이기 마련이라네." 나는 그의 말에 귀를 기울였다. 그 말을 하는 태도에는 어떤 꾸밈이나 가식도 보이지 않았다. 나는 그의 강의 덕분에 현대 화학자들에 대해 품고 있던 편견이 사라졌다고 덧붙여 말했

---

* 윌리엄 하비는 1628년 혈액순환을 발견했다. 로버트 보일은 공기의 속성에 대한 일련의 실험을 행했다. 보일은 저서 『회의적인 화학자』에서 아리스토텔레스와 파라셀수스의 이론을 반박했다.

다. 또한 찾아 읽어야 할 책들에 대해서도 조언을 구했다.

"제자를 얻게 되어 기쁘네. 자네가 재주만큼 노력한다면 성공할 거라 믿어 의심치 않네. 화학은 자연철학 중에서도 이제까지 괄목할 발전을 이룩해왔고 또 앞으로도 그럴 수 있는 분야지. 그 때문에 나도 이 분야를 특별히 전공했고. 하지만 동시에 다른 과학 공부 역시 게을리하지 않았다네. 인간 지식에서 화학이라는 분야만 파고든다면 한심한 화학자가 될 수밖에 없어. 자네가 단순히 치졸한 실험 연구원이 아니라 진정한 과학자가 되기를 소망한다면, 수학을 비롯한 자연철학의 모든 분야를 섭렵하라고 권유하고 싶네."

그러더니 나를 실험실로 데려가서 그가 사용하는 다양한 기계들의 사용법을 설명해주었다. 내가 구입해야 할 것들을 알려주고, 공부가 충분히 진척되어 기기를 망가뜨리지 않을 정도가 되면 자기 것을 쓰게 해주겠다고 약속했다. 그리고 내가 부탁했던 도서 목록도 주었다. 나는 인사를 하고 물러났다.

이렇게 잊을 수 없는 하루가 끝났다. 그 하루는 미래의 내 운명을 결정지었다.

3장

이날부터 나는 자연철학, 특히 가장 포괄적인 의미에서 화학에 온전히 몰두했다. 현대 연구자들이 저술한 책들은 천재성과 분별력으로 충만했기에 나는 열렬히 탐독해나갔다. 강의에 참석하고 대학의 과학자들과 인맥을 쌓았다. 심지어 크렘페한테서도 건전한 이성과 알찬 정보를 굉장히 많이 얻을 수 있었다. 솔직히 혐오스러운 외모와 언행은 어쩔 수 없었지만, 그렇다고 해서 이러한 것들의 가치가 떨어지지는 않았다. 발트만에게서는 진정한 친구를 발견했다. 온유한 심성은 교조주의로 얼룩진 흔적이 전혀 없었다. 그의 가르침은 늘 솔직한 선의를 수반했기에 현학이라는 생각은 아예 할 수도 없었다. 그가 가르치는 자연철학 분야에 그렇게 내 마음이 끌렸던 건 어쩌면 과학에 대한 본질적 사랑 때문이라기보다는 이 사람의 상냥한 성격 때문이었는지도 모른다.

그러나 지식을 향한 첫 발걸음을 뗀 후로는 이런 심리가 발붙일 여유가 없어졌다. 온전히 연구에 몰입하게 되면서 점점 과학 자체의 매력에 빠져 탐구하게 되었으니까. 처음에는 의무와 결단의 문제였지만 이제는 열의와 열정으로 화하여, 실험실에서 연구에 몰두하다보면 아침햇살에 별들이 사라지는 일도 흔했다.

그토록 공들여 연구한 만큼 급속도의 발전이 있었으리라는 건 어렵지 않게 추측할 수 있다. 내 열정에 학생들은 경악을 금치 못했고, 연구의 깊이에 대가들도 놀라곤 했다. 크렘페 교수는 간교한 미소를 띠면서 코르넬리우스 아그리파는 어떻게 돼가냐고 묻곤 했다. 반면 발트만 교수는 나의 발전에 진심으로 기쁨을 표했다. 이런 식으로 2년이 흘러갔고, 그사이 나는 제네바를 한 번도 찾지 않을 정도로 염원해 마지않은 과학적 발견을 위해 몸과 마음을 바쳐 연구에 매진하느라 여념이 없었다. 경험해보지 못한 사람이라면 과학의 매혹을 상상조차 할 수 없다. 다른 학문에서는 선배 연구자들이 도달한 곳 이상은 가지 못한다. 더이상 알아야 할 것이 없다. 하지만 과학적 탐구에는 발견하고 찾아낼 거리가 항상 존재한다. 어느 정도 능력을 갖춘 정신이라면, 한 가지 학문에 세심하게 천착할 때 예외 없이 그 분야의 대가가 되기 마련이다. 단 한 가지 주제만을 완벽히 터득하고자 부단히 노력했고 오로지 그 생각에만 사로잡혀 있던 나는 괄목상대할 만한 발전을 이룩해, 2년이 끝나갈 무렵에는 화학 도구들을 개선하는 몇 가지 발견을 해내어 대학가에서 이름을 떨치고 선망의 대상이 되었다. 이때쯤 나는 잉골슈타트의 교수들이 가르쳐줄 수 있는 이론과 실제의 지식을 모두 숙지했기에 더이상 여기 머무르는 게 발전에 아무 도움이 될 수 없었다. 그래서 나는 친구들이 있는 고향으로 돌아갈 생각을 했는데, 바로 그때 한 가지 사건이 벌어지는 바람에 체류 기간이 좀 더 길어졌다.

특별히 내 관심을 끌었던 현상들 중 하나는 인간 신체, 아니, 생명을 부여받은 모든 동물들의 신체 구조였다. 나는 스스로에게 묻곤 했다. 대체 어디서 생명의 원리가 발생하는 것일까? 대담무쌍한 질문으로서, 이제까지 늘 하느님의 신비로운 섭리로 간주되어왔던 부분이었다. 하지만 우리의 탐문이 비겁함이나 부주의에 발목 잡히는 바람에 눈앞에서 탐구에 실패한 것들이 얼마나 많은가? 나는 이런 상황들을 마음속으로 여러 번 되짚어보고, 생리학과 연관된 자연철학 분야에 좀더 특별한 관심을 쏟기로 결심했다. 나를 몰아가는 힘이 거의 초자연적인 열정이 아니었다면, 이 분야의 연구는 짜증스럽고 거의 견디기 힘든 것이 되었으리라. 생명의 원인을 고찰하기 위해 우리는 먼저 죽음의 도움을 받아야 하는 법이다. 해부학을 익혔지만 그것만으로는 충분하지 않았다. 또한 인간 신체에서 일어나는 자연적인 부패와 부식 현상을 관찰해야만 했다. 아버지는 나를 교육하면서 웬만한 초자연적 공포에는 꿈쩍하지 않는 정신을 가질 수 있게 하기 위해 몹시 공을 들였다. 미신 이야기에 떨거나 유령의 출현을 두려워했던 기억은 없다. 어둠은 망상을 자극하지 못했다. 나에게 교회 앞마당이란 생명을 박탈당하고 한때 아름다움과 힘이 거하던 옥좌에서 벌레 먹잇감으로 전락해버린 육신들의 저장소에 불과했다. 부패의 원인과 경과를 살펴보려면 하는 수 없이 며칠 밤낮을 지하 납골당이나 시체안치소에서 보내야 했다. 여린 인간의 감정이 도저히 견뎌낼 수 없는 참혹한 관찰 대상 하나하나를 주도면밀하게 관찰했다. 인간의 훌륭한 육신이 어떻게 훼손되고 소모되는지 보았다. 생명이 꽃피는 뺨을 사후의 부패가 이어받는 것을 목도했다. 눈과 뇌라는 기적들이 어떻게 벌레들에게 상속되는지 보았다. 삶에서 죽음으로, 죽음에서 삶으로 변화하는 과정에서 드러나는 인과관계의 세세한 부분들을 찬찬히 공들여 탐구하고 분석했다. 그러다가 마침내 어둠의 한가운데에서 돌연한 빛이 내 마음을 비추었다. 그 빛은 찬란하고 경이로우면서도 너무나 단순해서 그 어마어마한 가능성에 어지러울 지경이었다. 하지만 한편으로는 놀랍기도 했다. 같은 방향으로 연구하는 무수한 천재들 중에서 하필이면 나 혼자 이제 와서 이토록 경이로운 비밀을 발견하게 되었던 걸까.

기억해달라. 내가 기록하는 건 광인의 망상이 아니다. 저 하늘에 태양이 빛나는 것과 마찬가지로 지금 내가 확실히 단언하는 사건 역시 실제로 일어났다. 무슨 기적이었는지 모르지만 발견의 단계는 명확하고 개연성이 있었다. 밤낮으로 지독한 중노동과 피로로 점철된 나날을 보내던 나는 드디어 개체 발생과 생명의 원인을 찾아냈다. 아니, 그보다 무생물에 생명을 불어넣는 능력을 갖게 되었다고 해야 옳을 것이다.

이 발견에 나도 처음에는 경악했지만 점차 쾌감과 황홀경에 빠져들었다. 고통스러운 노동으로 그토록 오랜 시간을 보냈는데 이처럼 단숨에 욕망의 절정에 오르게 되다니, 수고에 대한 보상치고는 최고가 아닐 수 없었다. 하지만 워낙 엄청나고 압도적인 발견이었기에, 나는 그간 밟아온 점진적 단계는 까맣게 잊고 오로지 결과만을 바라보았다. 천지 창조 이후 최고의 현인들이 연구하고 소망했던 바를 내가 손에 넣었다. 마술처럼 한순간에 이 모든 게 저절로 눈앞에 활짝 펼쳐졌다는 건 아니다. 획득한 정보의 본질은 연구 목적을 달성하기 위해 어떤 방향으로 매진해야 하는지 길을 가르쳐주는 쪽에 가까웠다. 남에게 보여줄 수 있는 성과는 아니었다. 나는 마치 죽은 자들과 함께 파묻혔다가 다시 살아나갈 길을 발견한 아라비아인 같았다. 하지만 길을 인도하는 빛은 희미했고 무력해 보였다.*

친구여, 열의는 물론 경외와 희망에 찬 그대의 눈빛을 보니, 내가 알게 된 비밀을 전해줄 거라는 기대를 품는 모양이지만 그건 안 될 말이다. 이야기를 끝까지 주의깊게 듣고 나면, 내가 그 주제에 대해 말을 아끼는 이유를 알게 될 것이다. 당시의 나처럼 몸도 사리지 않고 열의에 들뜬 그대를 파멸과 명약관화한 불행으로 이끌 수는 없으니. 나로부터 배우도록 하라. 가르침을 듣지 않겠다면 적어도 내 사례를 보아 깨닫도록 하라. 지식의 획득이 얼마나 위험한지, 본성이 허락하는 한계 너머로 위대해지고자 야심을 품는 이보다 고향을 온 세상으로 알고 사는 이가 얼마나 더 행복한지를.

경이로운 힘을 장악했다는 걸 알게 된 나는 그 힘을 어떻게 써야 할지 아주 오랫동안 망설이며 고민했다. 생명을 불어넣을 힘은 있었지만, 수용체가 될 신체를 준비하는 작업은 복잡하게 얽힌 정교한 섬유질이며 근육과 혈관이 모두 갖춰져야 했기에 상상을 초월할 정도로 어렵고 수고로운 작업으로 남아 있었다. 처음에는 나 같은 존재를 창조하는 시도를 해야 할지, 아니면 좀더 단순한 유기체를 만들어봐야 할지 알 수

---

* 신드바드는 아내의 시신과 함께 생매장당하는데, 먼 곳에서 희미한 불빛이 보여 따라가 보니 밖으로 통하는 작은 탈출구였다(『천일야화』 중에서 '신드바드의 네번째 모험' 참조).

가 없었다. 하지만 첫 성공에 상상력이 지나치게 흥분해버려서, 인간처럼 복잡하고 경이로운 동물에게 생명을 줄 수 있는 능력이 내게 있느냐고 의심한다는 것이 용납되지 않았다. 물론 당장 내가 동원할 수 있는 자재들로는 그렇게 고단한 작업을 수행하기는 힘들어 보였다. 하지만 궁극적인 성공은 결코 의심하지 않았다. 그래서 무수한 좌절을 미리 각오했다. 시술은 끝도 없이 실패할 가능성이 있었고 불완전한 결과가 나올 수도 있었다. 하지만 과학과 기계역학 분야가 일취월장 발전하고 있으니, 현재의 시도가 적어도 훗날의 성공에 초석을 놓을 거라는 희망을 품을 수는 있었다. 계획이 아무리 장대하고 복잡하다 해도 실행이 불가능하다는 뜻이 될 수는 없었다. 바로 이런 마음으로 나는 인간 창조에 착수했다. 부속이 워낙 미세하다보니 속도가 잘 나지 않았기에, 처음 의도와 달리 거대한 몸집을 지닌 생물을 창조하기로 했다. 즉 키가 대략 2.5미터가량 되고 몸집도 그에 맞게 거대해졌다는 말이다. 결심을 하고 자재를 수집하고 정리하느라 몇 달을 보낸 나는 마침내 작업을 시작했다.

첫 성공으로 흥분한 가운데 태풍처럼 나를 몰아친 그 다채로운 감정들은 그 누구도 상상할 수 없으리라. 삶과 죽음의 경계야말로 이상적인 목표였다. 내가 최초로 돌파해 어두운 세상에 폭포수처럼 빛이 흘러들게 만들었기에. 새로운 종種이 생겨나 조물주이자 존재의 근원인 나를 축복하리라. 헤아릴 수도 없는 행복하고 탁월한 본성들이 내 덕에 탄생하리라. 나만큼 자식의 감사를 받아 마땅한 아버지는 이 세상에 다시없으리라. 이런 생각들을 따라가던 나는 무생물에 생명을 불어넣을 수 있다면, (지금은 불가능해도) 시간이 지나면 겉보기에

는 죽음으로 부패된 육신에도 새 생명을 줄 수 있겠다는 데 생각이
미쳤다.

이런 생각들이 지칠 줄 모르는 열정으로 정진하던 나의 사기를 북돋
워주었다. 내 뺨은 연구로 창백해졌고, 집안에만 갇혀 있다보니 몸도
쇠약해졌다. 확실한 결과를 바로 눈앞에 두고 실패할 때도 있었다. 그
래도 하루가 지나면, 아니 한 시간이 지나면 실현될 거라는 희망에 매
달렸다. 나 홀로 품고 있던 비밀은 온 존재를 바친 그 희망이었다. 휘영
청 밝은 달이 한밤의 작업을 물끄러미 내려다보는 사이, 긴장도 못 풀
고 숨가쁘게 흥분한 채로 나는 구중의 은신처까지 자연의 꽁무니를 추
적하곤 했다. 불경스러운 무덤의 습지를 허우적거리며 돌아다니거나
생명이 없는 진흙을 살아 움직이게 만들겠다고 산 동물을 고문하던 은
밀한 고초가 얼마나 소름 끼치게 무서웠는지 누가 상상이나 할 수 있
을까. 지금도 사지가 덜덜 떨리고 두 눈이 기억 속에 허우적거린다. 하
지만 그때는 저항할 길 없는 광기에 가까운 충동에 내몰려 오로지 전
진했다. 영혼도 감각도 모두 잃어버려 오로지 이 한 가지 연구를 위해
서 존재하는 것만 같았다. 초자연적 자극이 멈춰 옛 습관으로 돌아가기
가 무섭게, 덧없는 몽환의 경지가 새롭게 날카로운 감정을 부추겼다.
나는 시체안치소에서 유골을 수집했고, 속된 손으로 인간 신체의 유장
한 비밀을 어지럽혔다. 꼭대기 층에 있는 나만의 방에서, 아니 차라리
감옥의 독방이라 해야 할, 회랑과 층계로 다른 집들과 완벽히 분리된
곳에서 더러운 창조의 작업실을 운영했다. 세밀한 작업을 요하는 연구
에 매진하느라 안구가 다 튀어나올 지경이었다. 해부실과 도살장에서
상당량의 재료를 조달받았다. 인간적 본성이 혐오감으로 차올라 작업

을 등지기 일쑤였으나, 꾸준히 부풀어만 가는 열망으로 정진한 끝에 거의 마무리 단계까지 완수했다.

이렇게 몸과 마음을 바쳐 한 가지 연구에 매달려 있는 사이 여름의 몇 달이 지나갔다. 참으로 아름다운 한철이었다. 논밭은 전례없는 풍작이었고, 포도밭에서는 어느 때보다 풍성한 포도를 수확했다. 그러나 내 눈으로는 자연의 매혹을 전혀 느낄 수 없었다. 주변 풍광을 간과하게 만든 바로 그 감정들에 눈이 멀어, 까마득히 먼 곳에 있고 너무나 오랫동안 보지 못한 친구들조차 까맣게 잊어버렸다. 오랜 침묵에 그들이 불안해하리란 것은 알고 있었다. 그리고 아버지의 말씀도 똑똑히 기억하고 있었다. "너 자신이 아무리 만족스럽더라도, 애정을 가지고 우리를 생각할 거라 믿는다. 그리고 때맞춰 소식을 전해라. 어떤 이유에서든 편지가 끊기면 네가 다른 의무들도 게을리하고 있다고 생각할 테니 그런 줄 알아라."

아버지의 심기가 편치 않으리란 것을 잘 알고 있었지만, 차마 연구에 대한 생각들을 뇌리에서 떨칠 수가 없었다. 그 자체로 혐오스러운 관념들이 어느새 내 상상력을 불가항력으로 장악하고 있었다. 그래서 사랑하는 이들과 관련된 모든 일들은 이제 본성을 철저히 삼켜버린 이 위대한 목표가 달성될 때까지 미루고 싶었다.

그때는 무심함을 죄악으로 간주하고 내게 잘못을 묻는 아버지가 부당하다고 생각했었다. 하지만 이제는 내게 비난의 여지가 없지는 않다고 보았던 아버지가 옳았다고 확신한다. 완벽한 인간은 언제나 차분하고 평온한 마음을 유지해야 하고, 정념이나 찰나의 욕망에 휘둘려 마음의 평정을 깨뜨려서는 안 된다. 지식의 추구가 이 법칙의 예외가 된다고는 생각지 않는다. 지금 매진하고 있는 공부가 사랑하는 마음을 약하게 하고 어떤 연금술로도 합성할 수 없는 소박한 즐거움을 아끼는 취향을 망가뜨리려 한다면, 그 공부는 분명 불법적이며 인간의 정신에 맞지 않는 것이다. 이 법칙이 항상 준수되었다면, 그리하여 어느 한 사람도 가족의 애정이 주는 평온을 깨뜨리는 목적을 추구하지 않았다면, 그리스는 노예국가로 전락하지 않았을 것이다. 카이사르는 나라를 삼키겠다는 야욕을 갖지 않았을 것이요, 아메리카는 좀더 서서히 발견되어 멕시코와 페루 제국은 파멸을 맞지 않았을 것이다.

그러고 보니 이야기의 흥미가 절정에 달한 대목에서 깜박 설교를 하고 있었군. 당신 표정을 보니 이야기를 계속해야겠다.

우리 아버지는 편지들에서 한마디 힐책도 하지 않았고, 전보다 두드러지게 내 작업에 대해 꼬치꼬치 따져 묻는 것으로 내 침묵을 지적했을 뿐이다. 고된 노동 속에 겨울, 봄, 그리고 여름이 흘러갔다. 하지만 나는 꽃송이나 펼쳐지는 나뭇잎을 보지 않았다. 예전에는 이런 풍경들을 보고 더할 나위 없는 기쁨에 젖곤 했는데. 그만큼 나는 작업에 홀린 듯 전념하고 있었다. 그해의 낙엽들이 다 시들어 떨어지고 나서야 작업에 끝이 보이기 시작했다. 이제는 내가 이룩한 훌륭한 성과가 하루가 무섭게 가시적으로 드러나고 있었다. 하지만 불안감이 열정의 발목을 잡았다. 이제는 사랑하는 일에 몰두하는 예술가가 아니라, 평생 광산 노동이나 다른 불건전한 노동에 얽매이게 된 노예 같은 몰골이었다. 밤마다 미열에 시달렸고, 불안증은 끔찍하게 고통스러운 지경에 이르렀다. 이제까지 뛰어난 체력과 심줄처럼 튼튼한 신경을 자랑했던지라 병증은 더 괴로웠다. 그러나 운동과 오락만으로도 발병 단계의 질병은 오래 끌지 않고 퇴치할 수 있을 거라 믿었다. 그리고 창조 작업만 완수하면 운동과 오락을 즐기겠노라고 스스로 다짐했다.

4장

　노동의 성과를 목도하게 된 것은 11월의 어느 황량한 날이었다. 차라리 고뇌에 가까운 불안에 휩싸여, 나는 주위에 흩어진 생명의 도구들을 그러모아 발치에 드러누워 있는 생명 없는 물체에 존재의 불꽃을 주입하려 했다. 벌써 새벽 한시였다. 빗방울이 음침하게 유리창을 두들기고 내 촛불도 거의 다 타버렸는데, 바로 그때 나는 반쯤 꺼진 촛불빛을 빌려, 생물체가 흐릿한 노란 눈을 뜨고 있는 광경을 보았다. 그것이 힘겹게 숨을 쉬자 경련 같은 움직임이 사지를 뒤흔들었다.

　이 대재앙 앞에서 느낀 감정을 어떻게 형용할 수 있을까. 혹은 무한한 수고와 정성을 들여 빚어낸 그 한심하기 짝이 없는 괴물을 어떻게 묘사해야 할까. 사지는 비율을 맞추어 제작되었고, 생김생김 역시 아름다운 것으로 선택했다. 아름다움이라니! 하느님, 맙소사! 그 누런 살갗은 그 아래 비치는 근육과 혈관을 제대로 가리지도 못했다. 윤기가 자르르 흐르는 흑발은 출렁거렸고 이빨은 진주처럼 희었지만, 이런 화려한 외모는 허여멀건 눈구멍과 별로 색깔 차이가 없는 희번득거리는 두 눈, 쭈글쭈글한 얼굴 살갗, 그리고 일자로 다문 시커먼 입술과 대조되어 오히려 더 끔찍해 보일 뿐이었다.

살면서 일어나는 다양한 우연들도 사람의 감정만큼 변덕스럽지는 않다. 나는 생명 없는 육신에 숨을 불어넣겠다는 열망으로 거의 2년 가까운 세월을 온전히 바쳤다. 이 목적을 위해 휴식도 건강도 다 포기했다. 상식적인 수준을 훨씬 뛰어넘는 열정으로 갈망하고 또 갈망했다. 하지만 다 끝나고 난 지금, 아름다웠던 꿈은 사라지고 숨막히는 공포와 혐오만이 내 심장을 가득 채우는 것이었다. 내가 창조해낸 존재의 면면을 차마 견디지 못하고 실험실에서 뛰쳐나와 오랫동안 침실을 서성였지만, 도저히 마음을 진정하고 잠을 이룰 수가 없었다. 마침내 최초의 격랑이 지나가고 극도의 피로가 찾아왔다. 그래서 옷을 다 걸친 채로 침대에 쓰러져 몇 초만이라도 모든 걸 잊고자 했다. 하지만 허사였다. 잠이 들긴 했지만 지독하게 끔찍한 악몽에 시달려야 했다. 꽃처럼 피어나는 건강한 모습의 엘리자베트를 보았던 것 같다. 그녀는 잉골슈타트의 거리를 걷고 있었다. 기쁨과 놀라움에 나는 그녀를 와락 껴안았다. 하지만 입술에 첫 키스를 하는 순간, 그 입술은 죽음의 색깔인 납빛으로 물들어버렸다. 그녀의 외모가 변하는 듯하더니 어느새 내 품에는 돌아가신 어머니의 시신이 안겨 있었다. 수의가 시신을 감싸고 있었는데, 플란넬 천의 주름 사이로 기어다니는 무덤의 벌레들이 보였다. 꿈속에서도 소스라치게 놀라 잠을 깼다. 식은땀이 이마를 뒤덮고, 이가 딱딱 부딪고, 팔다리는 모두 경련을 일으켰다. 희미한 노란색 달빛이 억지로 창문 셔터 틈새를 비집고 들어오는 순간, 눈앞에 그 괴물이 보였다. 내가 창조해낸 참혹한 괴물이. 그는 침대 커튼을 들쳤다. 그 눈은, 그걸 눈이라고 부를 수 있을지 모르지만, 꿈쩍도 않고 나만 바라보고 있었다. 아가리는 벌어져 있었고, 뭔가 알아들을 수 없는 소리를 내자 흉측한 웃음에 뺨이 주름졌다. 무슨 말을 했는지 모르지만, 나는 듣지 않았다. 한 손이 뻗쳐 나왔는데, 아무래도 나를 붙잡으려 했던 모양이다. 그러나 나는 뿌리치고 층계를 황급히 달려 내려갔다. 그리고 살던 집에 딸린 안뜰에 몸을 숨기고, 거기서 끔찍한 괴로움에 밤새도록 서성거리며, 귀를 쫑긋 세우고 무슨 소리가 날 때마다 내가 그토록 참담하게 생명을 불어넣은 악마 같은 시체가 다가올까 두려움에 떨었다.

아! 산 사람이라면 그 누구도 그 무시무시한 얼굴을 견딜 수 없었으리라. 미라가 다시 살아나 움직인다 해도 그 괴물처럼 참혹하지는 않았을 것이다. 물론 미완의 상태에서 괴물을 찬찬히 뜯어본 적은 있다. 그때도 흉물이었다. 하지만 그 근육과 관절이 살아 움직이기 시작하자 단테*도 상상 못했을 괴물이 되어버렸다.

그날 밤은 불행에 싸여 보냈다. 가끔은 맥박이 너무 빨리 심하게 뛰는 바람에 요동치는 혈관이 한 줄 한 줄 다 느껴질 정도였다. 나른하고 기운이 다 빠져 땅바닥에 풀썩 주저앉다시피 할 때도 있었다. 공포심과 뒤섞인 쓰디쓴 낙담으로 뼈가 저렸다. 그토록 오랜 시간 내게 양식이자 행복한 휴식이었던 꿈들이 이제 지옥이 되어버렸다. 참으로 급작스러

---

* 이탈리아 시인 단테 알리기에리.

운 변화였고, 참으로 철저한 전략이었다!

아침은 음울하고 축축했지만, 어쨌든 마침내 사위가 밝아와 불면에 쓰라린 내 두 눈에도 잉골슈타트 교회의 하얀 첨탑과 시계가 보였다. 여섯시를 가리키고 있었다. 문지기가 그날 밤새도록 내게 정신병자 수용소 같았던 안뜰의 문을 열어주었고, 거리로 나온 나는 당장이라도 모퉁이를 돌면 나타날 것만 같은 그 괴물을 피해 도망가듯 잰걸음으로 걸었다. 감히 내가 살던 아파트로 돌아갈 용기는 없었으나, 위로받을 길 없는 새카만 하늘에서 장대비가 쏟아져 온몸이 흠뻑 젖더라도 무조건 빨리 어디론가 가야 한다는 생각뿐이었다.

한동안 이런 식으로 계속 걸으며, 몸을 움직임으로써 내 마음을 짓누르는 무거운 짐을 덜어보려 애썼다. 어디로 가는지 내가 뭘 하고 있는지 명료한 생각도 없이 숱한 길을 건넜다. 심장은 병증 같은 두려움으로 마구 뛰고 있었다. 불규칙한 발걸음으로, 차마 주위를 둘러볼 용기도 없이 황황히 계속 걷고 또 걸었다.

마치 고독한 길을
두려움과 공포에 휩싸여 걷는 사람처럼,
한 번 뒤돌아보고는 다시 걷고,
영영 고개를 돌리지 않는다.
무시무시한 악마가
바로 뒤에서 그를 따라 걷고 있음을 알기에.*

---

* 콜리지의 시 「늙은 수부의 노래」 중에서(원주).

74

이렇게 계속 걷던 나는 각양각색의 승합마차와 사륜마차가 주로 정차하는 여인숙 맞은편에 도달했다. 여기서 나는 잠시 발걸음을 멈추었다. 이유는 모르겠다. 어쨌든 나는 거리 저 끝에서 내게로 다가오는 대형 사륜마차에 시선을 못박고 몇 분쯤 서 있었다. 가까이 다가온 마차는 알고 보니 스위스 승합마차였다. 마차는 바로 내가 서 있는 곳에서 멈췄다. 문이 열렸을 때 내가 본 것은 앙리 클레르발이었다. 그는 나를 보자마자 마차에서 훌쩍 뛰어내렸다. "이런, 내 친구 프랑켄슈타인이 아닌가!" 그가 외쳤다. "이렇게 만나게 되다니 정말 반갑군! 마차에서 내리자마자 바로 자네를 보다니 내 운이 트인 모양인데!"

클레르발을 본 순간의 기쁨은 비견할 데가 없다. 그의 존재는 아버지, 엘리자베트, 그리고 추억 속에서 애틋하기만 한 고향의 풍경들을 다시금 생각나게 했다. 친구의 손을 꼭 붙들고, 잠시 내 공포와 불행을 잊었다. 문득, 그야말로 몇 달 만에 처음으로 차분하고 고요한 기쁨이 찾아왔다. 그리하여 나는 더없이 상냥하고도 다정하게 친구를 환영했다. 우리는 대학가 쪽으로 함께 걸었다. 클레르발은 한동안 우리가 같이 알고 있는 친구들 이야기며, 이렇게 잉골슈타트에 오게 되기까지 자신이 얼마나 운이 좋았는지 말해주었다. "자네도 쉽게 상상할 수 있겠지만, 상인이라고 해서 장부 기입 말고는 아무것도 알 필요가 없다는 법이라도 있느냐고 우리 아버지를 설득하는 게 얼마나 힘들었는지 몰라. 그리고 솔직히 말하자면, 끝까지 내 말을 미심쩍게 여기셨던 것 같고. 끈덕진 내 간청에도 불구하고 아버지의 대답은 정말 『웨이크필드의 목사』에 나오는 네덜란드 교장만큼이나 한결같았으니까. '나는 그리스어를 몰라도 1년에 1만 플로린을 벌고, 그리스어 없이도 배불리 잘 먹는다"*고 하시더군. 하지만 아들에 대한 사랑이 결국 학문에 대한 불신을 이겼는지, 지식의 땅으로 발견의 여행을 떠나도록 허락해주셨다네."

"자네를 보니 이렇게 기쁠 수가 없군. 하지만 자네가 떠날 때 우리 아버지, 동생들과 엘리자베트가 어떠했는지 좀 전해주게."

"아주 건강했어. 그리고 아주 행복했고. 다만 자네한테서 소식이 너무 뜸해서 조금 불안해하고들 있다네. 그나저나 그 문제에 대해서는 가족들 대신 내가 자네한테 잔소리를 좀 할 생각이야. 하지만 프랑켄슈타인, 내 친구." 그는 뭐라 더 말을 하려다가 잠시 입을 다물고 내 얼굴을 뚫어져라 들여다보았다. "내 자네 얼굴에 병색이 완연하다는 얘기는 하지 않았지. 이렇게 야위고 창백하다니. 며칠 동안 한잠도 못 잔 사람 같은데."

"바로 봤어. 요즘에 한 가지 문제에 너무 심하게 몰두해서, 보다시피 충분한 휴식을 취하지 못했거든. 하지만 이제 모든 일들이 끝나서 자유로운 몸이 되기를 간절히 바라고 또 바라네."

무섭게 몸이 떨려왔다. 전날 밤 일어났던 일에 대해 말을 꺼내기는커녕 생각하는 것조차 견딜 수 없었다. 내가 워낙 잰걸음으로 걸었기에 우리는 금세 대학에 다다랐다. 그때 아파트에 두고 뛰쳐나온 괴물이 아직도 살아서 그곳을 돌아다니고 있을지 모른다는 생각에 문득 소름이 끼쳤다. 괴물과 마주치는 건 무서운 일이었다. 하지만 더 무서운 건 앙

---

* 올리버 골드스미스의 소설 『웨이크필드의 목사』의 20장에 나오는 말.

리가 괴물과 마주치게 되는 사태였다. 그래서 앙리에게 몇 분만 층계 밑에 서 있으라 하고 쏜살같이 내 방으로 달려 올라갔다. 정신을 차려 보니 벌써 손으로 자물쇠를 잡고 있었다. 잠시 그대로 가만히 있었다. 그러자 싸늘한 전율이 몸을 훑었다. 문을 활짝 세차게 열었다. 방문 뒤에 귀신이 기다리고 서 있을 거라고 생각할 때 아이들이 그러듯이. 하지만 아무것도 나타나지 않았다. 두려움에 떨며 들어갔다. 아파트는 텅비어 있었다. 그리고 내 침실 역시 그 흉측한 손님으로부터 해방되어 있었다. 이토록 큰 행운이 찾아왔다니 믿기지 않았다. 하지만 원수가 정말로 도망쳤다는 확신이 들자 기뻐서 손뼉을 쳤고, 클레르발에게로 달려 내려갔다.

우리가 방으로 올라오자 곧 하인이 아침식사를 차려 왔다. 하지만 도저히 흥분을 누를 수 없었다. 나를 사로잡은 건 그저 환희뿐만이 아니었다. 신경과민으로 피부가 짜릿짜릿했고, 맥박이 극도로 빨리 뛰었다. 잠시도 같은 곳에 가만히 있을 수가 없었다. 의자 위로 뛰어다니기도 하고 손뼉을 치며 큰 소리로 웃어댔다. 클레르발은 처음에는 내가 자기를 만나 기뻐서 이토록 유별나게 기운이 뻗쳤다고 생각했다. 그러나 좀더 세밀하게 나를 살펴보고는 이해할 수 없는 광기가 내 눈빛에 서려 있음을 알아차렸다. 그러고는 시끄럽고 무절제하고 냉혹한 내 너털웃음에 두려움을 느끼고 경악했다.

"내 친구 빅토르," 그가 외쳤다. "대체 무슨 일이야? 그런 식으로 웃지 마. 대체 얼마나 아픈 건가! 이게 다 무슨 일이야?"

"묻지 말아줘." 나는 두 손으로 눈을 가렸다. 그 무시무시한 귀신이 방으로 스르륵 미끄러져 들어오는 모습을 보았다고 생각했던 것이다.

"저 친구가 말해줄 거야. 아, 살려줘! 살려줘요!" 나는 그 괴물이 나를 붙잡는 환각에 빠졌다. 그래서 맹렬하게 저항하다가 발작을 하며 쓰러졌다.

불쌍한 클레르발! 기분이 어땠을까? 그토록 기쁨에 들떠 고대했던 만남인데, 이렇게 기괴하게 슬픔으로 변해버리다니. 그러나 나는 슬퍼하는 그의 모습을 보지 못했다. 무생물처럼 의식을 잃고 아주, 아주 오랫동안 정신을 차리지 못했으니까.

이것은 신경성 열병의 시초였고, 덕분에 나는 몇 달 동안이나 집밖 출입을 하지 못했다. 그 시간 내내 앙리는 혼자서 나를 간호해주었다. 훗날 알게 된 일이지만, 아버지의 노령과 긴 여행을 감당할 수 없는 체력, 그리고 내가 아프다는 걸 알면 엘리자베트가 크게 상심할 것을 고려해서 내 병이 얼마나 중한지 숨기고 가족들의 슬픔을 덜어주었던 것이다. 그는 내가 자기보다 더 친절하고 세심한 간병인을 구할 수 없다는 사실을 잘 알고 있었다. 게다가 내가 회복될 거라는 희망을 결코 버리지 않았던 그는, 이것이 해가 되는 일이 아니라 우리 가족에게 베풀수 있는 최선의 친절이라는 걸 믿어 의심치 않았다.

하지만 실제로 나는 몹시 심하게 앓았다. 친구의 가없고 부단한 간호가 없었다면 살아나지 못했을 게 분명하다. 내가 창조한 괴물의 형상이 영원히 눈앞에 어른거려 끝도 없이 괴물에 대한 헛소리를 지껄였다. 물론 앙리도 내 말을 듣고 몹시 놀랐다. 처음에는 혼란스러운 내 상상력의 헛된 망상이라 믿었지만, 똑같은 주제가 끈질기게 되풀이되자 결국 앙리도 뭔가 진기하고도 끔찍한 사건 때문에 내가 병에 걸렸다고 믿게 되었다.

아주 서서히, 그리고 친구가 심히 걱정할 정도로 잦은 재발을 겪으며 병세가 호전되었다. 처음으로 조금이나마 기쁨을 느끼면서 바깥세상을 바라볼 수 있던 때를 기억한다. 낙엽이 사라지고, 창에 그늘을 드리운 나무들에서 새싹이 돋아나고 있다는 걸 깨달았다. 찬란한 봄이었다. 그 계절은 회복에 큰 도움이 되었다. 또한 즐거움과 사랑의 감정들도 가슴속에 다시 살아나는 것이 느껴졌다. 우울은 사라지고 어느덧 나는 치명적 격정이 습격하기 전, 명랑했던 본연의 모습으로 돌아가 있었다.

"사랑하는 클레르발," 나는 감탄하며 말했다. "자네가 내게 얼마나 친절하게 잘 대해주었는지 모르겠어. 겨울 내내 다짐했던 공부도 하지 않고 내 병실에만 박혀 있었으니 말이야. 이 은혜를 어떻게 갚아야 할까? 나 때문에 자네가 이렇게 실망스러운 일을 겪어서 정말 미안하기 짝이 없어. 그렇지만 이런 나를 용서해주겠지."

"심기를 어지럽히지 말고 최대한 빨리 회복하는 게 나한테 진 빚을 갚는 거야. 기분이 좋아 보이니 하는 말인데, 자네하고 할 얘기가 하나 있는데 말이야. 얘기해도 되겠지?"

나는 전율했다. 할 얘기! 그게 대체 무엇이란 말인가? 내가 감히 생각조차 못하는 그것을 언급하려는 걸까?

"진정하게." 안색이 싹 바뀐 나를 보고 클레르발이 말했다. "자네 마음이 불편하다면 나는 아무 말도 않을 테니. 하지만 자네의 자필 편지를 받으면 아버님과 자네 사촌이 아주 행복해할 거야. 자네가 얼마나 아픈지 잘 모르고들 있어서, 오랫동안 소식이 없다고 마음이 편치 않거든."

"그게 다인가, 앙리? 너무하는군. 진심으로 사랑하고 또 사랑하는, 내 사랑을 모두 줘도 아깝지 않은 그들이 아니라면, 정신을 차리자마자 누굴 생각할 거라 여겼단 말인가?"

"친구, 지금 자네 기분이 그렇다면 아마 며칠 동안 자네가 읽어주기만을 기다리고 있던 편지 한 장을 보면 기뻐하겠군. 아마 자네 사촌한테서 온 편지일 거야."

5장

클레르발은 다음과 같은 편지를 내 손에 쥐여주었다.

V. 프랑켄슈타인에게

사랑하는 내 사촌,

네 건강 때문에 우리가 얼마나 불안했는지 말로 표현할 수가 없어. 네 친구 클레르발이 아무래도 병세의 위중함을 숨기고 있다는 상상마저 하게 되잖아. 네 친필 편지를 받아본 지 몇 달은 되는 것 같아. 그동안 내내 앙리에게 편지를 받아쓰게 했고. 빅토르, 틀림없이 넌 지독하게 아팠던 거지. 그래서 우리 모두 몹시 불행해. 네 사랑하는 어머님이 돌아가셨을 때만큼. 숙부님은 네가 정말로 위독하다고 생각하시고 잉골슈타트에 가겠다고 하시는데 말릴 수가 없어. 클레르발은 네가 더 좋아졌다는 편지만 보내지. 네가 직접 편지를 써서 그 사실을 하루빨리 확인시켜주기만 바랄 뿐이야. 정말로, 정말로, 빅토르, 우리는 아주 비참한 심경이거든. 이 두려운 마음을 덜어주기만 한다면, 우리 모두 세상에서 가장 행복한 사람들이 될 거야. 네 아버님은 워낙 정정하셔서, 지난겨울 이후로 10년쯤 젊어 보이셔. 에르네스트는 너무 커서 아마 알아보기도 힘들 거야. 이제 열여섯이 다 된데다 몇 년 전의 병약하던 기색이 싹 사라졌거든. 아주 튼튼하고 활발하게 자랐어.

숙부님과 나는 어젯밤 에르네스트가 어떤 직업을 택하면 좋을지 오랜 시간에 걸쳐 의논했어. 어렸을 때 워낙 병을 달고 살아서 공부하는 습관을 들이지 못했잖니. 게다가 이제 건강이 좋아지니 항상 야외에서 산을 오르거나 호수에서 노를 젓고 있어. 그래서 농부가 되면 어떻겠느냐고 제안해보았어. 빅토르, 너도 알다시피 나는 워낙 농부를 좋아하잖아. 농부의 삶은 참 건강하고 행복해. 그리고 무엇보다 해롭지 않고, 아니 오히려 세상에 득이 되는 일이지. 숙부님은 그 애가 법조인 교육을 받고, 흥미를 갖게 되어 판사가 되면 어떨까 하셨어. 하지만 그애 적성에 전혀 맞지 않는데다, 인간을 먹여 살리기 위해 땅을 일구는 일이 인간의 죄악을 목도하고 가끔은 공범자가 되는 일보다는 훨씬 훌륭한 일이잖아. 그래서 부농의 삶이, 명예는 차치하더라도, 인간의 어두운 본성을 계속 상대해야 하는 판사보다 행복한 직업이라고 말씀드렸어. 숙부님은 미소를 지으며 내가 법조인이 되어야겠다고 말씀하시더라. 그렇게 그 대화는 끝이 났어.

이제 네가 기뻐할, 아니 적어도 재미있어할 만한 이야기를 하나 해줄게. 유스틴 모리츠 기억나니? 아마 넌 기억 못할 거야. 그러니까 내가 간략하게 그애 사연을 말해줄게. 그녀의 어머니 모리츠 부인은 슬하에 네 아이를 둔 미망인이었어. 유스틴은 그중 셋째였고. 그 아버지는 항상 이 여자애를 제일 예뻐했었대. 하지만 무슨 이상한 도착적 심리에서인지, 어머니는 그애를 참을 수 없어했나봐. 모리츠 씨가 죽은 뒤 그애를 학대했대. 숙모님이 이런 사실을 눈여겨보았지. 그러다가 유스틴이 열두 살이 되었을 때 그 어머니를 설득해서 아이가 우리집에 살 수 있게 해준 거야. 우리 나라 같은 공화국에서는 이웃의 위대한 왕국들에서보다 더 소박하고 행복한 삶을 살 수 있지. 그래서 몇 개 계급으로 나뉜 국민들 사이에서 그나마 차별이 덜한 것 같아. 하층계급도 그리 가난하지 않고 멸시받지도 않는지라 몸가짐이 더 세련되고 도덕적이지. 제네바의 하인은 프랑스나 영국의 하인과는 달라. 이렇게 우리 집안에 들어오게 된 유스틴은 하인이 해야 할 일들을 배웠어. 우리네 운좋은 나라에서 하녀는 무식하다는 관념이 없을뿐더러 인간으로서의 품위를 희생할 필요도 없는 신분이잖니.

아까 한 얘기 말인데, 우리 작은 이야기의 여주인공을 너도 이제 기억해낼 거라 믿어. 너도 유스틴을 굉장히 좋아했으니까. 언젠가 네가 한 말이 기억나는데, 기분이 나쁠 때라도 유스틴이 한 번만 봐주면 다 풀린다고 했잖아. 아리오스토가 안젤리카*의 미모를 보았을 때

---

* 아리오스토의 서사시 「광란의 오를란도」에 나오는 사라센 미녀.

와 똑같은 이유로 말이야. 참으로 솔직하고 행복해 보이는 모습이라고. 숙모님도 그애를 깊이 아끼셔서 처음 생각과 달리 훌륭한 교육을 시키셨지. 그애는 은혜를 넘치도록 갚았어. 유스틴은 누구보다 감사하는 마음을 아는 소녀거든. 그런 생각을 입 밖에 내어 말했다는 건 아니야. 하지만 보호자를 여신처럼 숭상했다는 건 눈빛만 봐도 알 수 있었지. 심성은 명랑하고 경솔한 면도 두루 있었지만, 숙모님의 일거수일투족에 누구보다 깊은 관심을 가졌거든. 숙모님을 미덕의 범례라 믿고 말씨와 언행을 닮으려고 노력했지. 그래서 지금까지도 그애를 보면 가끔 숙모님 생각이 나곤 해.

사랑하는 숙모님이 돌아가셨을 때, 모두들 자기 슬픔에 빠져 있어서 불쌍한 유스틴을 신경써주지 못했어. 누구보다 걱정하면서 사랑으로 숙모님의 병상을 지켰는데 말이야. 불쌍한 유스틴은 아주 아팠어. 하지만 다른 시련들이 그애를 기다리고 있었지.

형제자매가 차례로 세상을 떠난 거야. 그 어미는 그리 홀대한 딸만 빼고 자식들을 모두 잃고 말았지. 양심의 가책을 느꼈어. 사랑하는 자식들이 죽음을 맞은 게 편애를 벌하는 하늘의 심판이라고 생각하기 시작한 거야. 그 여자는 로마가톨릭 신자였거든. 그리고 고해성사를 해준 신부님도 그런 생각에 동조했던 모양이야. 그에 따라 네가 잉골슈타트로 떠난 지 몇 달 후에 유스틴은 회개한 어머니의 부름을 받아 집으로 돌아갔어. 불쌍한 아이! 우리집을 떠나면서 흐느껴 울었지. 숙모님이 돌아가신 후 딴사람이 되었어. 슬픔으로 태도와 몸가짐이 부드러워지고 마음을 끄는 온화함이 깃들었지. 예전에는 놀랄 만큼 명랑한 아이였는데 말이야. 친모의 집에서 살게 된 것도 쾌활한 본성을 되찾아줄 만한 일은 아니었지. 불쌍한 여자는 회개하는 마음이 굉장히 변덕스럽게 오갔던 모양이야. 가끔은 매정했던 자신을 용서해달라며 유스틴에게 빌기도 했지만, 그보다는 형제자매가 죽은 게 다 유스틴 탓이라며 책망하는 일이 훨씬 잦았어. 끊임없는 조바심에 결국 모리츠 부인은 건강이 쇠했고 짜증도 점점 심해졌지. 이제는 영원한 안식을 취하고 있지만 말이야. 추운 겨울의 초엽, 바로 작년 겨울이 시작되던 때 죽었어. 유스틴은 우리에게 돌아왔고, 맹세하지만 난 정말 그애를 사랑해. 아주 영특하고 온화하고 너무나 어여뻐. 전에도 말했지만, 그애 몸가짐과 표정을 보면 사랑하는 숙모님이 계속 떠오르거든.

사랑하는 내 사촌동생, 우리 예쁜이 윌리엄 이야기를 몇 마디 전해야겠다. 네가 그애를 볼 수 있으면 얼마나 좋을까. 그애는 나이에 비해 아주 키가 크고, 다정하게 웃는 파란 눈과 검은 눈썹과 곱슬머리를 갖고 있단다. 미소를 지으면 건강하게 장밋빛으로 물든 양뺨에 작은 보조개가 파이곤 해. 벌써 한두 명 어린 '아내'들을 맞았는데, 그중에서 다섯 살짜리 예쁜 소녀 루이자 바이런을 제일 좋아한대.

자, 사랑하는 빅토르, 감히 장담하는데 너도 제네바의 착한 사람들에 대한 소소한 뒷이야기 듣는 걸 꽤나 즐길 거야. 어여쁜 맨스필드 양은 벌써 젊은 영국인 존 멜번 씨와 결혼을 앞두고 있어서, 몇 번 축하 방문도 받았지 뭐야. 못생긴 언니 마농은 지난가을에 부유한 은행가인 뒤비야르 씨와 결혼했어. 너와 제일 친했던 동창 루이 마누아는 클레르발이 제네바를 떠나고 난 후 몇 가지 불행을 겪었어. 하지만 벌써 기운을 차리고 아주 생기발랄하고 예쁜 프랑스 여자인 타베르니에 부인과 결혼 일보 직전이라는 얘기가 들려. 미망인인데 마누아보다 훨씬 연상이야. 하지만 아주 인기가 많아서 다들 좋아하는 여인이지.

편지를 쓰니 기분이 훨씬 나아지네, 내 사촌. 하지만 마무리를 하려니 다시금 불안하게 네 건강을 묻지 않을 수가 없어. 사랑하는 빅토르, 정말로 많이 앓고 있는 게 아니라면 친필로 편지를 써줘. 그래서 아버지와 우리 모두를 행복하게 해줘. 반대의 상황은 생각하는 것조차 견딜 수가 없어. 벌써 이렇게 눈물이 흐르잖아. 안녕, 사랑하는 내 사촌.

17××년 3월 18일 제네바에서,
엘리자베트 라벤차

"우리 착한 엘리자베트!" 편지를 다 읽고 나서 나는 외쳤다. "당장 편지를 써서 가족들의 근심을 덜어줘야겠어." 편지를 썼더니 극심하게 피로해졌다. 하지만 이미 병은 회복세에 들어서서 그후로도 점점 더 좋아졌다. 두 주가 더 지나자 방밖으로 나갈 수 있게 되었다.

몸이 회복되자마자 나는 클레르발을 대학의 여러 교수들에게 소개시켜주었다. 그 과정에서 마음에 생긴 상처를 덧나게 하는 험한 일들을 겪어야 했다. 숙명의 그날 밤 이후로 나는 자연철학이라는 말만 들어도 격렬한 반감을 갖게 되었다. 다른 면에서는 건강이 상당히 회복된 상태였지만, 화학기구만 봐도 괴로운 신경증 증세가 모조리 도지곤 했다. 앙리는 이런 내 모습을 보고, 기구들을 눈에 띄지 않는 곳으로 싹 치웠

다. 그리고 아파트도 옮겼다. 전에 실험실로 쓰던 방을 이제 내가 끔찍이 싫어한다는 걸 알았기 때문이다. 하지만 클레르발의 배려도 교수들을 방문할 때는 소용이 없었다. 발트만은 친절과 온정을 담아 과학 분야에서 내가 이룩한 경이로운 성과를 치하했지만, 내게는 고문일 뿐이었다. 그는 곧 내가 이런 주제를 싫어한다는 걸 알아차렸다. 하지만 진짜 원인은 짐작도 못한 채 겸손한 탓이라고 여겼다. 그는 대화의 주제를 과학 자체로 돌렸다. 나를 대화에 참여하게 만들려는 의도가 뚜렷했다. 하지만 어쩌겠는가? 기분을 좋게 해주기 위한 의도가 오히려 나를 괴롭히고 있었으니. 마치 천천히 잔인하게 살해할 살인 도구들을 하나씩 하나씩 조심스럽게 들어 내 눈에 잘 보이도록 놓는 기분이었다. 괴로워 온몸이 뒤틀렸으나 고통을 드러낼 수도 없었다. 언제나 타인의 감정에 예민한 눈과 정서를 지닌 클레르발은 전혀 문외한이라는 핑계로 그 주제를 거부했다. 그러자 대화는 좀더 일반적인 쪽으로 흘러가기 시작했다. 친구가 진심으로 고마웠으나 나는 아무 말도 하지 않았다. 클레르발은 놀란 기색이 역력했지만 비밀을 캐묻는 법이 없었다. 나는 애정과 존경이 어우러진 심정으로 친구를 너무나 사랑했지만, 시도 때도 없이 떠오르는 그 사건을 털어놓겠다는 결단만큼은 차마 내릴 수가 없었다. 다른 사람에게 세세한 사연을 털어놓으면 오히려 기억 속에 더 깊이 새겨질까 두려웠다.

크렘페는 그렇게 순하지 않았다. 견딜 수 없을 만큼 예민해져 있던 당시의 내게 혹독하고 무뚝뚝한 찬사는 발트만의 온정 어린 칭찬보다 더 크나큰 고통이었다. "이런 빌어먹을 친구!" 그가 외쳤다. "이런, 클레르발 군, 장담하건대 이 친구가 우리 모두를 멀찌감치 제쳐버렸다네.

몇 년 전만 해도 코르넬리우스 아그리파를 복음처럼 믿고 있었던 친구가, 이제는 대학 최고의 학자로 지위를 군혔다니까. 어서 빨리 끌어내리지 않으면 우리 체면이 말이 아니게 될 거야. 그럼, 그럼." 크렘페가 내 괴로운 표정을 보고 이렇게 말했다. "프랑켄슈타인 군은 겸손한 친구지. 젊은이한테 겸양은 아주 훌륭한 미덕이야. 젊은 친구들은 약간 수줍어할 줄 알아야 하거든. 클레르발 군, 나도 젊었을 때는 그랬지. 하지만 그런 건 금세 다 닳아 없어져버린다니까."

크렘페가 자화자찬에 들어가면서 다행히 대화는 끔찍하게 짜증스러운 화제에서 벗어났다.

클레르발은 타고난 자연철학자가 아니었다. 과학의 자질구레한 세부 사항을 다루기에는 지나치게 생생한 상상력의 소유자였다. 클레르발의 주된 연구대상은 언어였다. 언어의 기초 요소들을 터득한 후 제네바로 돌아가 독학으로 새로운 연구를 할 생각이었다. 그리스어와 라틴어를 완벽하게 터득하고 나서는 페르시아어, 아라비아어, 그리고 히브리어에 관심을 가졌다. 나는 할 일 없이 빈둥거리는 걸 진절머리 나게 싫어하는 사람이다. 그런데 과거의 추억에서 도망치고 싶은데다 과거의 연구가 끔찍하게 싫어진 지금은 친구와 함께 같은 공부를 하는 것이 큰 위로가 되었다. 동양 연구자들의 저서에서는 학식뿐 아니라 위안을 얻을 수 있었다. 그들의 우수憂愁는 마음을 달래주었고, 그들의 기쁨은 다른 나라 저자들을 연구하면서도 느끼지 못했던 경지로 마음을 고양시켜주었다. 그네들의 글을 읽으면 삶은 다사로운 태양과 장미꽃밭으로 점철되어 있는 듯하다. 정정당당한 적의 미소와 찌푸린 표정, 그리고 심장을 불태우는 불꽃 속에 삶이 있는 것 같다. 그리스와 로마의 남성적이고 영웅적인 시들과는 얼마나 다르던지.

이렇게 공부에 몰두하며 여름을 보내고, 제네바 귀환 날짜를 늦가을로 잡았다. 하지만 몇 가지 사건들로 지연되고, 겨울이 오고 눈이 오고 도로가 통행 불가능한 상태가 되고 하여, 여행은 이듬해 봄까지 미루어졌다. 이렇게 귀향이 늦어지는 건 내게 뼈저린 아픔이었다. 고향과 사랑하는 친구들이 너무나 보고 싶었다. 애초에 그렇게 귀향을 미룬 건 오로지, 아직 사람들과 제대로 낯을 익히지도 못한 클레르발을 혼자 타지에 두고 떠나기 싫은 내 마음 때문이었다. 하지만 겨울은 즐겁게 보냈다. 봄은 유달리 늦게 왔지만, 막상 다가온 봄은 늑장 부린 걸 보상이라도 하듯 찬연하게 아름다웠다.

어느새 5월에 들어섰고, 나는 출발 날짜를 확실히 정해줄 편지를 날마다 기다리고 있었다. 그때 앙리가 잉골슈타트 근교를 도보로 여행하면서 내가 오랫동안 살았던 나라에 작별이나 고하자고 제안했다. 나는 흔쾌히 그 제안을 받아들였다. 운동을 좋아했거니와, 옛날 고국의 자연 풍광을 따라 이렇게 산책을 할 때도 클레르발만큼 좋은 동행은 없었으니까.

우리는 이렇게 2주일 동안 도보 여행을 했다. 건강과 원기를 회복한 지 이미 오래였지만, 몸에 좋은 공기를 마시고 여행중 자연스럽게 이런저런 일을 만나고 친구와 이야기를 나누니 한층 힘이 났다. 연구 때문에 은둔생활을 하다보니 다른 사람들과 접촉할 기회가 없어 나는 비사교적인 사람이 되었다. 하지만 클레르발이 내 심장에 숨겨진 좋은 감정들을 끌어내주었다. 다시 한번 자연의 면면이며 아이들의 쾌활한 얼굴을 사랑하는 법을 가르쳐주었다. 참으로 훌륭한 친구! 충심으로 사랑을 베풀며 내 정신을 자신과 같은 수준까지 끌어올리기 위해 얼마나 애써주었던가. 이기적인 추구로 경직되고 편협해진 나였지만 그의 온화한 손길과 애정 덕분에 오감이 따뜻하게 녹아 눈을 떴다. 그리하여 사랑할 줄도 알고 모두의 사랑 속에 슬픔도 근심도 없던 몇 년 전의 행복한 인간으로 돌아갈 수 있었다. 행복을 찾자 무생물인 자연에서도 비할 데 없는 기쁨을 느꼈다. 화창한 하늘과 녹음 짙은 들판을 보면 황홀한 기쁨으로 가슴이 벅차올랐다. 계절은 신성하리만큼 아름다웠다. 봄 꽃들이 산울타리에 만개하고 여름꽃들은 벌써 꽃망울이 맺혀 있었다. 나는 아무리 떨쳐내려 해도 뿌리칠 수 없이 마음을 무겁게 짓누르던 작년의 생각들로 괴로워하지 않게 되었다.

앙리는 쾌활한 내 모습에 기뻐했고 진지하게 공감해주었다. 자기 영혼을 채우는 감각들을 표현하면서도 동시에 날 즐겁게 해주려고 애썼다. 이럴 때 드러나는 그의 정신적 자산은 참으로 놀라웠다. 대화는 상상력으로 충만했으며 페르시아와 아라비아 작가들을 모방해 기막힌 공상과 정념의 이야기들을 꾸며내기도 했다. 어떤 때는 내가 좋아하는 시를 되풀이해 읊어주거나, 나를 논쟁으로 끌어들이고 기발한 기지로 맞장구를 쳐주기도 했다.

우리는 일요일 오후 대학으로 돌아왔다. 농부들이 춤추고 있었고, 우리가 만난 사람들은 모두 쾌활하고 행복해 보였다. 기분이 한없이 좋아진 나도 걷잡을 수 없는 환희를 억누르지 못하고 덩달아 가슴이 뛰었다.

6장

돌아와보니 아버지에게서 다음과 같은 편지가 와 있었다.

V. 프랑켄슈타인에게

사랑하는 빅토르,

아마도 넌 고향으로 돌아올 날짜를 알려주는 편지를 애타게 기다리고 있겠지. 그래서 처음에는 네가 돌아올 날짜만 몇 줄 쓰려 했다. 하지만 차마 그런 잔인한 친절을 베풀 수는 없구나. 아들아, 행복하고 따뜻한 환영을 기대하고 돌아왔는데, 반대로 눈물과 비탄을 보게 되면 네가 얼마나 놀라겠느냐. 빅토르, 우리의 불행을 어떻게 말해야 할지 모르겠다. 함께 있지 못했다고 네가 우리의 희로애락에 무감해졌을 리가 없는데 어떻게 집 떠난 자식의 마음을 아프게 하겠느냐? 네가 이 슬픈 소식 앞에 마음의 준비를 했으면 싶지만, 어차피 불가능하다는 걸 안다. 지금도 너는 이 편지를 대충 훑으면서 끔찍한 소식이 뭔지 찾고 있을 테니까.

윌리엄이 죽었단다! 그 사랑스러운 아이가, 미소로 내 심장에 기쁨과 온기를 전해주던 아이가, 그토록 온순하고 그토록 명랑하던 아이가 죽었단다! 빅토르, 그애는 살해당했다!

너를 위로하려는 생각은 아예 하지 않으마. 그저 사건의 정황만 간단히 이야기하겠다.

지난 목요일(5월 7일) 나와 조카, 네 두 동생은 플랭팔레로 산책을 갔었다. 그날 저녁은 따뜻하고 날씨가 맑아서 우리는 보통 때보다 더 산책길에 오래 머물렀다. 돌아오려고 생각하니 벌써 황혼녘이더구나. 그때 우리는 저 앞으로 먼저 달려간 윌리엄과 에르네스트가 안 보인다는 걸 알았다. 그래서 돌아올 때까지 자리에 앉아 쉬면서 기다렸지. 얼마 후 에르네스트가 오더니 동생을 보지 못했느냐고 묻더구나. 같이 놀고 있었는데 윌리엄이 숨바꼭질을 하러 뛰어갔고, 한참 찾았는데도 보이지 않아 오래 기다렸다고, 그런데도 돌아오지 않았다고 말했다.

이 말에 너무 놀라서 우리는 밤이 되도록 아이를 찾아다녔다. 그런데 엘리자베트가 혹시 먼저 집에 가 있을지도 모른다고 했지. 하지만 그애는 집에도 없었다. 우리는 다시 횃불을 밝히고 찾아다녔어. 내 사랑하는 아이가 길을 잃고 밤의 습기와 이슬에 무방비로 떨고 있다고 생각하니 도저히 잠을 이룰 수가 없었지. 엘리자베트도 극심한 불안에 시달렸다. 새벽 다섯시경, 나는 사랑하는 아들을 발견했단다. 전날 밤만 해도 꽃처럼 피어난 건강의 화신 같았는데, 풀밭에 납빛이 되어 꼼짝도 않고 쓰러져 있었다. 아이의 목에는 살인자의 손가락 자국이 남아 있었지.

그 아이를 집으로 옮기고 나서, 괴로움이 역력한 내 얼굴을 본 엘리자베트에게 사실을 들키고 말았지. 엘리자베트는 시신을 보겠다고 고집을 피웠다. 처음에는 막으려고 했지만 완강하게 버티더구나. 시신이 누워 있는 방에 들어간 엘리자베트는 황급히 죽은 아이의 목을 살펴보더니 두 손을 꼭 잡고 이렇게 외치더구나. '오 하느님! 내가 사랑하는 우리 아기를 죽였어요!'

엘리자베트는 혼절했다가 간신히 정신을 차렸다. 다시 정신이 든 후에도 그애는 그저 한숨을 쉬며 울기만 했다. 나한테 이런 얘기를 해주더라. 바로 그날 저녁, 윌리엄이 엘리자베트가 갖고 있던 네 어머니의 귀한 초상화 목걸이를 자기 목에 걸어보겠다고 졸랐다는 거야. 그런데 발견된 윌리엄의 목에 이 초상화는 없었다. 틀림없이 살인자는 이것을 노렸을 거야. 지금으로서는 살인자의 자취를 전혀 찾을 수 없지만 기필코 놈을 찾고야 말겠다. 그렇다고 내 사랑하는 윌리엄이 살아나지는 않겠지만.

어서 와라, 사랑하는 빅토르. 너만이 엘리자베트에게 위로가 될 수 있어. 도무지 울음을 그치지 않고 그애가 자기 때문에 죽었다고 억지 탓만 하고 있구나. 엘리자베트의 말이 내 심장을 꿰뚫는다. 우리 모두 불행하단다. 그러니 더더욱 내 아들아, 네가 돌아와 우리를 위로해줘야 하지 않겠니? 그리고 네 어머니 말이다! 아, 빅토르! 이제

와서 하는 말이지만, 네 어머니가 지금까지 살아서 막내아들의 잔인하고 참담한 죽음을 목격하지 않은 게 정말 다행이구나 싶다!

어서 와라, 빅토르. 암살자에 대한 깊은 복수심이 아니라 평화와 관용의 마음을 가슴에 품고 오너라. 우리 마음의 상처가 곪지 않고 치유될 수 있도록 말이다. 사랑하는 내 아들아, 비탄의 상가喪家에 들어오너라. 하지만 원수에 대한 증오가 아니라 널 사랑하는 이들에 대한 애정만 품고 와야 한다.

통한에 잠긴, 사랑하는 아버지가.

17××년 5월 12일 제네바에서
알폰세 프랑켄슈타인

편지를 읽는 내 표정을 지켜본 클레르발은 가족들의 소식을 처음 전해듣고 내 얼굴에 떠올랐던 기쁨이 이윽고 절망으로 변하자 깜짝 놀랐다. 나는 테이블에 편지를 던져버리고 얼굴을 두 손에 묻었다.

"사랑하는 친구 프랑켄슈타인." 쓰라린 슬픔으로 흐느끼는 나를 보고 앙리가 외쳤다. "자네는 항상 불행이 따라다닐 운명인가? 친구, 무슨 일이 있는 거야?"

나는 극도로 동요한 나머지 방안을 마구 서성거리면서 편지를 읽어보라고 손짓했다. 불행한 사연을 읽어 내려가던 클레르발의 눈에서도 눈물이 솟구쳐 흘렀다.

"뭐라 위로의 말을 할 수가 없군, 친구." 그가 말했다. "돌이킬 수 없는 변고를 당했어. 앞으로 어떻게 할 작정인가?"

"당장 제네바로 가야지. 앙리, 우리 같이 마차를 빌리러 가자."

함께 걸어가는 길에 클레르발은 내 기운을 북돋워주려고 애썼다. 흔한 위로의 말이 아니라 진심이 배어나는 동정심으로 달래주었다. "불쌍한 윌리엄!" 그가 말했다. "그 어여쁜 아이가. 이제는 천사가 된 어머니와 함께 잠들어 있겠구나. 친구들은 슬퍼하고 흐느껴 울겠지만 그애는 이제 평온하게 쉬고 있어. 암살자의 손길도 느끼지 못할 테고, 그 보드라운 몸을 뗏장이 덮고 있으니 아픔도 모를 테지. 우리는 이제 더이상 그애를 불쌍하게 여겨서는 안 돼. 살아남은 사람들이 가장 괴로운 법이야. 시간밖에는 아무 위로가 없으니까. 죽음은 악이 아니라든가, 인간의 마음은 사랑하는 대상의 영원한 부재 앞에서도 절망을 극복한다는 식의 스토아학파의 주장을 강요할 수는 없는 법이지. 카토*마저도 동생의 시신 앞에서는 흐느꼈으니까."

황급히 함께 걷던 그 길에 클레르발이 했던 말들이다. 내 마음에 깊이 새겨져 훗날 혼자 있을 때면 두고두고 떠오르곤 했던 말들. 하지만 정작 그때는 마차가 도착하기 무섭게 허겁지겁 카브리올레**에 올라 친구에게 작별을 고했다.

여정은 몹시 우울했다. 처음에는 슬픔에 빠진 사랑하는 가족들을 위로하고 슬픔을 나누고자 하는 마음에 어서 빨리 가고만 싶었다. 하지만 고향이 가까워지자 발길을 늦추게 되는 것이었다. 마음속에 물밀듯 밀어닥치는 착잡한 감정들을 어찌할 수가 없었다. 어린 시절에는 익숙했으나 6년 가까운 세월이 흐르도록 한 번도 보지 못했던 풍경들이 스쳐

---

* 로마시대의 스토아철학자.
** 이륜마차의 일종.

지나갔다. 그 시간 동안 모든 게 얼마나 변했을까? 확실한 건 급작스럽고 황막한 변화 한 가지가 일어났다는 사실이었다. 하지만 수천 가지 작은 상황들이 서서히 또다른 변화들을 일으켰으리라. 훨씬 조용히 진행된 변화들이겠지만 결정적 의미가 덜한 건 아니었다. 나는 걷잡을 수 없는 두려움에 사로잡혔다. 앞으로 나아갈 용기가 없었다. 뭐라 형용할 수도 없는 수천 가지 이름 없는 죄악 때문에 온몸이 떨렸다.

이렇게 고통스러운 심정으로 이틀 동안 로잔에 묵었다. 호수를 찬찬히 바라보며 생각을 가다듬었다. 수면은 잔잔했다. 주위를 에워싼 만물은 평온했고 '자연의 궁전'*인 눈 덮인 산맥은 변함이 없었다. 고요와 천국처럼 아름다운 풍광 덕에 서서히 기운을 차린 나는 다시 제네바를 향한 여정을 시작했다.

길은 호숫가를 따라 이어지다가 고향에 가까워질수록 점점 좁아졌다. 쥐라의 검은 산등성이와 몽블랑의 빛나는 정상이 전보다 더 또렷하게 보였다. 나는 아이처럼 흐느꼈다. "다정한 산들아! 내 아름다운 호수야! 방랑자를 어찌 이렇게 반가이 맞아주는 거냐? 봉우리는 선명하고, 하늘과 호수는 파랗고 잔잔하구나. 이는 평화의 전조일까, 내 불행을 조롱하기 위한 걸까?"

친구, 정황을 이렇게 상세히 늘어놓다 그만 이야기가 지루해질까봐 걱정이 되는구나. 하지만 상대적으로 행복했던 나날이기에 생각하면 기분이 좋아진다. 우리 나라, 사랑하는 내 나라! 고국의 냇물, 고국의

---

* 영국 시인 바이런의 시 「차일드 해럴드의 순례」에서 인용한 것. "내 머리 위로는 알프스산맥/ 자연의 궁전들, 그 광대한 장벽들이/ 눈 덮인 봉우리를 구름 속에 찔러 넣고 솟아 있네."

산맥, 그리고 무엇보다 사랑스러운 호수를 바라보며 느낀 새삼스러운 기쁨은 거기서 태어나 자란 사람이 아니라면 결코 모를 테니까.

하지만 집에 가까워질수록 비탄과 공포가 다시 덮쳐왔다. 어스름이 지고 어두운 밤이 사위를 에워쌌다. 시커먼 산맥들이 잘 보이지 않게 되자, 내 기분은 더욱 침울해졌다. 온 사방이 광활하고 흐릿한 악의 소굴 같기만 했다. 그리고 막연하게 나는 앞으로 세상에서 가장 참담한 운명을 지닌 인간이 될 거라는 예감이 들었다. 아! 예언은 들어맞았다. 한 가지 정황이 틀렸을 뿐이다. 무수한 불행을 상상하고 두려워했지만 알고 보니 실제로 견뎌내야 할 운명은 백배 더 가혹했던 것이다.

제네바 땅에 도착했을 때는 완전히 캄캄한 밤이었다. 시내 관문들은 벌써 닫혀 있었다. 그래서 어쩔 수 없이 시 동부에서 약 반 리그*쯤 떨어져 있는 세슈롱에서 밤을 보내야 했다. 하늘은 맑았다. 도저히 마음 편히 쉴 수가 없어 윌리엄이 살해당한 장소를 찾아가보기로 마음먹었다. 도시를 가로지를 수가 없어서, 보트를 타고 호수를 건너 플랭팔레로 가야 했다. 이 짧은 여행중에 몽블랑 정상에서 가없이 아름다운 형상으로 노니는 번개들의 유희를 목격했다. 폭풍우가 급속히 접근하고 있는 듯했다. 그래서 상륙하는 길로 곧장 야트막한 야산에 올라가 폭풍우의 진행을 관찰해야겠다고 생각했다. 과연 폭풍우는 더 가까워졌다. 하늘이 구름으로 뒤덮였고 곧 커다란 빗방울이 서서히 떨어지는가 싶더니 빗줄기가 격해졌다.

나는 일어나 계속 걸었다. 어둠과 폭풍우의 기세가 1분이 다르게 거

---

* 거리의 단위. 1리그는 약 5킬로미터.

세어지고 천둥 번개가 머리 위에서 무시무시하게 부서져도 아랑곳하지 않았다. 우레가 살레브, 쥐라, 그리고 사부아의 알프스산맥에 메아리쳤다. 강렬한 번개 섬광에 눈이 부셨다. 훤히 밝히는 번개 불빛에 호수의 수면은 광활한 불바다가 되었다. 한순간 만물이 칠흑처럼 캄캄해 보이더니, 아까 친 섬광으로 충격을 받은 시력이 간신히 회복되었다. 스위스에서 흔히 볼 수 있는 현상인데, 폭풍우가 하늘 여기저기에서 한꺼번에 일어나는 것처럼 보였다. 가장 격렬한 폭풍우는 정확히 마을 북쪽, 벨리브의 돌출된 암반과 코페 마을 사이에 있는 호수 위에 걸려 있었다. 또다른 폭풍우는 희미한 번갯불로 쥐라를 밝히고 있었고, 또하나는 호수 동쪽으로 뾰족하게 솟아 있는 몰산을 시커멓게 뒤덮고 있다가 가끔씩 번쩍이곤 했다.

나는 참으로 아름답고도 무시무시한 폭풍우를 바라보며 황망한 걸음으로 끝없이 헤맸다. 하늘에서 벌어지는 장엄한 전쟁을 보고 있자니 영혼이 고양되었다. 두 손을 꼭 맞잡고 큰 소리로 외쳤다. "윌리엄, 사랑하는 천사! 이것이 네 장례식이다. 너를 위한 비가다!" 이렇게 말하는 순간, 어둠 속 나뭇등걸 뒤에서 내 근처로 슬며시 지나가는 형체를 보았다. 나는 못박힌 듯 그 자리에 서서 뚫어져라 쳐다보았다. 잘못 봤을 리 없었다. 번갯불의 섬광에 정체가 뚜렷하게 드러났다. 거대한 몸집과 차마 인간이라 할 수 없는 흉측한 생김새를 보자마자, 그 괴물, 바로 내가 생명을 준 더러운 악마임을 알아차렸다. 그곳에서 무슨 짓을 저지른 걸까? 그놈이 (생각만 해도 온몸이 떨렸다) 내 동생을 살해한 걸까? 상상이 뇌리를 스치는 순간 확실한 심증이 섰다. 이가 딱딱 부딪고 몸을 가눌 길 없어 나무에 기대야 했다. 형상이 재빨리 스쳐가는 바람에 어둠 속에서 놈을 놓쳤다. 인간의 탈을 썼다면 그 어여쁜 아이를 결코 죽일 수 없었으리라. 놈이 바로 살인자였다! 의심의 여지가 없었다. 그런 생각이 든다는 것 자체가 뿌리칠 수 없는 확증이었다. 악마를 추적하려 했으나 허사였다. 다시금 번쩍거린 번갯불에 비친 그 모습은 플랭팔레의 남쪽 경계선을 이루는 능선인 몽살레브의 깎아지른 직벽 바위 틈새에 매달려 있었으니까. 놈은 순식간에 정상에 다다라 자취를 감추었다.

나는 미동도 없이 그대로 서 있었다. 천둥소리는 그쳤지만 여전히 비가 내렸고 한 치 앞도 보이지 않는 어둠이 사방을 에워싸고 있었다. 지금껏 그토록 잊으려 했던 일들이 스쳐지나갔다. 창조까지 이어졌던 과학적 발전, 손수 빚은 생물이 침대맡에 살아서 나타났던 일, 그리고 놈이 떠나버렸던 일까지. 괴물이 처음 생명을 얻었던 날로부터 2년 가까운 세월이 흘렀는데, 이것이 과연 첫번째 범죄일까? 이럴 수가! 살육과 고통에서 쾌감을 찾는 저주받은 괴물을 내가 이 세상에 풀어놓았구나. 그놈이 벌써 내 동생을 살해하지 않았던가?

아무도 상상 못할 고뇌에 시달리며, 흠뻑 젖은 몸으로 추위에 덜덜 떨며 거기서 날밤을 새웠다. 궂은 날씨 따위에는 이미 무감각했다. 죄악과 절망의 장면만이 머릿속을 가득 채웠다. 사람들 속에 내 손으로 풀어놓은 괴물은 이번 살인과 같이 소름 끼치는 일을 저지를 의지와 힘을 모두 갖고 있었다. 괴물은 바로 나 자신의 흡혈귀, 무덤에서 풀려나 내게 소중한 것들을 모두 파멸로 몰아넣을 나 자신의 생령生靈이었다.

날이 밝았다. 시내 쪽으로 걸음을 옮겼다. 도성 문은 열려 있었다. 서

둘러 아버지의 집으로 향했다. 처음에는 살인자에 대해 아는 바를 다 털어놓고, 즉시 수색을 시작해야 한다고 생각했다. 하지만 해야 할 이야기를 곰곰 생각해보다가 발길을 멈췄다. 내가 직접 만들어 생명을 준 존재가 한밤중에 사람이 접근할 수 없는 벼랑 한가운데서 나와 마주쳤다니. 더욱이 신경성 열병을 앓던 시기가 괴물을 창조했다는 날짜와 얼추 일치하기 때문에, 안 그래도 황당무계하기 짝이 없는 이야기가 고열로 인한 환각 증세처럼 보이기 십상이었다. 세상 누가 내게 이런 이야기를 해준다면, 분명 나라도 광인의 헛소리로 치부했을 터였다. 설령 친지들을 설득해 수색을 시작하더라도, 워낙 희한한 특성을 지닌 짐승인지라 어떤 추적에도 붙잡힐 리 없었다. 추적한들 무슨 소용이 있겠는가? 몽살레브의 까마득한 직벽을 타고 올라갈 수 있는 괴물을 그 누가 체포한단 말인가? 이런 생각들을 하다보니 결심이 섰다. 나는 아무 말도 않기로 마음을 정했다.

아버지의 집에 들어섰을 때는 다섯시경이었다. 하인들에게 가족들을 깨우지 말라고 하고, 서재로 들어가 평상시에 가족들이 일어나는 시간까지 기다렸다.

6년의 세월이 단 하나 지울 수 없는 흔적만 남긴 채 꿈결처럼 흘러가고, 이제 나는 다시 잉골슈타트로 떠나기 전 마지막으로 아버지와 포옹을 했던 그 자리에 서 있었다. 경애하는 아버지! 나에겐 아직 아버지가 있었다. 나는 벽난로 선반에 놓인 어머니의 초상화를 하염없이 바라보았다. 아버지의 뜻에 따라 제작된 초상화 속에서 카롤린 보포르는 돌아가신 아버지의 관 옆에 무릎을 꿇고 절망에 빠져 있는 모습이었다. 시골 여인네 옷차림에 뺨은 창백했지만 품격과 아름다움이 배어 나오는 모습은 동정할 여지를 별로 주지 않았다. 이 그림 아래에 윌리엄의 작은 초상화가 있었다. 그 모습을 보자 절로 눈물이 줄줄 흘렀다. 그때 에르네스트가 들어왔다. 도착하는 소리를 듣고 황급히 나를 맞으러 나왔던 것이다. 나를 본 그 녀석 얼굴에 서글픈 기쁨이 떠올랐다. "잘 왔어, 빅토르 형." 그애가 말했다. "아! 형이 3개월 전에 왔더라면 얼마나 좋았을까. 그랬다면 우리 모두 행복하고 기쁜 모습으로 맞을 수 있었을 텐데. 하지만 이제 우리는 불행해. 슬프지만, 미소 대신 눈물로 형을 맞을 수밖에 없어. 아버지는 너무 슬퍼하셔. 이 끔찍한 일로 엄마가 돌아가실 때 느꼈던 슬픔까지 새삼 떠올리시는 모양이야. 불쌍한 엘리자베트 누나 역시 어떤 위로로도 달랠 수 없고." 에르네스트는 이런 말을 하다 그만 흐느끼기 시작했다.

"그러지 마. 이렇게 이 형을 맞다니. 조금만 진정해주렴. 이토록 오래 떨어져 살다가 이제야 아버지의 집에 들어온 형의 마음이 참담하기 이를 데 없구나. 그런데 아버지는 불행을 잘 견디고 계시니? 우리 불쌍한 엘리자베트는 좀 어때?"

"누나는 마음의 위로를 못 찾고 있지. 동생의 죽음이 자기 탓이라고 자책하며 몹시 괴로워해. 하지만 살인자를 찾아내고 나니……"

"살인자를 찾았다고! 이럴 수가! 어떻게 그럴 수가? 누가 감히 그놈을 추적할 생각을 했지? 불가능한 일이야. 차라리 바람을 따라잡거나 지푸라기로 계곡물을 막는 게 쉽지."

"형이 무슨 소리를 하는지는 모르겠지만, 범인이 발각됐을 때 우리 모두 참담한 심정이었어. 처음엔 아무도 믿지 않았지. 증거가 그렇게나 많은데 여전히 엘리자베트는 믿으려 하지 않아. 아니, 그렇게 상냥하고 온 식구를 따르던 유스틴 모리츠가 갑자기 그리도 끔찍한 범죄를 저질렀다니, 대체 누가 믿겠어?"

"유스틴 모리츠! 가엾어라. 그애가 죄를 뒤집어쓰고 있어? 말도 안돼. 세상 사람들이 다 알 거야. 아무도 안 믿지? 그렇지, 에르네스트?"

"처음엔 아무도 믿지 않았지. 하지만 몇 가지 정황이 밝혀져서 어쩔 수 없이 우리도 믿을 수밖에 없었어. 게다가 그애 행동도 몹시 혼란스러워서 증거에 힘을 실어주고 있거든. 안타깝지만 안 믿고 싶어도 그럴 수가 없게 되었어. 오늘 재판이 열릴 테니, 형도 진상을 다 알게 될 거야."

에르네스트의 이야기에 따르면, 불쌍한 윌리엄이 발견된 날 아침에 유스틴이 병으로 앓아누웠다고 한다. 며칠 후 어떤 하인이, 살인이 일어나던 밤 유스틴이 입었던 옷 주머니에서 살인 동기로 추정되는 어머니의 초상화를 우연히 찾아냈다. 하인은 즉시 다른 하인에게 보여주었고, 그 얘기를 들은 하인이 가족들에게 한마디 상의도 없이 곧장 치안판사를 찾아갔던 것이다. 그리고 하인들의 증언을 토대로 유스틴이 체포되었다. 기소를 당한 소녀는 극심한 혼란에 빠져 횡설수설했는데 결과적으로 혐의를 상당 부분 인정한 셈이었다.

이상한 얘기였지만 내 확신은 흔들리지 않았다. 나는 힘주어 말했다. "다들 잘못 알고 있어. 내가 살인자를 알아. 유스틴은, 불쌍하고 착한 유스틴은 죄가 없어."

바로 그때 아버지가 들어왔다. 얼굴에 깊이 새겨진 불행이 역력했으나 쾌활하게 나를 맞아주려고 애를 썼다. 비탄에 찬 인사를 나누고 나서 우리의 불행 말고 다른 이야기를 하려 했으나 때맞춰 에르네스트가 외쳤다. "아버지! 빅토르 형이 누가 불쌍한 윌리엄을 죽였는지 알고 있대요."

"불행하게도 우리도 알고 있단다." 아버지가 대답했다. "우리가 그리 좋게 보았던 아이가 그토록 사악하고 배은망덕한 짓을 저질렀다니, 차라리 모르는 편이 나았겠다만."

"사랑하는 아버지, 잘못 알고 계시는 겁니다. 유스틴은 결백해요."

"그렇다면 하느님이 보우하사 그애가 죄를 덮어쓰는 일은 없어야지. 오늘 재판을 받을 테니, 진심으로, 진심으로 그애가 무죄 방면되기를 바란다."

이 말에 내 마음이 편안해졌다. 나는 유스틴은 물론 세상 그 어떤 인간도 이 살인을 저지르지 않았다고 마음속 깊이 믿고 있었다. 그래서 유죄 선고를 내릴 만큼 뚜렷한 정황증거가 나올 거라고 생각지 않았고, 그래서 전혀 두렵지 않았다. 나는 확신을 갖고 마음을 가라앉혔으며, 애타게 재판을 기다리면서도 나쁜 결과가 나올 거라고는 추호도 생각하지 않았다.

곧 엘리자베트까지 들어왔다. 마지막으로 그녀를 본 후로, 시간이 그녀의 몸매를 딴판으로 바꾸어놓았다. 6년 전에는 누구나 사랑하고 아끼던, 예쁘고 성격 좋은 소녀였다. 이제는 몸가짐이며 얼굴 표정이 완연한 여인인데다 범상치 않게 사랑스러웠다. 탁 트인 넓은 이마는 뛰어난 이해력과 솔직한 성격을 말해주었다. 눈은 연한 갈색으로 슬픔에 최근의 자책까지 더해 온화한 빛을 발하고 있었다. 머리카락은 탐스러운 암갈색이었고 피부색은 희었으며 몸매는 가냘프고 우아했다. 그녀는 가없는 애정으로 나를 반겨주었다. "빅토르, 널 보니 내 마음이 희망으로 벅차올라." 엘리자베트가 말했다. "어쩌면 네가 우리 불쌍하고 죄 없는 유스틴을 변호해줄 길을 찾아낼지도 모르잖아. 아! 그애가 범죄자로 기소를 당하다니, 세상 누가 마음을 놓겠어? 난 내 무죄를 믿듯이 그애의 무죄를 믿어. 마치 우리가 겪는 불행이 두 배로 불어나는 것 같아. 사랑스럽던 우리 꼬마를 잃은 것도 모자라, 진심으로 사랑했던 불쌍한 아이까지 혹독한 운명에 빼앗겨야 하다니. 유죄판결을 받는다면 다시는 내게 즐거울 일이 없을 거야. 하지만 그렇지 않다면, 물론 그럴 거라고 진심으로 믿지만 말이야, 그러면 슬픈 윌리엄의 죽음에도 불구하고 다시 행복해질 수 있을 것 같아."

"그애는 죄가 없어, 나의 엘리자베트." 내가 말했다. "무죄는 입증될 거야. 아무 걱정 하지 말고, 꼭 무죄 방면될 거라고 믿고 기운을 차려."

"넌 정말 좋은 사람이야! 모두들 그애가 범인이라고 믿어서 날 비참하게 만들었는데. 있을 수 없는 일이야. 그렇게 사람들이 하나같이 무시무시한 편견을 갖고 있는 걸 보니, 희망을 잃고 낙심하게 되더라." 그녀가 흐느꼈다.

"사랑하는 엘리자베트," 아버지가 말했다. "눈물을 거두렴. 그애가 네가 믿는 것처럼 죄가 없다면, 우리 재판관들의 정의에 맡겨보도록 하자. 편견의 그늘이 조금이라도 보이면 내가 나서서 막을 테니."

7장

우리는 재판이 시작되는 열한시까지 몇 시간을 슬픔 속에서 보냈다. 아버지를 비롯한 다른 가족들은 증인으로 참석할 의무가 있었기 때문에 나는 그들을 따라 법정에 갔다. 정의를 우롱하는 한심한 노릇을 내내 지켜보고 있자니 생고문이 따로 없었다. 호기심과 불법 작업이 내가 사랑하는 사람을 둘이나 죽이는 결과를 낳을지 곧 결판날 터였다. 한 사람은 순진무구하게 웃던 아기였고, 또 한 사람은 추문이 추문을 낳을수록 살인의 공포가 더 커져서 끔찍하게 처형될 사람이었다. 더욱이 유스틴은 훌륭한 자질을 지닌 소녀로, 앞으로 얼마든지 행복한 삶을 누릴 수 있는 품성의 소유자였다. 하지만 이 모든 게 불명예의 무덤 속에 묻혀 망각될 운명이 되었고, 다름 아닌 내가 원흉이었다! 유스틴이 뒤집어쓴 죄를 차라리 내가 저질렀다고 고백하고 싶은 마음이 천 번도 더

들었다. 하지만 범죄 당시 여기 있지도 않았으니, 그런 선언을 해봤자 미친 사람의 헛소리라는 취급만 당하고 나 때문에 고통받는 그녀의 무죄를 입증하지도 못했을 것이다.

유스틴의 모습은 차분했다. 상복 차림을 하니 워낙 이목을 끄는 그녀의 얼굴이 엄숙한 감정으로 오히려 두드러지게 아름다워 보였다. 그녀는 결백을 확신하는 모양인지, 그녀를 바라보면서 비난을 퍼붓는 수천 명 앞에서도 전혀 떨림이 없었다. 다른 때라면 그녀의 미모가 사람들의 호감을 불러일으켰겠지만, 청중들이 상상하는 그녀의 죄상이 워낙 중대한 터라 그런 호감은 사라지고 없었다. 유스틴은 차분했지만, 그런 가운데 긴장한 기색이 역력했다. 예전에 혼란스러운 반응을 보였다가 유죄 혐의를 받았기에 마음을 굳게 먹고 용감해 보이려 애쓰는 것이었다. 법정에 들어서던 그녀는 장내를 둘러보다가 좌정한 우리 모습을 보았다. 우리를 보는 눈이 눈물로 흐려지는 듯했다. 하지만 곧 마음을 다잡았고, 슬퍼하는 속에서도 애정을 보내는 그녀의 눈길은 완벽한 결백을 증명하는 듯했다.

재판이 시작되었다. 검사의 기소가 끝난 다음 증인 몇 명이 소환되었다. 몇 가지 이상한 사실들이 합쳐져서 그녀에게 불리하게 작용했는데, 나처럼 결백에 대한 확신이 없는 사람들에게는 깜짝 놀랄 만한 내용이었다. 그녀는 살인이 일어나던 날 밤새도록 외출했다가 동이 트기 전 죽은 아이가 나중에 발견된 지점과 그리 멀지 않은 데서 시장 장사꾼 아줌마의 눈에 띄었다. 장사꾼이 거기서 뭘 하느냐고 묻자 아주 이상한 얼굴로 앞뒤가 맞지 않는 수수께끼 같은 대답만 했다. 여덟시경 집에 돌아왔지만, 어디서 밤을 보냈느냐는 질문에 아이를 찾고 있었다면서, 혹시 무슨 얘기라도 들은 게 없느냐고 대답했다. 시신을 보여주자 그녀는 격한 발작을 일으켜 며칠 동안 병상에 누워 있었다. 그리고 하인이 그녀 옷 주머니에서 발견한 초상화가 증거로 제시되었다. 엘리자베트가 목멘 소리로 아이가 실종되기 한 시간 전에 손수 목에 둘러주었던 바로 그 초상화라는 증언을 하자, 공포와 분노의 웅성거림이 법정을 가득 메웠다.

유스틴이 자기 변론을 할 차례가 되었다. 재판이 진행되면서 그녀의 표정도 변했다. 경악과 공포와 불행으로 얼룩져 있었다. 가끔은 눈물을 참느라 애쓰기도 했다. 하지만 변론하라는 명령을 받자, 있는 힘을 다 모아 일정치 않지만 또렷이 들리는 목소리로 이렇게 말했다.

"제게 한 점 죄도 없다는 걸 하느님은 아십니다. 하지만 항변한다고 해서 무죄로 방면될 거라 생각지도 않습니다. 다만 불리한 증거들에 대해 명백하고 소박하게 설명하는 것으로 무죄를 주장하고자 합니다. 그리고 정황이 조금이라도 의심스럽거나 불명확하다면, 제가 이제까지 보여주었던 심성을 보아 재판관님들의 선처를 바랍니다."

유스틴은 살인이 일어나던 날 밤, 엘리자베트의 허락을 받아 제네바에서 1리그가량 떨어진 셴이라는 마을에 있는 숙모님 댁에서 저녁 시간을 보냈다고 말했다. 아홉시쯤 돌아오던 길에 한 남자를 만났는데, 그가 실종된 아이를 혹시 봤느냐고 물었다. 이 말에 놀란 그녀는 몇 시간 동안이나 아이를 찾아 헤맸고, 제네바의 성문이 닫히는 바람에 그날 밤 몇 시간을 어느 오두막에 딸린 헛간에서 보내야 했다. 오두막에 사는 사람들은 그녀와 친했지만, 일부러 불러내고 싶지 않았다고 했다. 안정을 취할 수도 없고 잠이 오지도 않아서, 다시 내 동생을 찾으러 나

가려고 일찌감치 헛간을 나섰다. 그애의 시신이 있는 곳 근처에 갔다 해도, 그건 알고 한 일이 아니었다. 시장의 여인이 물었을 때 당황스러운 얼굴이었던 건 놀랄 일도 아니었다. 밤새 잠을 이루지 못했고, 불쌍한 윌리엄의 운명이 아직 밝혀지지 않았던 탓이다. 초상화에 대해 그녀는 아무 설명도 하지 못했다.

"이 한 가지 정황이 얼마나 제게 불리하고 치명적인지 저도 잘 압니다." 불행한 희생자가 말했다. "그러나 제 힘으로는 설명할 수가 없습니다. 어떻게 된 일인지 전혀 알 수 없으니, 저로서는 누군가 이 그림을 제 주머니에 넣었다는 것 말고는 다른 추정을 할 수가 없어요. 하지만 여기서도 모순이 생깁니다. 저는 세상에 적이 없다고 믿어요. 설마 저를 제멋대로 파멸시킬 만큼 사악한 사람은 없겠지요. 살인자가 초상화를 왜 거기 넣었을까요? 그럴 기회가 전혀 없었을 텐데요. 아니, 혹시 그랬다 해도 살인자는 왜 귀중한 보석을 훔쳤다가 그렇게 쉽게 포기했을까요?

이제 저는 판단을 정의로우신 재판관님들께 맡깁니다. 아무리 봐도 희망의 여지가 없으니까요. 다만 몇 분 증인께서 제 품성을 증언하실 수 있도록 허락해주시길 간청합니다. 그분들의 증언이 제 혐의보다 설득력이 없으면 저는 유죄 선고를 받게 되겠지요. 제가 아무리 무죄임을 주장하고 구해달라고 애원해도 말이에요."

몇 명의 증인이 소환되었다. 모두 그녀를 몇 년간 잘 알고 지내던 사람들이어서 좋은 평을 내려주었다. 하지만 그녀가 저질렀다고 여겨지는 범죄에 대한 두려움과 혐오 때문에 다들 자신이 없었고 앞으로 나서기를 꺼렸다. 엘리자베트는 마지막 희망인 훌륭한 성품과 흠잡을 데 없는 품행마저 피고를 저버리려 하는 걸 보고, 격한 감정의 동요를 무릅쓰고 일어나 법정에 발언을 요청했다.

"저는 살해당한 불쌍한 아이의 외사촌입니다. 아니, 차라리 누나라고 해야겠군요. 그애가 태어난 이후로, 아니 그 훨씬 전부터, 그 아이의 부모님께 교육받으며 같은 집에 살고 있었으니까요. 그러니 이런 일에 제가 나서는 게 부적절하다고 생각하실지도 모르겠습니다. 하지만 피고가 소위 친구인 척하는 사람들의 비굴함 때문에 죽음을 눈앞에 두고 있는 지금, 제가 알고 있는 그녀의 성품에 대해 말씀드릴 기회를 허락받고 싶습니다. 저는 피고를 아주 잘 압니다. 한집에서 같이 살았던 적이 두 번 있는데, 한 번은 5년, 또 한 번은 근 2년 동안이었습니다. 그동안 내내 제가 보는 그녀는 세상에서 가장 사랑스럽고 자애로운 사람이었습니다. 그녀는 제 외숙모인 프랑켄슈타인 부인의 마지막 병상을 무한한 사랑과 정성으로 지키며 간호했습니다. 그리고 나중에는 지병이 있었던 친어머니의 시중도 들었는데, 그녀를 아는 사람들은 누구나 그 지극정성에 감탄하지 않을 수 없었습니다. 그후에 그녀는 다시 제 외숙부 댁에서 살게 되었고, 우리 가족 모두에게 사랑을 받았습니다. 이제 세상을 떠난 아이와도 따뜻한 정으로 맺어져 누구보다 사랑이 넘치는 어머니 같았어요. 저는 망설임 없이 말할 수 있습니다. 이 모든 불리한 증거들에도 불구하고, 그녀의 완벽한 무죄를 믿고 또 믿는다고 말입니다. 그런 짓을 할 이유가 없어요. 주된 증거로 제시된 싸구려 장난감으로 말하자면, 정말로 그녀가 갖고 싶어했다면 제가 기꺼이 줬을 겁니다. 그 정도로 전 그녀를 높이 평가합니다."

대단한 엘리자베트! 칭송의 웅성거림이 들려왔지만, 엘리자베트의 너그러운 개입에 찬탄하는 것일 뿐 불쌍한 유스틴에게는 유리할 것이 없었다. 대중은 오히려 더욱 격하게 분노해, 천인공노할 배은망덕을 저지른 유스틴을 비난했다. 그녀 자신도 엘리자베트의 말을 들으며 흐느꼈지만 아무 대답도 하지 않았다. 재판이 진행되는 내내 나 또한 극심한 동요와 고뇌에 시달렸다. 그녀의 무죄를 믿었다. 알고 있었다. 그 악마가, 내 동생을 죽인(그 사실은 단 1분도 의심하지 않았다) 그놈이 심지어 소름 끼치는 놀이 삼아 이 죄 없는 이를 죽음과 치욕으로 몰아넣었단 말인가. 내가 처한 이 공포스러운 상황을 도저히 견딜 수가 없었다. 대중의 의견이, 그리고 재판관들의 얼굴이 벌써부터 내 불행한 희생자를 단죄하고 있음을 깨닫고, 괴로움에 법정 밖으로 황급히 뛰쳐나갔다. 피고의 고통도 나보다는 덜했다. 그녀는 결백의 힘으로 견디고 있었지만, 회한의 날카로운 이빨은 내 가슴을 갈기갈기 찢으며 끝내 놓아주지 않았다.

나는 순연한 절망 속에서 하룻밤을 보냈다. 아침에 나는 법정으로 갔다. 입술과 목이 바싹바싹 탔다. 생사에 관계된 질문을 할 용기가 나지 않았다. 하지만 사람들은 나를 알고 있었고, 직원은 내 방문의 목적을 어렵잖게 추측했다. 투표는 끝났다. 모두 검은 표를 던졌고, 유스틴은 유죄 선고를 받았다.

그때의 내 감정을 묘사할 엄두조차 낼 수 없다. 예전에도 공포의 느낌을 경험한 적은 있었다. 그래서 적절한 표정을 지어 보이려고 안간힘을 썼지만, 당시 삼켜야 했던 심장이 메슥거리는 절망은 도저히 말로는 전달할 수 없었다. 내게 말을 건넨 직원은 유스틴이 자기 죄를 자백했다는 얘기까지 해주었다. "그야 이렇게 명약관화한 사건에서는 별로 필요하지도 않지만, 그래도 기쁩니다. 우리 재판관들 중 누구도 정황증거만으로 선고를 내리고 싶은 사람은 없어요. 아무리 결정적이라 해도 말입니다."

집으로 돌아오자 엘리자베트가 재판 결과를 알려달라고 재촉했다.

"엘리자베트," 내가 대답했다. "네 예상대로 판결이 났어. 재판관들은 범인 한 명을 놓아주느니 무고한 열 명을 희생시키길 바라는 거야. 하지만 그애가 자백을 했어."

이것은 유스틴의 무죄를 굳건히 믿고 있던 엘리자베트에게는 쓰라린 타격이었다. "세상에!" 그녀가 말했다. "인간의 자애로움이란 걸 다시는 믿지 못하겠구나. 내가 자매처럼 사랑하고 높이 평가하던 유스틴이, 어떻게 그렇게 순수한 미소를 띠고 배신을 할 수가 있단 말이지? 온화한 눈빛은 그 어떤 잔혹한 짓도, 나쁜 짓도 할 수 없을 것 같았는데. 그런데도 살인을 저질렀다니."

이윽고 우리는 불쌍한 희생자가 내 사촌을 만나고 싶어한다는 전갈을 받았다. 아버지는 엘리자베트가 가지 않기를 바랐다. 하지만 그래도 그녀의 판단과 감정에 맡기겠다고 했다. "그래요," 엘리자베트가 말했다. "갈 겁니다. 그애가 유죄라도요. 빅토르, 나와 함께 가줘. 혼자 갈 수는 없으니까." 그녀를 보는 것은 미칠 듯 괴로운 일이었지만 거절할 수는 없었다.

우리는 음침한 감방에 들어가, 저 끝 짚더미 위에 앉아 있는 유스틴을 보았다. 손에는 수갑이 채워져 있었고, 머리는 무릎에 괴고 있었다. 그녀는 우리가 들어오는 걸 보고 일어섰다. 방안에 우리만 남자 그녀는 엘리자베트의 발치에 몸을 던지고 한 맺힌 울음을 터뜨렸다. 사촌도 같이 울었다.

"오, 유스틴!" 그녀가 말했다. "어째서 내 마지막 위안까지 빼앗아버린 거니? 네 무죄만 믿고 있었는데. 그때도 참으로 비참했지만 지금만큼 참담하지는 않았어."

"아씨까지 제가 그렇게, 그렇게 사악하다고 믿는 건가요? 원수들과 손을 잡고 절 짓이기려 하시나요?" 그녀는 흐느끼느라 목이 메었다.

"일어나, 우리 불쌍한 아이." 엘리자베트가 말했다. "죄가 없다면 왜 무릎을 꿇는 거니? 나는 네 원수가 아니야. 온갖 증거에도 불구하고 네 결백을 믿었는데, 네가 스스로 죄를 시인했잖니. 그 이야기가 거짓말이라는 거니? 믿어도 좋아, 유스틴. 네 자백만 아니었다면 한순간도 내 믿음은 흔들린 적이 없으니까."

"자백하긴 했어요. 하지만 거짓말이었어요. 사면을 받고 싶어서 자백했던 거예요. 하지만 다른 모든 죄들보다 그 거짓말이 무겁게 심장을 짓누르네요. 하늘에 계신 하느님이 용서해주시기를! 유죄 선고를 받았을 때부터 고해 신부님이 나를 종용했어요. 위협하고 윽박질렀어요. 그러다보니 신부님이 말하는 괴물이 바로 내가 아닐까 그런 생각이 들기 시작하더군요. 계속 고집을 피우면 제가 최후를 맞을 때 파문을 시키고 지옥 불에 던져버리겠다고 했어요. 사랑하는 아씨, 아무도 저를 도와주지 않았어요. 모두들 치욕과 죽음을 당해 마땅한 인간쓰레기라고 생각했어요. 제가 뭘 할 수 있었겠어요? 악에 빠져 저는 거짓말을 했어요. 그리고 이제 저는 정말로 비참해졌어요."

그녀는 말을 멈췄다가, 흐느끼다가, 다시 말을 이었다. "다정한 아씨, 생각만으로도 너무 무서웠어요. 아씨의 복된 숙모님이 그리도 아껴주고 아씨가 그렇게 사랑해주었던 유스틴이, 악마 말고는 누구도 할 수 없는 패악을 저지를 사람이라고 아씨가 믿어버리면 어떡하나 하고요. 우리 윌리엄! 세상에서 제일 어여쁜, 축복받은 우리 아가! 이제 천국에서 너를 곧 만나게 되겠구나. 그곳에서 우리는 다 같이 행복할 거야. 그 생각에 마음이 위로가 되어요. 이렇게 오명을 쓰고 죽임을 당해야 하지만."

"오, 유스틴! 한순간이나마 널 믿지 못했던 나를 용서해줘. 왜 자백을 했니? 하지만 슬퍼하지 마, 우리 착한 아이. 사방을 다니면서 네 무죄를 알리고 끝내 사람들이 믿게 만들게. 그래도 너는 죽음을 당해야 하겠지. 내 소꿉친구였고 내 동반자였고 친자매보다 더 소중한 네가. 이런 무서운 불행을 겪고 살아남을 자신이 없구나."

"우리 다정한 엘리자베트 아씨, 울지 마세요. 더 좋은 세상을 생각하라고 격려해주고, 불의와 분쟁으로 점철된 이 세상의 치졸한 관심사를 초월하게 해주셔야죠. 내 훌륭한 친구인 아씨가 저를 절망으로 몰아넣으시면 안 돼요."

"위로하려고 애써볼게. 하지만 슬프게도, 불행이 너무 깊고 쓰라려서 위로의 여지가 없구나. 희망이 없으니까 말이야. 하지만 내 사랑하는 유스틴에게, 하느님이 체념과 이승을 초월하는 자신감을 내려주시기를. 아아! 이 세상의 가장과 허식이 진절머리나. 한 사람이 살해당하고 또다른 사람이 고문과도 같은 괴로움 속에서 생명을 잃어가는데, 집행관이라는 사람들은 죄 없는 사람의 피가 아직 묻어 있는 손으로 위대한 일이라도 한 양 뻐기겠지. 이런 걸 '응징'이라고 부르면서. 혐오스럽기 짝이 없어! 응징을 한다는 말은 곧, 최악의 독재자가 가장 잔인한 복

수를 위해 고안한 것보다 훨씬 더 끔찍하고 소름 끼치는 처벌을 한다
는 말이니까. 하지만 이런 게 네게 위로가 될 리 없겠지, 나의 유스틴.
정말로 그렇게 한심한 소굴을 벗어나게 되어 영광이라면 모를까. 아!
나도 숙모님과 어여쁜 윌리엄과 함께 영면하면 좋겠어. 끔찍한 세상과
지긋지긋하게 싫은 사람들에게서 도망칠 수 있을 테니."

유스틴은 힘없이 웃었다. "아씨, 이건 절망이지 체념이 아니랍니다.
아씨의 말은 제가 들어서는 안 되는 거예요. 다른 이야기를 해주세요.
더이상 절 비참하게 만들지 않고 평화를 가져다주는 이야기를요."

이런 대화가 오가는 동안 나는 감방 한구석으로 물러나 나를 사로잡
은 소름 끼치는 고뇌를 감추려 했다. 절망! 누가 감히 절망을 논하는
가? 다음날 삶과 죽음의 섬뜩한 경계선을 넘을 불쌍한 희생자도 나만
큼 깊고 쓰라린 고뇌에 시달리지는 않았다. 나는 이를 악물고 박박 갈
면서 영혼의 심연에서 솟아나는 신음을 내뱉었다. 유스틴이 소스라치
게 놀랐다. 나를 알아본 그녀는 내게 다가와 이렇게 말했다. "도련님,
이렇게 저를 찾아주시다니 정말 친절하시군요. 제가 유죄라고 믿지는
않으셨으면 좋겠어요."

나는 대답할 수가 없었다. "아니야, 유스틴." 엘리자베트가 말했다.
"이 사람은 나보다 더 네 무죄를 굳게 믿고 있어. 네가 자백했다는 얘기
를 듣고도 믿지 않았으니까."

"진심으로 감사드려요. 제 생애 마지막까지 친절하게 대해주시는 분
들께 진심으로 감사드려요. 저처럼 비참한 사람에게 타인의 사랑이란
얼마나 달콤한지요! 불행의 절반은 덜어주네요. 이제는 평화로운 마음
으로 갈 수 있을 것 같아요. 제 무죄를 사랑하는 아씨와 아씨의 사촌께

서 믿어주시니."

이렇게 불쌍한 희생자는 남들과 자신을 위로하려 애썼다. 그토록 바라던 체념을 얻었던 것이다. 하지만 진짜 살인자인 나는 가슴에 살아 있는 불사영생의 벌레를 안고 있었다. 이 벌레는 희망도 위로도 허락지 않았다. 엘리자베트도 흐느꼈고, 또한 불행했다. 하지만 그녀의 불행은 결백한 불행이었고, 아름다운 달을 스쳐가는 구름처럼, 한동안 숨길 수 있을지언정 그 빛을 더럽힐 수는 없었다. 고뇌와 절망이 내 심장의 핵까지 관통하고 말았다. 나는 마음속에 지옥을 품고 있었고, 그 무엇도 지옥 불을 끌 수 없었다. 우리는 유스틴과 함께 몇 시간을 더 보냈다. 그리고 엘리자베트는 몹시 힘겹게 작별을 고했다. "차라리 너와 같이 죽을 수 있으면 좋겠어. 이렇게 불행한 세상에서 못 살 것 같아."

유스틴은 어렵사리 쓰라린 눈물을 억누르면서 애써 명랑한 척했다. 엘리자베트를 꼭 껴안으며 벅찬 감정을 반쯤 억누른 목소리로 말했다. "안녕, 다정한 아씨, 사랑하는 엘리자베트, 내 사랑하는 유일한 친구, 하느님의 무한한 축복과 보우가 있기를. 이 일을 마지막으로 다시는 슬픈 일을 당하지 않기를. 살아야 해요, 그리고 행복하세요. 그래서 다른 사람들도 행복하게 해주세요."

돌아오는 길에 엘리자베트가 말했다. "너는 모를 거야, 빅토르. 이 불운한 아이의 무죄를 믿게 되어 내가 얼마나 안심이 되는지. 그애를 철석같이 믿었는데 기만당한 거라면 영영 마음의 평화를 찾지 못했을 거야. 그애가 유죄라고 믿었을 때 잠시 느꼈던 그 괴로움은 차마 견딜 수 없었어. 이제 마음이 조금 가벼워. 죄 없는 아이가 불행을 당했지만, 상냥하고 선한 사람이라고 믿었던 이는 내 신뢰를 배반하지 않았으니, 그

나마 위안이 돼."

상냥한 사촌! 네 생각은 그랬지. 네 어여쁜 눈빛과 목소리처럼 온화
하고 다사로웠지. 하지만 나는, 나는 참담한 인간 말종이었어. 그때 내
가 겪은 고통은 아무도 상상조차 못해.

|제2권|

1장

황급히 잇달아 일어난 일련의 사건에 감정이 복받쳤다가 이윽고 별다른 사건도 확실한 일도 없는 죽음 같은 정적이 이어져서, 영혼이 희망도 절망도 느낄 수 없게 되는 것만큼 인간의 정신에 고통스러운 일은 없다. 유스틴은 죽었다. 그녀는 영면에 들었고, 나는 살아 있었다. 내혈관에서는 자유로이 피가 흘렀지만, 심장을 짓누르고 있는 무거운 절망과 회한은 그 무엇으로도 지울 수 없었다. 잠은 내 눈을 피해 달아났다. 나는 사악한 귀신처럼 방황했다. 형용할 수 없는 섬뜩한 악행을 저질렀을 뿐 아니라, 훨씬, 훨씬 더한 일이 (나는 그렇게 믿고 있었는데) 아직 남아 있었다. 내 심장에도 한때는 미덕을 사랑하는 마음과 친절이 흐르고 있었다. 나도 자애로운 정신을 가지고 태어났고, 선의를 실천하여 인류에게 공헌할 순간만을 목마르게 갈구했었다. 이제 모두 수포로 돌아갔다. 스스로 만족스럽게 과거를 회상하고 새로운 희망의 약속을 거두어들이는 맑은 양심의 자리를 회한과 자책이 차지해, 어떤 언어로도 묘사할 수 없는 생고문의 지옥으로 나를 몰아넣고 있었다.

이런 심리 상태가 최초의 충격에서 완전히 회복한 내 건강을 다시 좀먹었다. 나는 사람들을 피했고, 기쁨이나 만족을 표하는 모든 소리가 고문 같기만 했다. 고독이 유일한 위안이었다. 깊고 어둡고 죽음 같은 고독만이.

아버지는 성품과 습관이 눈에 띄게 달라진 나를 고통스럽게 지켜보시다가 엄청난 슬픔 앞에 무너지는 나의 어리석음을 분별 있게 타일렀다. "빅토르, 아비도 괴롭다는 생각을 넌 하지 않느냐? 누구도 내가 네 동생을 사랑한 만큼 자식을 사랑하지는 않았을 것이다(이 말을 하는 아버지의 눈에 눈물이 맺혔다). 하지만 슬픔을 과하게 드러낸다면 살아남은 사람들은 더 큰 불행을 느낄 터인데 그걸 막는 것도 우리의 의무가 아니겠느냐? 또한 너 자신에 대한 의무이기도 하다. 지나친 슬픔은 발전도 즐거움도 가로막고 심지어 일상생활까지 방해해서, 사람을 사회 부적응자로 만들어버린단 말이다."

이 충고는 선의에서 우러나왔으나 내 경우에는 전혀 적용되지 않았다. 여타의 감정에 쓰디쓴 회한이 뒤섞이지만 않았더라도, 나는 아마 앞장서서 비탄을 감추고 식구들을 위로했을 것이다. 하지만 지금은 아버지에게 절망스러운 얼굴로 답하고, 최대한 아버지 눈에 띄지 않으려고 애쓰는 게 고작이었다.

이때쯤 우리는 벨리브의 별장에서 지냈다. 이 변화가 내게는 특히 반가운 일이었다. 나는 제네바 성내에 있는 집에 머무르는 것이 내키지 않던 터였다. 늘 열시 정각에 성문이 닫히면 그 시각 이후에는 호수에 남아 있을 수 없었기 때문이다. 이제는 자유로웠다. 다른 가족들이 잠자리에 들면 나는 보트를 타고 몇 시간이나 물위에 있곤 했다. 가끔은 돛을 올리고 바람에 배를 맡기기도 했다. 가끔은 호수 한가운데로 노를 저어 나가서 배가 흘러가는 대로 몸을 맡기고 몇 시간이나 불행한 회상에 빠져 있었다. 유혹을 느낀 게 한두 번이 아니다. 배가 호숫가에 접근할 때에만 목쉰 소리로 간간이 꾸룩거리는 박쥐나 개구리들을 제외하면 주위의 만물이 고요하고, 오로지 나만이 이 세상 같지 않은 아름다운 풍경 속에서 불안하게 헤매고 있을 때면, 소리 없는 호수에 뛰어들고 싶은 유혹에 시달렸다. 그러면 나와 내 끔찍한 재앙을 저 물이 영원히 덮어줄 테니. 하지만 내가 한없이 사랑하고 그 존재가 나와 하나로 얽혀 있는 사람, 용감하고도 처연한 엘리자베트를 생각하며 간신히 그런 마음을 억누를 수 있었다. 아버지와 살아남은 동생도 생각했다. 내가 풀어놓은 괴물의 악의에 무방비로 노출된 그들을 두고 어떻게 저열하게 자포자기할 수 있겠는가?

이럴 때마다 쓰디쓴 통곡을 터뜨렸다. 오로지 가족들의 마음에 위로와 행복을 줄 수 있도록 평화가 내 마음에 찾아오기를 빌었다. 하지만 그럴 리 없었다. 회한이 마지막 희망의 불까지 꺼버렸다. 난 돌이킬 수 없는 악행들을 초래한 장본인이었다. 내가 창조한 괴물이 무슨 새로운 악행을 저지르지나 않을까 날마다 두려움에 시달리며 살았다. 이게 다가 아니라 놈은 앞으로도 엄청난 범죄를 저지를 것이며 가공할 파괴력으로 과거의 추억을 거의 다 지워버릴 거라는 막연한 예감이 들었다. 사랑하는 것이 남아 있는 한 두려움의 여지도 항상 남아 있기 마련이다. 악마에 대한 내 혐오는 상상을 불허한다. 놈이 떠오를 때마다 이가 갈리고 눈빛이 이글거렸고, 그렇게도 경솔하게 부여한 목숨을 한시라도 빨리 끝내버리겠다는 생각뿐이었다. 놈이 저지른 범죄와 악행을 생각하면 분노와 복수심이 절제와 중용의 모든 한계선을 넘어 폭발했다. 안데스산맥 정상에서 놈을 밀어 바닥까지 떨어뜨릴 수만 있다면 마다 않고 순례 여행을 떠났을 것이다. 놈을 다시 만나고 싶었다. 그래서 놈의 머리 위에 궁극의 분노를 퍼부어, 윌리엄과 유스틴의 죽음에 복수하고 싶었다.

우리집은 애도가 이어지는 상갓집이나 다름없었다. 아버지는 최근 일어난 무시무시한 사건들로 건강에 심한 타격을 입었다. 엘리자베트는 슬픔과 비관에 빠져 있었다. 이제는 일상의 소소한 일들에서도 즐거움을 찾지 못했다. 기쁨은 어김없이 죽은 이들에 대한 모독 같았다. 당시 그녀는 오로지 영원한 슬픔과 눈물만이 그렇게 시들어 죽어간 이들에게 마땅한 조의의 표시라고 생각했다. 이제 그녀는 어린 시절 함께 호숫가 둑을 헤매며 환희에 겨워 장래의 계획을 이야기하던 행복한 존재가 아니었다. 진중한 사람이 되어 운명의 변덕과 인간 목숨의 덧없음에 대한 이야기를 자꾸 꺼내곤 했다.

"빅토르, 유스틴 모리츠의 불쌍한 죽음을 생각하면 더이상 전처럼 세상 만물을 볼 수가 없어. 예전에는 책에서 읽거나 다른 사람한테서 들은 악과 불의의 이야기를 옛날이야기가 아니면 지어낸 것이라고 생각했거든. 까마득하게 멀게만 느껴져서 상상은 못하고 간신히 머리로만 이해했지. 하지만 이제 불행이 우리집으로 찾아오니, 사람들이 전부 서로의 피에 목말라하는 괴물로 보여. 그렇지만 이런 내 마음도 부당하긴 하지. 모두들 그 불쌍한 아이가 유죄라고 믿었으니까. 그애가 정말로 죄를 저질렀다면 두말할 것 없이 인간 중에서도 최악의 패륜아겠지. 보석 몇 알을 위해서 은인이자 친구의 아들을, 태어났을 때부터 제 손으로 돌보고 친자식처럼 사랑하는 듯했던 아이를 죽였으니까! 나는 그 어떤 인간의 죽음에도 동의할 수 없지만, 분명히 그런 패륜아는 인류사회에 남아 있어서는 안 된다고 생각했을 거야. 하지만 그애는 죄가 없었어. 난 알아. 그애가 무죄라는 걸 느껴. 너도 똑같은 생각일 테니까 나는 더 확신해. 아아! 빅토르, 거짓이 그리도 진실처럼 보인다면, 그렇게까지 진실로 보일 수 있다면, 과연 누가 행복을 장담할 수 있을까? 마치 수천 명이 밀어닥쳐서 낭떠러지 끝을 걷고 있는 나를 심연으로 떼밀어버리려는 것 같은 느낌이 들어. 윌리엄과 유스틴은 암살당하고, 살인자는 도망쳐버리고. 놈은 세상을 자유로이 활보하면서 어쩌면 존경까지 받고 있겠지. 하지만 나는 똑같은 죄목으로 형장에 서게 되더라도, 그런 패륜아와 자리를 바꾸고 싶지는 않아."

이런 말을 듣는 나는 차마 말 못할 고뇌에 시달렸다. 행위가 아닌 결과를 볼 때, 진정한 살인자는 바로 나였다. 엘리자베트는 내 얼굴에 떠오른 가책을 읽고는 친절하게 내 손을 잡으며 말했다. "사랑하는 빅토르, 마음을 가라앉히도록 해. 이번 일들로 나도 충격을 많이 받았어. 얼마나 상처가 깊은지 아무도 모를 거야. 하지만 너처럼 그렇게 비참하지는 않아. 네 얼굴에 떠오르는 절망과 가끔씩 비치는 복수심을 보면 소름이 끼쳐. 진정해, 사랑하는 빅토르. 네 마음의 평화를 위해서라면 내 목숨도 내놓을 수 있어. 우리는 꼭 행복할 거야. 세상과 어울리지 않고 고향의 전원에 이렇게 조용히 살고 있는데 그 누가 우리의 고요를 깨뜨리겠어?"

그러나 곧 눈물을 흘리는 바람에 그녀는 자신이 한 위로의 말을 스스로 어기고 말았다. 하지만 그러면서도 내 심장에 숨어 있는 악마를 쫓아내겠다는 듯이 미소를 짓는 것이었다. 내 얼굴에 칠해진 불행을, 느껴 마땅한 슬픔이 지나치게 과장된 탓이라고만 생각한 아버지는 내가 전처럼 평온한 마음을 되찾으려면 취향에 맞는 소일거리가 최선의 약이라고 생각했다. 이런 이유에서 아버지는 전원으로 이사를 했다. 그리고 마찬가지 이유로 모두 다 같이 샤모니 계곡으로 여행을 떠나자고 제안했다. 나는 가본 적이 있지만 엘리자베트와 에르네스트는 처음이었다. 그래서 두 사람 모두 그곳의 풍광을 몹시 보고 싶어했다. 전부터 경이롭고 숭고한 풍광에 대한 이야기를 익히 들었던 것이다. 그리하여 우리는 8월 중순쯤에 제네바를 출발해 여행길에 올랐다. 유스틴의 죽음 이후 거의 두 달이 지났을 무렵이었다.

날씨는 보기 드물게 좋았고, 한시적으로 상황이 달라진다고 덜어질 슬픔이었다면 이 여행이야말로 틀림없이 아버지의 의도에 부합했으리라. 사실을 말하자면 나도 어느 정도 풍경에 흥미가 있었다. 비탄을 사라지게 해주지는 못해도 가끔은 마음을 달래주었다. 첫날 우리는 마차를 타고 여행했다. 아침에 저멀리 보이던 산맥이 점차 가까워졌다. 우리가 나아가는 꼬불꼬불한 길은 아르브강*을 따라 뻗어 있었고, 이 강이 형성한 골짜기는 갈수록 점점 더 우리를 바짝 에워쌌다. 그리하여 마침내 해가 지자, 어마어마한 산과 까마득한 낭떠러지가 머리 위 사방

---

* 프랑스 론알프주와 스위스 사이를 흐르는 강. 샤모니 계곡의 빙하, 주로 메르드글라스 빙하가 녹은 물이 모여 흐르다가 제네바 아래에서 론강으로 흘러간다.

을 에워싸고 우뚝 솟은 광경을 볼 수 있었다. 바위 사이로 사납게 흐르는 강물 소리와 쏟아지는 폭포 소리도 들렸다.

다음날은 노새를 타고 여행을 계속했다. 더 높이 올라가자 계곡은 더욱 장엄하고 경이로운 자태를 드러냈다. 소나무가 우거진 산 절벽 위로 폐허가 된 성들이 아슬아슬하게 서 있었고, 거칠게 흐르는 아르브강과 나무 사이로 여기저기서 흘끗흘끗 보이는 오두막들은 독특하고 아름다운 풍경을 만들어냈다. 하지만 아름다움을 한층 돋보이게 하고 숭고함을 더해준 건 장대한 알프스산맥이었다. 하얗게 빛나는 피라미드며 돔 같은 산맥은 만물 위로 우뚝 솟아 있어, 마치 어딘가 다른 세상에 소속된, 인류가 아닌 다른 종족의 거주지처럼 보였다.

펠리시에 다리를 건너자 강이 만들어낸 협곡이 눈앞에 펼쳐졌고, 우리는 그 위로 우뚝 솟아 있는 산을 오르기 시작했다. 머지않아 샤모니 계곡에 들어섰다. 방금 지나쳐 온 세르보 계곡보다 훨씬 더 경이롭고 숭고했으나 그렇게 그림처럼 아름답지는 않았다. 눈 덮인 높은 산맥이 바로 맞닿아 있었지만, 폐허가 된 성들과 비옥한 들판은 더이상 보이지 않았다. 거대한 빙하가 길 쪽으로 다가왔다. 천둥처럼 우르릉거리는 눈사태 소리가 들리고, 눈사태가 휩쓸고 간 자리에 피어오르는 연기가 보였다. 몽블랑, 장엄한 지고의 산 몽블랑이 뾰족한 봉우리들 사이에 불쑥 치솟아 있었고, 무섭도록 장엄한 둥근 봉우리가 계곡을 굽어보고 있었다.

여행 도중 나는 종종 엘리자베트와 보조를 맞추어 다채롭고 아름다운 풍경들을 그녀에게 열심히 가리켜 보이곤 했다. 또 일부러 노새의 발걸음을 늦춰 일행보다 뒤처져서 홀로 불행한 생각들을 탐닉하기도 했다. 또 어떤 때는 노새에 박차를 가해 동행들보다 앞서가서 그들을, 세상을, 그리고 무엇보다 나 자신을 잊으려 애쓰기도 했다. 거리가 한참 벌어지면 노새에서 내려 공포와 절망에 무겁게 짓눌린 채 풀밭에 몸을 던지기도 했다. 저녁 여덟시경 나는 샤모니에 도착했다. 아버지와 엘리자베트는 극도로 지쳐 있었다. 하지만 에르네스트는 한껏 들떠서 아주 즐거워했다. 단 한 가지, 에르네스트의 얼굴을 어둡게 한 것은 남풍이 불어 다음날 비가 내릴 것 같다는 전망이었다.

우리는 일찍 숙소에 들었지만 잠을 이루지는 못했다. 아니 적어도 나는 잠을 이루지 못했다. 몇 시간이나 창가를 떠나지 못하고 몽블랑 위에서 노니는 창백한 번갯불을 바라보며 창문 저 아래에서 흐르는 아르브 강물 소리에 귀를 기울였다.

2장

다음날은 길잡이의 예측과 달리 구름은 약간 끼었어도 날씨가 좋았다. 우리는 아르베롱*의 발원지를 찾아보고, 저녁때까지 계곡 주변을 돌았다. 이 숭고하고 장엄한 풍경들은 이제까지 내가 받은 최고의 위안이었다. 나를 고양시켜 치졸한 감정들을 초월하게 해주었고, 슬픔을 지우지는 못해도 차분하게 달래고 진정시켜주었다. 그리하여 지난 한 달 동안 뇌리에서 지울 수 없었던 생각들을 어느 정도 잠시나마 잊고 즐길 수 있었다. 저녁때 돌아온 나는 몸은 피로해도 불행한 심정이 더하지는 않아, 지난 얼마간의 내 모습과 달리 훨씬 명랑하게 가족과 대화를 나누었다. 아버지는 흐뭇해했고, 엘리자베트는 기뻐 어쩔 줄 몰랐

---

* 빙하 메르드글라스에서 발원한 급류로, 아르브강과 합류한다.

다. "빅토르, 이것 봐. 네가 즐거워하니까 이렇게 커다란 행복이 퍼져나가잖니. 다시는 우울해지면 안 돼!"

다음날 아침에는 홍수처럼 비가 쏟아졌고, 짙은 안개가 산맥 정상을 가렸다. 아침 일찍 자리에서 일어났는데 이상하리만큼 기분이 우울했다. 비 때문에 기분이 축 처졌다. 옛 감정들이 되돌아와 다시금 비참해졌다. 이런 급격한 변화에 아버지가 얼마나 실망할지 잘 알기에, 주체할 수 없는 감정들을 어느 정도 숨길 수 있을 때까지만이라도 아버지를 피하고 싶었다. 가족들이 그날은 여관에 계속 머물러 있으리라는 걸 알고 있었다. 비와 습기와 추위에는 옛날부터 단련된 몸이었기에 나는 혼자서 몽탕베르산 정상에 오르기로 결심했다. 처음 보았을 때 끊임없이 움직이는 그 거대한 빙하가 내 마음에 불러일으킨 어마어마한 효과를 기억하고 있었다. 그때 빙하는 내 마음을 온통 숭고한 황홀경으로 채워 영혼에 날개를 달아주었고, 미천한 속세에서 날아올라 빛과 환희로 비상하게 해주었다. 외경심을 불러일으키고 품위로 가득한 자연의 풍경은 언제나 마음을 경건하게 하고 삶의 덧없는 근심들을 잊게 하는 힘이 있었다. 나는 혼자 가기로 결심했다. 길을 익히 알고 있었거니와, 타인의 존재가 고독한 장관을 망쳐버릴까 걱정스러웠기 때문이다.

등정은 위험천만했지만, 길은 꾸준하게 꾸불꾸불 이어져서 산의 직벽을 오를 수 있게 해주었다. 소름 끼치도록 황량한 풍경이었다. 눈사태의 흔적이 수천여 군데에서 눈에 띄었다. 부러진 나무들이 여기저기 땅바닥에 흩어져 있었는데, 어떤 나무들은 완전히 파괴되고, 또 어떤 것들은 휘어져 산의 돌출된 바위들에 기대거나 다른 나무들과 직각으로 교차하고 있었다. 높이 올라갈수록 길은 눈 쌓인 골짜기들에 가로막

혔고, 경사를 타고 돌들이 계속 굴러내려오고 있었다. 그중에서도 한 가지가 특히 위험했는데, 아주 작은 소리만 나도, 그러니까 조금만 큰 목소리로 말해도 공기에 진동이 생겨 말하는 사람 머리 위에 파멸을 내릴 만한 눈사태가 일어날 수 있었다. 소나무들은 키가 크거나 풍성하지는 않았지만 어둡고 진중하여 엄혹한 풍광을 두드러지게 했다. 저 아래 골짜기를 내려다보았다. 광막한 안개가 계곡을 따라 흐르는 강물에서 피어나 맞은편 산들을 두터운 화환처럼 휘감고 산봉우리들을 모두 짙은 구름에 숨기고 있는데, 어두운 하늘에서는 폭우가 쏟아지고 있어서, 주위를 에워싼 풍광에 우수를 한층 더하고 있었다. 아! 어째서 인간은 짐승보다 훨씬 우월한 감수성을 가졌다고 자랑하는 것일까? 그로 인해 훨씬 더 유약하고 의존적인 존재가 될 뿐인데. 우리의 욕망이 굶주림, 갈증, 그리고 성욕에 국한되었다면, 거의 완전한 자유를 만끽하는 존재였을지 모른다. 하지만 우리는 바람 한줄기, 우연한 한마디, 아니면 그 말로 전달되는 풍경 하나하나에 흔들리지 않는가.

우리는 쉰다. 꿈은 잠의 독을 푸는 힘을 지녔다.
우리는 일어난다. 방황하는 생각 하나에 하루가 오염된다.
우리는 느끼고, 사고하고, 추론한다. 웃거나 흐느낀다.
어리석은 괴로움을 껴안거나, 근심을 쫓아버린다.
똑같다. 기쁨이든 슬픔이든,
내 떠나는 길은 여전히 자유로우니.
인간의 어제는 결코 내일과 같지 않으리니,
변하지 않고 남는 것은 무상뿐!*

정오가 다 되었을 때에야 나는 등산길 정상에 올랐다. 한참 동안이나 얼음 바다를 굽어보는 바위에 앉아 있었다. 안개가 얼음 바다를 뒤덮고 주위를 에워싼 산들도 가려버렸다. 이윽고 한줄기 산들바람이 구름을 흩기에, 나는 빙하로 내려왔다. 빙하 표면은 고르지 않아 요동치는 바다의 파도처럼 솟구치다가 낮아지곤 하면서 깊은 균열을 이루고 있었다. 빙원의 너비는 1리그쯤 되어 보였지만 막상 횡단하는 데는 거의 두 시간 정도 걸렸다. 맞은편 산은 까마득하게 수직으로 솟은 암벽이었다. 지금 서 있는 쪽에서 보면 몽탕베르는 완전히 반대편으로 1리그쯤 떨어져 있었다. 그 너머로 몽블랑이 경외심을 불러일으키며 당당히 우뚝 솟아 있었다. 나는 후미진 암벽에 머무르며, 이 기적과 같은 압도적인 풍광을 하염없이 바라보았다. 바다, 아니 광막한 얼음의 강은 산 사이로 굽이치며 흘렀고, 꿈처럼 몽롱한 산봉우리들이 후미진 강가 구석구석을 굽어보며 드높이 떠 있었다. 얼음이 반짝거리는 산꼭대기들이 구름 위에서 햇빛을 받아 빛났다. 슬픔에 가득찼던 내 심장은 이제 환희 비슷한 감정으로 벅차올랐다. 그래서 이렇게 외쳤다. "방황하는 정령들이여, 진정 비좁은 잠자리에서 쉬지 않고 이 세상을 헤매고 있다면, 내게 이 희미한 행복만은 허락해주시오. 아니면 차라리 삶이라는 기쁨에서 나를 데려가 길동무로 삼아주시오."

이렇게 말했을 때, 갑자기 저멀리에 사람의 형체가 보였다. 초인 같은 속도로 내 쪽으로 다가오고 있었다. 내가 조심스럽게 걸어서 건넜던

---

* 퍼시 비시 셸리의 「무상에 관하여」의 후반부에서 인용.

까마득한 얼음 틈새들을 펄쩍펄쩍 뛰어넘었다. 다가오고 있는 덩치 역시 인간이라 할 수 없을 정도로 컸다. 불안했다. 눈앞이 안개에 뒤덮인 듯 흐려지고 의식이 희미해지는 느낌이 들었다. 하지만 차가운 산바람이 돌풍처럼 몰아쳐 정신이 번쩍 들었다. 그 형상이 가까이 다가오는 모습을 지켜보던 나는(무시무시하고 소름 끼치는 광경이었다!) 그것이 바로 내가 창조한 괴물이라는 사실을 깨달았다. 분노와 공포로 부들부들 떨렸으나, 그가 다가올 때까지 기다렸다가 목숨을 걸고 싸우기로 결심했다. 놈이 다가왔다. 그 얼굴에는 경멸과 악의가 뒤섞인 쓰디쓴 고뇌가 어려 있었는데, 거기에 이 세상 것 같지 않은 추악함까지 어우러져 인간의 눈으로 차마 볼 수 없는 참혹한 몰골이었다. 하지만 나는 제대로 보지도 않았다. 분노와 증오로 처음에는 말도 나오지 않았지만, 놈에게 격렬한 혐오와 경멸을 전하겠다는 일념으로 목소리를 가누었다.

"악마!" 나는 외쳤다. "감히 내게 다가오겠다는 말이냐? 이 팔이 그 흉측한 머리에 가할 맹렬한 복수의 일격이 두렵지도 않으냐? 어서 꺼져, 이 더러운 벌레! 아니 차라리 이 자리에서 내 발길에 짓밟혀 먼지가 되어버려! 아, 네 비참한 목숨을 끝내버리고 네놈이 그토록 사악하게 살해해버린 희생자들의 목숨을 살릴 수만 있다면!"

"이런 반응은 예상했다." 악마가 말했다. "사람들은 모두 끔찍한 흉물을 저주하지. 그러니 살아 있는 그 어떤 생물보다 비참한 나를 얼마나 증오하겠는가! 하지만 당신, 내 창조자인 당신이 나를 혐오하고 내치다니. 나는 네 피조물이고, 우리는 둘 중 하나가 죽음을 맞지 않는 한 끊을 수 없는 유대로 얽혀 있다. 당신은 나를 죽이려 하겠지. 감히 당신이 이렇게 생명을 갖고 놀았단 말인가? 나에 대한 당신의 의무를 다하라. 그러면 나도 당신과 나머지 인간들에 대한 의무를 다하겠다. 내 조건에 동의한다면 나도 인간들과 당신을 평화롭게 내버려두겠다. 하지만 거절한다면, 살아남은 당신 친구들의 피로 배부를 때까지 죽음의 밥통을 채울 것이다."

"혐오스러운 괴물! 진정 사악한 악마로군! 네놈이 저지른 죄에 복수하려면 지옥의 고문으로도 성에 차지 않겠어. 끔찍한 악마! 네놈이 감히 창조해주었다고 나를 비난하다니. 그러면 와라, 내 그렇게 경솔하게 내렸던 생명의 불씨를 꺼뜨려줄 테니."

나의 분노는 끝을 몰랐다. 한 인간이 타자에게 품을 수 있는 극한의 감정에 불타올라 놈을 덮치려 했다.

놈은 손쉽게 몸을 피하고는 이렇게 말했다.

"진정해! 저주받은 내 머리에 증오를 쏟아붓기 전에 내 말을 한 번만 들어다오. 당신이 굳이 더 불행하게 만들려 하지 않아도, 나도 이만하면 충분히 괴로움을 겪지 않았는가? 삶이 고뇌의 연속에 불과하더라도, 내게는 소중한 것이니 지킬 생각이다. 기억하라, 당신이 나를 당신 자신보다 더 강력하게 창조했다는 것을. 내 키는 당신보다 크고, 관절은 더 유연하다. 하지만 당신과 대적하고 싶지는 않다. 나는 당신의 피조물이니 당신이 내게 빚진 의무를 다하기만 한다면, 나 역시 본연의 영주이자 왕인 당신의 뜻을 고분고분하게 따를 생각이다. 오, 프랑켄슈타인, 모든 이에게 공평하게 대하면서 나만 짓밟지는 말란 말이다. 나야말로 당신의 정의, 심지어 당신의 관용과 사랑을 누구보다 받아 마땅한 존재니까. 기억하라, 내가 당신의 피조물이라는 사실을. 나는 당신의 아담이 되어야 하는데 오히려 타락한 천사가 되어, 잘못도 없이 기쁨을 박탈당하고 당신에게서 쫓겨났다. 어디에서나 축복을 볼 수 있건만, 오로지 나만 돌이킬 수 없이 소외되었다. 나는 자애롭고 선했다. 불행이 나를 악마로 만들었다. 나를 행복하게 만들어라, 그러면 다시 미덕을 지닌 존재가 될 테니."

"사라져! 네 말은 듣지 않겠다. 너와 나 사이에 유대 따위는 있을 수 없다. 우리는 숙적이야. 꺼져버려, 아니면 차라리 한쪽이 쓰러질 때까지 대결하자."

"어떻게 해야 당신 마음을 움직일 수 있지? 아무리 애원해도 자기가 만든 피조물에 호의를 보일 수 없단 말인가? 이렇게 당신의 선의와 연민을 갈구하는데도? 내 말을 믿어라, 프랑켄슈타인. 나는 선했고, 내 영혼은 사랑과 박애로 빛났다. 하지만 나는 외롭지 않은가? 참담하게 고독하지 않은가? 내 조물주인 당신이 나를 증오하는데 하물며 내게 아무것도 빚진 바 없는 당신의 동포들은 어떻겠는가? 나를 상대도 하지 않고 증오할 뿐이다. 사막 같은 산맥과 음침한 빙하들이 내 안식처다. 수많은 날들을 여기서 방황했다. 얼음 동굴도 나는 두렵지 않다. 그러니 여기가 인간들이 불평하지 않는 내 유일한 거주지다. 이 황량한 하늘을 나는 반가이 맞는다. 저 하늘은 당신의 동포들보다 내게 훨씬 더 친절했다. 무수한 인류가 내 존재를 안다면, 당신처럼 무장을 하고 나를 파멸시키려 들 것이다. 그러니 나를 혐오하는 그들을 어찌 내가 증오하지 않겠는가? 원수들을 봐줄 생각은 없다. 내가 불행하니 그들도 내 불행을 함께 느껴야만 한다. 하지만 당신은 내 불행을 보상해주고 악행에서 구해줄 수 있다. 그러지 않으면 내 죄는 점점 더 커져서, 당신과 당신 가족뿐 아니라 수천 명의 다른 사람들마저도 그 분노 속에 집어삼켜버릴 것이다. 동정심을 갖고 날 경멸하지 말라. 내 이야기를 들어달라. 이야기를 다 듣고 나서 저버리든 불쌍하게 여기든 하라. 그때는 공정한 판단을 할 수 있을 테니. 그러나 내 말을 들어라. 죄지은 자라 해도, 아무리 잔인한 죄인이라 해도, 인간의 법은 선고를 내리기 전 변론할 기회를 허락하지 않는가. 내 말을 들어라, 프랑켄슈타인. 당신은 내게 살인죄를 씌우고, 양심에 거리낌도 없이 피조물을 파멸시키려 하고 있다. 오, 인간의 영원한 정의를 찬양할지어다! 하지만 살려달라고 말하는 건 아니다. 내 말을 들어달라. 그다음에, 할 수 있다면, 그리고 의지가 있다면, 자기 손으로 만들어낸 작품을 파괴하도록 하라.”

"어째서 생각만 해도 온몸이 떨리는 사실들을 자꾸 기억나게 하는 거지? 내가 비참한 네 존재를 만들어낸 장본인이라는 사실을? 혐오스러운 악마, 네놈이 처음 빛을 본 날에 저주가 내리길! 네놈을 빚어낸 손을 저주한다(그게 바로 나라 해도)! 네놈 때문에 나는 말할 수 없는 불행에 빠졌다. 내가 네놈에게 부당한 처사를 행했는지 아닌지 가늠할 기운조차 없단 말이다. 꺼져버려! 지긋지긋한 네 모습이 내 눈에 보이지 않도록!”

"내 조물주여, 이렇게 하면 보이지 않겠지.” 놈이 이렇게 말하며 증오스러운 그 손으로 내 눈을 가렸지만, 나는 격렬하게 뿌리쳤다. "이러면 그토록 싫은 모습이 보이지 않는다. 하지만 내 목소리는 들릴 테니 일말의 동정심을 허락해달라. 내가 한때 지녔던 미덕으로 이 한 가지만 요구하겠다. 내 이야기를 들어달라. 길고 이상한 이야기가 될 텐데, 이곳 기온은 당신의 섬세한 감수성과는 어울리지 않는다. 산 위의 오두막으로 오라. 아직은 해가 중천에 떠 있다. 해가 내려와 저 눈 덮인 암벽들 뒤로 모습을 감추고 다른 세상을 비추기 전에, 내 이야기를 다 듣고 결정을 내릴 수 있을 것이다. 내가 인간세계를 영원히 떠나 무해한 삶을 보낼 것인지, 아니면 인간들을 응징하고 당신을 순식간에 파멸시킬 악마가 될 것인지는, 모두 당신에게 달려 있다."

이렇게 말하고 그는 얼음을 건너 길을 인도했다. 나는 따라갔다. 심장이 답답해 아무 대답도 하지 않았다. 하지만 걸어가는 가운데 그가 제기한 다양한 논지들을 가늠해보고 적어도 이야기는 들어봐야겠다고 결심했다. 호기심도 있었지만 결심을 굳힌 건 동정심 때문이었다. 나는 그때까지 놈이 내 동생의 살인자라고 생각했기에, 시인하든 부인하든 반드시 그 대답을 듣고 싶었다. 그리고 처음으로 피조물에 대한 창조주의 의무를 생각하고, 사악하다 불평하기 전에 먼저 행복하게 해줘야겠다는 생각을 하게 되었다. 이런 이유들로 마음이 동한 나는 그의 요구에 순순히 따랐다. 그리하여 우리는 얼음을 건너 맞은편 암벽을 올랐다. 대기는 차가웠고, 비가 다시 내리기 시작했다. 우리는 오두막에 들어갔다. 악마는 걷잡을 수 없는 기쁨에 들떠서, 그리고 나는 묵직한 심장과 침울한 심정을 안고서. 하지만 나는 이야기를 듣겠다고 동의했다. 그리고 기괴한 내 동반자가 피운 불가에 앉자, 그는 이렇게 자기 이야기를 시작했다.

3장

"처음 내가 태어났던 때를 기억하는 건 아주 힘들다. 당시의 사건들
은 모두 혼란스럽고 불분명한 느낌이다. 이상한 감정들이 복합적으로
나를 사로잡았고, 나는 동시에 보고 느끼고 듣고 냄새를 맡았다. 그리
고 한참이 지난 후에야 여러 다양한 감각의 작용을 분간할 수 있게 되
었다. 기억에 따르면, 차츰차츰 더 강한 빛이 내 신경을 자극해서 할 수
없이 눈을 감아야 했다. 그러자 어둠이 나를 덮쳤고, 나는 불안해졌다.
그런데 이런 느낌을 받자마자 눈을 뜨게 되었고, 지금 생각하니 다시
빛이 내게로 쏟아졌던 모양이다. 나는 걸었고, 아래로 내려갔던 것 같
다. 하지만 이윽고 감각에 엄청난 변화를 느끼게 되었다. 이전에는 어
둡고 불투명한 형체들이 내 주위를 둘러싸고 있었고, 촉각이나 시각에
는 전혀 자극이 느껴지지 않았었다. 그러나 이제는 자유롭게 돌아다닐

수 있었으며, 어떤 장애물도 쉽게 뛰어넘거나 피할 수 있었다. 빛은 점점 더 자극적으로 느껴졌고, 열기 때문에 걷기가 힘들어 어딘가 그늘이 있는 곳을 찾으려 했다. 그게 잉골슈타트 근처의 숲이었다. 시냇가에 누워 피로를 풀다 보니, 고통스러운 굶주림과 갈증이 느껴졌다. 거의 잠에 빠져들어 있었던 나는 벌떡 일어나 나무에 달려 있거나 땅에 널려 있는 나무딸기들을 먹기 시작했다. 갈증은 시냇물로 달랬다. 그리고 다시 누워서 잠에 빠져들었다.

깨어났을 때는 어두웠다. 춥기도 하고, 이렇게 스산한 데 있다 보니 본능적으로 좀 두렵기도 했다. 당신의 아파트를 떠나기 전에 추위를 느껴서 나는 천으로 몸을 가렸었다. 하지만 그 정도로는 밤이슬을 막을 수가 없었다. 나는 불쌍하고 힘없고 가련한 흉물이었다. 아무것도 모르고, 아무것도 분간할 수 없었다. 하지만 온몸에서 느껴지는 고통 때문에 주저앉아 흐느꼈다.

머지않아 하늘에서 온화한 빛이 살며시 밝아오자 쾌감이 느껴졌다. 벌떡 일어나 나무들 사이에서 솟아오르는 빛나는 형상을 바라보았다. 일종의 외경심을 품고 지켜보았다. 그것의 움직임은 느렸으나, 내가 가는 길을 밝혀주었다. 그래서 나는 다시 나무딸기들을 찾아 나섰다. 여전히 추웠는데, 마침 나무 밑에 거대한 외투가 떨어져 있기에 그걸 걸치고 땅바닥에 주저앉았다. 뇌리를 스치는 생각들은 무엇 하나 뚜렷하고 분명한 게 없었다. 하나같이 뒤죽박죽 혼란스럽기만 했다. 빛과 굶주림과 갈증과 어둠을 느꼈다. 헤아릴 수 없는 소리들이 귓전에 울렸고, 사방에서 다양한 향기들이 나를 반겼다. 분간할 수 있는 단 하나의 대상은 밝은 달이었고, 나는 기분좋게 오로지 그 달만을 바라보고 있었다.

밤낮이 몇 번인가 바뀌었고, 동그란 밤의 원이 한창 작아질 무렵이 되자 감각들을 별개로 인지할 수 있게 되었다. 차츰 마실 물을 주는 맑은 냇물을 뚜렷이 보게 되었고, 잎사귀로 그늘을 주는 나무들도 보였다. 내 귀에 인사를 자주 던져주었던 기분좋은 소리가, 내 눈에 비치는 빛을 가로막곤 했던 날개 달린 작은 생물한테서 난다는 걸 처음 알았을 때는 기분이 정말 좋았다. 나는 또한 훨씬 더 정확하게 내 주위를 에워싼 형상들을 관찰하고 내 머리를 덮고 있는 빛나는 천장의 경계를 인지하게 되었다. 가끔 새들의 상쾌한 노래들을 따라 해보기도 했지만, 아무래도 잘되지 않았다. 가끔은 내 나름대로 감각들을 표현하고 싶은 마음이 들었지만, 내 입에서 나오는 거칠고 불분명한 소리에 내가 놀라서 다시 침묵하곤 했다.

달은 사라졌다가 다시 작아진 모양으로 나타났는데, 나는 여전히 숲속에 머물렀다. 이때쯤 내 감각들은 명확하게 구분되었고, 내 마음은 날마다 더 많은 생각들을 받아들이고 있었다. 눈은 빛에 익숙해져 사물의 제 형상들을 인식하기 시작했다. 벌레와 약초를 구분했고, 차츰 다양한 향신야채들을 분간할 수 있게 되었다. 참새는 그저 거슬리는 소리만 낼 뿐이지만, 찌르레기와 개똥지빠귀의 노래는 달콤하고 매혹적이라는 것도 알았다.

어느 날, 추위에 떨고 있던 나는 방랑하던 거지들이 놓고 간 불을 발견했는데, 그로부터 열기를 느끼고는 기쁨에 사로잡혔다. 너무 기쁜 나머지 아직 다 타지 않은 불씨에 맨손을 댔다가 고통스러운 비명을 지르며 곧 손을 뗐다. 참으로 이상하다는 생각이 들었다. 똑같은 요인이 저렇게 반대되는 결과를 낳다니! 불을 피운 재료를 살펴보았더니 기쁘게도 나무로 되어 있었다. 재빨리 나뭇가지 몇 개를 모아 왔지만, 젖어 있어서 불을 피울 수 없었다. 이 사실에 괴로워하며 앉아서 불길의 작용을 차분히 지켜보았다. 불 근처에 갖다 놓았던 젖은 나무가 마르자, 불이 붙어 타기 시작했다. 곰곰 생각해보았다. 그리고 여러 나뭇가지들을 만져보다가 원인을 발견해낸 나는 분주하게 돌아다니며 엄청난 양의 나무를 모아 말려서 땔감을 대량으로 확보하기로 했다. 밤이 되고 잠이 오자, 불이 꺼져버릴까봐 지독하게 겁이 났다. 그래서 마른 나무와 잎사귀들로 조심스럽게 불길을 덮고, 그 위에 젖은 나뭇가지들을 올려두었다. 그리고 외투를 땅에 깐 후, 땅바닥에 누워 잠 속으로 꺼져 들어갔다.

일어나자 아침이었는데, 처음 한 일이 불을 살펴보는 것이었다. 덮었던 것들을 치우자, 살며시 불어온 산들바람이 재빠른 부채질로 불길을 키워주었다. 나는 이것도 눈여겨보고는 나뭇가지들로 부채를 만들어 불씨가 꺼질 지경이 되면 부채질을 해서 불을 키웠다. 밤이 다시 오자 불에서 열뿐만 아니라 빛이 난다는 걸 깨닫고 기뻤다. 이처럼 사물의 성질을 발견하는 것은 특히 먹을 것을 찾을 때 유용했다. 여행자들이 불에 구워 먹다 남기고 간 동물 내장을 발견했는데, 나무에서 딴 나무딸기보다 훨씬 더 맛있었기 때문이다. 그리하여 나는 똑같은 방식으로 재료를 잉걸불 위에 놓고 음식을 만들려고 해보았다. 나무딸기들은 이렇게 하면 오히려 맛이 엉망이 되었지만, 견과류와 뿌리채소 맛은 훨씬 좋아졌다.

그러나 먹을 것을 찾기가 점점 힘들어졌다. 하루종일 송곳니처럼 날카로운 허기를 달래려 헤매어봐도 도토리 몇 알도 못 찾는 날이 허다했다. 이 사실을 깨달은 나는 이제까지 살던 곳을 떠나서 이런저런 욕구를 좀더 쉽게 채울 수 있는 장소를 찾아보기로 결심했다. 이곳을 떠나면서 몹시 아쉬웠던 것은 우연히 얻었던 불이 없어졌다는 것이었다. 하지만 나는 다시 불을 피우는 법을 알지 못했다. 몇 시간 동안 이 난관에 대해 심각하게 생각해보았다. 하지만 불을 피우려는 시도는 모조리 포기할 수밖에 없었다. 나는 외투로 몸을 둘둘 감싸고, 저무는 해를 향해 숲을 가로질러가기 시작했다. 사흘 동안 두서없이 걷기만 했다. 그러자 확 트인 벌판이 나왔다. 바로 전날 밤 폭설이 내려 들판은 온통 흰색이었다. 풍경은 황량했고 땅을 뒤덮은 차갑고 습한 물질 때문에 발이 시렸다.

아침 일곱시경이어서, 음식과 쉴 곳이 절실했다. 마침내 오르막에 자리잡은 작은 오두막이 눈에 들어왔다. 양치기들을 위해 지어진 쉼터가 분명해 보였다. 내게는 새로운 광경이었다. 그래서 엄청난 호기심으로 건물을 살펴보았다. 문이 열려 있어 나는 안으로 들어갔다. 한 노인이 불가에 앉아 아침식사를 준비하고 있었다. 그는 시끄러운 소리를 듣고 뒤를 돌아보았다. 그리고 나를 보더니 큰 소리로 비명을 질러대며 오두막 밖으로 뛰쳐나가 그 노쇠한 몸으로는 상상할 수 없는 속도로 벌판을 가로질러 뛰어가는 것이었다. 내가 이제까지 봐왔던 어떤 것과도 전혀 다른 그의 모습과 줄행랑에 나는 좀 놀랐다. 그러나 오두막의 모습이 내 관심을 온통 사로잡았다. 여기라면 눈과 비가 뚫고 들어올 수 없었다. 바닥은 메말라 있었고, 내 눈에는 마치 불의 호수에서 고초를 겪은 지옥의 악마들이 본 판데모니움*만큼이나 정교하고 신성해 보였다.

나는 양치기가 남기고 간 아침식사를 게걸스럽게 먹어치웠다. 빵, 치즈, 우유와 포도주였다. 그러나 포도주는 맛이 마음에 들지 않았다. 다 먹고 나서 피로에 지친 나는 짚더미에 누워 잠이 들었다.

잠에서 깨어났을 때는 정오였다. 하얀 땅 위에서 밝게 빛나고 있는 태양의 온기에 이끌려 다시 여행을 시작하기로 했다. 오두막에서 찾은 포대에 농부의 아침식사를 집어넣고 몇 시간이나 벌판을 건너 전진한 결과 해질 무렵 어느 마을에 도착했다. 마을이 얼마나 기적적으로 보이던지! 오두막, 훨씬 깔끔한 통나무집, 그리고 위풍당당한 건물들이 번갈아 나의 눈길을 끌었다. 마당의 야채, 통나무집 창가에 놓여 있던 우유와 치즈가 식욕을 자극했다. 나는 그중 제일 좋은 집에 들어갔다. 하지만 문간에 발을 들여놓기가 무섭게 아이들이 비명을 질렀고 한 여자가 기절했다. 마을 전체가 난리법석이었다. 도망치는 사람들도 있고 나를 공격하는 사람들도 있었다. 마침내 나는 돌멩이를 비롯해 날아오는 온갖 무기에 맞아 심하게 멍이 든 채로 벌판으로 도망쳐서, 거의 벌거벗은 채 겁에 질려 야트막한 축사에 몸을 숨겼다. 마을에서 본 궁전 같은 곳들에 비해 누추하기 짝이 없었다. 우리 옆으로 깔끔하고 쾌적해 보이는 오두막이 붙어 있었으나, 방금 비싼 대가를 치르고 얻은 경험 때문에 감히 들어갈 용기가 나지 않았다. 내가 숨은 곳은 나무로 지어졌는데, 천장이 너무 낮아서 똑바로 앉기가 힘들었다. 바닥에는 나무가 하나도 깔려 있지 않았지만, 습기는 없었다. 바람이 헤아릴 수도 없이 많은 틈새로 드나들었지만, 그래도 눈과 비를 피할 수 있으니 그만하면

---

* 만마전(萬魔殿). 밀턴의 『실낙원』에 나오는 용어로, 판테온(만신전)과 대비되는 말이다.

쓸 만한 쉼터라고 생각했다.

이곳에 숨어들어 드러누운 나는 비참했지만 혹독한 계절과 그보다 야만적인 인간들을 피해 쉴 곳을 찾았다는 사실만으로도 기뻤다.

아침이 밝자마자 나는 축사에서 기어나와 인접한 오두막을 살펴보고, 내가 찾아낸 은신처에 좀 머물러도 되겠다는 걸 알았다. 그곳은 오두막 뒤편에 자리잡고 있었고, 양옆에는 돼지우리와 맑은 샘이 있었다. 한쪽이 뚫려 있어 그리로 내가 들어온 것이었다. 그러나 나는 보이는 틈새마다 돌과 나무로 틀어막고 가끔 나갈 때만 치울 수 있게 해두었다. 빛은 돼지우리 쪽에서 들어오는 게 고작이었지만, 그것만으로도 충분했다.

이렇게 살 곳을 마련해두고 깨끗한 짚으로 바닥을 깐 후, 나는 후미진 곳으로 몸을 숨겼다. 저멀리 사람의 형상이 보였는데, 그 사람을 믿고 나가기에는 그 전날 밤의 대접이 또렷하게 기억났기 때문이다. 그날 나는 도망치기 전에 양식부터 챙겼었다. 슬쩍 훔친 거친 빵 한 덩어리와, 은신처 옆으로 흐르는 맑은 물을 손으로 뜨는 것보다 훨씬 쉽게 마실 수 있게 해주는 컵 하나였다. 바닥은 약간 돋워져 있어서 보송보송하게 말라 있었고, 오두막 굴뚝과 가까웠기 때문에 그럭저럭 따뜻한 편이었다.

이렇게 먹고 잘 곳을 마련한 나는 결심을 바꿀 만한 다른 상황이 생길 때까지 이 축사에 살기로 했다. 예전에 살던 황량한 숲, 빗물이 뚝뚝 듣는 나뭇가지들과 축축한 땅에 비하면 진정 낙원이었다. 기분좋게 아침식사를 하고 물을 좀 마시려고 널빤지 하나를 치우려는 참에 발걸음 소리가 들렸다. 비좁은 틈새로 밖을 내다보니 머리에 양동이를 인 젊은 처자가 축사 앞으로 지나가고 있었다. 처녀는 젊고 몸가짐이 반듯해서, 그때까지 내가 본 오두막에 사는 사람들이나 농장 하인들과는 사뭇 달랐다. 그러나 옷차림은 초라했고, 허름한 파란색 페티코트와 리넨 상의만 걸치고 있었다. 땋아내린 금발에는 아무 장식이 없었다. 참을성 있는 얼굴이었지만 슬픔이 어려 있었다. 그녀의 모습은 곧 시야에서 사라졌다. 그리고 약 15분 후에 우유가 반쯤 찬 양동이를 이고 다시 돌아왔다. 양동이의 무게 탓인지 불편해 보이는 걸음으로 걸어가고 있는데, 젊은 청년이 그녀를 맞았다. 청년의 얼굴에는 더 깊은 낙심이 떠올라 있었다. 그는 우울한 표정으로 몇 마디를 건네더니 처녀의 머리에서 양동이를 받아들고 오두막까지 손수 날라주었다. 처녀는 청년의 뒤를 따랐고, 두 사람의 모습은 이내 사라졌다. 얼마 후 손에 연장 몇 개를 든 청년이 오두막 뒤편의 벌판을 가로질러가는 모습이 보였다. 그리고 처녀도 때로는 집안에서, 때로는 마당에서 분주하게 일하곤 했다.

거처를 살펴보던 나는 오두막 창문 중 하나가 지금은 쓰지 않아 널빤지로 완전히 막혀 있다는 걸 알아냈다. 그런데 널빤지 한 군데에 눈에 잘 띄지 않는 작은 틈새가 있어서, 한쪽 눈으로 간신히 내부를 볼 수 있었다. 이 틈새로 들여다보니 작은 방 하나가 보였다. 흰색으로 칠한 깨끗한 방이었지만 가구는 거의 없었다. 한쪽 모퉁이 작은 불가에 한 노인이 앉아 쓸쓸한 자세로 손에 머리를 묻고 있었다. 젊은 처녀는 분주히 오두막을 청소하더니 이윽고 서랍에서 뭔가를 꺼내 만지작거리면서 노인 옆에 앉았다. 그러자 노인은 악기를 집어들어 연주를 하기 시작했는데, 그 소리는 개똥지빠귀나 나이팅게일의 지저귐보다 더 달콤했다. 예전에 한 번도 아름다운 것을 보지 못한 나 같은 가련한 흉물의 눈에도 사랑스러운 광경이었다. 오두막 노인의 은발과 자애로운 얼굴에 나도 모르게 존경심이 우러났고, 처녀의 참한 몸가짐에 끌려 사랑을 느꼈다. 노인은 달콤하고 구슬픈 곡조를 연주했는데, 그 음악이 사랑스러운 그녀의 눈에서 눈물을 이끌어내는 걸 나는 알 수 있었다. 그러나 노인은 처녀가 소리가 들릴 정도로 흐느끼기 전까지는 전혀 눈치를 채지 못했다. 처녀의 울음소리가 들리자 그는 뭐라고 하는 것 같았고, 아름다운 처녀는 하던 일을 거두고 그의 발치에 무릎을 꿇었다. 노인은 처녀를 일으키더니 한없이 친절하고 사랑이 가득한 미소를 지었다. 나는 어떤 특별하고도 강렬한 감각에 사로잡혔다. 고통과 쾌감이 뒤섞인 느낌으로, 굶주림이나 추위, 온기나 음식 등에서는 전혀 느끼지 못했던 것이었다. 그래서 나는 차마 이런 감정들을 견디지 못하고 창가에서 물러났다.

이 일이 있은 후 곧 젊은이가 어깨에 장작을 한 짐 지고 돌아왔다. 처녀가 문간에서 그를 맞더니 짐을 덜어주고, 땔감 일부를 오두막으로 가지고 들어가 불에 넣었다. 그러고는 그녀와 젊은이는 따로 오두막 모퉁이로 갔고, 거기서 젊은이는 그녀에게 커다란 빵덩어리와 치즈 한 조각을 보여주었다. 처녀는 기분이 좋아진 듯, 정원으로 가서 채소와 뿌리를 좀 캐온 뒤 물속에 담갔다가 불 위에 올렸다. 처녀가 하던 일을 계속하는 사이, 젊은이는 정원으로 가서 바쁘게 땅을 파고 뿌리들을 파냈다. 한 시간쯤 청년이 열심히 일하고 나자 처녀가 그에게로 와서 두 사람은 함께 오두막으로 들어갔다.

노인은 그사이에 깊은 생각에 잠겨 있었다. 그러나 두 사람이 나타나자 짐짓 명랑한 척했고, 그들은 함께 앉아 식사를 했다. 식사는 금세 끝이 났다. 젊은 처녀는 다시 오두막을 정리하는 일에 몰두했고, 노인은 오두막 앞 양지바른 곳에서 젊은이의 팔에 의지해 몇 분쯤 산책을 했다. 세상에 이 뛰어난 두 인물의 대비만큼 아름다운 것은 다시없을 것이다. 한 사람은 백발에 자애로움과 사랑으로 빛나는 얼굴을 한 노인이었고, 젊은이는 호리호리하고 우아한 몸매에 누구보다 균형 잡힌 섬세한 외모의 소유자였다. 그러나 눈빛과 태도에서는 지극한 슬픔과 절망이 배어나왔다. 노인은 오두막으로 돌아갔고, 청년은 아침에 쓰던 것과는 다른 연장들을 들고 들판을 가로질러 터벅터벅 걸어갔다.

순식간에 밤이 찾아와 사위가 캄캄해졌다. 그러나 정말 놀랍게도 오두막 사람들은 촛불을 사용해 빛을 연장하는 방법을 알았다. 나는 일몰 후에도 인간 이웃들을 지켜보는 즐거움이 끝나지 않는다는 사실이 기뻤다. 저녁때 젊은 처녀와 식구들은 내가 이해할 수 없는 여러 가지 일들을 하느라 분주했다. 노인은 아침에 나를 매혹했던 천상의 소리가 나는 악기를 다시 잡았다. 노인의 연주는 너무나도 금방 끝나버렸고, 이번에는 청년이 연주를 하지 않고 단조로운 소리를 내뱉기 시작했는데, 그 소리는 노인의 악기가 낸 화음이나 새들의 노래와 전혀 닮은 데가 없었다. 나중에 나는 청년이 큰 소리로 책을 읽었다는 걸 알게 되었지만, 당시에는 말이나 문자의 과학에 대해 전혀 아는 바가 없었다.

이렇게 잠시 즐기던 가족은 불을 끄고 각자 방으로 돌아갔는데, 아마도 휴식을 취하러 갔을 거라고 나는 짐작했다."

4장

"나는 짚더미에 누웠지만 잠을 이룰 수가 없었다. 그날 있었던 일들을 곰곰 되새겨보았다. 무엇보다 인상적이었던 것은 그 사람들의 교양 있는 몸가짐이었다. 나도 그들과 함께하고 싶었지만 차마 용기가 나지 않았다. 전날 밤 야만적인 마을 사람들한테서 받은 푸대접을 너무나도 생생하게 기억하고 있었기에 앞으로 어떤 행동을 취해야 옳을지 알 수 없지만, 어쨌든 지금은 조용히 이 축사에 머무르면서 관찰하고 그들의 행위에 영향을 미친 동기들을 알아내야겠다고 결심했다.

오두막 사람들은 다음날 해가 뜨기 전에 일어났다. 젊은 처녀는 오두막을 정리하고 음식을 준비했다. 그리고 젊은이는 첫 식사를 하고 나서 집을 떠났다.

이날은 그 전날과 똑같은 일상으로 흘러갔다. 젊은이는 끊임없이 야

외에서 일했고, 처녀는 집안에서 여러 가지 힘든 일들을 처리했다. 노인은—나는 그가 맹인이라는 사실을 곧 알아차렸다—악기를 연주하며 한가한 시간을 보내거나 명상을 했다. 오두막의 젊은 사람들이 덕망 있는 어른에게 보여준 사랑과 존경은 그 무엇에도 비길 수 없다. 사랑과 의무에서 나오는 온화한 태도로 소소한 시중을 들었다. 그리고 노인은 자애로운 미소로 그들에게 보답했다.

그들이 행복하기만 한 것은 아니었다. 젊은이와 처녀는 따로 떨어져서 흐느끼는 것 같았다. 그들이 불행할 이유가 대체 무엇인지 나로서는 알 수가 없었지만, 그래도 마음이 심히 흔들렸다. 그렇게 사랑스러운 존재들이 불행하다면, 나처럼 불완전하고 고독한 존재가 비참하다는 게 조금은 덜 이상했다. 그러나 어째서 이 귀한 사람들이 불행한 걸까? 쾌적한 집(내 눈에는 그렇게 보였다)이 있고 온갖 호사를 다 누리고 있는데, 싸늘할 때 몸을 따뜻하게 덥혀줄 불도 있고, 배가 고플 때 먹을 맛있는 음식도 있는데. 훌륭한 옷을 입고 있고, 서로 함께하고 이야기를 나누고, 날마다 애정과 친절로 가득한 표정을 서로 나누지 않는가. 그들의 눈물은 무슨 뜻일까? 정말로 고통을 표현하는 걸까? 처음에 나는 이런 질문들에 답할 수가 없었다. 그러나 꾸준한 관심과 시간이 처음에 수수께끼처럼 보이던 모습들을 설명해주었다.

상당한 시간이 흐른 뒤에야 나는 이 사랑스러운 가족이 편치 못한 한 가지 이유를 알아냈다. 가난이었다. 그들은 아주 참담한 가난을 겪고 있었다. 식량이라고는 텃밭에서 가꾸는 야채와 젖소 한 마리에서 나오는 우유가 전부였는데, 그나마 겨울에는 소먹이를 구할 수 없어 우유도 거의 나오지 않았다. 그들은 기아로 쓰라린 아픔을 느끼는 게 하루

이틀이 아니었다. 특히 젊은 친구들이 더했을 것이다. 그네들이 노인 앞에만 음식을 놓고, 자기들 몫은 전혀 남겨두지 않는 걸 몇 번이나 보았으니까.

이런 다정한 마음씨에 나는 큰 감동을 받았다. 나는 밤에 그들이 저장해둔 음식을 일부 훔쳐 먹는 데 익숙해진 터였다. 하지만 내가 오두막집 식구들을 괴롭히고 있다는 사실을 알게 된 후부터는 되도록 삼가면서 근처 숲에서 구한 나무딸기, 견과류, 뿌리채소로 허기를 채웠다.

나는 또한 그네들의 힘겨운 일을 덜어줄 수 있는 방법을 찾아냈다. 젊은이가 하루 시간의 상당 부분을 가족의 땔감을 찾으러 다니는 데 허비한다는 걸 깨닫고, 밤마다 그의 연장을 들고 나가서—연장 사용법은 금세 터득할 수 있었다—며칠 동안 쓰고도 남을 만큼의 땔감을 해오곤 했다.

처음 이 일을 했던 날, 처녀는 아침에 문을 열어보고는 바깥에 엄청난 땔감더미가 쌓여 있는 광경에 몹시 놀라는 눈치였다. 그녀가 큰 소리로 뭐라고 몇 마디 말을 하자 청년이 달려왔고, 그 역시 놀라움을 표시했다. 나는 그날 청년이 숲으로 가지 않고 오두막을 고치고 텃밭을 가꾸며 시간을 보내는 모습을 기쁜 마음으로 지켜보았다.

점차 나는 훨씬 더 의미심장한 발견을 하게 되었다. 이 사람들이 또박또박 끊어지는 소리를 사용해 서로의 경험과 감정을 소통한다는 사실을 알았다. 가끔 그들이 하는 말이 듣는 사람의 마음과 얼굴에 쾌감이나 고통, 미소나 슬픔을 떠오르게 할 때가 있다는 것도 파악했다. 이것은 진정 신과 같은 과학이었기에 나도 터득하고 싶다는 열망이 타올랐다. 그러나 시도를 할 때마다 수포로 돌아가곤 했다. 사람들의 발음은 빨랐다. 그리고 그들이 내뱉는 말은 눈에 보이는 세계와 명백한 연관이 하나도 없었기에, 그들이 지칭하는 대상의 미스터리를 풀어낼 단서를 도무지 찾을 수가 없었다. 그러나 엄청난 노력을 쏟으며 달이 몇 번 공전할 때까지 축사에 머문 결과, 나는 이야기에 가장 친숙하게 등장하는 물건들의 이름 몇 가지를 알게 되었다. 나는 '불', '우유', '빵'과 '나무' 같은 단어들을 배우고 또 사용하는 법을 익혔다. 그리고 또한 오두막집 가족들의 이름도 외웠다. 젊은이와 처녀는 서로 몇 가지 이름을 썼지만, 노인의 이름은 단 하나, '아버지'뿐이었다. 처녀는 '누이' 또는 '아가타'라고 불렸고 젊은이는 '펠릭스', '오빠' 또는 '아들'이라는 이름을 썼다. 이 각각의 소리에 일치하는 관념들을 배우고 발음할 수 있게 되었을 때 나는 말할 수 없이 기뻤다. 이해하거나 적용하지는 못해도, 내가 분간할 줄 아는 단어들은 또 몇 개 더 있었다. '좋은, 사랑하는, 불행한' 같은 말들이었다.

겨울은 이렇게 보냈다. 오두막 사람들의 온유한 언행과 아름다움 덕에 나는 그들을 아주 좋아하게 되었다. 그들이 불행하면 나도 침울해졌다. 그들이 기뻐하면 나 역시 그 기쁨을 함께 느꼈다. 그들 외에는 거의 인간을 보지 못했다. 행여 다른 사람이 오두막에 찾아올 때면, 그 거친 품행과 버릇없는 발걸음을 보고 내 친구들의 교양이 얼마나 우월한가를 새삼 느끼게 되었다. 노인은 자식들—노인이 가끔 그렇게 부르곤 했다—에게 우울감을 떨쳐버리라고 격려해주곤 했다. 명랑한 말투였고, 그 선한 표정은 심지어 나마저 기분좋게 만들어주었다. 아가타는 공손하게 말씀에 귀를 기울이며, 가끔 눈물이 그렁그렁 차오르면 눈에 띄지 않게 훔치려고 애썼다. 그러나 아버지의 교훈을 듣고 난 후에는 그녀의 얼굴과 말투가 좀더 명랑해지는 걸 느낄 수 있었다. 펠릭스는 그렇지 않았다. 항상 가족 중에서 가장 슬퍼 보였다. 다듬어지지 않은 내 분별력으로 보아도, 그는 식구들보다 훨씬 깊은 고민에 빠져 있는 것 같았다. 하지만 얼굴은 더 슬플지언정 목소리는 누이보다 훨씬 쾌활했다. 아버지에게 이야기할 때는 특히 더 그랬다.

이 사랑스러운 오두막 주인들의 성품을 잘 말해주는 사소한 예는 헤아릴 수 없이 많다. 빈곤과 궁핍 속에서도 펠릭스는 눈 덮인 땅 밑에서 처음 고개를 내민 작고 하얀 꽃송이를 기쁜 마음으로 누이에게 따다 주었다. 그리고 이른아침 동생이 자리에서 일어나기 전에, 우유 짜는 우리까지 가는 길에 쌓인 눈을 깨끗이 치우고, 우물에서 물을 길어다 놓고, 별채에서 땔감을 가지고 들어오곤 했다. 별채의 땔감은 보이지 않는 손이 항상 가득 채워두곤 해서, 그는 항상 놀라워했다. 낮에는 다른 농부들의 일감을 맡아 하기도 하는 모양이었다. 그런 날은 외출했다가 저녁이 되어서야 집에 들어오면서도 땔감을 들고 오지 않는 것으로 알 수 있었다. 또다른 날에는 텃밭 일을 하기도 했지만, 서리가 내리는 계절에는 별로 할 일도 없어서 노인과 아가타에게 책을 읽어주었다.

처음에는 책을 읽어주는 행위를 이해하지 못해 몹시 어리둥절했지만, 차츰 나는 그가 말을 할 때와 같은 소리를 아주 많이 낸다는 걸 알았다. 그리하여 종이 위에 쓰여 있는 말 기호들을 그가 이해하는 거라 추측한 나는, 이 기호들도 이해하고 싶다는 마음이 솟구쳐올랐다. 그러나 기호가 지칭하는 소리들조차 알지 못하는 내가 어떻게 그럴 수가 있겠는가? 나는 이 과학에서 두드러지게 발전했지만 아직 대화를 알아들을 정도는 되지 못했다. 온 정신을 집중해 노력하긴 했지만 말이다.

내가 아무리 오두막 사람들에게 모습을 드러내고 싶어도 언어를 능수 능란하게 구사하기 전까지는 그런 시도를 해서는 안 되었다. 언어에 대한 지식이 있다면 생김새의 기형을 사람들이 눈감아줄지도 모른다고 생각했다. 나와 대조적인 외모의 사람들이 끊임없이 시야에 들어오는 것을 보면서 나 자신의 기형도 깨닫게 되었던 것이다.

나는 오두막 사람들의 완벽한 외모에 찬탄했다. 그 우아함, 아름다움, 그리고 섬세한 얼굴. 하지만 투명한 물웅덩이에 비친 내 모습을 보고는 얼마나 겁에 질렸었던지! 처음에는 깜짝 놀라 뒤로 물러서서, 물에 비친 상이 진짜로 나라는 걸 믿을 수 없었다. 하지만 내가 정말로 끔찍한 괴물이라는 사실을 확신하고 나자, 쓰라리게 아픈 좌절과 울분의 감정에 휩싸이고 말았다. 아! 이 참혹한 기형이 어떤 치명적인 결과를 낳을지 그때는 온전히 알지 못했다.

볕이 따뜻해지고 낮이 길어지자 눈이 사라졌고, 내 눈앞에 벌거벗은 나무들과 검은 땅이 나타났다. 이때부터 펠릭스는 좀더 일이 많아졌다. 당장이라도 굶어죽을 것만 같던 가슴 아픈 기아의 징조는 사라졌다. 나중에 알고 보니 그들의 음식은 변변찮아도 건강에 좋았다. 그리고 양식을 넉넉하게 구할 수 있었다. 새로운 식물 몇 가지가 텃밭에 자라나기 시작하자 그걸 무쳐 먹었다. 계절이 무르익으면서 하루가 다르게 편안한 기색이 더해갔다.

노인은 아들을 의지해 날마다 정오에 산책을 했는데 비가 올 때는 예외였다. 나는 하늘이 물을 쏟아붓는 걸 그렇게 부른다는 사실을 알게 되었다. 빈번하게 일어나는 일이었다. 그러나 높새바람이 불어 땅이 금세 말랐고, 그 어느 때보다도 청명한 계절이 되었다.

축사에서 내 생활은 늘 똑같았다. 아침에는 오두막 사람들의 움직임을 지켜보다가, 그들이 여기저기 각자 할일을 하러 흩어지면 잠을 잤다. 나머지 시간은 친구들을 관찰하며 보냈다. 그들이 쉬러 들어간 후, 달빛이 조금이라도 비추거나 밤하늘에 별이 반짝이면 숲으로 가서 내 양식과 오두막을 위한 땔감을 모았다. 돌아오는 길에는 필요할 때마다 그들이 다니는 길에서 눈을 치우고 펠릭스에게서 보고 배운 일들을 했다. 나중에 알게 된 거지만, 그들은 보이지 않는 손이 해놓은 이런 노동에 굉장히 놀랐다. 이런 일이 있을 때 한두 번인가 그들이 '착한 정령', '기적 같아'라는 말을 내뱉기도 했지만, 그때 나는 이런 말들의 의미를 이해하지 못했다.

이제 내 사고도 더욱 활발해져서, 이 사랑스러운 존재들이 가진 이유와 감정을 알고 싶다는 열망이 들었다. 펠릭스가 왜 저렇게 불행해 보이는지, 아가타가 왜 그렇게 슬픈 얼굴인지 알아내고 싶었다. 그리고 이 행복해 마땅한 사람들에게 다시 행복을 찾아줄 힘이 내게 있을지도 모른다고 생각했다. (어리석은 괴물 같으니라고!) 잠을 자거나 그들에게서 떠나 있을 때면, 자애로운 맹인 아버지, 온화한 아가타, 그리고 훌륭한 펠릭스의 모습이 눈앞에서 떠나질 않았다. 나는 그들을 우월한 존재로 우러러보았고, 내 장래의 운명이 그들의 손에 달려 있다고 생각했다. 상상 속에서 수천 번 그들에게 나를 소개해보고, 그들의 반응을 그려보았다. 처음에는 그들도 혐오감을 느낄 테지만, 온화한 행동거지와 달래는 말씨로 먼저 호감을 얻고 나면 나중에 사랑을 받을 수 있을 거라 상상했다.

이런 생각들로 몹시 들뜬 기분이 되어, 나는 새삼 열정적으로 언어의 기술을 습득하는 일에 정진했다. 내 몸의 기관들은 몹시 조악했지만 유연했다. 내 목소리는 부드러운 음악 같은 그들 목소리와는 딴판이었지만, 이해하는 단어들은 그럭저럭 쉽게 발음할 수 있었다. 마치 '당나귀와 애완견 이야기' 같았다. 하지만 태도는 무례했어도 의도는 애정이 넘쳤던 당나귀를 마구 때리고 욕설을 퍼붓는 대접은 너무 심했다.

봄철의 상쾌한 소나기와 온화한 따스함에 땅의 면모가 크게 변했다. 이런 변화가 있기 전에는 동굴에 처박혀 있는 것 같던 사람들이 흩어져 나와 다양한 농경기술로 일하기 시작했다. 새들이 더 명랑한 곡조로 노래했고, 나무에 새싹이 트기 시작했다. 행복하고 행복한 땅! 바로 얼마 전까지만 해도 황량하고 습하고 건강하지 못했던 그곳이 이제는 신들의 거주지로 부족함이 없었다. 자연의 매혹적인 풍경에 내 정신이 고양되었다. 과거는 기억에서 지워지고, 현재는 고요했으며, 미래는 희망의 밝은 햇살과 환희의 기대로 금처럼 빛나고 있었다."

5장

"이제는 서둘러 좀더 격정적인 부분으로 넘어가야겠다. 이제부터 이
야기할 사건들 때문에 과거의 내가 현재의 나로 바뀌었으니까.

봄은 급속히 무르익어갔다. 날씨가 좋아지고 하늘은 구름 한 점 없
이 맑았다. 사막처럼 우울했던 곳이 이제 세상에서 가장 아름다운 꽃과
녹음으로 피어나고 있었다. 내 감각들은 천 가지 즐거운 향취와 천 가
지 아름다운 풍경들로 충족되었고, 새로운 힘을 얻었다.

그러던 어느 날, 오두막 사람들이 간간이 힘든 노동을 놓고 휴식을
취할 때—노인은 기타를 연주하고 자식들은 그 연주를 경청했다—펠
릭스의 얼굴이 차마 말로 할 수 없는 우수에 차 있다는 걸 알게 되었다.
한숨도 자주 쉬었다. 한번은 아버지가 연주를 잠시 멈췄는데, 아무래도
그 태도로 보아 아들에게 슬픔의 원인을 묻는 듯했다. 펠릭스가 쾌활한

말씨로 대답하고 노인이 다시 연주를 시작하는데, 바로 그때 누군가 문을 두드렸다.

시골 사람을 안내자로 대동한 말 탄 숙녀였다. 숙녀는 짙은 색 옷을 입고 두꺼운 검은 베일을 쓰고 있었다. 아가타가 뭔가를 묻자 낯선 여인은 그저 다정한 말씨로 펠릭스의 이름을 발음함으로써 대답을 대신했다. 목소리는 음악 같았지만, 내 친구들 누구와도 비슷한 데가 없었다. 이 말을 듣자마자 펠릭스가 황급히 숙녀에게 다가갔다. 그녀는 그를 보더니 베일을 벗어던졌고, 그러자 내 눈앞에 천사처럼 아름답고 표정이 풍부한 얼굴이 나타났다. 머리카락은 윤기나는 칠흑빛이었고 희한하게 땋아내리고 있었다. 눈은 검은색이었지만, 생기 넘치면서도 온유했다. 균형 잡힌 생김새였고, 피부는 기막히게 희었으며 양뺨은 사랑스러운 분홍빛으로 물들어 있었다.

그녀를 본 펠릭스는 환희에 휩싸인 듯, 슬픔은 사라져 자취를 감추었고 얼굴에는 마치 황홀경처럼 걷잡을 수 없는 기쁨이 떠올랐다. 사람이 그렇게 기뻐할 수 있을 거라고 나는 상상도 못했다. 뺨이 쾌감으로 발갛게 물들고 눈이 반짝였다. 그 순간 나는 그가 처음 보는 사람처럼 아름답다는 생각을 했다. 그녀는 또다른 감정이 복받치는 듯 사랑스러운 눈에서 눈물 몇 방울을 닦으며 두 손을 펠릭스에게 내밀었다. 펠릭스는 그 손에 열정적으로 키스하고는, 내가 알아들을 수 있는 한에서는 '나의 다정한 아라비아 여인'이라고 불렀던 것 같다. 그녀는 그의 말을 알아듣지 못하는 것 같았지만 미소를 지었다. 펠릭스는 그녀가 말에서 내리는 것을 도와주고 안내자를 돌려보낸 후 그녀를 오두막으로 데리고 들어갔다. 그는 아버지와 잠시 대화를 나누었고, 젊은 이방인 처녀는 노인의 발치에 무릎을 꿇고 키스를 하려 했는데, 노인이 그녀를 일으켜 사랑스럽게 안아주었다.

머지않아 나는 이방인이 또렷한 분절음을 말하고 나름의 언어를 갖고 있는 것 같았지만, 오두막집 사람들의 말을 이해하지도 못하고 또 자기 뜻을 전달하지도 못한다는 걸 알아차렸다. 그들은 내가 이해할 수 없는 신호들을 많이 주고받았다. 그러나 그녀의 존재는 태양이 아침 안개를 흩뜨리듯 슬픔을 쫓아내고 오두막집 전체에 기쁨을 전파한다는 걸 알 수 있었다. 펠릭스가 특히 행복해 보였다. 그는 즐거움 가득한 미소로 아라비아 여인을 맞았다. 아가타, 언제나 다정한 아가타는 사랑스러운 이방인의 손에 키스하고 오빠를 손으로 가리키며, 그녀가 올 때까지 오빠가 슬퍼했다는 뜻으로 추정되는 몸짓을 해보였다. 몇 시간이 이렇게 흘러갔고, 그사이에 그들의 얼굴은 내가 이유를 알 수 없는 기쁨을 발했다. 이윽고 나는 이방인이 식구들의 말을 되풀이해 소리 하나를 계속 따라 하는 것으로 보아, 그녀가 언어를 배우려 한다는 걸 알았다. 그러자 곧 똑같은 목적을 달성하기 위해 나도 같은 방법을 써야겠다는 생각이 들었다. 이방인은 첫번째 수업 때 스무 개가량의 단어를 배웠는데, 그것들 중 대부분은 예전에 내가 알고 있던 것이지만 그래도 새로 배운 단어들은 도움이 되었다.

밤이 다가왔고, 아가타와 아라비아 여인은 일찍 잠자리에 들었다. 헤어질 때 펠릭스는 이방인의 손에 키스하면서 '안녕, 사랑하는 사피'라고 말했다. 그는 훨씬 늦게까지 잠을 이루지 못하고 아버지와 이야기를 나누었다. 여러 번 그녀의 이름을 반복하는 것으로 보아 사랑스러운 손님이 대화의 주제임을 짐작할 수 있었다. 나는 그 이야기를 알아듣고 싶어서 모든 힘을 집중했지만 도저히 불가능한 일이었다.

다음날 아침 펠릭스는 일을 하러 나갔고, 보통 때와 다름없는 아가타의 일과가 끝나고 나서, 아라비아 여인은 노인의 발치에 앉아 노인의 기타를 들고 몇 곡을 연주했는데 음악이 너무나 몽환적으로 아름다워서 내 눈에서 슬픔과 기쁨이 뒤섞인 눈물이 줄줄 흘러나왔다. 그녀는 노래를 불렀고, 그 목소리는 숲속의 나이팅게일처럼 한껏 부풀어올랐다가 사그라지면서 풍요로운 카덴차로 흘렀다.

노래를 마친 여인이 기타를 아가타에게 건네주자, 처음에는 아가타가 사양했다. 아가타는 소박한 곡조를 연주하며 달콤한 억양으로 노래했는데, 이방인의 경이로운 곡조와는 달랐다. 노인은 황홀한 표정으로 몇 마디 말을 했고, 아가타는 사피에게 그 말을 애써 설명해주었다. 그녀의 음악이 노인에게 더할 나위 없는 기쁨을 선사했다고 말하고 싶었던 모양이다.

이제 전처럼 평화롭게 흘러가는 나날의 연속이었지만, 단 한 가지 다른 점은 친구들의 얼굴에서 슬픔이 사라지고 대신 기쁨이 자리잡았다는 것이었다. 사피는 늘 쾌활하고 행복했으며, 그녀와 나는 언어 실력이 급속히 늘어 두 달 후에는 내 보호자들이 하는 말 대부분을 알아듣게 되었다.

그사이 검은 땅도 향기로운 풀로 뒤덮이고, 초록빛 강둑에는 헤아릴 수 없는 꽃들이 흩뿌려져 향기와 풍광이 모두 달콤하기 그지없었고, 꽃들은 달빛 밝은 숲 사이에서 별처럼 희미하게 빛났다. 볕은 점점 더 따뜻해졌고, 밤은 맑고 향기로웠다. 해가 늦게 지고 일찍 뜨는 바람에 상당히 짧아지긴 했지만 한밤의 외유는 내게 더할 나위 없는 낙이었다.

처음 마을에 들어왔을 때 받았던 것과 똑같은 대접을 받게 될까봐 겁이 나서, 감히 낮 시간에는 밖에 나갈 엄두를 내지 못했다.

날마다 나는 주의를 집중해서 조금이라도 더 빨리 언어를 터득하려고 애썼다. 아라비아 처녀보다 더 빨리 향상되었다고 자랑해도 좋을 것이다. 그녀가 말을 잘 알아듣지 못하고 뚝뚝 끊어지는 억양으로 말하는 반면, 나는 소리 나는 말들을 거의 다 알아듣고 비슷하게 흉내낼 수 있었다.

말하는 능력이 향상되면서 나는 문자의 과학도 배우게 되었다. 이방인이 글을 배우고 있었기 때문이다. 글을 읽게 되자 경이로움과 기쁨의 벌판이 내 눈앞에 넓게 펼쳐졌다.

펠릭스가 사피를 가르치던 책은 볼네*의 『제국의 몰락』이었다. 펠릭스가 책을 읽어주면서 아주 세세한 설명을 해주지 않았다면, 이 책의 내용을 아마 이해하지 못했을 터였다. 그의 말에 따르면, 이 책을 선택한 이유는 웅변조의 문체에 동방의 저자들을 모방하는 큰 틀이 있기 때문이라고 했다. 이 작품을 통해 나는 역사에 대한 원론적 지식과 현재 이 세상에 존재하는 몇 개의 제국들을 보는 시각을 갖게 되었다. 지상의 서로 다른 나라들의 관습, 정부, 그리고 종교에 대한 통찰도 생겼다. 나태한 아시아인, 그리스인의 엄청난 천재성과 정신적 활동, 초기 로마인의 전쟁과 놀라운 미덕—그리고 그후의 부패—대제국의 몰락과 기사도, 기독교, 왕들의 이야기를 들었다. 아메리카 반구半球의 발견에 대한 이야기도 듣고, 그곳 원주민들의 불행한 운명에 사피와 함께

---

* 프랑스 철학자이자 역사가.

울었다.

이 경이로운 이야기들을 듣고 있자니 이상한 감정이 밀어닥쳤다. 정말로 인간이란 그토록 강력하고 그토록 덕스럽고 훌륭한 동시에 그토록 사악하고 천박하단 말인가? 인간은 어떤 때는 온갖 사악한 원칙들을 이어받은 후계자에 불과해 보이다가, 또 어떤 때는 고귀하고 신성한 특질을 한 몸에 체현한 듯했다. 위대하고 덕망을 갖춘 사람이 된다는 건 분별력을 갖춘 존재가 상상할 수 있는 최고의 영예 같았다. 기록에 드러난 무수한 사람들처럼 천박하고 사악해지는 것은, 무엇보다 저열한 타락 같았다. 이런 상황에 빠지는 건 심지어 눈먼 두더지나 무해한 벌레보다 더 절망적이었다. 어떻게 한 인간이 친구를 살해하려 들 수 있는지, 심지어 법과 정부는 왜 존재하는 건지, 아주 오랫동안 나는 전혀 이해할 수가 없었다. 그러나 악행과 유혈사태의 세세한 내용을 듣고 나니, 경이로운 마음은 사라지고 혐오로 고개를 돌리게 되었다.

오두막집 사람들의 대화는 매번 새롭고 경이로운 것들에 눈을 뜨게 해주었다. 펠릭스가 아라비아 여인에게 들려주던 가르침에 귀를 기울이는 사이, 인간 사회의 기이한 체제가 해명되었다. 재산 분배며 막대한 부와 누추한 빈곤, 계급, 가문, 그리고 고귀한 혈통에 대한 이야기도 들었다.

이런 말들은 나 자신을 돌아보게 해주었다. 동포 인간들에게 가장 높이 평가받는 자산은 부와 결합한 귀하고 순수한 혈통이라는 것도 배웠다. 이들 중 하나만 갖고 있어도 존경받고 살 수 있지만, 둘 다 없으면 아주 희귀한 경우를 제외하고 대부분은 선택된 소수를 위해 자기 힘을 무의미하게 소모해야 하는 방랑자나 노예로 간주되는 것이었다. 그런데 나는 무엇이었던가? 내 탄생과 창조주에 대해 나는 아는 바가 전혀 없었다. 그러나 돈도, 친구도, 사유재산도 전혀 없다는 건 잘 알고 있었다. 게다가 흉악하게 일그러진 추한 외모를 하고 있었다. 심지어 사람과 같은 본성을 갖고 있지도 않았다. 그런데 사람들보다 훨씬 더 민첩했고, 더 형편없는 식사를 먹고도 견딜 수 있었다. 지독한 열기와 추위를 견디고도 몸이 덜 상했다. 키는 사람보다 훨씬 더 컸다. 주위를 둘러봐도 나 같은 존재는 보지도 듣지도 못했다. 그렇다면 나는 지상의 한 점 얼룩 같은 괴물일까? 모든 사람들이 도망치고, 모든 사람들이 내치는?

이런 생각들이 얼마나 큰 괴로움이었는지는 도저히 말로 표현할 수 없다. 우울한 생각을 쫓아버리려 애썼지만, 앎과 함께 슬픔은 커져만 갔다. 오, 차라리 내가 태어난 숲에 영원히 머물렀다면, 굶주림과 갈증과 열기 외에는 아무 감각도 알지 못했더라면 좋았을 것을!

지식의 본질이란 얼마나 희한한 것인가! 일단 마음을 사로잡으면, 마치 바위에 이끼가 끼듯 들러붙어 떨어지지 않는다. 가끔은 생각과 감정을 모두 떨쳐버렸으면 하고 바라기도 했다. 그러나 고통의 감각을 초월하려면 방법은 단 하나밖에 없다는 걸 알게 되었다. 바로 죽음이었다. 죽음은 내가 두려워하면서도 이해할 수 없는 상태였다. 나는 미덕과 선한 감정을 우러러보고, 오두막집 식구들의 다정한 태도와 쾌활한 성격을 사랑했다. 그러나 그들에게 보이지도 들리지도 않는 곳에서 몰래 훔쳐보는 것 외에는 그들과 교류할 길이 막혀 있었다. 그러다보니 친구들과 함께 살아가는 존재가 되고 싶다는 갈망이 충족되기는커녕 오히려 더 커져만 갔다. 아가타의 친절한 말, 매력적인 아라비아 여인의 생기 넘치는 미소는 나를 위한 게 아니었다. 노인의 온화한 훈계와 사랑받는 펠릭스의 열띤 대화는 나를 위한 게 아니었다. 비참하고 불행한 괴물!

또다른 깨달음 몇 가지는 내 가슴에 더 깊이 새겨졌다. 나는 남성과 여성의 차이, 아이들의 탄생과 성장에 대해서도 들어 알게 되었다. 아버지가 갓난아기의 미소에 얼마나 무조건적으로 기뻐하는지, 아이가 좀더 자라면 활기차게 뛰어나오는 그 모습에 얼마나 행복해하는지. 그 고귀한 임무에 어머니의 삶과 관심이 얼마나 집중되어 있으며, 아이의 마음이 어떻게 지식을 확장하고 얻어나가는지를 배웠고, 형제, 자매, 그리고 한 인간을 다른 인간과 상호 유대로 묶어주는 다양한 인간관계들에 대해 알게 되었다.

그러나 내 친구들과 친척들은 어디에 있는가? 내 유년기를 지켜본 아버지도 없으며, 미소와 부드러운 손길로 나를 축복해준 어머니도 없다. 있다 한들 전생의 내 삶은 이제 시커먼 얼룩, 아무것도 분간할 수 없는 시커먼 빈 공간이 되어버렸다. 기억이 나는 첫 순간부터 이미 나는 그때와 똑같은 키와 덩치였다. 그때까지 나를 닮은 존재도, 나와 관계가 있다고 주장하는 사람도 만나본 적이 없었다. 나는 무엇일까? 그 질문이 또다시 튀어나왔지만, 대답이라고는 신음뿐이었다.

이런 감정들이 어떻게 흘러갔는지 곧 설명하겠다. 그러나 허락해준다면 일단 오두막집 사람들 이야기로 돌아가기로 하겠다. 이들의 사연은 내게 분노, 기쁨, 그리고 경이로움까지 온갖 다양한 감정들을 불러일으켰지만, 결국은 내 보호자들(나는 순수한 마음으로, 반쯤은 고통스

러운 자기기만으로 그들을 이렇게 부르는 걸 더없이 좋아했다)에 대한
더 큰 사랑과 존경으로 귀결되곤 했다.ˮ

6장

"한참 시간이 흐른 뒤에야 나는 친구들의 사연을 알게 되었다. 마음에 새겨져 도저히 잊을 수 없는 이야기로서, 나처럼 철저하게 경험이 없는 이가 보기에 그 속에 등장하는 수많은 사건들은 하나같이 흥미롭고 경이로웠다.

노인의 이름은 드 라세였다. 프랑스의 훌륭한 가문 출신으로, 오랜 세월 동안 프랑스에서 윗사람들에게 존중받고 동년배들에게 사랑받으며 부유하게 살았다고 한다. 아들은 조국에 충성을 다하도록 교육시켰다. 그리고 아가타는 최고로 고귀한 숙녀들과 어깨를 나란히 했다. 내가 도착하기 몇 달 전, 그들은 파리라는 호화로운 대도시에서 친구들에 둘러싸여, 미덕과 세련된 지성, 취향이 어느 정도의 자산과 결합되었을 때 누릴 수 있는 모든 즐거움을 만끽하며 살고 있었다.

사피의 아버지가 그들을 몰락시킨 장본인이었다. 그는 터키 상인으로 수년 동안 파리에 살고 있었는데, 내가 알지 못하는 어떤 이유로 정부의 미움을 사게 되었다. 그는 사피가 아버지와 함께 살려고 콘스탄티노플에서 파리로 오던 바로 그날 체포되어 감옥에 갇혔다. 그는 재판에서 사형을 선고받았다. 이 선고의 부당함은 명백했고, 파리 전체가 분노했다. 선고의 원인은 그가 뒤집어쓴 죄가 아니라 종교와 부유함 때문이라고들 했다.

펠릭스는 재판에 참석했고, 법정의 판결을 듣고는 주체할 수 없는 공포와 분노에 휩싸였다. 그 순간 그를 구해내야겠다고 결심한 펠릭스는 방법을 찾아 헤맸다. 감옥에 들어가려고 몇 번 시도했다가 실패했지만, 경비가 지키고 있지 않은 쪽에 튼튼한 창살이 달린 창문이 하나 있다는 걸 알게 되었다. 이 창문은 불운한 이슬람교도의 지하 감옥을 밝히고 있었다. 그는 무거운 사슬에 묶여 절망 속에서 야만적인 선고의 집행만을 기다리고 있었다. 펠릭스는 밤에 그 창을 찾아가서 죄수에게 자신의 구출 의도를 알려주었다. 터키인은 놀라면서도 기쁨에 젖어 보상과 막대한 부를 약속하며 은인의 열정에 불을 붙이려 했다. 펠릭스는 그런 제안은 거들떠보지도 않고 사양했다. 그러나 아버지 면회 허락을 받고 생기 있게 감사의 인사를 하는 사랑스러운 사피를 보고는, 자신의 고생과 위험을 전적으로 보상해줄 수 있는 보물이 죄수에게 있다는 사실을 스스로 인정하지 않을 수 없었다.

터키인은 딸이 펠릭스의 마음에 어떤 인상을 남겼는지 눈치채고, 안전한 곳에 당도하자마자 딸과 결혼하게 해주겠다고 말하며 펠릭스를 확실히 붙잡으려 했다. 펠릭스는 이런 제안을 덥석 받아들이기에는 너무 섬세한 심성의 소유자였지만, 행여 그런 일이 있다면 행복이 완성될 거라 믿고 기대를 품게 되었다.

그후로 날마다 상인의 구출 계획이 차근차근 준비되는 동안, 펠릭스의 열정은 이 사랑스러운 처녀가 보내온 몇 통의 편지들로 더욱 뜨거워졌다. 처녀는 자기 아버지의 하인이자 프랑스어를 할 줄 아는 어느 노인의 도움 덕에 사랑하는 이의 언어로 자기 생각을 표현할 수 있었던 것이다. 그녀는 아버지를 도와주려는 그에게 최고의 찬사를 바치며 감사의 말을 전했다. 그리고 은근히 자신의 운명을 한탄했다.

내게 이 편지들의 사본이 있다. 축사에서 사는 동안 글을 쓰는 도구로 구했던 것이다. 편지들은 종종 펠릭스나 아가타의 손에 들려 있었다. 나는 떠나기 전에 그 편지들을 당신에게 줄 것이다. 그러면 내 이야기의 진실이 입증될 테니까. 그러나 일단 지금은, 해가 이미 한참 저물었으니 편지의 핵심적인 내용을 말해줄 시간밖에 없을 것 같다.

사피의 이야기에 따르면, 어머니는 기독교를 믿는 아랍인으로, 터키인에게 잡혀 노예 신세가 되었다가 미모 덕분에 사피 아버지의 사랑을 얻어 결혼을 했다고 한다. 처녀가 어머니 얘기를 할 때면 말씨에서 존경이 흘러넘쳤다. 어머니는 자유로운 몸으로 태어나서 구속받는 신분으로 전락한 신세를 한탄했다. 그녀는 딸에게 자기 종교의 기본 강령을 가르치고, 이슬람교도 여신도들에게는 금지된 지성의 드높은 힘과 영혼의 독립을 꿈꾸라고 일렀다. 이 여인은 세상을 떠났지만, 그 가르침은 사피의 마음에 지워지지 않고 새겨져 있었다. 사피는 다시 아시아로 돌아가서 하렘의 벽에 감금된 채 유치한 오락들로 소일할 수밖에 없는 앞날을 생각하면 진저리가 났다. 큰 이상과 고결한 미덕의 추구에 익숙해진 그녀의 영혼에 걸맞지 않았다. 기독교인과 결혼해서 여자가 사회의 한자리를 차지할 수 있는 나라에서 산다는 생각에 마음이 끌리지 않을 수 없었다.

터키인의 사형집행일이 결정되었다. 그러나 그 전날 밤 그는 감옥을 탈출해 아침이 되기 전에 이미 파리에서 몇 리그 떨어진 먼 곳에 당도해 있었다. 펠릭스는 아버지, 누이, 그리고 자기 이름으로 여권을 만들어두었다. 이미 아버지에게 자기 계획을 전했고, 아버지는 아들의 속임수를 돕고자, 여행을 떠난다는 핑계로 집을 떠나 딸과 함께 파리의 외진 곳에 몸을 감추었다.

펠릭스는 프랑스를 종단하여 리옹까지, 몽스니에서 리보르노*까지 도주자들을 안내했고, 리보르노에서 상인은 터키령 어딘가로 들어갈 수 있는 호기를 기다리기로 했다.

사피는 아버지가 떠날 때까지 함께 남아 있기로 결심했고, 그전에 터키인은 자기 생명의 은인에게 딸을 주겠다고 다시 한번 확언했다. 그래서 펠릭스는 기대감을 갖고 그들과 함께 남아 있었다. 그사이 그는 아라비아 처녀와 즐거운 시간을 보냈고, 그녀 역시 지고지순한 애정을 보여주었다. 통역의 도움을 받아 서로 이야기를 나누었고, 가끔은 표정을 통역 삼아 말하기도 했다. 그리고 사피는 천국처럼 아름다운 고향 땅의 노래들을 불러주었다.

터키인은 이렇듯 두 사람의 교제를 허락하고 젊은 연인들에게 희망을 부추겼지만, 마음속으로는 완전히 다른 계획을 품고 있었다. 딸이

---

* 몽스니는 알프스산맥 중 프랑스와 이탈리아의 국경에 걸쳐 있는 고개, 리보르노는 이탈리아 북부의 항구도시.

기독교인과 맺어지는 게 끔찍하게 싫었지만, 자기가 미적지근한 반응을 보이면 펠릭스의 분노를 살까봐 겁내고 있었던 것이다. 지금 묵고 있는 이탈리아령에서 펠릭스를 배반하면, 펠릭스가 자기 운명을 좌지우지할 수 있다는 걸 그는 잘 알고 있었다. 그래서 펠릭스가 필요 없어질 때까지 계속 속임수를 쓰다가 출국할 때 몰래 딸을 데리고 가려고 수천 가지 음모를 꾸미고 있었다. 그의 계획은 파리에서 온 소식 덕분에 대단히 수월해졌다.

프랑스 정부는 죄수의 탈출 소식을 듣고 크게 분노해, 무슨 수를 써서라도 탈출을 도운 자를 색출해 체포하려 했다. 펠릭스의 계획은 금세 발각되었고, 드 라세와 아가타는 투옥되었다. 이 소식을 들은 펠릭스는 달콤한 꿈에서 깨어났다. 눈멀고 연로한 아버지와 다정한 누이가 악취나는 지하 감옥에 있는데, 자신은 자유로운 공기를 마시고 사랑하는 여인과 함께하는 시간을 즐기고 있었다니. 이런 생각에 괴로워 미칠 지경이었다. 그는 즉시 터키인과 의논했고, 펠릭스가 이탈리아로 돌아오기 전에 터키인이 출국할 만한 좋은 기회를 잡으면 사피는 리보르노의 수녀원에 묵고 있기로 했다. 그리고 펠릭스는 사랑스러운 아라비아 처녀와 헤어져 파리로 돌아와 드 라세와 아가타를 자유의 몸으로 만들고자 가혹한 법의 응징에 몸을 맡겼다.

그러나 그의 의도는 성공하지 못했다. 그들은 다섯 달이나 감옥에 갇혀 있다가 재판을 받았다. 재판 결과 그들은 전 재산을 빼앗기고 고향 땅에서 영원히 추방당했다.

그들은 독일의 오두막에서 비참한 삶을 이어갔고, 그곳에서 내가 그들을 발견하게 된 것이다. 펠릭스는 자신과 가족들이 전대미문의 억압을 받아가며 구출한 배은망덕한 터키인이, 생명의 은인이 이처럼 빈곤하고 무기력한 존재로 전락한 것을 알고도 선의와 명예를 모조리 배반한 채 딸과 함께 이탈리아를 떠났다는 사실을 알게 되었다. 펠릭스에게는 나중에 먹고사는 데 보태라며 굴욕적인 돈 몇 푼을 남겼을 뿐이었다.

이것이 바로 펠릭스의 심장을 잠식한 사건의 전말이었고, 내가 처음 보았을 때 그가 가족 누구보다 불행해 보였던 이유였다. 빈곤은 견딜 수 있었고 고난이 미덕의 보상이라면 영예롭게 생각할 수도 있었다. 그러나 터키인의 배신과 사랑하는 사피를 잃어버렸다는 사실은 돌이킬 수 없는 쓰디쓴 불행이었다. 그런데 이제 아라비아 처녀가 그에게 다시 돌아와 새로운 생명을 불어넣어준 것이다.

펠릭스가 재산과 신분을 모두 잃었다는 소식이 리보르노에 전해지자, 상인은 딸에게 연인 생각은 모두 버리고 자기와 함께 고향으로 돌아갈 준비를 하라고 했다. 천성이 착했던 사피는 아버지의 명령에 격분했다. 아버지를 설득하려 했지만, 아버지는 폭군 같은 명령만 되풀이하고 화를 내며 나가버렸다.

며칠 후 터키인이 딸의 숙소에 황급히 들어오더니, 리보르노의 거처가 발각된 정황이 있다면서 머지않아 자기가 프랑스 정부에 넘겨질지도 모른다고 말했다. 그래서 콘스탄티노플까지 데려다줄 배를 구했으며, 몇 시간 후 출발할 예정이라고 했다. 그러고는 자기 심복을 남겨둘 것이며, 그자가 아직 리보르노에 도착하지 않은 자기 재산을 지키면서 딸을 돌봐줄 거라고 말했다.

혼자가 되자 사피는 이런 비상사태에 자신이 뭘 해야 하는지 마음을 정했다. 터키에서 산다는 건 생각만 해도 끔찍했다. 종교와 정서가 모두 맞지 않았다. 어쩌다 손에 넣은 아버지의 서류를 통해 연인의 망명 소식을 들었고 그가 사는 곳이 어딘지도 알아냈다. 한참 망설이다가 그녀는 결국 결심을 굳혔다. 자기 몫으로 된 약간의 보석과 소액의 돈을 들고, 리보르노 태생이지만 터키 공용어를 알아듣는 하녀를 대동하고 이탈리아를 떠나 독일로 향했다.

그녀는 드 라세의 오두막에서 20리그쯤 떨어진 마을에 안전히 도착했는데, 그곳에서 하녀가 중병에 걸려 목숨이 위태로워졌다. 사피는 헌신적으로 하녀를 간호했다. 그러나 불쌍한 소녀는 세상을 떠났고, 사피는 언어도 관습도 모르는 이 나라에 혼자 남겨졌다. 그러나 다행히 그녀는 좋은 사람들을 만났다. 이탈리아 하녀가 예전에 목적지 지명을 언급했던 적이 있었다. 그녀가 죽은 후, 그들이 살던 집의 여주인이 잘 돌봐준 덕에 사피는 연인이 살고 있는 오두막집에 무사히 도착할 수 있었다."

7장

"이것이 내가 사랑하는 오두막집 식구들의 사연이다. 나는 깊은 감동을 받았다. 그 이야기는 사회적 삶에 대한 가르침을 주었는데, 그것은 미덕을 우러러보되 인류의 악덕을 지양해야 한다는 것이었다.

그때까지 범죄는 아득히 먼 죄악인 줄만 알았다. 자애로움과 관용이 내 눈앞에 항상 펼쳐져 있어, 저렇게 존경스러운 자질들이 요구되고 표현되는 분주한 세상으로 나가 배우가 되고 싶다는 욕망이 마음속에 일었다. 그런데 내 지성의 발전을 설명하려면, 그해 8월 초에 일어난 한 가지 상황을 생략할 수 없다.

어느 날 밤, 여느 때처럼 인접한 숲을 찾아 내가 먹을 식량을 채집하고 보호자들을 위한 땔감을 들고 오는데, 드레스 몇 벌과 책 몇 권이 들어 있는 가죽 트렁크가 땅바닥에 떨어져 있었다. 나는 반갑게 전리품을 주워 들고 축사로 돌아왔다. 다행스럽게도 책들은 내가 오두막에서 배운 언어*로 되어 있었다. 『실낙원』과 『플루타르코스 영웅전』 한 권, 그리고 『젊은 베르테르의 슬픔』이었다. 이 귀중한 보물들을 습득하게 되어 나는 한없이 기뻤다. 그리고 내 친구들이 다른 일상생활에 몰입해 있을 때면, 이 이야기들을 보며 계속 공부하고 마음을 닦았다.

이 책들의 효과를 어떻게 묘사해야 할지 모르겠다. 내 마음속에 새로운 심상과 감정들을 끝없이 창출해서 가끔은 황홀할 정도로 마음을 고양시켰지만, 대개의 경우 절망의 나락으로 나를 떨어뜨리기 일쑤였다. 『젊은 베르테르의 슬픔』에서는 단순하고 감동적인 이야기의 감흥 외에도 너무나 많은 견해가 논의되고 이제까지 애매모호하던 사물에 대해 너무나 많은 통찰이 조명되고 있어, 내게는 사색과 놀라움이 끝도 없이 샘솟는 원천 같았다. 이 책이 그려내는 다정하고 유순한 태도는 자신 아닌 무언가에 대해 품고 있는 숭고한 정서 또는 감흥과 결합해, 보호자들 사이에서 겪은 내 경험 그리고 내 마음속에 항상 생생하던 욕구와 아주 잘 맞았다. 그러나 나는 베르테르가 이제까지 내가 보고 상상했던 그 누구보다 더 신성한 존재라고 생각했다. 그 인물은 가식이 없었고 아주 깊은 인상을 남겼다. 죽음과 자살에 대한 논설은 치밀하게 고안되어 내 마음을 놀라움으로 채웠다. 이 사례가 진정 가치 있는 것인지 따져볼 엄두는 내지 못했지만, 내 마음은 주인공의 견해 쪽에 기울어져 있었다. 그가 죽었을 때 나는 정확히 이해하지 못하면서도 흐느꼈다.

---

* 프랑스어를 말한다.

그러나 책을 읽어나가면서 나는 내 개인적 감정과 처지를 훨씬 더 많이 생각하게 되었다. 내가 읽고 대화를 경청하는 책 속의 인물들과 나 자신이 비슷하면서도 한편으로 이상하게 다르다는 걸 알게 되었다. 그들에게 공감하고 어느 정도는 이해했지만, 내 마음은 아직 다듬어지지 않은 상태였다. 누구에게도 의존하지 않았고 누구와도 유대가 없었다. '내 떠나는 길은 자유로우니'* 내 죽음을 슬퍼할 사람 하나 없었다. 육신은 흉측했고 덩치는 거인과 같았다. 이건 무슨 뜻일까? 나는 누구일까? 나는 무엇일까? 어디서 왔을까? 내 목적지는 어디일까? 이런 질문들이 끝없이 떠올랐지만 해답을 찾을 길이 없었다.

내가 습득한 『플루타르코스 영웅전』은 고대 공화국의 초대 건국자들의 역사를 담고 있었다. 이 책은 『젊은 베르테르의 슬픔』과는 사뭇 다른 효과를 창출했다. 베르테르의 상상력에서 나는 낙담과 우울을 배웠다. 그러나 플루타르코스는 고결한 사고를 가르쳐주었다. 내 존재의 비참한 궤적을 초월해 나를 고양시켜, 과거를 살아간 영웅들을 존경하고 사랑하도록 해주었다. 내가 읽은 많은 것들은 내 이해력과 경험을 넘어섰다. 왕국이나 거대한 나라, 힘찬 강물, 무한한 바다 같은 것들은 뒤죽박죽으로나마 알고 있었다. 그러나 도시라든가 많은 사람들이 모인 곳들에 대해서는 전혀 아는 바가 없었다. 보호자들의 오두막집이 내가 인간 본성에 대해 공부한 유일한 학교였다. 그러나 이 책은 새롭고 강력한 인간 활동의 장면 장면을 전개해주었다. 공직을 맡은 사람들이 자기 종족을 다스리거나 학살하는 이야기들도 읽었다. 미덕을 향한 열

---

* 퍼시 비시 셸리의 시 「무상에 관하여」에서 인용.

망과 악에 대한 혐오가 그 어느 때보다 내 마음속에 벅차게 치밀어올랐다. 물론 내가 이해한 단어의 의미에 국한된 것이었지만 말이다. 이런 단어들은 내겐 쾌감 아니면 고통으로만 받아들여졌기 때문에 다분히 상대적이었다. 이런 정서에 이끌려 나는 당연히 로물루스나 테세우스*보다 누마, 솔론, 리쿠르고스**처럼 평화적인 통치자들을 선호했다. 보호자들의 공경하는 삶은 이런 인상을 더욱 확고히 심어주었다. 영광과 학살을 숭배하는 젊은 군인을 통해 인간을 처음 알게 되었더라면, 아마 나는 다른 감정들을 갖게 되었을지 모른다.

그러나 『실낙원』은 전혀 다르고 훨씬 심오한 감정을 일깨워주었다. 나는 우연히 습득한 다른 책들과 마찬가지로 그 책을 실제 역사로 읽었다. 전능한 신이 피조물들과 싸우는 장면은 가능한 모든 경이와 외경심을 일깨우는 힘이 있었다. 나와 비슷한 점이 두드러졌기 때문에, 몇 가지 정황들을 나 자신의 처지와 비교하곤 했다. 아담과 마찬가지로 나역시 기존의 어떤 존재와도 무관하게 창조되었다. 그러나 그의 상황은 모든 면에서 나와 달랐다. 신의 손에서 나온 아담은 완벽한 피조물이었다. 조물주의 특별한 보살핌을 받는, 행복하고 번영을 누리는 존재였다. 더욱 탁월한 본성을 지닌 존재들과 대화를 나누고 지식을 전수받는 특권을 누렸다. 그러나 나는 비참하고 무기력하고 외로웠다. 나는 사탄이 내 처지에 더 잘 맞는다고 생각했다. 사탄과 마찬가지로, 내 보호자

---

* 로물루스는 로마를 건국한 전설적인 인물이고, 테세우스는 그리스신화에 나오는 아테네의 영웅이다.
** 누마는 로마의 두번째 왕, 솔론은 아테네의 정치가이자 시인, 리쿠르고스는 아테네의 정치가이자 개혁가.

들의 행복을 바라볼 때면 쓰디쓴 질투의 덩어리가 내 안에서 치밀었기 때문이다.

또다른 상황 때문에 이런 감정은 더 강하고 확실해졌다. 축사에서 살기 시작했을 때, 나는 당신의 실험실에서 가져온 옷의 주머니에서 종이를 발견했다. 처음에는 대수롭지 않게 생각했지만 이제 그 기호를 해독할 수 있었기에 열심히 연구하기 시작했다. 그건 나를 창조하기 전 넉 달 동안 당신이 기록한 일지였다. 당신은 이 서류에 작업의 진척 상황을 세밀히 기록해놓았다. 당신도 틀림없이 이 일지를 기억하겠지. 바로 여기 있다. 내 저주받은 기원에 대해 참조할 사항이 모조리 여기 적혀 있다. 내 탄생까지 이어지는 혐오스러운 정황들이 모두 세세하게 눈앞에 펼쳐져 있다. 불쾌하고 역겨운 이 몸에 대해 자세히 묘사되어 있다. 그 언어는 당신 자신의 공포를 생생하게 표현할 뿐 아니라 내 마음속에 지울 수 없는 공포를 심어주었다. 읽어가면서 욕지기가 치밀어올랐다. '내가 생명을 얻은 그날을 증오한다!' 나는 괴로움에 울부짖었다. '저주받은 창조자! 어째서 자기마저 역겨워 등을 돌릴 흉악한 괴물을 빚어냈단 말인가? 신은 연민을 갖고 자신을 본떠 인간을 아름답고 매혹적으로 창조했다. 그러나 내 모습은 당신의 더러운 투영이고, 닮았기 때문에 더욱 끔찍스럽다. 사탄에게는 그를 숭배하고 격려해줄 동료 악마들이 있었다. 그러나 나는 고독하고 미움을 받는다.'

낙망과 고독에 빠져 몇 시간씩이나 이런 생각들을 했다. 그러나 오두막집 사람들의 미덕과 사랑스럽고 자애로운 성품을 생각하면서, 내가 그들의 미덕을 얼마나 동경하는지 알게 되면 그들은 연민을 갖고 내 신체적인 기형을 눈감아줄 거라고 애써 스스로를 타일렀다. 아무리 기형적인 괴물이라 해도, 동정과 우정을 갈구하는 사람을 문간에서 내칠 수 있을까? 최소한 절망하지는 말자고, 내 운명을 결정할 그들과의 만남을 모든 면에서 잘 준비하자고 결심했다. 하지만 나는 실행을 몇 달 더 미루었다. 그 성공에 너무 큰 의미가 걸려 있어서 실패에 대한 두려움이 생겼던 탓이다. 게다가 매일의 경험으로 이해력이 비약적으로 발전해서, 몇 달 동안 더 지혜를 얻은 후에 일을 시작하고 싶었기 때문이다.

그사이 오두막에는 몇 가지 변화가 일어났다. 사피가 함께하면서 식구들 사이에 행복이 번져갔다. 나도 오두막집이 훨씬 풍요롭고 넉넉하다는 걸 알게 되었다. 펠릭스와 아가타는 여흥과 대화로 보내는 시간이 많아졌고, 일할 때도 하인들의 도움을 받았다. 부유해 보이지는 않았지만, 만족스럽고 행복해 보였다. 그들의 감정은 잔잔하고 평화로웠으나, 내 감정은 날마다 더욱 격해지기만 했다. 지식이 쌓일수록 내가 얼마나 비참한 추방자인지를 절실히 느끼게 되었다. 물론 희망은 간직하고 있었다. 그러나 물속에 비치는 내 모습이나 달빛에 비치는 내 그림자를 볼 때면, 덧없는 허상이고 변덕스러운 그늘일 뿐인데도, 희망은 흔적도 없이 사라졌다.

이런 두려움들을 껪고, 몇 달 안에 받기로 마음먹은 심판에 대비해 스스로를 단련하고자 노력했다. 그러나 가끔은 내 생각이 이성의 고삐를 풀어버리고 낙원의 벌판을 헤매며, 내 감정에 공감하고 우울할 때 기분을 돋워주는 아름답고 사랑스러운 존재들을 감히 상상해보도록 내버려둘 때도 있었다. 그들의 천사 같은 얼굴들이 숨쉬며 위안의 미소를 보냈다. 하지만 모두 덧없는 꿈이었다. 내 설움을 달래주고 내 생각을 공유해줄 이브는 없었다. 나는 혼자였다. 아담이 조물주에게 했던 청원이 기억났다. 그러나 내 조물주는 어디 있단 말인가? 그는 나를 저버렸고, 억울한 심정으로 나는 그를 저주했다.

가을은 이렇게 흘러갔다. 나뭇잎이 시들어 떨어지고 내가 숲과 어여쁜 달을 처음 보았던 때처럼 자연이 다시 메마르고 황량한 모습으로 돌아가는 것을 본 나는 놀랐고 또 슬펐다. 그러나 쓸쓸한 날씨에는 아랑곳하지 않았다. 체질상 더위보다는 추위를 더 잘 견딜 수 있었다. 그러나 내게 가장 큰 낙은 꽃과 새와 여름의 온갖 화려한 의상들을 바라보는 것이었다. 이들이 나를 저버리자 나는 오두막집 식구들에게 더욱 집중하게 되었다. 그들의 행복은 여름이 갔어도 전혀 줄지 않았다. 그들은 서로 사랑하고 공감했다. 서로를 믿고 의지하는 그들의 기쁨은 쓸쓸한 계절에 사방에서 죽어가는 생명에도 흔들리지 않았다. 이런 그들을 보고 있을수록 보호와 친절을 갈구하는 내 욕망은 커져만 갔다. 내 심장은 사랑스러운 이들에게 존재를 알리고 사랑받고 싶어 애가 달았다. 그 다정한 표정들이 나를 애정으로 바라보는 것이 내 궁극적 야망이 되었다. 그들이 경멸과 공포로 내게 등을 돌릴 거라는 생각은 감히 떠올릴 엄두도 내지 못했다. 가난한 사람이 그 집 문간을 찾아왔다가 쫓겨난 적은 한 번도 없었다. 물론 내가 바라는 건 약간의 양식이나 휴식보다 훨씬 소중한 보물이었다. 내가 요구하는 것은 친절과 연민이니까. 그러나 나 자신에게 전혀 자격이 없다고는 생각지 않았다.

겨울이 깊어졌고, 내가 목숨을 받아 깨어난 후로 사계절이 온전히 돌았다. 이 당시 내 온 신경은 철저히 오두막집의 보호자들에게 나 자신을 소개하는 계획에 매달려 있었다. 무수한 계획을 마음속에서 떠올려보았지만, 결국 눈이 먼 노인이 혼자 집에 있을 때 들어가기로 했다. 예전에 나를 보았던 사람들이 경악한 주된 이유는 바로 부자연스럽게 흉측한 내 외모 때문이라는 걸 파악할 정도의 눈치는 있었다. 거칠긴 해도 내 목소리는 그렇게 무섭지 않았다. 그래서 자식들이 없을 때 드라세 노인의 호감을 얻으면 그가 중재를 해줄지도 모른다고 생각했다. 그러면 젊은 보호자들도 노인을 보아 나를 참고 받아줄지 모른다.

어느 날, 땅에 흩어진 붉은 낙엽들 위로 햇살이 비치며 온기는 없을 지언정 명랑한 기분을 자아내고 있을 때, 사피, 아가타, 그리고 펠릭스가 시골길을 따라 긴 산책에 나섰고, 노인은 자의로 집에 홀로 남았다. 자식들이 떠나자 그는 기타를 집어들고 서러우면서도 달콤한 노래를 몇 곡조 연주했다. 이제껏 들었던 그 어떤 연주보다 더 서글프고 더 달콤했다. 처음에는 노인의 얼굴이 즐거움으로 환하게 밝아졌지만, 연주가 계속될수록 사색과 슬픔으로 화했다. 마침내 악기를 치운 노인은 앉아서 깊은 생각에 잠겼다.

내 심장은 빠르게 뛰었다. 지금이 바로 심판의 시각, 바로 그 순간이었다. 희망을 결정짓거나, 두려움을 현실로 바꿀 시각이었다. 하인들은 근처의 축제에 가고 없었다. 오두막집 안과 주변이 모두 조용했다. 훌륭한 기회였다. 그러나 막상 계획을 실행에 옮기려 하자, 사지의 힘이 빠져 나는 그만 땅바닥에 주저앉고 말았다. 나는 다시 일어섰다. 그리고 몸을 빳빳이 지탱하느라 온 힘을 다 쓰면서 은거지를 가리려 축사 앞에 놓아두었던 널빤지들을 치웠다. 맑은 공기에 정신이 나자 새삼스럽게 결심을 다지며 오두막 문으로 다가갔다.

문을 두드렸다. '거기 누구요?' 노인이 물었다. '들어오시오.'

나는 들어가 노인에게 말했다. '급작스럽게 찾아와 이렇게 방해해서 죄송합니다. 나그네인데 잠시 휴식이 필요해서요. 몇 분만 불가에 머물 다 가게 해주시면 정말 감사하겠습니다.'

'들어오시오.' 드 라세가 말했다. '그리고 필요하신 게 있으면 내 힘 닿는 대로 도와드리리다. 그런데 우리 아이들이 집에 없고 내가 눈이 보이지 않아서, 죄송하지만 음식을 대접하기는 어려울 것 같군요.'

'신경쓰지 않으셔도 됩니다, 친절하신 주인장. 음식은 있답니다. 저 한테 필요한 건 온기와 휴식뿐입니다.'

나는 자리에 앉았고, 침묵이 이어졌다. 일분일초가 내겐 소중하다는 걸 잘 알고 있었지만, 어떤 식으로 만남을 시작해야 할지 결심이 서지 않았다. 그때 노인이 내게 말을 걸었다.

'손님 말씀을 들어보니, 우리 고향 분이신 것 같군요. 프랑스 분이십 니까?'

'아닙니다. 하지만 프랑스 가족에게 교육을 받아서 그 말만 알아들을 수 있습니다. 이제 제가 진심으로 사랑하는 친구들에게 몸을 의탁하러 가는 길입니다. 그들의 호의에 희망을 걸고 있지요.'

'독일 사람들인가요?'

'아닙니다, 프랑스 사람들입니다. 한데 다른 얘기를 좀 해도 되겠습 니까? 저는 불행하고 버림받은 존재입니다. 주위를 둘러봐도 이 세상 에 친척도 친구도 하나 없습니다. 제가 찾아가는 사랑스러운 사람들은 저를 본 적도 없고 저에 대해 잘 알지도 못합니다. 저는 두려운 마음만 가득할 뿐이지요. 실패하면 영원히 이 세계의 추방자가 될 테니까요.'

'절망하지 마시오. 친구가 없다는 것은 분명 불행이지요. 그러나 인간의 마음은 명백한 이기심으로 편견에 젖어 있지 않다면 동포애와 자선이 넘친다오. 그러니 희망에 의지하도록 해요. 친구들이 선하고 사랑스러운 사람들이라면 절망하지 마십시오.'

'친절한 분들이지요. 세상에서 가장 훌륭한 사람들입니다. 그러나 불행하게도 저에 대해 편견을 가지고 있습니다. 저는 선한 품성을 지니고 있고, 지금까지 아무 해도 끼치지 않았으며, 어떤 면에서는 도움을 주기도 했지요. 그러나 치명적인 편견이 그들의 눈을 가리고 있어서, 다정하고 친절한 친구를 보아야 하는데 혐오스러운 괴물만 볼 뿐이랍니다.'

'그건 진정 불행한 일이로군요. 그러나 정말 당신 탓이 아니라면 진실을 알려줄 수는 없습니까?'

'바로 그 일을 하려고 합니다. 그리고 바로 그러기 위해 나를 사로잡는 무수한 공포심을 극복해야 했습니다. 이 친구들을 나는 깊이 사랑합니다. 그들은 알지 못하지만 몇 달 동안 날마다 그들을 위해 친절을 베풀어왔습니다. 그러나 그들은 내가 해를 끼치려 한다고 믿고 있어서, 그 편견을 제가 뛰어넘어야 한답니다.'

'친구들이 어디 살고 있나요?'

'이 근처입니다.'

노인은 잠시 말을 멈추었다가 다시 이었다. '사연을 거리낌없이 자세히 내게 털어놓는다면, 어쩌면 내가 그들에게 진실을 알려줄 수 있을지도 몰라요. 나는 눈이 멀었고 손님 얼굴을 판별할 수는 없으나 그 말씨를 들으니 어쩐지 손님의 말이 진심이라는 생각이 드는군요. 나는 가난한 망명자라오. 그러나 어떤 식으로든 같은 인간에게 도움이 될 수 있

다면 진심으로 기쁠 겁니다.'

'훌륭한 분이시군요! 감사합니다. 그 너그러운 제안을 받아들이겠습니다. 이 친절로 저를 흙바닥에서 일으키셨습니다. 선생님의 도움을 받아, 인간 사회와 동정심에서 소외되고 축출되지 않아도 될 거라 믿겠습니다.'

'저런! 정말로 범죄자라 하더라도 그런 일은 있으면 안 되지요. 그러면 미덕을 불어넣기는커녕 사람을 절망으로 몰아넣게 되니까요. 저 역시 불행하다오. 나와 가족들은 죄가 없는데도 형을 받았소. 그러니 내가 손님의 불행에 공감하지 못한다면 심판하시오.'

'어떻게 감사해야 할까요? 제 최고의, 유일한 은인이신데. 그 입술에서 저는 생전 처음으로 저를 똑바로 향하는 친절의 목소리를 들었습니다. 영원히 잊지 않겠습니다. 그리고 이런 자애를 접하니 앞으로 만나게 될 친구들과도 성공할 수 있으리라는 믿음이 생기는군요.'

'친구들의 이름과 주소를 알 수 있을까요?'

나는 잠시 아무 말도 하지 않았다. 지금이 바로 결정의 시간이라는 생각이 들었다. 행복을 영원히 빼앗기든가 선사받든가 둘 중 하나였다. 그의 말에 단호하게 대답할 용기를 내려 애썼지만 허사였다. 이미 남아 있는 힘이 다 빠져버린 상태였다. 나는 의자에 주저앉아 큰 소리로 흐느꼈다. 그 순간 젊은 보호자들의 발소리가 들렸다. 한순간도 허비할 수 없었다. 그래서 노인의 손을 붙잡고 나는 외쳤다. '지금이 바로 그때입니다! 저를 구해주세요, 보호해주세요! 제가 찾는 친구들은 바로 선생님과 가족분들입니다! 심판의 시각에 저를 버리지 마십시오!'

'하느님 맙소사!' 노인이 외쳤다. '대체 누구십니까?'

그 순간 오두막집 문이 열리고 펠릭스, 사피, 아가타가 들어왔다. 나를 본 그들의 얼굴에 떠오른 공포와 경악을 그 누가 표현할 수 있을까? 아가타는 기절했고, 사피는 친구를 돌보지도 못하고 오두막 밖으로 뛰쳐나가버렸다. 펠릭스가 달려 들어와 초인적인 힘으로 노인의 무릎에 매달려 있던 나를 떼어냈다. 분노에 넋을 잃은 그는 나를 덮쳐 땅에 쓰러뜨리고, 지팡이로 나를 심하게 내리쳤다. 나는 사자가 영양을 갈기갈기 찢듯이 그의 사지를 찢어발길 수도 있었다. 그러나 내 심장이 쓰디쓴 슬픔에 젖어 있었기에 참았다. 다시 날 때리려는 그의 모습을 본 나는 고통과 괴로움을 참지 못하고 오두막집을 뛰쳐나와 온통 격정에 휩싸여 남의 눈을 피해 축사로 돌아갔다."

8장

"저주받을, 저주받을 창조자! 어째서 나는 살았던 것인가? 어째서 바로 그 순간, 당신이 그렇게 방탕하게 붙인 존재의 불꽃을 꺼버리지 않았던 것인가? 알 수가 없다. 절망이 아직도 나를 사로잡지 않았던 것이다. 분노와 복수의 감정뿐이었다. 기쁜 마음으로 오두막집과 거기 사는 사람들을 다 파멸시키고 비명소리와 불행을 탐닉할 수도 있었다.

밤이 내리자 나는 은신처에서 나와 숲속을 헤맸다. 이제는 들킬까봐 두려워하는 마음마저 사라져 무시무시한 울부짖음으로 괴로움을 분출했다. 마치 올가미를 부수고 나온 야생동물 같았다. 앞을 가로막는 것들을 무차별적으로 파괴하고, 수사슴처럼 민첩하게 숲속을 횡행했다. 오! 그날 밤은 얼마나 참담했던가! 차가운 별들이 조롱하듯 빛났고, 벌거벗은 나무들은 머리 위에서 가지를 흔들어댔다. 가끔 새들의 달콤한 목소리가 쥐죽은듯 고요한 사위를 뚫고 터져나오곤 했다. 나만 빼고 모두가 휴식을 취하거나 즐기고 있었다. 나는 악마의 수장처럼 내 안에 지옥을 품고 있었다. 그리고 아무도 나를 불쌍히 여기지 않는다는 걸 알고 나니, 나무들을 뿌리째 뽑아내고 주위를 마구잡이로 파괴하고 나서 주저앉아 그 폐허를 만끽하고 싶었다.

그러나 이런 호사스러운 감정들은 오래가지 못했다. 나는 몸을 지나치게 많이 움직여 녹초가 되었고, 역겹도록 무기력한 절망감으로 축축한 풀밭에 쓰러지고 말았다. 세상에 존재하는 무수한 인간들 가운데 나를 불쌍히 여기거나 도와줄 사람은 하나도 없었다. 그런데 원수들에게 친절한 온정을 느껴야 마땅할까? 그렇지 않았다. 그 순간부터 나는 인류라는 종족과 영원한 전쟁을 선포했다. 특히 그 누구보다 나를 빚어내고 이 견딜 수 없는 불행 속으로 밀어낸 그자와의 전쟁을.

해가 떴다. 사람들의 목소리가 들렸고, 나는 그날 은신처로 다시 돌아가는 게 불가능함을 깨달았다. 그래서 무성한 덤불 아래 몸을 숨기고 나머지 시간은 내 상황을 깊이 숙고하며 보내기로 했다.

상쾌한 햇살과 맑은 공기가 어느 정도 마음의 평정을 되찾아주었다. 오두막집에서 일어난 일을 생각해볼수록, 지나치게 성급한 결론을 내렸다는 생각이 들었다. 확실히 부주의한 행동이었다. 내가 한 이야기들이 아버지의 호의를 끌어낸 게 분명한 마당에, 굳이 모습을 드러내 자식들을 경악하게 만드는 바보가 어디 있나. 드 라세 노인과 친숙한 관계가 되고 나서 차츰차츰 다른 식구들에게 나를 알렸어야 했다. 그들이 마음의 준비를 한 후에 말이다. 그러나 돌이킬 수 없는 잘못이라고는 생각되지 않았다. 그래서 오랜 숙고 끝에 나는 오두막으로 돌아가 노인을 찾아 직접 이야기를 하고 내 편으로 끌어들이기로 마음을 정했다.

이런 생각에 마음이 차분해졌고 오후에는 깊은 잠에 빠져들었다. 그러나 피가 뜨겁게 열병을 앓아 평온한 꿈들이 찾아오는 걸 허락하지 않았다. 그 전날의 무시무시한 장면이 내 눈앞에 계속 펼쳐졌다. 여자들은 도망치고, 분노에 찬 펠릭스가 아버지의 발치에서 나를 떼어냈다. 나는 기진맥진한 채로 잠에서 깨어났다. 벌써 밤이 되었음을 깨닫고 숨어 있던 곳에서 살며시 기어나와 양식을 찾으러 나섰다.

굶주림을 달래고 나서 오두막집으로 향하는 익숙한 길을 따라 발걸음을 옮겼다. 그곳의 모든 건 평화로웠다. 축사로 들어간 나는 기대에 부풀어 가족들이 보통 깨어나는 시간을 말없이 기다렸다. 하지만 그 시간이 지나고 해가 중천에 떴는데도, 오두막집 사람들은 나타나지 않았다. 나는 무시무시한 불행을 예감하며 격렬하게 몸을 떨었다. 오두막 안은 어두웠고, 인기척도 전혀 들리지 않았다. 그 긴장감이 팽팽한 불안은 차마 말로 할 수 없다.

이윽고 시골 사람 둘이 근처를 지나갔다. 그런데 오두막 근처에서 발길을 멈추더니 격렬한 몸짓으로 대화를 나누는 것이었다. 보호자들의 언어와는 다른 이 나라의 말을 썼기 때문에 무슨 말인지 알아들을 수 없었다. 그런데 얼마 후 펠릭스가 또다른 사람과 함께 다가왔다. 그날 아침 그가 오두막을 나서지 않았기 때문에 나는 깜짝 놀랐다. 그리고 그의 말 속에서 이 이상한 등장의 의미를 알아내기 위해 불안하게 기다렸다.

'집세를 석 달 치나 물고 텃밭의 작물들을 다 잃게 된다는 걸 생각해봤나? 부당한 이득을 취하고 싶지는 않으니 며칠 더 곰곰이 생각해보기 바라네.' 같이 온 남자가 말했다.

'그럴 일은 절대 없어요.' 펠릭스가 대답했다. '우리는 절대 이 오두막에서 다시 살 수 없어요. 제가 아까 말씀드린 사건 때문에 우리 아버지의 목숨이 위험합니다. 아내와 여동생은 그 공포를 결코 잊지 못할 거예요. 더이상 저를 설득하려 하지 마세요. 이 집을 돌려드릴 테니 절 그냥 보내주세요.'

펠릭스는 이 말을 하면서 몸을 심하게 떨었다. 그와 남자는 오두막 집에 들어갔고, 그곳에서 몇 분쯤 머무르다가 떠났다. 그후로 나는 드 라세 가족을 영영 다시 볼 수 없었다.

그날 나는 남은 시간을 절망의 구렁텅이에 빠져 축사 속에서 멍하니 보냈다. 보호자들은 떠났고 나와 세상을 이어주던 유일한 연결고리는 끊어졌다. 처음으로 복수와 증오의 감정이 내 가슴을 채웠고, 나도 굳이 억누르려 애쓰지 않았다. 격류에 몸을 맡기고 상해傷害와 죽음 쪽으로 마음을 돌렸다. 친구들, 드 라세의 온화한 목소리, 아가타의 부드러운 눈빛과 아라비아 여인의 섬세한 미모를 생각하면 이런 생각들이 사라지고 솟구치는 눈물이 마음을 어느 정도 달래주었다. 그러나 새삼 저들이 나를 저버리고 푸대접했다는 생각이 들 때마다 분노가 다시 돌아왔다, 격렬한 분노가. 차마 인간을 해칠 수 없어 사나운 분노를 무생물에 풀었다. 밤이 깊어지자 나는 불이 잘 붙을 만한 다양한 물건들을 오두막 주위에 놓아두었다. 그리고 텃밭에 있는 농작물의 흔적을 남김없이 파괴한 후 달이 질 때를 성마르게 기다려 작전을 시작했다.

밤이 깊어지자, 맹렬한 돌풍이 숲 쪽에서 불어와 하늘에 어슬렁거리던 구름들을 순식간에 흩어버렸다. 돌풍이 세찬 눈사태처럼 휩쓸고 지나가며 내 영혼 속에 창출한 어떤 광기가 이성과 사고의 경계를 모조리 파괴해버렸다. 나는 마른 나뭇가지에 불을 붙여 맹렬한 분노를 터뜨리며 헌신적으로 아끼던 오두막 주위에서 춤을 추었다. 시선은 여전히 서쪽 지평선에 못박혀 있었고, 달은 지평선 끝에 살짝 걸쳐 있었다. 원의 일부가 마침내 숨고, 나는 화인火印을 흔들었다. 달이 지자 나는 큰 소리로 절규하며 모아 온 짚단과 히스, 덤불에 불을 붙였다. 바람이 불길을 부채질해 오두막집은 순식간에 불길에 휩싸였다. 불길은 오두막집에 들러붙어 갈라진 파멸의 혓바닥으로 집을 핥아댔다.

그 누구의 힘을 빌려도 집의 일부도 건질 수 없다는 걸 확신한 후에야 나는 현장을 떠나 숲속으로 피신했다.

그런데 이제, 온 세상을 앞에 둔 나는 어디로 걸음을 옮겨야 할까? 불행의 현장으로부터 최대한 멀리 도망치기로 결심했다. 하지만 증오와 경멸을 한몸에 받는 내게 어느 나라건 끔찍하기는 마찬가지였다. 마침내 당신 생각이 내 뇌리에 떠올랐다. 서류에서 당신이 내 아버지, 창조주임을 알아낼 수 있었다. 내게 생명을 준 장본인 말고 내가 누구에게 의탁하겠는가? 펠릭스가 사피에게 가르친 과목들 중에는 지리도 빠지지 않았다. 이들로부터 지상의 서로 다른 나라들의 상대적 정황도 배웠다. 당신은 제네바가 고향이라고 언급했다. 그래서 나는 그곳으로 가기로 마음을 정했다.

그러나 방향을 어떻게 잡을 것인가? 목적지에 도착하려면 남서쪽으로 여행해야 한다는 건 알고 있었다. 길잡이라고는 오로지 태양뿐이었다. 내가 지나쳐야 할 도시들의 이름도 몰랐고, 그 누구 하나 붙잡고 물어볼 수도 없었다. 그러나 나는 좌절하지 않았다. 도움을 기대할 수 있는 사람은 오로지 당신밖에 없었다. 물론 당신에게는 증오뿐 어떤 감정도 느낄 수 없었다. 감정도 없고 심장도 없는 조물주! 내게 지각과 정념을 주고, 인류의 경악과 경멸을 한몸에 받도록 나를 내쳐버리다니. 그러나 동정심과 보상을 요구할 사람도 당신뿐이었기에, 인간의 탈을 쓴 다른 존재로부터 받고자 애썼던, 그러나 끝내 받지 못한 정의를 당신에게서 얻어내기로 결심했다.

여행은 길었고, 그간 겪은 고생도 말이 아니었다. 내가 그토록 오래 살던 거주지를 떠났을 때는 늦가을이었다. 인간의 얼굴과 마주칠까 두려워 밤에만 여행했다. 사방에서 자연이 쇠락했고, 태양은 열기를 잃었다. 내 주위로 비와 눈이 내렸다. 힘차게 흐르던 강물은 얼어붙었다. 땅 표면은 딱딱하고 차갑고 헐벗어, 도무지 쉴 곳을 찾을 수가 없었다. 아, 대지여! 내 존재를 탄생시킨 근원에 얼마나 자주 저주를 퍼부었는지 모른다! 본성의 온유한 기질은 사라지고, 내면은 온통 울분과 원한으로 화했다. 당신의 거주지에 가까이 다가갈수록 심장에서 복수의 혈기가 더욱 깊이 불타올랐다. 눈이 내리고 물은 꽁꽁 얼어붙었으나 나는 쉬지 않았다. 이따금 일어난 몇 가지 사건 덕분에 방향을 잡을 수 있었고, 이 나라의 지도도 손에 넣었다. 그러나 길에서 벗어나 멀리 헤맨 적도 여러 번 있었다. 괴로운 감정 때문에 도저히 편히 쉴 수가 없었다. 일어나는 사건마다 분노와 불행을 부추기고 가중시켰다. 그러나 해가 다시 따사로움을 되찾고 땅이 다시 푸르게 보일 무렵 스위스 국경 내에 도착했을 때 일어난 어느 사건 때문에 내 원한과 공포는 좀 특별한 방식으로 확고히 다져졌다.

대체로 낮에 휴식을 취하고, 밤이 되어 사람들의 모습을 확실히 피할 수 있게 될 때만 여행을 했다. 그러나 어느 날 아침, 오솔길이 깊은 숲으로 이어지는 것을 보고 해가 뜬 후에도 여행을 계속하기로 마음먹었다. 이른봄, 처음으로 찾아오는 그런 봄날이었는데 사랑스러운 햇살과 향기로운 공기 덕분에 내 마음마저 명랑해졌다. 오랫동안 죽어버린 것만 같았던 온화하고 기쁜 감정들이 내 안에서 되살아났다. 이런 감각들이 새삼스러워 절반쯤 놀란 나는 감정이 이끄는 대로 흘러가기로 했다. 그리고 고독과 기형을 잊고 감히 행복을 꿈꾸었다. 부드러운 눈물이 다시 내 뺨에 보석처럼 흘렀고, 심지어 촉촉한 눈을 들어 내게 이런 기쁨을 내려준 복된 태양을 향해 감사의 인사를 건네기도 했다.

숲속 오솔길을 구불구불 따라 계속 걷다보니, 어느새 숲의 경계에 다다랐다. 깊고 물살 빠른 강물이 인접해 있었고 상당수 나무들은 강물 쪽으로 휘어 있었으며, 가지에는 파릇파릇 봄의 새싹들이 돋아나고 있었다. 여기서 잠시 발길을 멈추고 어느 길을 따라가야 할지 정확히 알 수 없어 망설이는데, 사람들의 목소리가 들려왔다. 그래서 노송나무 그늘에 몸을 숨겼다. 제대로 몸을 숨기지도 못했는데, 어떤 젊은 처녀가 장난삼아 누군가로부터 도망치는 듯 깔깔 웃으며 내가 숨어 있는 쪽으로 뛰어왔다. 강물이 낭떠러지와 이어지는 쪽으로 계속 달리던 그녀는 갑자기 발을 헛디뎌 급류에 빠지고 말았다. 나는 숨어 있던 곳에서 황급히 뛰쳐나와 엄청난 힘으로 세찬 급류와 싸워 그녀를 구해 강변으로 끌고 올라왔다. 여자는 의식이 없었고, 나는 할 수 있는 모든 수단을 써서 그녀를 다시 살려냈는데, 바로 그 순간 한 시골 청년이 다가오는 바람에 멈칫하고 말았다. 나를 보자 그는 내게 덤벼들더니 처녀를 내 품에서 억지로 떼어내어 숲속 깊은 곳으로 황황히 가버렸다. 왠지는 잘

188

모르겠지만, 나도 재빨리 그들을 따라갔다. 그러나 남자는 내가 가까이 다가오는 걸 보고는 갖고 있던 총을 내 몸에 겨누고 방아쇠를 당겼다. 나는 땅바닥에 쓰러졌고, 내게 상처를 입힌 자는 아까보다 더 빠른 속도로 숲속으로 사라졌다.

이것이 내가 베푼 자애에 대한 보상이었던 것이다! 한 인간을 파멸에서 구원했는데, 보답으로 살과 뼈가 박살나는, 상처의 참담한 고통에 뒹굴어야 했다. 바로 몇 분 전까지 내게 찾아왔던 친절과 온정의 감정은 사라지고 지옥의 분노와 앙다문 이빨만 남았다. 고통에 격앙된 나는 전 인류에 대한 영원한 증오와 복수를 맹세했다. 그러나 상처의 극심한 고통이 엄습해왔다. 맥박이 멈추고 나는 의식을 잃었다.

몇 주일 동안 숲속에서 상처를 치유하려 안간힘을 쓰면서 비참한 목숨을 연명했다. 총알은 어깨로 들어갔는데 그대로 남았는지 관통했는지 알 수 없었다. 아무튼 나는 총알을 빼낼 도리가 없었다. 게다가 이런 상처를 낸 불의와 배은망덕에 대한 억울한 심정 때문에 괴로움이 한층 더했다. 날마다 복수를 다짐했다. 내가 참아야 했던 불의와 고뇌를 보상할 수 있는 깊고 치명적인 복수를.

몇 주일 후 상처가 나았고, 나는 여행을 계속했다. 내가 견뎌야 하는 고초는 이제 찬란한 태양이나 부드러운 봄의 산들바람도 덜어줄 수 없었다. 기쁨은 모두 내 쓸쓸한 신세에 모욕을 가하는 조롱에 불과했고, 내 팔자에 환희를 만끽하는 일은 없다는 사실을 한층 고통스럽게 실감시킬 뿐이었다.

그러나 이제 내 수고에도 끝이 보이기 시작했다. 이때부터 두 달 후 나는 제네바 근교에 도착했다.

도착했을 때가 저녁 무렵이라 제네바 주변의 들판에 있는 은신처로 물러나 어떤 식으로 당신에게 청원을 해야 할까 생각했다. 피로와 굶주림에 짓눌려 있었고, 심히 불행해서 저녁 산들바람이나 장관을 이루는 쥐라산맥 너머로 해가 지는 풍경을 감상할 수도 없었다.

이때쯤 얕은 잠이 들어 잠시 고통스러운 생각에서 벗어났는데, 아름다운 아이 하나가 다가오는 바람에 잠을 설치고 말았다. 어린애다운 장난기로 뭉친 그 아이는 내가 있는 후미진 곳으로 달려 들어왔다. 갑자기 그애를 보고 있자니 한 가지 좋은 생각이 떠올랐다. 이 어린 생물은 편견이 없고, 기형에 대한 공포심을 가질 만큼 오래 살지도 않았다. 그러므로 이 아이를 포획해서 교육시켜 친구이자 동반자로 데리고 살면, 인간들이 차지하고 있는 이 세상에서 그렇게 쓸쓸하지는 않을 터였다.

이런 충동에 휩싸인 나는 지나치던 소년을 붙잡아 내게 가까이 끌고 왔다. 아이는 내 형상을 보자마자 손으로 눈을 가리고 새된 비명을 지르기 시작했다. 나는 억지로 얼굴을 가린 손을 잡아채고 말했다. '애야, 왜 그러니? 너를 해칠 생각은 없단다. 내 말 좀 들어보렴.'

아이는 격렬하게 반항했다. '날 놔줘.' 아이가 외쳤다. '이 괴물! 흉측한 쓰레기! 나를 잡아먹고 갈가리 찢으려는 거지! 네놈은 인육을 먹는 도깨비야! 놔주지 않으면 아버지한테 이를 테다!'

'꼬마야, 다시는 네 아버지를 볼 수 없단다. 나와 함께 가야 하니까.'

'이 끔찍하게 못생긴 괴물! 날 놔줘. 우리 아빠는 평의원이셔. 프랑켄슈타인 의원님이란 말이야. 네놈을 벌주실 거야. 감히 나를 붙잡아둘 수 없을걸.'

'프랑켄슈타인! 그렇다면 너는 숙적의 가문이구나. 영원한 복수를

다짐한 바로 그놈. 네가 내 첫 희생자가 되어야겠다.'

아이는 여전히 반항하면서 내 심장에 절망을 안겨다주는 욕설을 퍼부었다. 나는 아이 입을 막으려고 목덜미를 잡았는데, 잠시 후 그애는 죽어서 내 발치에 누워 있었다.

희생자를 물끄러미 바라보고 있자니 환희와 더불어 지옥 같은 승리감으로 심장이 부풀어올랐다. 박수를 치며 나는 외쳤다. '나 역시 절망을 창출할 수 있다. 내 숙적은 난공불락의 요새가 아니야. 이 죽음이 그에게 절망을 가져다줄 테고 천여 개의 다른 불행들이 그를 괴롭히고 파멸시킬 것이다.'

꼼짝도 않고 아이만 바라보고 있던 나는 아이의 가슴에서 뭔가 빛나는 걸 발견했다. 세상에서 가장 어여쁜 여인의 초상이었다. 내 악의에도 불구하고, 그 초상은 내 마음을 누그러뜨리고 끌어당겼다. 깊은 속눈썹으로 둘러싸인 여인의 검은 눈과 사랑스러운 입술을 바라보며 잠시 기쁨을 느꼈다. 그러나 머지않아 분노가 돌아왔다. 이렇게 아름다운 존재가 주는 기쁨을 영원히 누릴 수 없다는 사실을 기억해냈던 것이다. 이렇게 바라보고 있는 초상화 속 여인도 나를 본다면, 저 성스럽고 인자한 풍모가 혐오와 공포의 표정으로 바뀔 거라는 사실도 깨달았다.

그런 생각들을 하다가 분노에 넋을 잃었다는 사실이 당신은 놀라운가? 나는 그저 그 순간 내가 절규와 고뇌로 감정을 분출하는 대신, 사람들 속으로 돌진해 들어가 인류를 멸절시키려다가 죽지 않았다는 게 놀라울 뿐이다.

이런 감정들에 압도된 채 살인을 저지른 지점을 떠나 좀더 후미진 은신처를 찾고 있었는데, 한 여자가 내 근처를 지나치는 모습을 보았다. 그녀는 젊었고, 내 손에 쥐고 있는 초상화의 여인처럼 아름답지는 않았지만 호감 가는 인상이었으며, 어여쁜 청춘과 건강을 누리며 한창 피어나고 있었다. 여기에도 나만 빼고 모든 사람들에게 선사하는 미소가 또 있구나, 하는 생각이 들었다. 그녀가 빠져나갈 구멍이 없게 만들 생각이었다. 펠릭스의 가르침과 유혈이 낭자한 인간의 법 덕분에 나는 악의를 실행에 옮기는 법을 배웠다. 몰래 여자에게 다가가 초상화 목걸이를 그녀의 드레스 주름 사이에 잘 끼워넣었다.

며칠 동안 나는 이런 일들이 일어난 현장을 계속 찾아갔다. 가끔은 당신을 보고 싶은 마음에서, 또다른 때는 인간 세상과 번뇌를 영원히 떠나리라는 다짐 때문에 말이다. 마침내 나는 산맥 쪽으로 정처 없이 흘러가서 거대한 산 구석구석을 헤매고 다니며 오로지 당신만이 만족시켜줄 수 있는 불타는 정념으로 괴로워했다. 당신이 내 요구를 들어주겠다고 약속할 때까지는 결코 당신을 떠날 수 없다. 나는 외롭고 불행하다. 사람들은 나와 어울리지 않을 것이다. 그러나 나처럼 기형이고 추악한 존재라면 날 거부하지 않을 것이다. 내 반려자는 나와 똑같은 종족이고 같은 결함을 가져야만 한다. 당신은 바로 이런 존재를 창조해 내야 한다."

9장

그 존재가 말을 마치더니 대답을 기대하는 듯 나를 물끄러미 바라보았다. 그러나 나는 어리둥절하고 황망한 나머지 그 제안의 내용을 제대로 이해할 만큼 충분히 내 생각을 정리할 수가 없었다. 그가 말을 이었다.

"나를 위해 여자를 만들어달라. 내 존재에 필요한 공감을 함께 나누며 살아갈 수 있도록. 이건 당신만이 할 수 있는 일이다. 그리고 이 요구는 당신이 거절할 수 없는 내 권리의 주장이다."

그가 오두막집 사람들 사이에서 평화롭게 살아가던 사연을 털어놓는 동안 잠잠하게 가라앉았던 내 안의 분노는 이야기의 마지막 부분에 이르자 다시 불붙었고, 나는 더이상 타오르는 분노를 억누를 수 없었다.

"거절하겠다." 내가 말했다. "그리고 어떤 고문을 해도 내 동의는 얻어낼 수 없을 것이다. 네놈이 나를 세상에서 가장 비참한 인간으로 만들 수 있을지는 몰라도, 나 자신의 눈에 저열한 인간으로 만들 수는 없다. 네놈과 같은 존재를 하나 더 창조한다면, 둘이 합심하여 악행을 저질러 세상을 참혹하게 만들 수도 있다. 꺼져라! 나는 이미 대답했다. 고문을 해도 좋지만 결코 동의하지 않을 것이다."

"당신은 틀렸다." 악마가 말했다. "그리고 협박이 아니라 당신을 설득하는 걸로 만족하겠다. 나는 불행하기 때문에 사악하다. 모든 인류가나를 피하고 증오하지 않는가? 내 창조주인 당신도 나를 갈가리 찢어버리고 승리의 기쁨에 젖으려 한다. 그걸 기억하라. 그리고 인간이 나를 동정하지 않는데 내가 왜 인간을 동정해야 하는지 말해달라. 당신은 나를 저 얼음의 갈라진 틈새로 거꾸로 떨어뜨리고 당신의 작품인 내 육신을 파괴하더라도, 그걸 살인이라 부르지 않겠지. 인간이 나를 경멸로 대하는데 내가 인간을 존중해야 하는가? 상처가 아니라 친절을 서로 나누며 나와 함께 살아간다면, 나도 그렇게 받아들여준 은혜에 감격해 눈물을 흘리며 어떤 식으로든 도움이 되려 할 것이다. 그러나 그런건 있을 수 없는 일이다. 인간의 감각은 우리의 공존을 가로막는 넘을 수 없는 장벽이다. 그렇다고 비굴한 노예의 굴종을 택하지는 않을 것이다. 내가 받은 상처를 복수로 돌려줄 테다. 사랑을 불러일으킬 수 없다면 공포의 근원이 될 테다. 누구보다 나의 창조주인, 그렇기에 내 숙적인 당신에게 영영 꺼지지 않는 증오를 다짐하겠다. 조심하라. 내가 당신의 파멸을 초래할 테고, 이 복수는 당신이 세상에 태어난 날을 저주할 정도로 황폐해지기 전에는 결코 끝나지 않을 테니."

이 말을 하는 놈에게서 악마 같은 분노가 생생하게 불타올랐다. 얼굴이 끔찍하게 일그러져 도저히 사람의 눈으로 볼 수 없었다. 그러나 이윽고 그는 마음을 가라앉히고 다시 이렇게 말했다.

"말로 설득할 생각이었다. 이런 격정은 나 자신에게 좋지 않다. 당신 스스로 이런 과다한 격정의 원인이 바로 자신이라 생각지 않으니까. 그 어떤 존재든 내게 선의와 호의를 베풀어준다면 백배 천배로 갚아줄 것이다. 바로 그 한 사람을 위하여 기꺼이 전 인류와 화해를 맺겠다! 그렇지만 이는 실현 불가능한 꿈에 빠진 자기만족에 불과하다. 내 부탁은 합리적이고 결코 지나치지 않다. 나처럼 추악한 모습을 한 이성異性 피조물을 요구하겠다. 만족감은 적겠지만 그 이상은 절대 얻을 수 없다면 만족하겠다. 물론 우리는 세상과 단절된 괴물들로서 살아가리라. 그러나 바로 그렇기에 우리는 서로를 더 깊이 아끼고 사랑하리라. 우리의 삶이 행복하지는 않겠지만, 남을 해치지도 않을 테고 지금 내가 느끼는 이런 불행도 알지 못할 것이다. 오! 창조주여, 나를 행복하게 해다오! 딱 한 가지 은혜를 베풀어 당신에게 감사하는 마음을 갖게 해다오! 나도 내가 다른 존재의 마음에 연민을 불러일으키는 광경을 보고 싶다! 내 청을 거절하지 말아다오!"

마음이 흔들렸다. 내가 동의한 후에 다가올 결과를 생각하면 전율이 흘렀다. 그러나 괴물의 논조에는 정당성이 있다는 느낌이 들었다. 그의 이야기, 그리고 지금 표현하고 있는 감정은 그가 섬세한 감수성의 소유자라는 증거였다. 창조주인 나는 힘이 닿는 한 그에게 최대한의 행복을 선사할 의무가 있지 않은가? 내 감정의 변화를 눈치챈 그는 말을 이었다.

"당신이 동의한다면, 당신이나 다른 인간이 다시는 우리 모습을 보지 못하게 하겠다. 남아메리카의 광활한 황야로 가겠다. 우리 음식은 사람과 다르다. 배를 채우기 위해 어린 양과 새끼 염소를 죽이지 않는다. 도토리와 나무딸기만으로도 충분한 영양을 얻을 수 있다. 내 동반자도 똑같은 본성을 지니고, 같은 음식으로 만족할 것이다. 마른 잎으로 침대를 만들고, 햇살은 인간을 비추듯 우리를 비추고 우리의 음식을 익어가게 할 것이다. 내가 제시하는 그림은 평화롭고 인간적이니, 이를 거절하는 건 제멋대로 권력을 휘두르는 잔인한 행동이라고 당신도 느낄 것이다. 지금까지 동정심 하나 없었던 당신이지만 이제 그 눈에 연민이 보이는군. 이 절호의 기회를 허락하여 간절한 내 소망을 들어주겠다고 약속해다오."

"네 제안은 사람의 거주지에서 멀리 도망쳐 오로지 들판의 짐승을 벗삼아 야생 속에서 살아가겠다는 것이구나. 인간의 사랑과 공감을 그리 갈구하는 네가 이런 추방생활을 어떻게 견딘단 말이냐? 틀림없이 다시 돌아와서 인간의 친절을 갈구하고, 다시 그들의 증오에 맞닥뜨릴 것이다. 사악한 정념이 새삼 되살아날 테고, 그때는 파괴 행각을 도와줄 동료도 있을 것 아닌가. 이건 안 돼. 내 동의를 얻을 수는 없을 테니, 이제 그런 주장은 그만하도록 해."

"당신 감정이란 참으로 변덕스럽구나! 방금 전만 해도 내 이야기에 감동받더니 애원하자 다시 마음을 닫는단 말인가? 맹세하겠다, 내가 살고 있는 이 땅을 걸고, 나를 만든 당신을 걸고. 맹세하겠다, 당신이 내려줄 동반자와 함께 인간과 가까운 지역을 떠나 최대한 야생의 장소에서 살아가겠다고. 연민을 만나는 순간 사악한 정념은 모조리 사라질 테고 내 인생은 조용히 흘러갈 것이다. 그리고 죽는 순간 나는 창조자를 저주하지 않을 것이다."

그의 말은 나에게서 이상한 효과를 자아냈다. 동정심이 일었고 때때로 위로해주고 싶은 마음도 생겼다. 그러나 두 눈을 뜨고 보면, 움직이고 말하는 더러운 덩어리가 보여 심장이 갑갑하게 옥죄어왔고 내 감정은 공포와 증오로 바뀌었다. 이런 감정을 나는 억지로 누르려고 애썼다. 그리고 공감할 수 없다고 해서, 아직 내가 선사할 수 있는 작은 행복마저 거부할 권리는 없다는 생각이 들었다.

"해를 끼치지 않겠다고 맹세한단 말이지. 그러나 이미 보여준 악의만으로도 너를 당연히 불신할 수밖에 없지 않은가? 이것마저도 더 큰 복수를 통해 승리감을 한층 만끽하기 위한 거짓일 수 있지 않은가?"

"어째서 이러는 거지? 당신의 동정심을 움직였다고 생각했는데, 내 마음을 부드럽게 만들고 해롭지 않은 존재로 만들 수 있는 유일한 특혜를 거절하겠단 말인가? 어떤 유대도 사랑도 가질 수 없다면, 내 몫은 오로지 증오와 악뿐이다. 다른 이를 사랑하게 되면 내 범죄의 원인은 없어져버리고 나는 아무도 존재를 모르는 사물이 될 것이다. 내가 저지른 악행들은 억지로 견뎌야 했던 지긋지긋한 고독이 낳은 자식들이다. 그러니 동등한 존재와 함께 살게 된다면 미덕들도 당연히 표면으로 떠오를 것이다. 그때는 내가 지각 있는 존재의 애정을 느낄 것이고, 지금은 이렇게 소외되어 있지만 존재와 사건의 사슬과도 이어질 것이다."

나는 잠시 그 사연과 논지를 전부 차근차근 곱씹어보았다. 탄생 초기에는 분명히 보였던 미덕의 가능성과, 보호자들이 보여준 혐오와 경멸로 모든 선의가 시들어버린 내막도 생각해보았다. 그의 힘과 협박도 계산에서 빼지 않았다. 빙하 속 얼음 동굴에서 살아갈 수 있고 도저히 오를 수 없는 절벽 암반에서도 추적을 피해 몸을 숨길 수 있으니, 대적할 수 없는 자질을 가진 존재였다. 오랫동안 아무 말 없이 생각에 잠겨 있다가, 순순히 요청에 따르는 것이 그와 내 동포 인류 모두에게 빚진 정의의 실천이라는 결론을 내렸다. 그래서 돌아서면서 말했다.

"요구에 응하겠다. 추방생활 중에 동반자가 되어줄 여자를 넘겨받자마자 유럽을 떠나고, 인간과 가까이 있는 다른 모든 장소에서도 영원히 떠나겠다고 경건하게 맹세한다면 말이다."

"맹세한다." 그가 울부짖었다. "태양에 대고, 저 푸른하늘에 대고, 당신이 내 기도를 들어준다면, 태양과 하늘이 존재하는 한 당신이 내 모습을 다시 보는 일은 없을 것이다. 집으로 가서 일을 시작하라. 차마 말 못할 불안감을 안고 진척 상황을 지켜볼 것이다. 그리고 당신이 준비가 되었을 때 나타날 것이니 걱정 말라."

이 말을 하더니 그는 느닷없이 나를 두고 떠나버렸다. 아마도 내 마음이 바뀔까 겁이 났기 때문이리라. 날아가는 독수리보다 더 빨리 산을 내려가는 그의 모습이 보이는 듯싶더니 곧 얼음 바다의 굴곡 속으로 들어가는 바람에 시야에서 놓쳐버렸다.

그의 이야기는 꼬박 하루가 걸렸다. 그가 떠날 무렵 태양은 지평선 끝에 걸려 있었다. 어서 골짜기로 서둘러 내려가지 않으면 사방이 암흑으로 뒤덮일 것이었다. 그러나 내 마음은 무거웠고, 발걸음은 느렸다. 산맥으로 구불구불 이어지는 오솔길들을 타는 것이 힘겨웠고, 그날 일어났던 일들로 감정이 격해져 앞으로 나아가며 발을 확고하게 디디는 일이 혼란스러웠다. 밤이 한참 깊어졌을 때에야 길의 절반쯤에 있는 쉼

터에 다다라, 샘물가에 주저앉았다. 구름이 지나칠 때마다 별들이 간간이 빛나곤 했다. 검은 소나무들이 눈앞에 솟았고, 여기저기 부러진 나무가 땅바닥에 쓰러져 있었다. 경이롭고 엄숙한 장면은 내 마음속의 이상한 생각들을 휘저어놓았다. 나는 통한의 울음을 터뜨렸다. 그리고 고통스럽게 두 손을 꼭 맞잡고 외쳤다. "오! 별들이여, 구름이여, 바람이여, 다들 나를 조롱하러 나왔구나. 진심으로 나를 불쌍히 여긴다면, 감각과 기억을 짓이겨 없애다오! 아무것도 아닌 무생물이 되게 해다오! 그럴 수 없다면 떠나버려라, 떠나버려라, 그리고 나를 암흑 속에 내버려두어라."

광기에 달뜬 한심한 생각들이었다. 그러나 영원히 깜박이는 별빛이 나를 얼마나 무겁게 짓눌렀는지 모른다. 스치는 바람 한 점 불 때마다 나를 태워 죽이려 휘몰아쳐 오는 시로코 열풍*이라도 되는 듯이 바람소리에 귀를 기울였다.

샤모니 마을에 도착하기 전에 아침이 밝았다. 돌아온 내 모습이 어찌나 초췌하고 기이했던지 밤새 내가 돌아오기만을 기다리며 잠을 이루지 못한 가족들은 내가 나타난 것을 보고도 안심하지 못했다.

다음날 우리는 제네바로 돌아갔다. 샤모니에 온 아버지의 의도는 내게 기분 전환을 시켜주고 마음의 평정을 찾게 해주려는 것이었다. 그러나 치료약은 오히려 치명적이었다. 내가 겪는 과도한 불행을 도저히 이해할 수 없었던 아버지는 서둘러 집으로 향했다. 조용하고 단조로운 집 안의 일상을 통해 원인 모를 고통이 차츰 사라지기를 바라는 마음에서

---

* 북아프리카에서 지중해를 거쳐 유럽으로 불어오는 뜨거운 바람.

였다.

　나로 말하자면, 가족들이 어떤 조치를 취하든 수동적으로 따랐다. 사랑하는 엘리자베트의 부드러운 애정도 나를 깊은 절망에서 끌어내기에는 역부족이었다. 단테의 지옥에서 위선자들이 머리에 쓰고 있는 금속 고깔처럼*, 악마와 맺은 약속이 내 마음을 무겁게 짓눌렀다. 땅과 하늘의 온갖 쾌락들이 눈앞에서 꿈처럼 지나쳤고, 생생한 현실로 실감나는 건 오로지 그 생각뿐이었다. 가끔은 광기에 사로잡혀, 수백만의 더러운 짐승들이 나에게 끝없는 고문을 가하는 환각 속에서 절규와 쓰라린 신음을 쥐어짜냈다면 놀라겠는가?

　그러나 차츰 이런 감정들도 진정되었다. 어느 정도 평정심을 회복하고 나서, 나는 흥미가 없어도 서서히 일상생활로 돌아갔다.

---

* 단테의 『신곡』 중 「지옥편」 제23곡에서 인용.

|제3권|

1장

하루 또 하루, 일주일 또 일주일, 제네바로 돌아온 후 시간이 속절없이 흘러갔지만 일을 다시 시작할 용기를 낼 수가 없었다. 실망한 악마의 복수가 두려웠으나, 몰두해야 하는 작업이 주는 혐오감을 뛰어넘을 길이 없었다. 나는 여자를 만들려면 또다시 몇 달 동안 심오한 연구와 고단한 조사에 몰두해야만 한다는 걸 깨달았다. 어느 영국 철학자가 몇 가지 발견을 했다고 들었는데, 그 지식이 내 성공에 결정적으로 중요했다. 그래서 이 목적을 위해 아버지의 허락을 받아 영국을 방문해야겠다는 생각을 여러 번 했지만, 온갖 핑계에 매달려가며 최대한 지연하려 애썼다. 간신히 회복되고 있는 마음의 평정을 깨뜨릴 결심이 서지 않았다. 그때까지 악화 일로에 있던 건강도 이제 많이 회복되었고, 불행한 약속을 새삼스럽게 상기하지만 않는다면 사기도 훨씬 고취되었다. 아버지는 이러한 변화를 기쁜 마음으로 바라보았고, 내 우울감의 흔적들을 지우는 최고의 방법에만 골몰했다. 우울증은 가끔 발작처럼, 다가오는 햇살을 집어삼킬 듯 강렬한 암흑을 몰고 다시 찾아왔다. 이런 순간이면 나는 철두철미한 고독에서 피난처를 찾곤 했다. 몇 날 며칠이고 하루종일 호수에서 작은 보트를 탄 채 구름을 바라보고, 잔물결 소리에 귀기울이며 무심히 보내곤 했다. 그러면 상쾌한 공기와 밝은 해가 어김없이 어느 정도 평정심을 회복시켜주었다. 집에 돌아와서는 더 기꺼운 미소와 훨씬 명랑한 마음으로 식구들의 인사에 화답할 수 있었다.

어느 날 이렇게 외유를 마치고 돌아오는데 아버지가 나를 따로 불러 말했다.

"사랑하는 아들아, 네가 예전에 좋아하던 일들을 다시 즐기기 시작하고 본연의 모습으로 돌아오는 것 같아 기쁘구나. 여전히 불행한 얼굴에 우리와 어울리기를 꺼리지만 말이다. 한동안 이유가 뭘까 궁금했지만 도저히 알 수가 없었는데, 어제 한 가지 생각이 떠올랐다. 내 생각이 옳다면 네가 확언을 해주면 좋겠구나. 이런 일을 말없이 담아두는 건 하등 쓸데없거니와 우리 모두에게 불행을 더해주는 일이니까."

이런 서론에 내 온몸이 격하게 떨렸지만 아버지는 말을 이었다.

"솔직히 말해서, 너와 네 사촌의 결혼을 아비는 늘 고대해왔단다. 이 혼사는 우리 가족의 평안을 매듭짓고, 쇠락하는 내 세월의 버팀목이 되어줄 것이다. 너희는 아기였을 때부터 서로 아끼고 사랑했지. 함께 공부했고, 성정과 취향을 볼 때 서로에게 완벽한 배우자처럼 보였단다.

그러나 사람의 경험은 눈이 멀 때가 많은 법이라, 내 계획에 가장 큰 도움이 될 거라 믿었던 일이 오히려 모든 걸 망쳐버렸는지 모르겠다. 어쩌면 너는 그 아이를 아내로 맞이하면 좋겠다는 바람은 전혀 없이 동생으로만 바라보는지도 몰라. 아니, 네가 사랑하는 다른 여자를 만났을 수도 있겠구나. 사촌과의 정혼을 명예를 걸고 지켜야 한다고 생각하고, 고민에 빠져 지금처럼 통렬한 불행을 느끼는 것은 아니냐."

"아버지, 마음놓으세요. 저는 사촌을 진심으로 마음 깊이 사랑합니다. 엘리자베트처럼 제 마음속에 뜨거운 숭모와 사랑의 감정을 불러일으키는 여자는 한 번도 본 적이 없어요. 저는 제 미래의 희망과 계획을 우리가 결혼할 거라는 기대에 전부 걸고 있습니다."

"사랑하는 빅토르, 네 감정을 솔직히 말해주니 한참 느껴보지 못했던 기쁨이 밀려드는구나. 네 마음이 그렇다면, 작금의 일들이 아무리 우리 마음에 그늘을 드리워도 마음놓고 행복해도 되겠다. 그러나 네 마음을 움켜쥔 이 어두운 그늘을 흩어버리고 싶구나. 그러니 당장 결혼식을 올리는 데 반대하는지 아닌지 말해다오. 우리는 불행한 일을 겪었고, 최근 일어난 사건들 때문에 내 나이와 병약한 몸에 어울리는 일상의 평화로부터 멀어졌다. 너는 아직 젊지만, 너처럼 상당한 재력이 있다면 일찍 결혼한다 해도 장래의 명예나 전문직에 대한 계획에 전혀 방해가 되지 않을 게다. 하지만 내가 행복을 강요한다고 생각하지는 마라. 네가 시간을 끌어도 심각하게 불편한 점은 없을 거야. 내 말을 솔직하게 있는 그대로 해석하고 확신과 진심을 담아 대답해다오."

나는 말없이 아버지의 말을 들었고 한동안 아무 대답도 하지 못하고 앉아 있었다. 머릿속에서 수만 가지 생각들이 핑핑 돌아서, 뭔가 결론을 내리고 안간힘을 써야 했다. 아! 사촌과 당장 결혼해야 한다는 생각은 곧 공포와 절망을 의미했다. 나는 아직 지키지 못한, 감히 깨뜨릴 엄두도 낼 수 없는 경건한 맹세에 얽매인 몸이었다. 맹세를 깨뜨린다면, 나와 헌신적인 내 가족에게 어떤 불행이 찾아올지 몰랐다! 땅으로 끌어내리는 이 죽음의 추를 그냥 목에 매달고 축제에 들어설 수 있을까. 의무를 이행하고, 괴물이 짝과 함께 떠나도록 해야 했다. 그래야 비로소 이 평화로운 결혼에서 온전히 기쁨을 만끽할 수 있을 터였다.

그러기 위해서는 반드시 해야 할 일이 있었다. 영국 여행길에 오르든지, 현재 내 작업에 필요불가결한 지식을 발견한 그 나라의 철학자들과 긴 서신 교환을 시작하든지 해야 했다. 하지만 두번째 방법은 더디고 불만족스러울 것이다. 게다가, 어떤 변화라도 나는 좋았는데, 풍광도 다르고 할 일도 다양한 곳에서 1, 2년 정도 가족들 없이 살아간다는 생각을 하니 기뻤다. 그사이 무슨 일이 일어나 내게 평화와 행복을 돌려줄지도 모른다. 약속을 지키면 괴물이 떠날 테니까. 아니면 무슨 사고가 일어나 놈이 죽고, 노예 같은 내 상태가 영원히 끝날 수도 있다.

아버지에게 드릴 대답을 결정했다. 나는 영국을 방문하고 싶다는 뜻을 전했다. 진짜 이유는 감추고, 고향 성내에 평생 정착하기 전에 여행을 하며 세상을 보고 싶다는 핑계를 댔다.

간절한 마음으로 청하자 아버지는 어렵지 않게 동의해주었다. 이토록 너그럽고 자식의 의사를 존중하는 부모는 세상에 다시없었다. 우리는 금방 계획을 세웠다. 내가 스트라스부르에 가 있으면 클레르발이 합류할 것이다. 네덜란드 몇몇 도시에서 잠깐 시간을 보내고 나서, 우리는 주로 영국에 체류할 계획이었다. 프랑스를 거쳐 돌아올 테고, 이 여행은 2년 걸릴 거라는 데 합의했다.

아버지는 내가 제네바에 돌아오자마자 엘리자베트와 결혼할 거라는 생각에 기뻐하며 말했다. "이 2년은 순식간에 지나갈 테고, 네 행복이 지연되는 것도 이번이 마지막일 게다. 우리 모두가 다시 함께 모이고, 어떤 희망도 공포도 우리 가정의 평안을 어지럽히지 않게 될 날을 간절히 바랄 뿐이다."

"아버지 계획에 만족합니다." 내가 대답했다. "그때쯤이면 우리 모두 지금보다 더 현명해지고, 더 행복한 사람이 되어 있기를 바랍니다." 나는 한숨을 쉬었다. 그러나 아버지는 친절하게도 실의에 빠진 이유를 따져 묻지 않았다. 새로운 풍경과 여행의 즐거움이 내 마음의 평정을 찾아주길 바랄 뿐이었다.

나는 이제 여행 채비를 모두 마쳤다. 그러나 어떤 예감을 떨쳐버릴 수가 없었다. 마음이 온통 두렵고 불안하기만 했다. 내가 없는 사이, 가족들은 숙적의 존재도 모른 채 공격에 무방비로 노출되어 있어야 했다. 괴물은 내가 떠나버려서 주체할 수 없는 분노에 휩싸일지도 모르는데. 하지만 놈은 내가 어디를 가든 끝까지 따라가겠다고 약속하지 않았던가? 영국이라고 마다하겠는가? 이런 상상은 그 자체로는 끔찍했지만, 어떤 면에서는 가족들은 안전하다는 뜻이니 마음이 놓이기도 했다. 오히려 반대의 상황이 일어날까봐 괴로웠다. 그러나 내가 창조한 괴물의 노예로 살아가는 내내 나는 순간의 충동에 따라 행동을 결정하곤 했다.

그런데 당시에는 악마가 나의 뒤를 따를 것이며 위험한 마수로 가족들을 다치게 하지는 않을 거라는 느낌을 강하게 받고 있었다.

출발 날짜는 8월 후반이었고, 2년을 외지에서 생활할 예정이었다. 엘리자베트는 내가 떠나는 이유를 이해하고 인정했지만, 단 한 가지, 자신도 견문을 넓히고 지식을 도야할 수 있는 똑같은 기회를 가지지 못하는 점을 아쉬워했다. 그러나 내게 작별인사를 하면서 그녀는 흐느꼈고, 행복하고 평온한 마음으로 돌아오라고 부탁했다. "우리 모두 너만 믿고 살아. 네가 불행하면 우리 기분이 어떻겠니?"

나를 싣고 갈 마차에 몸을 던지고, 어디로 가는지도 모르고 주위에 뭐가 스쳐가는지 신경도 쓰지 않았다. 오로지 화학약품들을 짐 속에 함께 챙겨 넣도록 지시해야 한다는 생각만 했다. 그런 생각을 할 때마다 쓰디쓴 고뇌가 덮쳤지만 말이다. 외국 땅에 있는 동안 약속을 지키고, 가능하다면 자유로운 몸으로 돌아오고 싶었다. 무서운 상상으로 가득한 와중에 아름답고 장엄한 풍광들을 무수히 지나쳤다. 그러나 내 눈은 한군데 못박혀 아무것도 받아들이지 않았다. 오로지 여행의 목적과 내가 몰입해야 할 일밖에 생각할 수 없었다.

며칠을 나른한 권태 속에서 보내며 헤아릴 수 없는 장거리를 횡단한 후, 스트라스부르에 도착해 이틀 동안 클레르발을 기다렸다. 그가 왔다. 아, 우리 두 사람은 얼마나 극단적인 대조를 이루었던가! 그는 새로운 풍광 하나하나에 생생하게 반응했다. 일몰의 아름다움을 보며 기뻐했고, 해가 뜰 때는 더욱 행복한 마음으로 새날을 시작했다. 그는 시시각각 변하는 자연 풍경의 색채와 하늘 모습을 내게 가리켜 보였다. "산다는 건 이런 거야." 그가 외쳤다. "지금 나는 존재를 만끽하고 있네! 하지만 내 친구 프랑켄슈타인, 자네는 어째서 의기소침하고 슬픔에 젖어 있나?" 사실을 말하자면, 난 음침한 생각에 빠져 저녁 별이 지는 것도, 라인강에 비치는 황금빛 일출도 보지 못했다. 친구여, 당신은 클레르발의 일기를 읽는 편이 훨씬 재미있을 것이다. 그는 내 생각들에 귀를 기울이기보다는 감정과 기쁨을 담은 눈으로 풍경을 관찰했으니까. 비참한 인간쓰레기인 나는 저주에 쫓겨 즐거움으로 통하는 문을 모조리 닫아버렸다.

우리는 보트를 타고 라인강을 따라 스트라스부르에서 로테르담까지 내려가서, 런던으로 가는 배편을 타기로 했다. 이 여행을 하는 동안 우리는 버드나무가 무성한 섬들을 무수히 지나쳤고, 아름다운 도시들도 보았다. 하루는 만하임에서 묵었고, 스트라스부르를 떠난 지 닷새째 되던 날 마인츠에 도착했다. 마인츠에서 굽어보는 라인강 풍경은 훨씬 더 그림 같다. 강은 물살이 세지면서 높지는 않지만 가파르고 아름다운 산세의 언덕들 사이로 구불구불 굽이친다. 짙은 숲에 에워싸여, 인적이 닿지 않는 높은 낭떠러지 끝에 서 있는 폐허가 된 성들이 보였다. 라인강의 이 부분은 특히 다채로운 풍광을 자랑한다. 어떤 지점에서는 바위투성이 언덕들, 어마어마한 절벽을 굽어보는 무너진 성들, 그 아래로 굽이치는 어두운 라인강이 보인다. 그리고 갑자기 돌출된 암반 하나를 돌면, 풍요로운 포도밭, 경사진 푸른 강둑, 그리고 굽이치는 강과 사람들이 북적이는 도시 풍경이 펼쳐진다.

우리는 포도 수확기에 여행을 했고, 강물을 따라 내려가면서 일꾼들의 노래를 들었다. 울적하고 침울한 마음에 내내 심기가 어지럽던 나까지도 기분이 좋아졌다. 보트 바닥에 누워 구름 한 점 없는 맑은 하늘을 하염없이 바라보고 있노라니, 한참을 모르고 살았던 평정심을 한껏 들이마시는 것 같았다. 내 느낌이 이러했으니, 앙리의 느낌을 그 누가 형용할 수 있을까? 그는 마치 요정의 나라로 옮겨져서 인간이 흔히 맛보지 못하는 행복을 누리는 것 같다고 했다. "나는 우리 조국에서 가장 아름다운 풍경들을 보았지. 루체른과 우리Uri에 있는 호수들도 찾아가 보았어. 눈 덮인 산맥들이 거의 직각으로 물속으로 하강해 꿰뚫어볼 수 없는 검은 그림자를 드리우는 풍경은, 아마 화려한 외관으로 눈의 부담을 덜어주는 녹음 무성한 섬들이 없었다면 음침하고 구슬픈 광경이었을 거야. 호수가 폭풍우에 요동치는 것도 보았어. 바람이 호수에 물보라 회오리를 일으키는 걸 보면 마치 큰 바다에 물기둥이 솟는 것 같지. 파도가 산맥 발치로 맹렬하게 달려들지. 그곳에서는 한 사제와 그의 애첩이 눈사태에 파묻혀 죽었는데, 아직도 죽어가는 그들 목소리가 밤바람이 멈춘 정적 사이로 들린다고 하더군. 나는 라발레산과 페이 드 보에도 가보았어. 그런데 빅토르, 이 나라는 경이로웠던 그 모든 것들보다 더 근사하군. 스위스의 산맥은 더 장엄하고 낯설지. 그러나 이 신성한 강둑에는 이제까지 내가 보아온 그 무엇과도 비길 수 없는 어떤 매력이 있어. 저 절벽 위에 걸려 있는 성을 보게. 저 섬에도 있군. 저 사랑스러운 나무들의 녹음에 가려 잘 보이지 않는군. 지금 저기 포도밭에서 오는 일꾼들, 저 산의 쑥 들어간 곳에 반쯤 가려진 마을을 보라고. 오, 그래, 이곳에 거주하며 수호하는 영혼은 우리 조국에서 빙하에 몰려들거나 오를 수 없는 봉우리에 숨어드는 영혼보다는 훨씬 더 인간과 조화를 이룰 거야."

클레르발! 내 사랑하는 친구! 지금도 네 말을 기록하는 일이 나는 즐

겹다. 비범한 네게 어울리는 마땅한 찬사를 바치며 이렇게 잠시 머무르
는 일이 기쁘다. 그는 "자연이라는 시"*로부터 형성된 존재였다. 열정으
로 타오르던 그의 거친 상상력은 세련된 감수성으로 다듬어졌다. 영
혼에서는 뜨거운 애정이 넘쳐흘렀다. 그의 우정은 헌신적이고 경이
로운 감정으로, 세속에서는 꿈속에서나 있다고 말하는 것이었다. 그
러나 사람들이 흔히 느끼는 것은 그의 열망을 만족시키기에는 태부
족이었다. 사람들이 그저 경관에 감탄할 뿐이라면, 그는 열정을 쏟아
사랑했다.

> 메아리 울리는 잔폭포는
> 열정처럼 '그를' 사로잡았다. 높은 바위,
> 산, 그리고 깊고 음침한 숲,
> 그들의 색채와 형상은 그때 그에게
> 욕망이었고 감정이었고 사랑이었기에,
> 생각으로만 제공되거나
> 눈으로 빌려오지 않은 관심사에서 나올
> 더 아득한 매력은 전혀 필요 없었다.**

---

* 리 헌트의 「리미니」에서 인용한 것. (원주) 영국 시인 리 헌트의 시 「리미니 이야기」
는 단테의 『신곡』 중 「지옥편」에 등장하는 유명한 연인 파올로와 프란체스카를 다룬
이야기 시다.
** 워즈워스의 「틴턴 수도원」에서 인용한 것. (원주) 영국의 낭만주의 시인 윌리엄 워즈
워스의 시 「틴턴 수도원 몇 마일 위에서 창작한 시구들」의 76~83행을 따온 것. 메리
셸리가 인용을 하며 '나를(me)'을 '그를(him)'로 바꾸었다.

그런데 그는 지금 어디 있는가? 이 온화하고 사랑스러운 존재가 영영 사라져버렸단 말인가? 새로운 생각들이 넘쳐흐르고, 기발하고 화려한 상상력이 세계 하나를 만들어낼 정도였지. 오로지 창조주가 살아 있을 때에만 존재하는 세계였지만. 이러한 정신이 스러지고 없는가? 이제 내 기억 속에만 살아 있단 말인가? 아니, 그렇지 않다. 그렇게 신과 같은 형상, 아름다움을 발산하는 네 육신은 썩었지만, 네 정신은 아직도 이 불행한 친구를 찾아와 위로해주는구나.

이렇게 돌연 슬픔을 분출해서 미안하다. 앙리의 빼어난 미덕에 비하면 하찮은 헌사에 불과한 헛된 말들이지만, 그래도 이런 말들이나마 그를 기억할 때마다 새삼 괴로움이 흘러넘치는 내 심장을 달래준다. 이야기를 계속해야겠다.

쾰른을 지나 우리는 네덜란드 평원으로 내려갔다. 그리고 남은 길은 말을 타고 달리기로 했다. 역풍이 부는데다 물살은 너무 느려 힘을 받을 수 없었기에 항해가 순조롭지 못했기 때문이다.

우리 여행길은 여기서부터 아름다운 풍광에서 솟아나는 흥미를 잃었다. 며칠 후 로테르담에 도착했고, 거기서부터는 바닷길로 영국까지 갔다. 12월* 하순의 청명한 아침에 나는 처음으로 브리튼의 하얀 절벽들을 보았다. 템스강의 기슭은 새로운 풍경이었다. 평원이면서도 비옥했고, 마을마다 뭔가 사연을 간직하고 있었다. 우리는 틸버리 요새를 보고 스페인 무적함대를 떠올렸다. 그레이브젠드, 울리치, 그리니치, 이런 곳들은 심지어 우리 고향에서도 들어본 적이 있었다.

---

* 1831년 판본에서 '9월'로 수정되었다.

마침내 우리는 런던의 무수한 첨탑들을 보았고, 그 위로 우뚝 솟아 있는 세인트폴 대성당, 그리고 영국사에서 유명한 런던탑을 보았다.

2장

런던은 당분간 우리가 쉬어갈 곳이었다. 우리는 이 훌륭하고 저명한 도시에서 몇 달 묵기로 결정했다. 클레르발은 당시 꽃을 피우고 있던 천재들이나 석학들과 대화를 나누고 싶어했지만, 내게 그런 것은 부차적인 문제였다. 나는 주로 약속을 완수하기 위한 정보를 수집하는 데 몰입해 있었고, 곧 내가 소지하고 온 추천장들을 들고 가서 가장 저명한 자연철학자들에게 인사했다.

학문에 몰두하던 행복한 시절에 이 여행을 할 수 있었다면, 말로 다 할 수 없는 기쁨을 느꼈으리라. 그러나 내 존재는 이미 시들었기에 오로지 이 끔찍스럽게 중요한 주제에 대해 정보를 줄 수 있는 사람들만 만났을 뿐이다. 사람들과의 동석은 짜증스럽기만 했다. 혼자 있을 때면 하늘과 땅의 풍광들로 내 마음을 채울 수도 있었다. 앙리의 목소리가 내 마음을 달래주었고, 이렇게 스스로를 속이고 덧없는 행복을 누릴 수도 있었다. 그러나 분주하고 무관심하고 즐거워하는 얼굴들을 보고 있자니 다시 절망이 되살아났다. 나와 다른 인간들 사이에 있는 넘을 수 없는 장벽이 보였다. 이 장벽은 윌리엄과 유스틴의 피로 봉인되어 있었다. 그리고 그 이름들과 연루된 사건을 생각하면 내 영혼은 고뇌로 몸부림쳤다.

그러나 클레르발에게서 나는 예전의 내 모습을 보았다. 그는 탐구심이 강했고 경험과 가르침을 열망했다. 관습의 차이를 관찰하는 것이 그에게는 배움과 즐거움의 메마르지 않는 원천이었다. 그는 언제나 바빴다. 유일하게 그 즐거움을 방해하는 게 있다면 슬프고 풀죽은 내 태도였다. 나는 최대한 이런 감정을 숨기려고 애썼다. 괜한 근심이나 쓰린 회상으로 새로운 환경에 들어선 사람이 당연히 누려야 할 즐거움을 망치고 싶지 않았다. 다른 약속이 있다는 핑계를 대고 함께 가자는 제안을 여러 번 거절하고 혼자 남아 있곤 했다. 그리고 한편으로 새로운 창조에 필요한 소재를 수집하기 시작했는데, 이 일은 내게 머리 위로 끊임없이 물이 한 방울씩 뚝뚝 떨어지는 고문 같았다. 그 일에 바치는 생각 하나하나가 극한의 괴로움이었고, 그것과 관련해 내뱉은 말 한 마디 한 마디에 입술은 떨리고 심장은 미친 듯 뛰었다.

런던에서 몇 달을 보낸 후, 우리는 옛날 제네바에서 우리를 방문했던 어떤 스코틀랜드 사람에게서 편지를 받았다. 자기 고향의 아름다운 경치를 언급하면서, 혹시 마음이 동한다면 북쪽으로 여행을 해서 자기가 살고 있는 퍼스까지 오지 않겠느냐고 물었다. 클레르발은 이 초청을 몹시 받아들이고 싶어했다. 사람들과 어울리는 걸 극히 싫어하는 나도

산과 강을 다시 보고 싶었고, 자연이 간택한 장소들에 만들어놓은 기적 같은 작품들을 보고 싶었다.

우리가 영국에 도착한 게 10월 초엽이었는데, 이제 2월이었다. 그래서 3월이 저물 무렵 우리의 여행을 시작하기로 결심했다. 이 여행에서 우리는 에든버러로 향하는 대로를 따라가지 않고 윈저, 옥스퍼드, 매틀록, 그리고 컴벌랜드 호수를 거쳐 7월 말에 이 여행의 종착지에 다다르기로 했다. 나는 화학 실험 도구들과 수집한 소재를 챙기고, 스코틀랜드 북부 고원지대 어딘가 후미진 구석에서 내 일을 끝내야겠다고 결심했다.

우리는 3월 27일에 런던을 떠나 윈저에서 며칠 묵으며 아름다운 숲을 산책했다. 산에서 자란 우리 같은 사람들에게 이곳은 또 새로운 풍경이었다. 위풍당당한 참나무들, 풍성한 사냥감, 그리고 기품 있는 사슴 떼가 새롭기만 했다.

그곳에서 우리는 옥스퍼드로 향했다. 이 도시에 들어서는 순간, 1세기하고도 반이 더 지난 과거에 이곳에서 일어났던 사건들에 대한 기억이 우리 마음을 채웠다. 찰스 1세가 병력을 모았던 곳이 바로 이곳이었다. 온 나라가 의회와 자유의 기치를 따라 그의 명분을 버린 후에도 이 도시만은 여전히 충성을 바쳤다. 그 불행한 왕과 동지들, 사랑스러운 포클런드, 건방진 가워, 왕비와 왕세자*에 대한 기억은 그들이 한때 살

---

* '사랑스러운 포클런드'는 제2대 포클런드 자작 루시어스 캐리를 칭한다. 그는 왕당파로 뉴베리 전투에서 전사했다. '건방진 가워'는 1831년 판본에서 '고링'으로 수정되었는데, 남작 조지 고링은 두 번이나 당파를 바꾼 끝에 결국 왕당파로서 싸웠다. '왕비와 왕세자'는 헨리에타 마리아 왕비와 찰스 2세로 즉위한 찰스 왕자를 가리킨다.

았을지 모를 이 도시 구석구석에 특별한 흥미를 불러일으켰다. 과거의 정령이 이곳에 뿌리박고 있었기에 우리는 기쁘게 그 발자취를 좇았다. 과거를 상상하는 희열이 없었다 하더라도 도시의 모습은 그 자체만으로도 우리의 찬탄을 자아낼 만큼 아름다웠다. 대학들은 고풍스러웠고 그림 같았다. 거리는 화려했고, 푸른 초원을 흐르는 어여쁜 아이시스강*은 잔잔하고 광활한 수면으로 펼쳐져 고목들에 에워싸인 위풍당당한 탑과 첨탑, 돔 들을 비추었다.

　나는 이 광경을 즐겼다. 그러나 과거의 기억과 미래의 예견 때문에 쓰디쓴 즐거움이었다. 나는 천성적으로 평화로운 행복이 어울리는 사람이었다. 어린 시절에는 마음에 불만을 품은 적이 한 번도 없었다. 행여 권태와 불만에 휩싸여도 자연의 아름다운 경관을 바라보고 인간이 만든 훌륭하고 숭고한 것들을 공부하다 보면, 언제나 마음이 흥미로 동하고 사기가 충천하곤 했다. 그러나 나는 이제 한 그루 말라죽은 나무다. 번개가 내 영혼을 이미 유린했다. 나는 살아남아서 남들이 보기에도 한심스럽고 스스로도 혐오스러운 망가진 인간성의 비참한 모습을 보여주어야 한다고 느꼈다. 어차피 이마저도 곧 스러져 없어질 테지만.

　우리는 상당한 시간을 옥스퍼드에서 보냈다. 주변을 산책하며 영국사에서 가장 역동적인 시기와 연관이 있을 만한 장소를 남김없이 찾아보려고 애썼다. 우리의 작은 탐사 여행은 끊임없이 나타나는 유적들 앞에서 지체되곤 했다. 저명한 햄던**의 무덤과 그 애국자가 쓰러진 전장을 방문했다. 한순간 내 영혼은 고양되어, 저열하고 비참한 두려움을

---

* 템스강은 옥스퍼드에서는 아이시스강으로 통한다.
** 찰스 1세에 맞선 의회파 지도자. 옥스퍼드 인근 샐그로브필드에서 전사했다.

초월해 신성한 자유와 희생의 사상에 잠겼다. 지금 내가 보고 있는 것들은 그러한 사상에 바치는 추모비였다. 잠시나마 사슬을 떨쳐버리고 자유롭고 고고한 영혼으로 주위를 둘러보았다. 그러나 철의 족쇄가 내 살을 파고들어 다시 부들부들 떨며 희망을 잃고 본래의 비참한 자아로 추락하고 말았다.

우리는 아쉬움을 간직한 채 옥스퍼드를 떠나 다음 우리가 몸을 쉴 곳인 매틀록으로 향했다. 이 마을 근처의 전원은 스위스의 풍경과 굉장히 닮았다. 그러나 모든 게 상대적으로 더 낮고, 푸른 언덕들에는 저멀리 하얀 알프스라는 왕관이 없었다. 우리 고국에서는 소나무 우거진 산들을 언제나 알프스가 보살피고 있었다. 우리는 신기한 동굴과 작은 자연사 전시실을 방문했다. 진기한 물건들이 세르보와 샤모니에서와 같은 방식으로 진열되어 있었다. 앙리가 샤모니를 말할 때마다 나는 부르르 떨었다. 그래서 무서운 광경이 연상되는 매틀록을 서둘러 떠났다.

더비에서 계속 북쪽으로 여행하던 우리는 컴벌랜드와 웨스트모얼랜드에서 두 달을 보냈다. 이제는 스위스 산들에 둘러싸여 있다는 생각이 들 정도였다. 산의 북쪽 사면에 아직 녹지 않고 띄엄띄엄 남아 있던 눈, 호수, 그리고 험준한 물길, 모두가 내게는 친숙하고 정겨운 광경이었다. 여기서 또한 우리는 몇몇 친구를 사귀었는데, 이 모든 것들이 합심하는 바람에 하마터면 행복의 기만에 빠져버릴 뻔했다. 클레르발의 기쁨은 나와는 비할 수 없이 컸다. 재사ᅥᅩ들과 어울리며 그의 견문은 넓어졌고, 별 재주 없는 사람들과 어울릴 때는 상상도 못했던 무한한 가능성이 자신의 본성 속에 숨어 있다는 걸 발견했다. "평생을 여기서 보낼 수도 있을 것 같아." 그가 내게 말했다. "여기 산속에서라면 스위스와 라인강도 별로 아쉽지 않을 것 같아."

그러나 그는 여행자의 삶이 즐거운 만큼 괴로움도 많다는 사실을 깨달았다. 항상 팽팽히 긴장하고 있어야 했고, 휴식을 좀 취할라치면 새로운 것이 나타나 편안한 휴식에서 흔들어 깨웠다. 새로운 무언가가 주목을 끌었다가, 그 또한 새로운 즐거움들이 나타나면 버림을 받아야 했다.

컴벌랜드와 웨스트모얼랜드의 다양한 호수들을 찾은 지 얼마 되지 않아 우리는 그곳 주민들 몇몇과 정이 들었는데, 바로 그때쯤 스코틀랜드 친구와 약속한 시간이 다가와 그들과 헤어져 여행길에 다시 올라야 했다. 나로서는 그렇게 아쉽지 않았다. 한동안 약속의 이행을 게을리했기 때문에 악마가 실망감에 무슨 짓이라도 벌일까봐 걱정되었다. 스위스에 남아 친척들에게 복수를 할지도 몰랐다. 이 생각을 뇌리에서 떨칠 수가 없어, 평화롭게 휴식을 취할 수 있었을 시간들을 매 순간 괴로워하며 보냈다. 나는 달뜬 조급증으로 편지를 기다렸다. 편지가 늦어지면 기분이 참담해져 수천 가지 두려움에 맥을 못 추곤 했다. 그리고 막상 편지가 오면, 발신인이 엘리자베트나 아버지일 경우에 차마 그걸 읽고 운명을 확인할 용기를 낼 수가 없었다. 가끔은 악마가 따라와서 내 동행을 살해함으로써 태만한 나를 벌할 거라는 생각도 들었다. 이런 생각에 사로잡히면 한순간도 앙리 곁을 떠나지 못하고 그림자처럼 따라다니면서, 그를 파멸시키려 하는 자의 분노에 대한 상상에 사로잡혀 그를 구하려 했다. 나는 엄청난 범죄를 저지르고 양심의 가책을 받는 사람 같다는 생각이 들었다. 내 죄는 아니었지만, 범죄 자체만큼이나 치명적인 무시무시한 저주가 내 머리 위에 내린 건 사실이었다.

활기 없는 눈과 정신으로 에든버러를 방문했는데, 그 도시는 세상에서 가장 불행한 인간이라도 흥미를 느끼게 만드는 곳이었다. 클레르발은 에든버러를 옥스퍼드만큼 좋아하지는 않았다. 옥스퍼드의 고풍스러움을 더 좋아했던 것이다. 그러나 신도시 에든버러의 아름다움과 규칙성, 낭만적인 성, 그리고 세계에서 가장 쾌적한 환경이라 할 수 있는 아서즈 시트*, 성 버나드의 우물과 펜틀랜드 힐스를 보면서 아쉬움을 덜어내어, 그는 다시금 기분도 명랑해지고 찬탄을 늘어놓기 시작했다. 그러나 나는 여행이 끝나기만을 조급하게 기다렸다.

우리는 일주일 후 에든버러를 떠나 쿠퍼, 세인트앤드루스를 통과해 테이 강둑을 따라가서 친구가 우리를 기다리고 있는 퍼스에 다다랐다. 그러나 나는 낯선 사람들과 웃으며 담소를 나눌 만한 심정이 아니었고, 손님 역할에 기대되는 호탕함으로 기분과 계획을 맞춰주기도 싫었다. 그래서 클레르발에게 혼자 스코틀랜드를 여행하고 싶다고 말했다. "자네는 여기서 즐겁게 지내고 있어. 여기서 다시 만나도록 하지. 한두 달 정도 자리를 비우겠지만, 부탁인데 내 뜻을 막진 말아줘. 잠깐만 내가 평화와 고독을 만끽하게 내버려두게. 나중에 훨씬 가벼운 마음과 자네에게 어울리는 유쾌한 성품으로 돌아올 테니."

앙리는 나를 말리려고 했지만, 이미 내 마음이 기운 것을 보고 체념했다. 그리고 자주 편지를 쓰라고 했다. "나도 차라리 자네와 함께 가고 싶군." 그가 말했다. "내가 알지도 못하는 이 스코틀랜드 사람들보다 자네의 고독한 산책길이 더 좋겠어. 서둘러 돌아오게, 친구. 그래야 나도

---

* '아서 왕의 왕좌'라는 뜻의 언덕.

조금이라도 집에 있는 것처럼 편안한 마음이 들지. 자네가 없으면 그럴 수가 없어."

친구와 헤어진 후 나는 스코틀랜드의 외딴 지역에 들어가 내 일을 혼자 끝내기로 결심했다. 괴물이 따라와서, 일을 마치면 내 앞에 나타나 반려자를 거둘 거라는 믿음에 추호의 의심도 품지 않았다.

이런 결심으로 북부 고원을 횡단했고, 작업장은 오크니*에서도 가장 외딴곳에 정했다. 이 일에 적합한 곳이었다. 하나의 바윗덩이나 다름없는 곳으로, 높은 쪽은 끝없는 파도에 쏠리고 있었다. 토양은 황폐했으며, 변변찮은 소 몇 마리 먹일 꼴과 그곳 주민들이 먹을 오트밀밖에 나지 않았다. 주민은 다섯 명으로, 야위고 수척한 사지를 보니 얼마나 참담한 신세인지 알 수 있었다. 야채와 빵이라는 호사를 누리려면, 아니 심지어 맑은 물을 구하려면 8킬로미터나 떨어진 본토로 가야 했다.

섬 전체에 변변찮은 오두막 세 채밖에 없었는데, 내가 도착했을 때 그중 한 채가 비어 있었다. 이 집을 내가 빌렸다. 방은 두 개밖에 없었고, 그마저도 세상에서 가장 처참한 빈곤과 초라함을 보여주었다. 이엉은 꺼지고, 벽을 바른 회는 다 떨어져나가고, 문은 경첩과 분리되어 있었다. 나는 수리를 지시하고, 가구 몇 점을 사고, 그 집에 정착했다. 오두막집 사람들이 전부 궁핍과 처참한 가난으로 감각이 마비된 상태가 아니었다면 이 사건에 틀림없이 엄청나게 놀랐으리라. 사실 나는 누구의 시선도 간섭도 받지 않고 살 수 있었으며, 내가 준 음식과 옷에 대해 변변한 감사의 말도 듣지 못했다. 시련이란 사람들의 조잡하기 짝이 없

---

* 영국 그레이트브리튼섬 북쪽 앞바다에 있는 제도.

는 감수성마저 그토록 무디게 만드는 법이다.

이렇게 외진 곳에서 나는 오전 내내 일에 매달렸다. 그러나 저녁 시간에는 날씨만 허락하면 돌투성이 해변으로 나가 포효하며 발치로 달려드는 파도 소리를 들었다. 단조로우면서도 한시가 다르게 변화하는 풍경이기도 했다. 나는 스위스를 생각했다. 이 황량하고 무시무시한 풍광과는 전혀 다른 그곳. 언덕은 포도나무로 덮이고 평원에는 오두막집이 여기저기 빽빽하게 들어차 있는 곳. 아름다운 호수에는 푸르고 온화한 하늘이 비치고, 바람에 어지러워질 때라도 호수의 요동은 이 거인 같은 바다의 포효에 비하면 힘이 넘치는 아기의 장난 같을 뿐이다.

처음 도착했을 때는 이런 식으로 일을 분배했지만, 작업이 진척되자 점점 더 짜증스럽고 끔찍해졌다. 가끔은 도무지 마음을 잡지 못해 며칠 동안이나 실험실에 들어가지 못할 때도 있었다. 또 어떤 때는 일을 마치기 위해 밤낮을 가리지 않고 작업하기도 했다. 참으로 더럽고 끔찍한 과정을 거쳐야 했다. 첫 실험을 하던 시절에는 일종의 광적인 열의가 내 눈을 가려 이 끔찍한 일의 실체를 보지 못했다. 내 마음은 노동의 결과물에 철저히 못박혀 있었고, 내가 하는 일의 공포에는 눈을 감아버렸다. 그러나 이제 나는 차갑게 식은 피로 일에 임하고 있었고, 심장은 내 손이 하는 일에 구역질하는 일이 잦았다.

이런 상황에서, 세상에서 가장 혐오스러운 일에 매달려, 몰두하는 일의 현장 외에는 한순간도 내 이목을 끄는 것이 없는 고독에 빠져 있자니, 감정은 균형을 잃고 말았다. 불안하고 초조해졌다. 매 순간 박해자를 만나게 될까 두려웠다. 눈길을 들면 그토록 무서워하던 것을 보게 될까 겁이 나서 가끔은 땅바닥만 노려보고 앉아 있기도 했다. 혼자 있으면 반려자를 내놓으라고 그가 나타날까봐 사람들이 보이지 않는 데로 가는 것도 두려웠다.

그사이에 나는 계속 작업했고, 일은 상당히 진척되었다. 나는 전율 속에서 달뜬 희망을 품고 완성을 고대했다. 그 희망을 감히 의심할 수는 없었으나, 그 느낌은 어쩐지 막연하게 불길한 예감과 뒤얽혀 있었다. 그 때문에 가슴속 심장이 먹먹하게 아파왔다.

3장

어느 날 저녁 나는 실험실에 앉아 있었다. 해는 이미 지고 달이 바다에서 막 떠오르던 참이었다. 일을 하기에는 빛이 모자랐기에 하릴없이 앉아서 그날 밤 작업은 접어야 할지, 더욱 부단한 공을 들여 빨리 끝마쳐야 할지 고민했다. 앉아 있다 보니, 이런저런 생각들이 꼬리를 물고 떠올랐고, 그러다 내가 지금 하고 있는 일의 결과를 생각하게 되었다. 3년 전 나는 지금처럼 몰두하여 악마를 만들어냈고, 그 악마는 차마 유례가 없는 만행으로 내 심장을 깊은 슬픔에 빠뜨리고 쓰디쓴 회한으로 영원히 채워버렸다. 이제 나는 또다른 존재를 창조하려 하는데, 이번에도 마찬가지로 그 성정에 대해서는 전혀 알 수가 없었다. 짝보다 천배 더한 악의에 불타 살해와 불행 자체를 즐길지도 몰랐다. 그는 인간의 거주지를 벗어나 사막에 몸을 숨기겠다고 했다. 그러나 그녀는 약속을 하지 않았다. 어느 모로 보나 사고하고 추론하는 동물이 될 것이 분명한데, 자기가 창조되기 전에 맺어진 약조를 거부할 수도 있었다. 서로를 싫어할 수도 있었다. 이미 살아 있는 피조물은 일그러진 자기 형상을 증오하는데, 눈앞에 똑같은 형상이 여자의 모습으로 나타나면 더 큰 증오심을 품지 않을까? 그녀 또한 그를 혐오하며 등을 돌려 인간의 우월한 아름다움을 열망할지도 모른다. 그녀가 떠나면 그는 다시 혼자 남을 것이고, 자기와 같은 종족에게도 버림을 받는다면 이 새로운 도발에 분노가 폭발할지 모른다.

그들이 유럽을 떠나 신세계의 사막에 살게 된다 해도, 악마가 목마르게 갈구한 그 공감이 처음으로 낳을 결과는 자식들일 테고, 악마들의 종족이 지상에 번식하게 될지도 모른다. 지구는 인간에게 위험하고 공포로 가득한 곳이 될지도 모른다. 내가, 나 자신을 위해서, 영원히 이어질 후세에 이런 저주를 퍼부을 자격이 있는 것일까? 전에는 내가 창조한 존재의 궤변에 마음이 움직였다. 그 악마의 협박에 무너져 분별을 잃었다. 그러나 이제 처음으로 그 약속의 사악함이 내게 밀어닥치는 것이었다. 후대가 나를 종족의 역병과 같은 존재로 저주할 거라는 생각에 온몸이 떨렸다. 일신의 평안을 구하는 대가로 전 인류의 생존을 주저 없이 팔아버린 이기적인 인간으로.

부들부들 떨렸고 내 몸속에서 심장이 쿵 주저앉았다. 그때 문득 고개를 든 나는 달빛에 비친 악마가 창틀에 서 있는 모습을 보았다. 자기가 주문한 작업을 행하고 있는 나를 응시하는 그의 입술이 소름 끼치는 웃음으로 주름 잡혔다. 그렇다, 그는 내 여행길을 밟아 왔던 것이다. 숲속을 배회하고, 동굴 속에 몸을 숨기고, 광막하고 황량한 히스 속에서 은신처를 찾았다. 이제 진척 상황을 확인하고, 약속의 이행을 종용하러 온 것이었다.

내가 물끄러미 바라보는 그 얼굴에 악의와 배신의 표정이 한껏 드러났다. 나는 광기에 사로잡힌 채 그와 같은 존재를 또하나 만들어주겠다던 약속을 떠올리고는, 격한 감정에 부들부들 떨며 내가 몰두해 만들고 있던 것을 갈가리 찢어버렸다. 괴물은 장래의 행복을 걸었던 피조물이 내 손에 파괴되는 모습을 보고, 악마 같은 절망과 복수의 울부짖음을 뱉으며 물러나 사라졌다.

나는 그 방을 떠나 문을 잠그고, 내 심장에 걸고 절대 일을 다시 시작하지 않겠다고 맹세했다. 그리고 떨리는 발걸음으로 숙소로 돌아왔다. 나는 외톨이였다. 어두운 우울을 쫓아주고 무엇보다 참혹한 백일몽의 역겨운 중압감을 덜어줄 사람은 내 곁에 하나도 없었다.

몇 시간이 지난 후에도 나는 창가에서 바다만 하염없이 바라보고 있었다. 바다는 움직임을 거의 찾아볼 수 없었다. 바람은 숨을 죽였고, 고요한 달의 눈길 아래 온 자연은 휴식을 취하고 있었다. 몇 척의 어선만 점점이 바다 위에 떠 있었고, 가끔 부드러운 산들바람이 어부들이 서로를 부를 때마다 그 목소리를 실어나르곤 했다. 정적의 깊이를 미처 깨닫지 못하고 그저 주변이 조용하다고만 느끼고 있는데, 바닷가에서 노 젓는 소리가 들려와 소스라치게 놀랐다. 이윽고 어떤 사람이 우리집 가까운 곳에 배를 댔다.

몇 분 후, 누군가 부드럽게 문을 열려고 하는 것처럼 문이 끽끽거리는 소리를 냈다. 머리에서 발끝까지 덜덜 떨렸다. 누구인지 알 것 같은 예감에 집에서 멀지 않은 오두막에 사는 농부를 깨우고 싶었다. 그러나 무서운 꿈을 꿀 때 자주 그러듯, 온몸에 무기력이 덮쳐 옴짝달싹 못했다. 임박한 위험을 피해 도망치고 싶지만 땅바닥에 뿌리를 내린 듯 꼼짝도 못하는 그런 상황이었다.

이윽고 복도를 따라 걸어오는 발소리가 들렸다. 문이 열리고, 내가 두려워하던 괴물이 나타났다. 문을 닫고 그는 내게 다가와 숨이 막힐 것만 같은 목소리로 말했다.

"당신이 시작한 일을 파괴해버리다니, 의도가 무엇인가? 감히 약속을 깨고자 하는가? 나는 고생과 불행을 감내했다. 당신과 함께 스위스를 떠나왔다. 버드나무 무성한 섬들을 따라 라인강변을 기었고, 그 언덕 봉우리까지 올라섰다. 영국의 히스 평원과 스코틀랜드의 사막에서 몇 달을 살았다. 헤아릴 수 없는 피로와 추위와 굶주림을 참아냈다. 감히 당신이 내 희망을 파괴하려 하는가?"

"꺼져버려! 나는 약속을 파기한다. 네놈만큼이나 흉측하고 사악한 괴물을 다시는 만들어내지 않겠다."

"노예여, 전에는 내가 합리적으로 설득하려 했으나, 이제 보니 그렇게 사정을 봐줄 가치가 없는 인물이구나. 내게 힘이 있다는 걸 기억하라. 지금 자신이 불행하다고 생각하겠지만, 나는 네놈이 불행한 나머지 햇살마저 증오스러울 지경으로 만들어줄 수 있다. 네놈은 내 창조주지만, 나는 네 주인이다. 순종하라!"

"내가 유약하던 시간은 지나고, 네가 힘을 휘두를 시간이 돌아왔다. 아무리 협박을 한들 나로 하여금 악행을 저지르게 할 수는 없다. 오히려 함께 악행을 저지를 동반자를 만들어주지 않기로 한 결정이 옳았다는 확신만 줄 뿐이다. 내가 미치지 않고서야 죽음과 불행을 보고 즐거워하는 악마를 지구상에 풀어놓을 것 같은가? 꺼져버려! 내 결심은 확고하고, 네 말들은 그저 분노를 자극할 뿐이다."

괴물은 내 얼굴에 떠오른 결의를 읽고, 아무것도 할 수 없는 분노에 차서 이를 갈았다. "모든 인간이 제 가슴에 품을 반려자를 맞고, 모든 짐승이 제 짝을 찾는데, 나만 혼자여야 한단 말인가? 내게도 사랑의 감정이 있었는데, 돌아온 건 혐오와 경멸뿐이었다. 인간아! 증오해도 좋다. 하지만 조심하라! 네 시간들은 공포와 불행 속에 흘러갈 것이며, 머지않아 번개가 떨어져 네 행복을 영영 앗아갈 것이다. 나는 참담한 극한의 불행 속에서 뒹구는데, 네놈은 행복할 거라 생각하느냐? 다른 열정들은 다 짓밟힌다 해도 복수심만은 남는다. 복수, 앞으로는 복수가 빛이나 양식보다 내게 더 소중한 것이 되리라! 나는 죽을 수도 있다. 그러나 먼저 당신, 나의 독재자이자 고문관인 당신이 당신의 불행을 내려다보는 태양을 저주하도록 만들어주겠다. 조심하라. 나는 두려움이 없고, 그렇기에 강력하다. 뱀의 간교함으로 지켜볼 것이며, 뱀의 맹독으로 찌를 것이다. 인간아, 내게 입힌 이 상처를 끝내 후회하고야 말 것이다."

"악마, 그만둬라. 그리고 이런 악의 소리들로 공기에 독을 풀지 말라. 네놈에게 이미 내 결심을 공포했으니, 그런 말들에 의지를 굽힐 만큼 겁쟁이는 아니다. 떠나라. 나는 이미 마음을 정했다."

"좋다. 나는 간다. 그러나 기억하라, 네놈의 결혼식 날 밤, 내가 함께 있겠다."

소스라친 나는 뛰쳐나가며 부르짖었다. "비열한 악당! 내 사형선고장을 들고 오기 전에, 네놈 자신의 안전부터 걱정해야 할 거다!"

놈을 붙잡으려 했지만 그는 나를 피해 황급히 집을 나갔다. 몇 분 후 그가 탄 보트가 쏜살같이 달려나가는 모습이 보이는가 했더니 곧 파도 속으로 사라졌다.

만물이 다시 고요해졌다. 그러나 그가 남긴 말들은 귓전에 울렸다. 분노로 이글거리는 나는 내 평화를 죽여버린 살인자를 쫓아가서 바다에 던져버리고 싶었다. 어지러운 심기로 초조하게 방을 서성이고 있자니, 상상력이 수천 개의 이미지들을 떠올려 나를 괴롭히고 찔러댔다. 어째서 따라가서 목숨을 건 싸움으로 결판을 내지 않았던가? 오히려 나는 놈이 떠나도록 방치했고, 놈은 본토를 향해 항로를 잡았다. 그 탐욕스러운 복수심에 쓰러질 다음 희생자가 누구일까 생각만 해도 온몸이 떨렸다. 그때 놈의 말이 다시 떠올랐다. "네놈의 결혼식 날 밤, 내가 함께 있겠다." 그렇다면 그때가 내 운명이 끝나는 시간이었다. 그 시각에 나는 죽을 것이고, 놈의 악의를 충족시키는 동시에 또한 끝내버릴 것이다. 두렵지는 않았다. 그러나 사랑하는 엘리자베트를 생각하자—사랑하는 이를 그토록 야만적으로 잃고 말 그녀의 눈물과 끝없는 슬픔을 생각하자—눈물이 몇 달 만에 처음으로 줄줄 흘러내렸고, 새삼 나는 목숨을 걸고 싸워보지도 않고 원수 앞에 쓰러질 수는 없다고 다짐했다.

그날 밤은 흘러갔고, 태양이 바다에서 떠올랐다. 내 감정은 좀 차분하게 가라앉았다. 격한 분노가 절망의 심연으로 가라앉는 것을 과연 차분하다고 말할 수 있는지 모르겠지만 말이다. 나는 집을 나섰다. 지난밤 적과 설전을 벌인 공포의 현장을 떠나 바닷가로 걸어나갔다. 바다는 나와 다른 인간들을 갈라놓는 넘을 수 없는 장벽 같았다. 아니, 차라리 그랬으면 좋겠다는 소망이 뇌리를 스쳤다. 여생을 저 황막한 바위에서 보내고 싶었다. 생기 없는 삶이겠지만, 급작스러운 불행의 충격을 겪지는 않아도 될 테니까. 돌아간다면 나 자신이 제물이 되기 위해서일 것이다. 아니면 내가 창조한 괴물의 손아귀에 가장 사랑하는 사람들이 죽어가는 모습을 보기 위해서일 것이다.

나는 사랑하는 모든 것으로부터 헤어져 비참한 신세가 된 불안한 유령처럼 섬 주위를 배회했다. 정오가 되어 해가 더 높이 떴을 때, 나는 풀밭에 누워 깊은 잠에 빠져들고 말았다. 전날 밤 한숨도 못 자 신경이 날카로워져 있었으며, 불침번을 서고 불행에 허우적거리느라 눈에는 핏발이 서 있었다. 그래서 깊은 잠을 자고 나자 기운을 좀 차릴 수 있었다. 잠에서 깨어났을 때는 예전처럼 인류의 일원이라는 기분이 들었으며, 지난 일을 훨씬 더 냉정하게 생각해볼 수 있었다. 그러나 악마의 말은 여전히 조종弔鐘처럼 귓가에 울렸다. 꿈 같았지만, 현실처럼 뚜렷하고 무거웠다.

해가 뉘엿뉘엿 기울었지만, 나는 아직 바닷가에 앉아 오트밀 비스킷을 게걸스럽게 먹으며 식탐을 채우고 있었다. 바로 그때 낚싯배 한 척이 내 근처에 배를 대더니 꾸러미를 하나 가져다주었다. 꾸러미에는 제네바에서 보낸 편지들과, 어서 오라고 재촉하는 클레르발의 편지가 들어 있었다. 그는 우리가 스위스를 떠난 지 1년이 다 되어가는데 아직 프랑스에 가보지 못했다고 말했다. 그리고 나더러 어서 고독한 섬을 떠나 일주일 후 퍼스에서 자기와 만나 앞으로의 계획을 세워보자고 했다. 이 편지는 어느 정도 나를 삶으로 돌려주었고, 나는 이틀 후에 섬을 떠나기로 결심했다.

그러나 떠나기 전에 해야 할 일이 있었다. 생각만 해도 치가 떨리는 일이었다. 화학 실험 도구를 챙겨야 했는데, 그러려면 엽기적인 작업이 이루어진 현장인 실험실에 발을 들여놓아야 했던 것이다. 그 도구들을 만져야 했는데, 보기만 해도 구역질이 났다. 다음날 아침 동이 트자마자 나는 용기를 쥐어짜서 실험실 자물쇠를 열었다. 내가 파괴했던 반쯤 완성된 피조물의 잔해가 마룻바닥에 여기저기 널려 있었는데, 꼭 내가 살아 있는 인간의 육신을 난도질한 것 같은 기분이 들었다. 잠시 발길을 멈추고 마음을 다잡은 후 방으로 들어갔다. 떨리는 손으로 실험 도구들을 옮기면서, 농부들의 공포와 의심을 살 작업의 흔적을 남겨둬서는 안 되겠다고 생각했다. 그래서 잔해를 바구니에 담고, 엄청난 양의 돌멩이를 함께 넣어서 그날 밤 당장 바다에 던져버려야겠다고 결심했다. 그전까지는 바닷가에 앉아 화학 실험 기구를 닦고 정리하는 일에 전념했다.

악마가 나타났던 밤 이후 난 철저히 딴사람으로 변했다. 예전에는 우울한 절망감에 빠져 내가 한 약속을 지켜야 한다고 생각했다. 어떤 결과를 감내하더라도 완수해야 할 일이었다. 그러나 이제는 눈에 끼었던 흐릿한 막이 걷힌 느낌이었다. 처음으로 밝은 눈으로 세상을 보는 것 같았다. 다시 작업을 시작해야 한다는 생각은 한순간도 들지 않았다. 내 귀로 똑똑히 들은 협박이 생각을 묵직하게 짓눌렀으나, 어차피 내 의지로 무슨 일을 한다 해도 화를 면할 수는 없었다. 이미 단호한 결심이 서 있었다. 처음 창조했던 것과 같은 괴물을 하나 더 만든다면, 그것은 더없이 저열하고 섬뜩한 이기심의 발로일 뿐이었다. 다른 결론으로 이어질 만한 생각은 아예 마음속에서 영구히 추방해버렸다.

새벽 두시에서 세시 사이에 달이 떴다. 바구니를 작은 거룻배에 신고 해변에서 6킬로미터가량 노를 저어 나갔다. 완벽하게 호젓한 풍광이었다. 거룻배 몇 척이 육지로 돌아오고 있었지만, 나는 그 배들을 피해 멀리 나아갔다. 무시무시한 범죄를 저지르는 기분이 들었고, 타인과의 접촉은 치가 떨리도록 싫었다. 한순간 휘영청 밝은 달이 돌연 짙은 구름에 가렸는데, 나는 바로 그 찰나의 어둠을 틈타 바구니를 바다에 던져버렸다. 보글보글 가라앉는 소리를 주의깊게 듣고 다시 배를 저어 현장에서 물러났다. 하늘에는 구름이 잔뜩 끼어 있었으나 공기는 맑았다. 뜬금없이 불어온 북동풍에 쌀쌀했지만, 오히려 원기가 충천하고 몹시 쾌적한 느낌이었다. 그래서 해상에 조금 오래 머물기로 마음먹고 키를 똑바로 고정한 채 거룻배 바닥에 몸을 쭉 펴고 누웠다. 구름이 달을 가리고 사위가 캄캄해지자, 물살을 가르는 배의 용골 소리 말고는 정적이 내렸다. 잔잔한 물소리가 나를 부드럽게 어르는 듯하여 머지않아 깊은 잠에 빠져들었다.

이렇게 얼마나 오랜 시간 누워 있었는지 모른다. 하지만 깨어났을 때는 해가 벌써 꽤 높이 떠 있었다. 바람이 높았고 물살이 거칠어 내 작은 거룻배를 계속 위협했다. 바람이 북동풍인 것으로 보아 처음 출항한 해안으로부터 멀리 떠내려온 게 틀림없었다. 항로를 수정하려 했으나 한번 더 시도했다가는 배가 물에 잠겨버리기 십상이었다. 바람을 타는 수밖에 없었다. 솔직히 적잖이 무서웠다는 고백을 해야겠다. 나침반도 없고 지리도 낯선 탓에 해의 위치도 별 도움이 되지 않았다. 넓디넓은 대서양으로 표류해 굶주림으로 갖가지 고통을 겪을 수도 있고, 사방을 에워싸고 포효하며 밀어닥치는 저 망망한 물이 나를 집어삼킬 수도 있었다. 출항한 지 벌써 몇 시간째라 타들어가는 갈증에 더없이 괴로웠으나, 그건 고난의 서막에 불과했다. 하늘을 바라보았지만 바람결에 구름이 흘러가도 또다른 구름이 그 자리를 채웠다. 바다를 바라보았다. 이제 내 무덤이 될 자리였다. 나는 외쳤다. "악마여, 네 임무는 벌써 완수되었다!" 엘리자베트를, 아버지를, 클레르발을 생각했다. 그리고 소름 끼치게 절망적이고 무서운 몽상에 빠졌다. 영원히 눈을 감을 뻔했던 그 풍경을 생각하면 지금도 치가 떨린다.

몇 시간이 이렇게 흘러갔다. 그러나 해가 수평선을 향해 서서히 추락함에 따라 바람은 잦아들어 부드러운 산들바람이 되었고 바다에서도 하얗게 부서지던 파랑이 사라졌다. 그러나 울렁증은 더욱 심해졌다. 멀미가 나서 키도 제대로 잡을 수 없는 지경이 되었는데, 그때 느닷없이 남쪽으로 고원이 일자로 펼쳐져 있는 광경이 눈에 들어왔다.

극도의 피로와 몇 시간 동안 견뎌야 했던 극심한 긴장감에 초주검이 된 내게 갑자기 찾아온 삶에 대한 확신 덕분에 심장 가득 뜨거운 환희가 넘쳤고, 눈에서는 눈물이 솟구쳤다.

우리 감정이란 얼마나 변덕스러우며, 이 참담한 불행의 극한에서도 끝내 놓지 못하는 목숨에 대한 애착이란 얼마나 기이한 것인가! 나는 옷을 찢어 돛을 하나 더 만들어 올리고, 열심히 육지를 향해 항로를 잡았다. 육지는 험준하고 바위가 많아 보였지만, 가까이 다가가보니 문명의 흔적을 쉽게 찾아볼 수 있었다. 해변의 배들을 보니 갑자기 문명화된 인간들의 거주지로 돌아왔다는 실감이 들었다. 열심히 지형을 살펴보다가 작은 곶 너머로 솟아오른 첨탑을 보고서야 나는 환호성을 올렸다. 몸이 극도로 쇠약해진 상태라 곧장 마을 쪽으로 향하기로 했다. 먹을 것을 가장 쉽게 구할 수 있는 방법이었다. 다행히 수중에 돈이 있었다. 곶을 돌아가자 작고 깔끔한 마을과 괜찮은 부두가 눈에 띄어 들어섰다. 심장은 뜻밖의 탈출에 기쁨으로 뛰고 있었다.

배를 손보고 돛을 정리하고 있는데, 몇몇 사람들이 모여들었다. 내 행색에 적잖이 놀란 모양이었다. 그러나 도와주겠다고 하기는커녕 서로 귓속말로 속삭이며 뭐라고 손짓을 했는데 다른 때라면 나도 좀 놀라고 걱정했을 것이다. 하지만 그때는 그들이 영어를 쓴다는 생각만 하고, 나도 영어로 말을 걸었다. "안녕하십니까, 여러분." 내가 말했다. "죄송하지만 이 마을의 이름이나, 여기가 어딘지 말씀해주실 수 있을까요?"

"그건 곧 알게 될 거요." 한 사람이 퉁명스러운 목소리로 대답했다. "도착지가 그쪽 손님 취향에 그다지 맞지 않을지도 모르겠군. 하지만 숙소는 당신 마음대로 못 정할 거요. 그건 장담하지."

낯선 사람의 입에서 이렇게 무례한 대답이 나오는 바람에 나는 몹시 놀랐다. 게다가 일행들의 잔뜩 찌푸리고 화난 표정을 보니 좀 불안해졌다. "어째서 그렇게 퉁명스럽게 말씀하십니까?" 내가 대꾸했다. "설마 이방인을 푸대접하는 게 영국인의 관습은 아니겠지요."

"영국 관습은 어떤지 모르지만, 아일랜드 관습은 악한들을 미워하는 거라오." 그 남자가 말했다.

이렇게 이상한 대화가 오가는 사이 구경꾼들이 급격히 늘어났다. 그들 얼굴에는 호기심과 분노가 뒤섞여 있어서 나는 좀 짜증이 나면서도 다소 불안했다. 여관으로 가는 길을 물었지만, 아무도 대답해주지 않았다. 그래서 앞으로 걸어나가자 군중이 나를 따라오며 에워싸고 웅성거렸다. 바로 그때 험상궂은 인상의 사내가 다가와 어깨를 툭툭 치더니 이렇게 말했다. "이리로 오시오, 선생. 날 따라서 커윈 씨네 집으로 가서 진술을 하셔야겠소."

"커윈 씨가 누굽니까? 왜 내가 진술을 해야 합니까? 여기는 자유 국가가 아니던가요?"

"아, 정직한 사람들에게는 자유가 충분하지요. 커윈 씨는 치안판사요. 그리고 선생은 어젯밤 여기서 살해된 신사의 죽음에 대해 진술해야 하오."

이 대답에 나는 소스라치게 놀랐지만 곧 정신을 차렸다. 나는 죄가 없었다. 그건 쉽게 증명할 수 있었다. 그리하여 말없이 안내인을 따라 나섰고, 마을에서 가장 훌륭한 저택에 당도했다. 피로와 굶주림으로 주저앉기 일보 직전이었다. 그러나 사람들이 둘러싸고 있어 억지로라도 힘을 내야 한다는 생각이 들었다. 쇠약한 모습은 자칫 두려움이나 죄책감으로 오해될 염려가 있었다. 그때 나는 불과 몇 분 후 공포와 절망에 질린 나머지 굴욕이나 죽음에 대한 두려움을 깡그리 쓸어버릴 어마어마한 대재앙이 덮칠 거라고는 꿈에도 생각지 못했다.

여기서 잠시 쉬어야겠다. 지금부터 내가 이야기할 무시무시한 사건들을 세세한 부분까지 명확히 떠올리려면, 내게 남은 온 힘을 다 끌어모아야 하기 때문이다.

4장

나는 곧 치안판사에게 소개되었다. 그는 늙고 자애로운 사람으로 언행이 차분하고 온화했다. 그러나 나를 바라보는 눈길은 매우 준엄했다. 그는 나를 인도해 온 사람들에게 돌아서더니 이 사건에 증인으로 나설 사람들이 누구냐고 물었다.

남자 대여섯 명이 앞으로 나섰는데 치안판사는 그중 한 사람을 선택했다. 그의 증언에 따르면 그는 전날 밤 아들과 처남 대니얼 뉴전트를 데리고 고기잡이를 나갔는데, 열시경 강한 북풍이 불어서 부두로 향했다. 아직 달이 뜨지 않아 아주 캄캄한 밤이었다. 부두에 상륙하지 않고, 늘 해오던 대로 3킬로미터 아래에 있는 작은 만에 배를 댔다. 그가 낚시 도구를 들고 맨 앞에서 걸었고, 아들과 처남은 어느 정도 거리를 두고 뒤를 좇았다. 모래사장을 따라 걸어가던 그는 발치에 뭔가가 걸리는 바람에 대자로 쓰러지고 말았다. 아들과 처남이 달려왔고, 등불을 비추어 보니 사람의 시체가 있었다. 아무리 살펴봐도 이미 죽은 사람이었다. 처음에는 익사한 사람의 시체가 파도에 휩쓸려 왔을 거라고 추정했다. 그러나 자세히 살펴보니 옷이 젖지 않았고 심지어 시체도 그때까지는 아직 차갑지 않았다. 그들은 곧장 시체를 근처에 있는 어느 노파의 오두막으로 옮겨 살려보려고 애썼으나 허사였다. 시체는 나이가 스물다섯 정도 되어 보이는 잘생긴 청년이었다. 목덜미에 난 검은 자국 외에는 폭력의 흔적이 없는 것으로 보아 목 졸려 죽은 게 분명했다.

이 증언의 앞 대목에는 관심이 전혀 동하지 않았다. 그러나 손가락 자국 이야기가 나오자 살해당한 내 동생이 떠올라 극도로 동요할 수밖에 없었다. 사지가 덜덜 떨리고 눈앞이 뿌옇게 흐려져 의자를 붙들고 몸을 지탱해야 했다. 치안판사가 날카로운 눈길로 나를 살폈고, 내 행동은 당연히 수상하게 보였을 터였다.

아들의 증언도 아버지와 같았다. 그러나 대니얼 뉴전트는 매형이 넘어지기 직전에 바닷가에서 멀리 떨어지지 않은 곳에서 한 남자가 탄 거룻배를 똑똑히 보았다고 맹세했다. 그리고 별빛에 비친 모습으로 봤을 때 내가 방금 타고 상륙한 바로 그 거룻배가 틀림없다는 것이었다.

해변에 살고 있는 한 여인은 증언하기를, 시체가 발견되었다는 소식을 듣기 한 시간 전, 어부들이 돌아오기를 기다리며 오두막 문간에 서 있다가 한 남자가 탄 거룻배가 나중에 시체가 발견된 쪽 해변에서 떠나는 걸 보았다고 했다.

또다른 여인은 시체를 옮겨간 집의 주인으로서, 어부들의 증언을 확인해주었다. 시체는 그때만 해도 채 온기가 식지 않았다. 그래서 시체를 침대에 눕히고 온몸을 문질렀다. 대니얼이 약사를 부르러 마을로 달려갔지만, 이미 목숨은 꺼진 지 오래였다.

나의 상륙과 관련해 몇 사람 더 조사를 받았다. 그들은 어제 밤새도록 불어댄 강한 북풍으로 미루어, 내가 몇 시간 동안 주위를 빙빙 돌다가 어쩔 수 없이 출발한 지점으로 돌아왔을 가능성이 높다고 했다. 게다가 다른 데서 시체를 운반해 온 것으로 추정되고 내가 이 해변을 잘 모른다는 사실로 볼 때, 처음 시체를 버린 곳에서 마을까지의 거리를 전혀 모르고 정박했을 수 있다고 추측했다.

커윈 씨는 이러한 증거를 듣고 시체가 안치된 방으로 나를 데리고 들어가야겠다고 생각했다. 시체를 보고 내가 어떤 반응을 보이는지 관찰하고 싶었던 것이다. 이런 생각을 하게 된 건 아마도 살인의 방식을 묘사할 때 내가 극도의 불안감을 보였기 때문이리라. 그에 따라 나는 치안판사와 다른 몇 사람의 인도를 받아 여관으로 갔다. 나는 이 파란만장한 밤에 일어난 희한한 우연에 충격을 받지 않을 수 없었다. 그러나 시체가 발견된 시각에 나는 내가 머물던 섬의 주민 몇 명과 이야기를 나누고 있었다는 사실을 잘 알았기에, 결과를 놓고 평정심을 잃지는 않았다.

나는 시체가 누워 있는 방에 들어가 관이 있는 자리까지 안내를 받았다. 그것을 본 내 기분을 어떻게 설명할 수 있을까? 지금도 공포로 바짝바짝 타들어가는 느낌이 든다. 그 끔찍한 순간을 돌이켜 회상하기만 해도 전율과 고뇌가 덮쳐, 그를 알아보았던 당시의 충격이 새삼 희미하게 떠오르는 것이다. 생명이 없는 앙리 클레르발의 시신이 내 앞에 축 늘어져 있는 모습을 보는 순간, 재판도, 동석한 치안판사와 증인들의 존재도 뇌리에서 꿈처럼 사라져버리고 말았다. 나는 숨을 제대로 쉬지 못해 헐떡거렸다. 시체 앞에 몸을 던지고 외쳤다. "내가 만든 살인 기계가 자네마저, 사랑하는 앙리, 자네 목숨마저 앗아가버렸단 말인가? 이미 두 사람을 파멸시켰는데, 또다른 희생자들이 운명을 기다리고 있구나. 하지만 자네, 클레르발, 내 친구, 나의 은인이······"

인간의 육신으로 감당할 수 없는 괴로움이었기에 그만 격한 발작을 일으켜 방밖으로 옮겨졌다.

그리고 발열이 이어졌다. 두 달 동안 사경을 헤매며 누워 있었다. 나중에 들은 이야기지만, 내가 열에 들떠 뱉어낸 헛소리들은 무시무시했다고 한다. 나는 스스로 윌리엄, 유스틴, 그리고 클레르발의 살인자라고 소리쳤다. 가끔은 간호해주는 사람들에게 나를 괴롭히는 악마를 파괴할 수 있도록 도와달라고 간청하기도 했다. 어떤 때는 괴물의 손가락이 목덜미를 벌써 그러쥐고 있다는 느낌이 들어, 번뇌와 고통에 큰 소리로 비명을 지르기도 했다. 다행히 나는 모국어를 썼기 때문에 커윈 씨 외에는 아무도 알아듣지 못했다. 하지만 내 몸짓과 쓰라린 아우성만 봐도 목격자들은 겁에 질리고 말았다.

어째서 나는 죽지 않았을까? 이 세상을 살아낸 그 어떤 인간보다 더 참담하게 불행했던 내가, 어째서 망각과 휴식 속으로 꺼져 들어가지 않았을까? 죽음은 맹목적으로 자식을 사랑하는 부모의 유일한 희망인 꽃 같은 어린아이들을 무수히 낚아채 가지 않는가. 얼마나 많은 신부들과 젊은 연인들이 건강과 희망의 절정에 섰다가 바로 다음날 묘지의 벌레들과 부패의 먹잇감이 되고 마는가 말이다! 대체 나는 어떤 물질로 만들어졌기에, 그 많은 충격들을 이렇게 다 견디고 살아남을 수 있었을까? 수레바퀴가 돌아가듯 매번 생고문 같은 고통이 새롭기만 했는데.

그러나 나는 기어이 목숨을 부지할 운명이었다. 두 달 후 꿈에서 깨어보니 나는 감옥 안 형편없는 침대에 쓰러져 있었다. 내 주변에는 간수, 열쇠, 걸쇠, 그리고 지하 감옥의 온갖 비참한 기구들이 있었다. 기억이 난다. 잠에서 깨어 의식을 회복했던 때는 아침이었다. 무슨 일이 있었는지 구체적인 사항들은 까맣게 잊어버리고, 그저 무슨 거대한 불행이 홀연 나를 덮친 듯 막연한 느낌만 들었다. 그러나 주변을 둘러보고 창살이 있는 창문과 감방의 허름한 몰골을 보니, 지나간 모든 일의 기억이 섬광처럼 찰나에 되살아나서 나는 쓰라린 신음을 토했다.

이 소리에 내 옆 의자에 앉아 잠들어 있던 노파가 퍼뜩 깨어 뒤척였다. 어떤 간수의 아내로, 간병인으로 고용된 여자였다. 그녀의 얼굴은 흔히 그 계층에 특징적으로 드러나는 모든 나쁜 자질들을 고스란히 보여주었다. 불행의 장면들을 연민 없이 보는 일에 익숙한 사람들이 그러하듯, 얼굴 주름이 견고하고 거칠었다. 말투에서는 철저한 무관심이 드러났다. 내게 영어로 말을 걸었는데, 목소리를 들어보니 괴롭게 앓는 동안 들었던 목소리 같았다.

"이제 좀 정신이 드시오?"

나는 힘없는 목소리로, 같은 언어를 써서 대답했다. "그런 것 같습니다. 하지만 이 모든 게 사실이고, 내가 꿈을 꾸고 있는 게 아니라면, 살아서 이런 불행과 고통을 겪는 게 차라리 한스럽군요."

"하긴," 노파가 대답했다. "선생이 죽인 신사분 말씀이라면, 차라리 죽는 게 나을 뻔했어요. 처벌을 톡톡히 받게 될 테니까요. 하지만 다음 재판이 열려야 교수형을 당할 거예요. 뭐, 그건 내가 알 바 아니고요. 나야 간병을 해서 선생을 낫게 하라고 보낸 사람이니까, 양심껏 내 책임을 다할 거요. 다들 나만큼만 하면 좋으련만."

나는 방금 사경을 헤매다 목숨을 구한 사람에게 그런 매정한 말을 뱉을 수 있는 여자가 혐오스러워 돌아누웠다. 그러나 너무 나른하고 기운이 없어 그간의 일을 곱씹어 생각할 수가 없었다. 내 일생이 꿈처럼 눈앞에 스쳐갔다. 가끔은 모든 게 다 사실인가 의심스럽기도 했다. 내 마음속에서는 도무지 생생한 현실로 다가오지 않았다.

눈앞에 떠다니던 심상들이 차츰 또렷해지면서 고열에 시달렸다. 주위로 어둠만 스쳐지나갔다. 사랑을 담은 온화한 말씨로 달래주는 이는 아무도 없었다. 부축해주는 다정한 손길 하나 없었다. 의사가 와서 약을 처방해주고 노파가 약을 갖다주었지만, 의사는 누가 봐도 무심하고 부주의하기 이를 데 없었고 노파의 얼굴에는 금수처럼 무자비한 표정이 뚜렷이 새겨져 있었다. 살인자의 운명에 그 누가 관심을 갖겠는가? 그 덕에 돈벌이를 하는 교수형 집행자라면 몰라도.

처음에는 이런 생각들만 했다. 하지만 머지않아 커윈 씨가 내게 지극한 친절을 베풀었다는 사실을 알게 되었다. 그는 감옥에서 가장 좋은 감방을 마련해주었고(최고라고 해도 형편없었지만) 의사와 간병인을 대준 장본인이기도 했다. 물론 직접 나를 보러 오는 일은 드물었다. 세상 만인의 괴로움을 덜고 싶다는 열정에 불타는 사람이긴 했지만, 살인자의 고뇌와 비참한 헛소리를 지켜보고 싶지는 않았던 것이다. 그래서 가끔 내가 소홀한 대접을 받지는 않나 보러 올 뿐, 방문 시간도 짧고 자주 찾지도 않았다.

회복세에 접어든 무렵 어느 날 나는 의자에 앉아 있었다. 반쯤 뜬 눈에 뺨은 죽은 사람처럼 납빛이었으며 우울과 불행에 사로잡힌 나머지 참혹하게 소진된 몸으로 이렇게 비참한 세상에 나가 사느니 차라리 죽음을 구하는 편이 낫겠다는 생각을 종종 했다. 심지어 불쌍한 유스틴보다 훨씬 죄 많은 몸이니, 차라리 유죄를 인정하고 법으로 정해진 형을 받아야 한다는 생각도 들었다. 한참 이런 생각에 빠져 있는데, 감방문이 열리고 커윈 씨가 들어왔다. 그 얼굴에는 동정과 연민이 아로새겨져 있었다. 그는 의자를 내 의자에 바싹 붙이고 프랑스어로 이렇게 말했다.

"이곳에 계시는 게 충격이 크실 겁니다. 제가 좀더 편하게 해드릴 방법이 없겠습니까?"

"감사합니다. 하지만 말씀하신 건 제게 아무 소용이 없습니다. 온 세상을 뒤져도 저는 안식을 찾을 수 없을 테니까요."

"희한한 불운의 연속으로 이토록 참담하게 전락한 분께 낯선 사람의 연민이 큰 위로가 될 수 없다는 건 잘 압니다. 하지만 선생께서 머지않아 이 우울한 숙소를 뜨게 되기를 바랍니다. 범행 혐의를 벗겨줄 만한 증거를 곧 확보할 거라 믿어 의심치 않으니까요."

"그런 문제에는 전혀 관심이 없습니다. 기이한 일들이 연속적으로 일어나는 바람에 저는 세상에서 가장 불행한 사람이 되어버렸거든요. 지금도 그렇고 과거에도 역시 핍박과 고뇌에 시달린 저 같은 사람에게 죽음이 뭐가 그리 나쁜 일이겠습니까?"

"최근 일련의 희한한 우연들만큼 불행하고 심란한 일은 아마 또 없을 겁니다. 어떤 놀라운 우연으로, 선생은 원래 환대로 유명한 이 해변에 도착하자마자 곧장 체포되어 살인자의 누명을 썼습니다. 그리고 처음으로 보게 된 광경이 어떤 악마의 손에 불가해한 방식으로 살해되어 당신 앞에 놓인 친구의 시신이었고요."

커윈 씨가 이렇게 말하자 새삼 떠오른 고난의 기억에 마음이 흔들리기도 했지만, 한편으로는 그가 너무 잘 알고 있다는 사실이 놀랍기도 했다. 내 얼굴에 놀란 기색이 역력했던 모양인지 커윈 씨가 황급히 말했다.

"선생이 앓아누운 후 하루 이틀이 지난 후에야 옷을 살펴볼 생각을 했습니다. 선생이 겪는 불행과 병환을 친지에게 알릴 흔적을 찾기 위해서였지요. 그래서 편지 몇 통을 발견했는데, 그중 하나에 부친의 주소가 적혀 있었습니다. 즉시 제네바에 편지를 썼지요. 제가 편지를 보낸 지 거의 두 달이 되어갑니다. 하지만 선생은 그간 내내 몸이 좋지 않았어요. 지금도 떨고 계시는군요. 어떤 심리적인 충격도 견뎌낼 상황이 아니었습니다."

"이런 불안감은 최악의 사태보다 수천 배는 더 끔찍하군요. 그간 어떤 죽음을 또 맞게 되었는지, 이제 또 내가 누구의 죽음을 애통해해야 하는지 말해주십시오."

"가족들은 모두 무사합니다." 커윈 씨가 온화하게 말했다. "그리고 당신을 아끼는 한 분이 면회를 오셨습니다."

생각이 어떻게 이어졌는지 몰라도, 순간 살인자가 내 불행을 비웃고 클레르발의 죽음으로 약올리며 지옥 같은 욕망에 나를 동참하게 만들려고 찾아온 거라는 생각이 퍼뜩 떠올랐다. 그래서 손으로 눈을 가리고 괴로움에 찬 비명을 질러댔다.

"오! 데려가요! 볼 수가 없어, 제발, 여기 절대 못 들어오게 해줘요!"

커윈 씨는 심란한 얼굴로 나를 바라보았다. 그런 절규는 죄책감 때문이라고 볼 수밖에 없었던 탓이다. 그래서 몹시 냉정한 말투로 말했다.

"젊은이, 부친께서 여기까지 오셨는데 반가워할 줄 알았네. 그런데 그런 심한 혐오감을 보이다니."

"아버지께서!" 이렇게 부르짖는 순간 온 얼굴과 몸의 근육 하나하나가 스르르 풀리고 괴로움이 기쁨으로 화했다. "정말 아버지가 오셨습니까? 이렇게, 이렇게 친절하실 데가. 그런데 어디 계십니까? 어째서 서둘러 절 찾지 않으시는 거죠?"

나의 태도가 돌변하자 치안판사는 놀라면서도 기뻐했다. 아까의 울부짖음은 순간적으로 내가 다시 착란에 시달린 거라 생각했는지 예전처럼 온화한 자세를 되찾았다. 판사가 자리에서 일어나 간병인과 함께 방에서 나가고 나자 잠시 후 아버지가 들어왔다.

그 순간 그 무엇도 아버지의 방문보다 더 큰 기쁨을 줄 수는 없었다. 나는 두 팔을 뻗으며 외쳤다.

"아버지, 무사하십니까! 엘리자베트도, 에르네스트도요?"

아버지는 가족들의 안녕을 거듭 확인해주었고, 애써 내 마음을 끄는 화제만 논하며 낙담한 아들의 기운을 북돋워주려 했다. 그러나 아버지도 곧 감옥에서는 쾌활한 마음이 버티기 힘들다는 걸 실감한 모양이었다. "세상에, 네가 어떻게 이런 데 있을 수가 있느냐, 아들아!" 아버지는 창문에 달린 창살과 감방의 참혹한 몰골을 보고 서글프게 말했다. "행복을 구하려 여행을 했건만, 숙명이 네 뒤를 쫓아다니는 것 같구나. 게다가 불쌍한 클레르발은……"

불행하게 살해당한 친구의 이름은 쇠약한 내 육신이 감당하기에는 과도한 심리적 충격이었다. 눈물이 비 오듯 흘렀다.

"아! 맞습니다, 아버지." 내가 대답했다. "가혹하기 이를 데 없는 운명이 내 머리 위에 걸려 있으니, 살아서 그 운명을 끝까지 실현해야만 합니다. 그게 아니면 저는 앙리의 관 위에 쓰러져 죽었어야 마땅하니까요."

오랜 시간 대화를 나눌 수는 없었다. 건강 상태가 위태로워 마음의 평온을 유지하기 위해 가능한 모든 조치를 취해야 했던 것이다. 커윈 씨가 들어와 내가 기력을 소진하면 안 된다고 엄히 말했다. 하지만 아버지의 모습은 착한 천사의 강림과도 같아서 나도 서서히 건강을 회복할 수 있었다.

병이 다 낫고 난 후에는 무슨 수를 써도 흩어버릴 수 없는 깊고 어두운 우울증에 빠져들었다. 살해당한 클레르발의 핼쑥한 모습이 눈앞에서 한순간도 지워지지 않았다. 이런 상념 덕분에 몇 번인가 심각한 발작에 빠져들었고, 주변 사람들은 위험한 병이 재발할까봐 두려워했다. 아! 어째서 이렇게 불행하고 혐오스러운 목숨을 부지했던 것일까? 틀림없이 내 운명을 끝까지 좇으라는 뜻이었으리라. 그리고 이제 그 운명도 막바지에 다다랐다. 머지않아, 그렇다, 아주 가까운 미래에 죽음이 이 맥박을 끊어놓을 테고, 흙먼지가 되도록 나를 짓뭉개는 이 끔찍한 고뇌의 짐을 내려놓게 되겠지. 정의의 대가를 치르면 나 역시 쓰러져 안식할 수 있으리라. 그때는 죽음의 등판이 멀게만 느껴졌다. 죽고 싶다는 생각이 한순간도 뇌리를 떠나지 않았는데도. 몇 시간씩 내리 꼼짝도 않고 아무 말도 없이 앉아서, 뭔가 혁혁한 격변이 일어나 나와 내 숙적을 폐허 속에 매장해버리기만을 바랐다.

순회 재판의 개정기가 다가왔다. 감옥에 갇힌 지도 석 달이 지났다. 아직 몸은 쇠약했고 재발의 위험이 도사리고 있었음에도, 법정이 열리는 주도主都까지 거의 160킬로미터를 여행해야 했다. 커윈 씨는 목격자들을 모으고 내 변론을 구축하는 일에 온 정성을 쏟았다. 덕분에 범죄자로 공공연히 모습을 드러내는 굴욕은 면했다. 사건이 생사를 결정하는 법정까지 올라가지 않았던 것이다. 친구의 시신이 발견된 시각에 내가 오크니섬에 있었다는 사실이 입증되자 배심원들은 기소를 기각했고, 사면되고 2주일쯤 지난 후 나는 석방되었다.

아버지는 내가 괴로운 범죄 혐의를 벗고 다시 신선한 공기를 마시고 고향 땅으로 돌아갈 수 있게 되자 몹시 기뻐했다. 그러나 나는 아버지의 기쁨에 동참할 수가 없었다. 내겐 지하 감옥의 벽이나 궁전이나 마찬가지로 혐오스러울 뿐이었다. 생명의 잔은 영원히 독약으로 오염되고 말았다. 마음이 행복하고 명랑한 이들과 마찬가지로 내 머리 위에도 햇살이 비쳤지만, 주위를 둘러보면 오직 짙고 무시무시한 어둠뿐이었다. 어떤 빛도 꿰뚫을 수 없는 암흑 속에서 나를 노려보는 한 쌍의 안광만 번득였다. 길고 짙은 속눈썹이 달린 눈꺼풀에 다 감기다시피 한, 힘없이 죽어가는 앙리의 눈빛이었다가, 잉골슈타트의 내 방에서 처음 보았던 때처럼 흐릿하게 번들거리는 괴물의 눈빛이 되기도 했다.

아버지는 내 마음속에 사랑의 감정을 되살리려고 애썼다. 우리가 곧 돌아가게 될 제네바와 엘리자베트, 그리고 에르네스트 이야기를 많이 했다. 하지만 그런 이야기들을 들을 때마다 나는 깊은 신음을 토할 뿐이었다. 가끔은 나도 행복을 느끼고 싶다는 소망을 품기도 했다. 그리고 우수에 젖은 기쁨으로 사랑하는 사촌을 떠올리기도 했다. 아니, 허기진 향수병에 걸려 어린 시절 그토록 사랑했던 그 푸른 호수와 물살 빠른 론강을 한 번만 더 보고 싶다는 갈망에 사로잡히기도 했다. 그러나 대체로 내 감정은 아무것도 느낄 수 없는 마비 상태와 같아서, 세상 무엇보다 신성한 자연의 절경이나 감방의 풍경이나 다를 바가 없어 보였다. 이런 무감각 상태를 가끔 뒤흔드는 건 경련과 발작처럼 찾아오는 고뇌와 절망뿐이었다. 이럴 때면 무섭게도 지긋지긋한 이 목숨을 끝장내려 했다. 뭔가 끔찍한 폭력을 저지르지 않고 자제하려면 끊임없이 정신을 차리고 경계를 풀지 않아야만 했다.

감옥을 떠날 때, 어떤 사내가 이런 말을 했던 게 기억난다. "그 인간이 살인은 하지 않았을지 몰라도, 양심은 더럽혀질 대로 더럽혀진 위인이야." 이 말은 내 마음을 뒤흔들었다. 더러운 양심! 그렇다, 내 양심은 더럽혀졌다. 윌리엄, 유스틴, 그리고 클레르발이 내가 만든 지옥의 기계에 목숨을 잃지 않았던가. "누구의 죽음이 비극을 끝낼 것인가?" 나는 외쳤다. "아! 아버지, 이 끔찍한 나라에 남아 계시면 안 됩니다. 저를 데리고 어딘가 저 자신, 제 존재, 그리고 온 세상을 잊을 수 있는 곳으로 가주세요."

아버지는 순순히 내 소망을 들어주었다. 그리하여 커윈 씨에게 작별을 고하고 우리는 서둘러 더블린으로 향했다. 정기여객선이 순풍을 받아 아일랜드를 떠나고, 내게 말 못할 불행의 현장이었던 그 나라에 영원한 이별을 고하자, 무거운 짐을 벗은 기분이 들었다.

시각은 자정이었다. 아버지는 선실에서 잠자리에 들었다. 나는 갑판에 누워 하늘의 별을 바라보며 철썩거리는 파도 소리에 귀를 기울였다. 내 눈에 띄지 않게 아일랜드를 차단해버린 어둠이 반갑기만 했고, 곧 제네바를 보게 될 거라 생각하니 열에 달뜬 기쁨으로 맥이 쿵쿵 뛰었다. 과거는 끔찍한 악몽으로 여전히 눈앞에 선연했다. 내가 몸을 실은 배가, 지긋지긋한 아일랜드의 해안에서 멀어지라고 불어오는 바람이, 나를 에워싼 바다가, 일말의 미망에 빠지지 않도록 나에게 단단히 일러주고 있었다. 내 친구이자 사랑하는 동반자였던 클레르발이 나와 내가 창조한 괴물의 손에 희생되었다고. 기억 속에서 나는 일평생을 거듭 살았다. 제네바에서 가족과 함께 살던 때의 고요한 행복, 어머니의 죽음, 그리고 잉골슈타트로 출발하던 일. 추악한 숙적을 창조하도록 황황히 나를 몰아간 미친 열정을 기억해내고 전율했으며, 괴물이 처음 살아나던 날 밤을 회상했다. 더이상은 기억을 좇을 수 없었다. 수천 가지 착잡한 감정들에 짓눌려 쓰라리게 울었다.

고열에서 회복된 후로는 밤마다 소량의 아편을 복용하는 버릇이 생겼다. 약의 힘을 빌려야만 목숨을 부지하는 데 필요한 안식을 얻을 수 있었다. 무수한 불행의 기억에 짓눌려 약의 복용량을 두 배로 늘렸고, 곧 깊은 잠에 빠졌다. 하지만 잠도 상념과 고뇌에서 해방된 휴식을 주지 못했다. 꿈속에는 나를 겁주는 수천 가지 일들이 등장했다. 아침 무렵이면 악몽 같은 것에 사로잡혀 가위눌렸다. 목덜미에는 악마의 손길이 느껴졌고, 아무리 발버둥쳐도 벗어날 수 없었다. 신음과

비명이 내 귓전에 울렸다. 나를 간호하던 아버지는 불안하게 몸서리
치는 나를 깨워 배가 입항하고 있던 홀리헤드 항구*를 손으로 가리켜
보였다.

---

* 영국 웨일스 북서쪽 끝, 홀리헤드섬의 북안에 있는 항구.

5장

우리는 런던에 가지 않고 나라를 횡단해 포츠머스로 갔다기 배를 타
고 아브르* 항으로 가기로 했다. 내가 이런 계획을 선호했던 주된 이유
는 사랑하는 클레르발과 짤막한 평화의 시간을 즐겼던 장소들을 차마
다시 보기가 두려워서였다. 우리가 함께 찾곤 하던 사람들을 만나고 그
사건에 대해 이것저것 물어올 그들을 견뎌야 한다고 생각하니 끔찍하
기만 했다. 그 사건을 다시 떠올리기만 해도 여관에서 생명이 떠난 그
의 시신을 봤을 당시 느꼈던 뼈아픈 고통이 되살아나는데……

아버지는 아버지대로 온 마음과 정성을 쏟아 아들에게 건강과 평온
한 마음을 되찾아주는 데 전력했다. 아버지의 상냥한 애정과 관심은 끝

---

* 프랑스의 르아브르.

을 몰랐다. 내 비탄과 우울은 지독히도 끈질겼지만, 아버지는 절망하지 않았다. 간혹 가다가 내가 살인 누명을 썼던 굴욕을 떨쳐내지 못한다고 생각하고, 자존심이란 얼마나 허망한지 모른다면서 날 일깨워주려 할 때도 있었다.

"아! 아버지." 나는 말했다. "정말 저를 모르시는군요. 저처럼 형편없는 존재가 감히 자존심을 내세운다면 인간에게, 인간의 감정과 정념에 굴욕일 것입니다. 유스틴, 불쌍하고 운도 없는 유스틴은 저와 마찬가지로 죄가 없었지만, 똑같은 혐의를 뒤집어쓰고 죽음을 맞았습니다. 그런데 그 죽음의 원인도 저란 말입니다. 제가 그애를 죽인 거예요. 윌리엄, 유스틴, 그리고 앙리, 다들 제 손에 죽은 거란 말입니다."

내가 옥중에 있을 때도 아버지는 내게서 이런 말을 여러 번 들은 바 있었다. 이렇게 내가 자책하면 은근히 해명을 바라는 기색일 때도 있었지만, 정신착란증 때문에 하는 말로 치부하는 때도 있었다. 병중에 하던 상상이 회복세에 들어섰어도 계속되고 있다고 말이다. 나는 해명을 회피했고 내가 창조한 괴물에 대해서는 입을 꾹 다물었다. 미친 사람 취급을 받을 거라는 생각 때문에 혓바닥을 영영 사슬로 묶어버렸다. 오히려 치명적인 비밀을 온 세상에 털어놓았어야 했는데도 말이다.

이럴 때면 아버지는 대경실색한 얼굴로 말했다. "무슨 말이냐, 빅토르? 너 미쳤니? 사랑하는 아들아, 제발 그런 말은 절대 입 밖에 내지도 마라."

"저는 미치지 않았어요." 나는 격하게 울부짖었다. "내 작업을 지켜본 저 태양과 하늘이 진실을 압니다. 아무 죄 없는 희생자들을 살해한 장본인이 바로 저란 말입니다. 내가 만든 기계 때문에 죽었어요. 그 목숨들을 살릴 수 있다면 수천 번이라도 내 피를 방울방울 뽑을 수 있지만, 아버지, 저는 그렇다고 전 인류를, 전 인류를 희생시킬 수는 없었습니다."

이 결론 때문에 아버지는 내가 제정신이 아님을 확신했고, 금세 화제를 바꿔 생각을 다른 쪽으로 돌리려 했다. 아버지는 아일랜드 사건의 기억을 최대한 지우고자 아예 언급조차 하지 않았으며 불행을 한탄하는 넋두리도 듣기 싫어했다.

시간이 지나자 나는 좀더 차분해졌다. 불행이 심장에 둥지를 틀었지만, 더는 내가 저지른 죄를 횡설수설 늘어놓지 않았다. 그 죄들을 내 양심에 새기고 잊지 않는 걸로 충분했다. 궁극의 자해행위로서 가끔은 만천하에 털어놓고자 열망하는 불행의 위풍당당한 목소리를 억눌렀다. 그리고 얼음 바다로 여행을 떠난 후 어느 때보다 언행도 차분하고 냉정해졌다.

우리는 5월 8일 아브르 항에 도착해 곧장 파리로 떠났다. 파리에서는 아버지의 볼일 때문에 몇 주일 지체해야 했다. 이 도시에서 엘리자베트로부터 다음과 같은 내용의 편지를 받았다.

빅토르 프랑켄슈타인에게

내 소중한 친구,

파리의 소인이 찍힌 숙부님의 편지를 받고 얼마나 기뻤는지 몰라. 이젠 네가 엄청나게 먼 거리에 있지도 않고 2주일 내에 볼 수 있다는 희망도 있으니까. 불쌍한 사촌, 얼마나 힘들고 괴로웠을까! 네 얼굴은 제네바를 떠날 때보다도 병색이 더 짙겠지. 올해 겨울은 불안한 긴장감에 시달리느라 어느 때보다 비참하게 지나가버렸어. 하지만 네 얼굴에서 평화를 볼 수 있기를, 네 심장에서 위로와 고요한 평온이 모두 사라진 건 아니기를 바라.

그러나 1년 전 너를 그토록 불행하게 만들었던 그 감정이 아직도 남아 있을까봐, 시간이 흘러 오히려 더 깊어졌을까봐 두려워. 무수한 불운이 너를 짓누르는 지금 같은 때 네 마음을 어지럽히고 싶지는 않아. 하지만 숙부님이 떠나기 전에 대화를 나누었는데, 우리가 만나기 전에 할 이야기가 좀 있어.

할 이야기라니! 너는 어쩌면 이렇게 말하겠지. 엘리자베트가 할 얘기가 뭐가 있지? 네가 정말 이런 말을 한다면 내 질문들은 이미 답을 얻은 셈이니, 나는 그저 네 사랑하는 사촌의 역할로 물러나야 하겠지. 하지만 너는 내게서 멀리 있고, 어쩌면 이런 이야기를 두려워하면서도 한편 기뻐할지도 모르잖아. 혹시라도 기뻐할지 모른다는 생각 때문에 더이상 이 글을 미룰 수가 없어. 네가 없는 동안 속내를 털어놓고 싶은 적이 한두 번이 아니었지만 용기가 없어 차마 쓰지 못했던 글을.

너도 잘 알지, 빅토르. 우리가 아기였던 때부터 네 부모님이 가장 흐뭇해하시던 계획이 우리 결혼이라는 걸. 우리는 어렸을 때부터 이런 이야기를 듣고 자라서, 언젠가 틀림없이 일어날 일이라 여기고 그날을 기다리도록 가르침을 받았잖아. 우리는 어린 시절 절친한 소꿉친구였고, 나이가 들면서 서로에게 소중하고 값진 동무가 되었다고 나는 믿어. 하지만 남매도 더 친밀한 유대를 바라지 않고 강렬한 사랑으로 서로를 아끼는 일이 종종 있으니까, 혹시 우리 경우도 그런 건 아닐까? 말해줘, 세상 누구보다 소중한 빅토르. 부탁이니 대답해줘. 우리 둘 모두의 행복을 걸고, 소박한 진실을 말해줘. 다른 사람을 사랑하고 있는 건 아니니?

너는 여행도 많이 했고, 몇 년을 잉골슈타트에서 보냈잖아. 솔직히 털어놓는 건데, 지난가을 그렇게 불행에 휩싸여 세상 어떤 생명체와도 어울리지 않고 고독으로 도망치던 모습을 보니, 네가 우리의 인연을 후회할지 모르겠다는 생각을 하지 않을 수 없었어. 네 뜻에 반하는데도 부모님 소원을 들어드려야 하니까 명예에 발이 묶인 거라고 생각하는 것 같았어. 하지만 그런 논리는 잘못된 거야. 빅토르, 이렇게 고백하지만 나는 너를 사랑해. 그리고 덧없는 장래의 꿈속에서 너는 언제나 변함없는 친구이자 동반자였어. 하지만 나 자신뿐 아니라 네 행복을 바라니까, 네가 자유의사로 선택한 바가 아니라면 우리 둘의 결혼은 한없이 비참해질 거라고 확실히 말할 수 있어. 참혹하기 그지없는 불행에 이토록 시달린 나머지, 네가 '명예'라는 말에 숨이 막혀 너를 원래대로 회복시켜줄 수 있는 유일한 사랑과 행복의 희망마저 놓아버릴지 모른다고 생각하면 난 지금도 슬피 울어. 너를 향한 애정이 이토록 깊은 내가, 네가 품은 희망에 장애물이 되고, 그래서 네 불행을 열 배로 증폭시킬 수도 있다니. 아, 빅토르, 안심해도 좋아. 네 사촌이자 소꿉친구가 품은 사랑은 꽤나 진중해서, 이런 생각을 해도 참담한 슬픔에 빠지지는 않을 테니까. 행복해야 해, 친구. 이 한 가지 청만 들어준다면, 이 세상 그 무엇도 내 마음의 평온을 깨뜨릴 수 없으니 만족하게 될 거야.

이 편지 때문에 심란해하지는 마. 고통스럽다면 내일이나, 다음날이나, 아니면 올 때까지 아예 답장하지 마. 숙부님이 네 건강에 대한 소식은 전해주실 테니까. 그리고 이 편지 덕분에, 또 내가 한 어떤 일 덕분에 네 입가에 미소 하나가 떠오른다면, 다른 행복은 필요치 않아.

17××년 5월 18일 제네바에서
엘리자베트 라벤차

이 편지는 내 기억 속에 잊고 있던 한 가지, 악마의 협박을 새삼 되살렸다. "네놈의 결혼식 날 밤, 내가 함께 있겠다!" 이것이 내가 받은 선고였다. 그날 밤 악마는 온갖 수단을 동원해 나를 파멸시키고, 어느 정도는 내 시련에 위로가 될 수 있는 일말의 행복마저 내게서 빼앗아갈 것이다. 그날 밤 내 죽음으로 자신의 범죄를 절정으로 치닫게 할 작정이었다. 그래, 그렇다면 좋다. 틀림없이 필사의 결투가 벌어질 테고, 놈이 승리한다면 나는 평화로이 잠들어 나를 움켜쥔 놈의 권세도 끝나고 말 것이다. 놈이 패배한다면 나는 자유의 몸이 될 것이다. 맙소사! 대체 무슨 자유란 말인가? 가족들이 눈앞에서 살해당하고 오두막집은 불타고 땅은 황무지가 되는 걸 눈앞에서 목도하고, 자신은 집도 없고 무일푼의 떠돌이가 되었지만 몸만은 얽매임 없는 농부의 자유 같은 것일 테지. 내 자유였다. 다만 나의 엘리자베트 안에 보물을 간직하고 있다는 게 다를 뿐. 아! 죽을 때까지 나를 쫓아다닐 무시무시한 회한과 죄책감으로 상쇄되는 보물이지만 말이다.

상냥하고 사랑스러운 엘리자베트! 나는 편지를 읽고 또 읽었고, 어쩐지 누그러진 감정이 어느새 심장에 몰래 스며들어와 감히 사랑과 기쁨이라는 낙원의 꿈을 속삭이려 했다. 그러나 사과는 이미 따먹은 후였고, 천사는 팔을 걷어붙이고 모든 희망을 포기하도록 나를 쫓아냈다. 그러나 그녀를 행복하게 해줄 수만 있다면, 나는 죽어도 좋았다. 괴물이 협박을 실행한다면 죽음은 불가피했다. 그래도 결혼을 하게 되면 운명을 재촉하는 게 아닐까 다시 생각해보았다. 분명 나의 파멸이 몇 달 일찍 찾아올지도 모른다. 그러나 나를 고문하는 악마가 자신의 악의를 피하고자 내가 결혼을 미룬다는 의심을 품게 되면, 틀림없이 또다른, 어쩌면 더욱 끔찍한 복수의 수단을 찾아낼 것이다. '결혼식 날 밤에 나와 함께 있겠다'는 협박이 그전까지는 나를 평화로이 내버려둘 거라는 보장이 될 수는 없었다. 아직도 피에 굶주려 있다는 걸 내게 보여주겠다는 듯, 협박을 선언한 후 즉시 클레르발을 살해했기 때문이다. 그래서 나는 당장 사촌과 혼인함으로써 그녀나 아버지에게 행복을 줄 수 있다면, 내 목숨을 노리는 원수의 계획 따위로 한시라도 지체할 수는 없다고 결심했다.

이런 마음으로 나는 엘리자베트에게 편지를 썼다. 차분하고 애정이 담긴 편지였다. "사랑하는 내 여인에게. 이 지상에 우리를 위한 행복은 거의 남아 있지 않을 것 같아 두려워. 하지만 언젠가 우리가 즐길 수 있는 행복이 있다면, 그건 모두 네 안에 응축되어 있어. 헛된 두려움은 쫓아버려. 내 삶과 충만한 기쁨을 위한 내 모든 노력은 오로지 너 한 사람에게 바칠 테니까. 내게는 한 가지 비밀이 있어, 엘리자베트. 끔찍한 비밀이야. 네게 털어놓으면 온몸이 공포로 얼어붙을 만한 비밀이지. 그걸 들으면 넌 내 비참함에 놀라기보다는, 어떻게 그런 일을 겪고도 살아남았을까 오히려 궁금해질 거야. 결혼식을 올린 다음 날, 네게 불행과 공포로 얼룩진 이 이야기를 털어놓을게. 사랑하는 사촌, 우리 둘은 완벽하게 허심탄회한 사이가 되어야 하니까 말이야. 하지만 그때까지는, 부탁인데, 그 이야기는 한마디도 꺼내지 말아줘. 진심으로 간절히 애원하는 부탁이니 네가 들어줄 거라 믿어."

엘리자베트의 편지가 도착하고 일주일 남짓 지났을 무렵 우리는 제네바로 돌아갔다. 사촌은 따뜻한 사랑으로 우리를 맞아주었다. 그러나 내 야윈 몰골과 열에 달뜬 뺨을 보자 눈에 눈물이 고이는 것이었다. 그녀는 몸이 말라 예전에 나를 매혹시켰던 천사처럼 생기발랄한 매력을 많이 잃어버렸다. 하지만 온화한 풍모와 연민어린 부드러운 표정 덕분에 나처럼 피폐하고 불행한 사람에게 더 잘 어울리는 동반자가 되어 있었다.

그때 만끽한 평화는 오래가지 못했다. 기억은 광기를 수반했다. 지난 일을 생각하면 진짜로 광증이 나를 사로잡았다. 가끔은 맹렬하게 화를 내며 분노에 불타기도 하고, 가끔은 시무룩하게 우울증에 빠져 있기도 했다. 말도 않고 보지도 않고 나를 덮치는 수없는 불행에 멍하니 넋을 잃은 채 미동도 없이 앉아 있곤 했다.

오로지 엘리자베트만이 이런 발작에서 나를 끌어내는 힘이 있었다. 격정에 취해 있으면 부드러운 목소리가 나를 달래주었고, 아무것도 느낄 수 없는 마비 상태에 빠져 있으면 인간의 감정을 불어넣어주었다. 그녀는 나와 함께 울었고, 나를 위해 울어주었다. 이성이 돌아오면 난폭했던 내 행동을 타이르며 내게 체념이라는 생각을 불어넣으려 애썼다. 아! 불행한 사람이라면 체념도 좋겠지만, 죄인에게는 평화가 있을 수 없다. 과다한 슬픔에 허우적거리다보면 가끔 누릴 수 있는 감정의 사치는 회한의 고뇌에 쓰디쓴 독으로 변해버렸다.

내가 도착한 후 얼마 지나지 않아 아버지는 사촌과 지체 없이 결혼하라고 말했다. 나는 아무 말도 하지 않았다.

"그러면, 혹시 달리 언약한 사람이 있느냐?"

"이 세상에는 없습니다. 저는 엘리자베트를 사랑하고 우리가 하나 되는 날을 기쁜 마음으로 고대합니다. 그러니 날짜를 정해주세요. 그날, 내가 살든 죽든, 사촌의 행복을 위해 저 스스로를 바치겠습니다."

"빅토르, 그런 말은 입에 담지도 마라. 무거운 불행이 우리를 덮쳤지만, 우리에게 남은 것들에 꼭 매달려, 잃어버린 이들에 대한 우리의 사랑을 아직 살아 있는 사람들에게로 옮기도록 하자. 몇 사람 되지 않겠지만 사랑과 함께 겪은 불행의 유대로 단단히 얽혀 있는 사이가 될 게야. 그리고 시간이 우리의 절망을 누그러뜨려줄 테고, 그러면 그토록 잔인하게 잃고 만 사람들의 자리를 대신해 우리가 아껴야 할 새롭고 소중한 대상들이 생기게 될 테지."

아버지의 가르침은 이러했다. 그러나 다시 협박의 기억이 떠올랐다. 이제까지 괴물이 피의 죄악을 저지르는 과정에서 내 모든 걸 속속들이 알고 있었으니, 나로서는 그가 결코 퇴치할 수 없는 불패의 존재라고 생각할 수밖에 없었다. 그러므로 그가 "네놈의 결혼식 날 밤, 내가 함께 있겠다"고 내뱉었을 때, 내 운명은 피할 수 없는 것이었다. 그러나 죽음은 내게 불행이라 할 수도 없었다. 엘리자베트를 잃어버리는 일을 죽음으로 상쇄할 수 있다면. 그래서 만족스러운, 아니 심지어 쾌활하기까지

한 얼굴로 아버지 말씀에 흔쾌히 동의하고, 사촌이 좋다고만 한다면 열흘 후 예식을 올리기로 했다. 그리고 이로써 내 운명을 봉인하고 말았다고 상상했다.

하느님 맙소사! 단 한순간만이라도 내가 악마 같은 숙적의 소름 끼치는 의도가 뭘까 생각했더라면, 이 참담한 결혼에 동의하느니 차라리 고향 땅에서 영원한 추방을 자처하고 친구 하나 없는 방랑자로 온 세상을 떠돌았을 텐데. 그러나 뭔가 마법의 힘을 가진 것처럼 괴물은 내 눈을 멀게 해 그의 진짜 의도를 끝내 보지 못하게 했다. 나 자신의 죽음만 생각함으로써, 오히려 훨씬 더 소중한 희생자의 죽음을 재촉했다.

정해진 혼인 날짜가 가까워올수록, 비겁한 두려움 때문이었는지 예감 때문이었는지 심장이 쿵쿵 내려앉는 기분이 들었다. 하지만 나는 즐거워 죽겠다는 얼굴로 내 감정을 감추었다. 이것이 아버지의 얼굴에는 미소와 기쁨을 가져다줄 수 있었지만, 항상 나를 지켜보는 훨씬 섬세한 엘리자베트의 눈을 속일 수는 없었다. 그녀는 우리의 결혼을 평온하고 만족스러운 마음으로 기다렸으나, 과거의 불행이 새겨놓은 일말의 근심이 스며드는 건 어쩔 수 없었다. 그녀는 지금 확실하고 구체적인 행복처럼 여겨지는 게 곧 헛된 꿈이 되어 흩어져버릴까봐, 그리하여 깊고 영원히 지울 수 없는 회한 외에는 아무 흔적도 남겨놓지 않고 사라질까봐 두려웠던 것이다.

결혼식 준비는 착착 진행되었다. 결혼을 축하하러 오는 손님들도 맞았다. 모두가 웃는 얼굴이었다. 나는 심장을 잠식하는 불안감을 마음속에만 꼭 가둬두고 겉으로는 성심성의껏 아버지의 계획을 따랐다. 모든 게 기껏해야 내 비극의 장식품이 될 뿐이라 해도. 콜로니 근처에 우리가 살 집도 마련했다. 시골의 기쁨을 누릴 수 있으면서도 아버지를 매일 볼 수 있을 만큼 제네바에서 가까운 곳이었다. 아버지는 에르네스트가 학교 공부에 매진할 수 있도록 여전히 성내에 살기를 원했다.

그사이 나는 괴물의 공공연한 공격에 대비하여 신변 보호 조치를 꼼꼼하게 취했다. 항상 권총과 단검을 휴대했고, 어떤 계략이 있지나 않은지 항상 경계했다. 덕분에 더 큰 마음의 평정을 얻을 수 있었다. 사실은 결혼식 날짜가 가까워질수록 협박이 왠지 망상처럼 느껴져서 내 평화를 깨뜨릴 만한 가치도 없다는 생각이 든 반면 결혼을 통해 꿈꾸는 행복은 점점 더 확실하게 믿게 되었고, 신성한 혼례를 올릴 날짜가 임박할수록 주변에서도 이를 어떤 사고로도 막을 수 없는 필연으로 간주하고 얘기하는 말소리들이 계속 들려왔다.

엘리자베트는 행복해 보였다. 내 차분한 행동이 그녀의 마음을 가라앉히는 데 큰 역할을 했다. 그러나 내 소망과 운명이 이룩될 바로 그날에는 불행한 예감에 철저히 사로잡힌 듯 우수에 젖은 모습이었다. 어쩌면 결혼식 다음날 내가 털어놓겠다고 약속한 무서운 비밀을 생각하고 있었는지도 모른다. 그사이 아버지는 기쁨을 억누르지 못했고, 분주히 혼례 준비를 하느라 조카의 우울한 얼굴에서 수줍은 신부의 표정 외에는 아무것도 읽어내지 못했다.

예식을 치른 후 성대한 연회가 아버지의 집에서 열렸다. 그러나 엘리자베트와 나는 그날 오후와 밤을 에비앙에서 지내고 다음날 콜로니로 돌아가기로 미리 합의했었다. 날씨가 청명했고 순풍이 불었기에 배를 타고 가기로 했다.

그것이 내 인생에서 마지막으로 행복이라는 감정을 누렸던 때다. 우리 배는 빠른 속도로 순항했다. 해는 뜨거웠지만, 일종의 캐노피 그늘에서 볕을 피하면서 자연 풍광을 감상할 수 있었다. 가끔은 호수 한편으로 몽살레브, 몽탈레그르의 유려한 강둑이 보였고 아득히 멀리, 만물을 굽어보는 아름다운 몽블랑이 보였다. 옹기종기 모인 눈 덮인 산들이 헛되이 몽블랑을 흉내내고 있었다. 가끔은 반대편 강둑을 따라 장대한 쥐라가 어두운 면을 드러내며 고향 땅을 떠나려는 야심에 항거하고, 고국 땅을 침탈하겠다는 욕심을 가진 침략자는 도저히 넘을 수 없는 장벽을 세우고 있었다.

나는 엘리자베트의 손을 잡았다. "슬픔에 젖어 있군, 내 사랑. 아! 내가 겪은 일, 내가 앞으로 겪어야 할 일을 네가 안다면, 아마 적어도 오늘 하루 내가 허락받은 이 고요와 절망으로부터의 해방감을 만끽할 수 있도록 애써줄 텐데."

"행복해야지, 소중한 빅토르." 엘리자베트가 대답했다. "어떤 일도 네 마음을 어지럽히지 말았으면 좋겠어. 그리고 내 얼굴에 생기발랄한 기쁨이 떠오르지 않더라도 마음만은 깊이 만족하고 있으니 안심해. 우리 앞에 열려 있는 장래의 꿈에 너무 많이 의존하지 말라고 마음속에서 어떤 목소리가 속삭이지만, 그렇게 불길한 말에 귀기울이지는 않을 거야. 우리가 얼마나 빨리 달리고 있는지 봐. 어떤 때는 흐릿하다가 또 어느 순간 몽블랑 정상 위로 솟아오르는 구름이 이 아름다운 풍경을 훨씬 더 흥미진진하게 만들어주잖아. 맑은 물 속에서 헤엄치고 있는 헤아릴 수 없는 물고기들도 봐. 물이 너무 맑아서 바닥의 조약돌 하나하나를 다 알아볼 수 있네. 얼마나 신성한 날인지 몰라! 온 자연이 어쩌면 이렇게 행복하고 평온해 보이는지!"

이렇게 엘리자베트는 그녀와 나의 생각을 우울한 주제에서 돌려보려고 애썼다. 그러나 감정은 기복이 심했다. 몇 초간 기쁨이 눈빛에서 반짝이다가 계속 딴생각에 멍하니 정신을 파는 것이었다.

해가 뉘엿뉘엿 떨어졌다. 우리는 드랑스강을 지나며 높은 언덕 사이의 가파른 낭떠러지와 낮은 언덕 사이의 골짜기를 지켜볼 수 있었다. 알프스산맥은 여기에서 호수에 가까워졌고, 우리는 동쪽 경계선을 이루는 산맥들의 원형 극장에 접근했다. 에비앙의 뾰족탑이 주위를 둘러싼 숲 아래에서 빛났고, 탑이 매달린 산 너머로 산맥이 우뚝 솟아 있었다.

그때까지 우리를 놀랄 만큼 빠른 속도로 달리게 했던 순풍은 어스름과 함께 가벼운 산들바람으로 잦아들었다. 부드러운 공기는 그저 잔물결만 일게 했고, 우리가 호변에 접근하자 나무들 사이에 기분좋은 움직임을 일으켰다. 호변의 꽃과 마른 풀에서 비길 데 없이 기분좋은 향내가 풍겨왔다. 우리가 뭍에 배를 댈 때 해가 수평선 아래로 뚝 떨어졌다. 호변에 닿자 근심과 두려움이 새삼 되살아났다. 머지않아 나를 사로잡고 영원히 달라붙어 떨어지지 않을 근심과 두려움이.

6장

우리가 상륙했을 때는 여덟시였다. 우리는 잠깐 석양을 만끽하며 호변을 산책하다가 여관으로 들어가, 어둠에 흐릿해졌어도 여전히 검은 윤곽선이 뚜렷한 호수, 숲, 산의 아름다운 정경을 바라보았다.

남풍이었던 바람은 이제 서풍이 되어 격렬하게 불어대고 있었다. 달이 천궁의 절정에 다다라 이제 막 떨어지기 시작했다. 구름은 도망치는 수리들보다 더 빨리 하늘을 질주하며 달빛을 흐려놓았다. 호수는 바삐 움직이는 하늘을 투영하는 한편 파도도 거칠어지기 시작하자 훨씬 더 부산해졌다. 돌연 심한 폭우가 쏟아지기 시작했다.

낮 시간 동안은 평정을 유지할 수 있었다. 그러나 밤이 되어 사물의 형상을 구분하기 힘들어지자 수천 가지 두려움이 마음속에서 솟아났다. 초조하고 예민해져서 오른손으로 가슴속에 숨겨둔 권총을 움켜쥐고 있었다. 무슨 소리만 나도 겁이 나서 견딜 수 없었다. 그러나 내 목숨을 그리 헐값에 팔지는 않겠다고, 내 목숨이건 원수의 목숨이건 한쪽이 끝장날 때까지 임박한 싸움에 결연히 임하겠다고 각오하고 있었다.

엘리자베트는 이런 내 동요를 한참 동안 소심하게 겁에 질려 바라보았다. 마침내 그녀가 말했다. "사랑하는 빅토르, 왜 그렇게 안절부절못하는 거야? 뭘 그렇게 두려워하는 거야?"

"오! 조용히, 아무 말도 하지 마, 내 사랑." 내가 대답했다. "오늘밤만 지나면 모든 게 안전해질 거야. 하지만 오늘밤은 무서워, 끔찍하게 무서운 밤이야."

이런 마음으로 한 시간을 보냈을 무렵, 돌연 결투가 아내에게 얼마나 끔찍한 광경이 될까 하는 생각이 뇌리를 스쳤다. 그래서 아내에게 먼저 침소에 들라고 부탁했고, 숙적의 상황이 어떤지를 파악하기 전에는 잠자리에 들지 않겠다는 각오를 다졌다.

그녀는 내 곁을 떠났고, 한동안 나는 계속 집안 복도를 서성이며 원수가 숨어 있을 만한 후미진 곳을 샅샅이 살펴보았다. 그러나 흔적도 찾을 수 없어서, 뭔가 요행한 일이 생겨 그가 사악한 의도를 실천하지 못하나보다 생각하기 시작했다. 바로 그 순간, 갑자기 날카롭고 소름 끼치는 비명소리가 들려왔다. 엘리자베트가 들어간 바로 그 방에서 나는 소리였다. 그 소리를 듣는 순간, 진실의 전모가 내 마음을 덮쳐 두 팔이 축 늘어지며 모든 근육과 근섬유의 움직임이 멈추고 말았다. 혈관 속에서 뚝뚝 흐르는 피가 방울방울 느껴졌고, 사지 말단이 짜릿짜릿했다. 이런 상태는 찰나에 불과했다. 비명소리가 되풀이되자 나는 방안으로 황급히 뛰어들어갔다.

하느님 맙소사! 어째서 그 자리에서 죽어버리지 못했을까! 어째서 나는 여기 살아서 이 세상 지고의 희망, 지순의 피조물이 파멸된 이야기를 하고 있는 것인가. 그녀는 거기 그렇게 있었다. 생명도 없고 미동도 없는 시신이 되어, 침대를 가로질러 던져진 모습 그대로, 머리를 축 늘어뜨리고, 창백하고 뒤틀린 얼굴은 반쯤 머리카락으로 가려진 채로. 어디를 둘러봐도 눈앞에 똑같은 형상이 보인다. 핏기 없는 그녀의 두 팔과 힘없이 늘어진 몸이 살인자의 손에 의해 신혼의 잠자리, 아니 관 위에 던져져 있던 그 모습이. 이런 광경을 보고도 살아남을 수 있었다니! 아! 목숨은 질기고 질겨, 혐오스럽고 지긋지긋한 곳에 더 모질게 들러붙는 법이다. 한순간 나는 기억을 잃었다. 혼절한 것이다.

정신을 차렸을 때는 여관 사람들이 나를 에워싸고 있었다. 그들의 얼굴에는 숨막히는 공포심이 드러나 있었다. 그러나 다른 사람들의 공포는 나를 짓누르는 감정에 비하면 그저 시늉에, 그림자에 불과했다. 나는 그들에게서 빠져나와 엘리자베트의 시신이 있는 방으로 갔다. 내 사랑, 내 아내, 바로 얼마 전까지만 해도 살아 있던, 소중하고 한없이 귀한 사람. 그녀의 자세는 내가 처음 봤던 것과 달리 이제는 머리를 팔에 고이고 얼굴과 목에 손수건이 드리워져, 누워 있는 모습만 보면 잠들어 있다고 생각할 정도였다. 황망히 달려가 열렬하게 그녀를 포옹했지만, 죽어 힘이 하나도 없고 싸늘한 팔다리는 지금 내가 품에 안은 여인은 더이상 내가 사랑하고 아꼈던 엘리자베트가 아니라고 말해주고 있었다. 소름 끼치는 악마의 손자국이 목덜미에 남아 있었고, 입술에서 나오던 숨결도 이미 그친 지 오래였다.

절망적인 고뇌에 빠져 여전히 그녀를 굽어보고 있다가 나는 문득 눈길을 들었다. 아까는 창문들이 어둡게 닫혀 있었다. 그런데 방을 밝히는 달빛의 창백한 노란 불빛이 보이자 격심한 공포가 엄습해왔다. 셔터는 활짝 열려 있었다. 형용할 수 없는 공포감에 사로잡힌 채 나는 열린 창가에서 더할 나위 없이 추악하고 혐오스러운 형상을 보았다. 괴물의 얼굴에 비웃음이 떠올라 있었다. 괴물은 악마 같은 손가락을 들어 아내의 시신을 가리키며 나를 조롱하는 시늉을 했다. 허겁지겁 창가로 달려가서 가슴에서 권총을 꺼내어 발사했다. 그러나 괴물은 몸을 피해 뛰어내리더니 번개 같은 속도로 달려가서 호수로 풍덩 뛰어들었다.

총성이 났다는 소문이 돌자 방에 군중이 모여들었다. 그가 사라진 자리를 내가 손으로 가리켰고, 우리는 배를 타고 놈의 자취를 좇았다. 그물을 던져봤지만 허사였다. 몇 시간을 그렇게 보낸 우리는 희망 없이 돌아왔으며, 대부분의 동행들은 그 형체가 내 망상의 소산이라고 믿었다. 상륙한 후 그들은 야외를 수색하기 시작했다. 숲과 포도밭을 헤치며 사방으로 수색조가 나섰다.

나는 그들을 따라나서지 않았다. 이미 탈진 상태였다. 눈에는 흐릿하게 막이 덮였고, 피부는 고열로 바싹바싹 타들어갔다. 이런 상태로 침대에 누워 무슨 일이 일어났는지 제대로 의식조차 못했다. 눈길은 뭔가 잃어버린 물건이라도 찾으려는 듯, 둘 데를 모르고 방안을 헤맸다.

마침내 엘리자베트와 내가 돌아오기만 간절히 고대하고 있는 아버지에게 나 혼자 돌아가야 한다는 사실을 기억해냈다. 이 생각을 하자 눈물이 차올라 한참을 울었다. 그러나 생각은 여러 가지 주제들을 두서 없이 섭렵하며 나의 불행들과 그 원인을 따졌다. 흐릿한 구름처럼 에워싼 경악과 공포 속에서 황망하기만 했다. 윌리엄의 죽음, 유스틴의 처형, 클레르발의 살해, 그리고 마지막으로 내 아내의 죽음. 심지어 그 순간 나는 유일하게 남아 있는 친지들이 악마의 악의로부터 안전한지조차 알지 못했다. 그 순간에 아버지가 그의 손아귀에 몸을 뒤틀고 있거나, 에르네스트가 그 발치에 죽어 누워 있을 수도 있었다. 그 생각에 나는 온몸을 떨며 정신을 차리고 움직이기 시작했다. 벌떡 일어나 최대한 빨리 제네바로 돌아가기로 결심했다.

말을 구할 수가 없어서 호수를 통해 돌아가는 수밖에 없었지만 역풍이 부는데다 장대비가 내리고 있었다. 그러나 채 아침이 밝지도 않은 시간이었으니 그래도 밤에는 도착할 가능성이 있었다. 사공들을 고용하고 손수 노를 잡았다. 몸을 움직이다보면 마음의 고뇌를 덜 수 있다는 걸 늘 경험해왔기 때문이다. 그러나 당시 나는 흘러넘치는 슬픔에 과다한 심리적 불안을 견디고 있었기에 도저히 꼼짝달싹도 할 수 없었다. 그래서 노를 던져버렸다. 그리고 고개를 손에 묻고 뭉게뭉게 솟아나는 음침한 생각들 하나하나에 빠져들었다. 고개를 들면 행복했던 시절 내게 익숙했던 풍경, 이제는 혼령이자 추억이 되어버린 그녀와 바로 하루 전에 함께 바라보았던 풍경들이 보였다. 눈물이 하염없이 흘렀다. 비가 잠시 그쳐 몇 시간 전처럼 물고기들이 노니는 모습이 보였다. 엘리자베트가 바라보던 물고기들이었다. 인간의 정신에 급작스러운 격변만큼 고통스러운 건 없다. 햇살이야 비칠 테고 구름이야 낮게 깔릴지 모르지만, 그 무엇도 하루 전날의 풍광을 되살려놓을 수는 없었다. 악마는 내게서 장래의 행복에 대한 마지막 희망까지 앗아가버렸다. 그 어떤 생물도 나만큼 비참했을 리가 없다. 이토록 소름 끼치게 무서운 사건은 인간 역사상 전무후무한 것이었다.

그런데 나는 이 불가항력적인 최후의 사건 이후에 일어난 일들을 왜 이렇게 장황하게 얘기하고 있는 걸까. 내 사연은 공포로 점철된 이야기다. 그리고 이야기는 이제 정점에 달했으니, 앞으로 할 이야기는 당신이 듣기에 지루할 수밖에 없다. 그저, 내 사랑하는 친지들을 한 명씩 모두 잃어버렸다는 것만 알면 된다. 나는 쓸쓸하게 홀로 남았다. 기력을 다한 것 같으니, 끔찍한 이야기의 나머지 부분만 몇 마디로 간략히 이야기하겠다.

나는 제네바에 도착했다. 아버지와 에르네스트는 목숨을 부지하고 있었다. 그러나 아버지는 내가 가져온 소식에 쓰러지고 말았다. 지금도 눈에 선한, 훌륭하고 점잖은 노인이었는데! 아버지의 눈길은 딸보다 더한 조카딸, 매혹과 기쁨이었던 조카딸을 잃고 공허하게 헤매었다. 인생의 쇠락기에 접어들어 사랑하는 것도 얼마 남지 않게 되면 남아 있는 것들에 더 열렬히 애착을 갖는 법이다. 아버지는 그런 사람답게 온 사랑을 바쳐 조카딸을 맹목적으로 사랑했다. 그 희끗희끗한 백발에 불행이 덮쳐 자괴감에 시들어가게 만든 악마에게 저주, 저주 있으라! 아버지는 축적되는 불행의 무게를 견디며 살아갈 수가 없었다. 뇌졸중이 발병했고, 며칠 후 아버지는 내 품에서 돌아가셨다.

그러고 나서 나는 어떻게 되었느냐고? 모르겠다. 감각을 잃은 나를 사슬과 어둠만이 짓누르고 있었다. 가끔은 어린 시절의 친구들과 함께 꽃이 만발한 초원과 쾌적한 계곡을 노니는 꿈을 꾸기도 했지만, 잠에서 깨어나면 지하 감옥 속에 있었다. 우울증이 찾아왔지만, 차츰차츰 내가 처한 불행과 상황에 대해 맑은 정신으로 파악할 수 있게 되었다. 그리고 감옥에서 석방되었다. 알고 보니 정신병 판정을 받고 몇 달 동안이나 독방에서 살아왔던 것이다.

　그러나 이성을 찾게 되면서 동시에 복수에 눈을 뜨지 않았다면, 자유는 내게 아무짝에도 쓸모없는 선물이었을 것이다. 과거의 불행한 추억들이 마음을 짓누를 때면 그 원인을 생각하기 시작했다. 내가 창조한 괴물, 내 손으로 세상에 내보내 파멸을 자초한 비참한 악마 말이다. 그를 떠올릴 때마다 미칠 듯한 분노가 치솟아, 그놈을 내 손아귀로 그러쥐고 저주받은 머리에 소름 끼치고 지독한 복수를 퍼부을 수 있기만을 열렬히 기도했다.

　증오가 헛된 소망에 국한된 건 아니었다. 나는 괴물을 잡을 수 있는 최선의 방책을 고민하기 시작했고, 이러한 목적으로 석방된 지 달포가 지났을 무렵 시내의 형법 전문 판사를 찾아가 우리 가족의 살인자를 알고 있으니 고발하고 싶다고 말했다. 그리고 전권을 쏟아 살인자의 체포에 매진해달라고 요구했다.

　치안판사는 깊은 관심과 호의로 내 말에 귀를 기울여주었다. "마음 놓으십시오." 그가 말했다. "저희 쪽에서는 그 악당을 잡기 위해서라면 어떤 수고와 노력도 아끼지 않을 테니까요."

　"감사합니다. 그렇다면 지금부터 제가 하는 진술을 귀담아들어주십시오. 참으로 괴이한 이야기라서, 아무리 기막히더라도 확실히 믿을 수밖에 없는 증거가 없다면 내 말을 믿어주시지 않을까봐 겁도 납니다. 꿈으로 치부하기에는 앞뒤가 철저히 들어맞는 이야기이고, 저는 거짓을 말씀드릴 의도가 전혀 없습니다." 판사에게 이런 말을 하면서 나는 인상적이면서도 차분한 태도를 유지했다. 나를 파멸로 몰아간 괴물을 죽을 때까지 추적하겠다는 각오가 이미 서 있었다. 이 목표 덕분에 괴로운 마음이 가라앉고 임시로나마 삶과 화해할 수 있었다. 짤막하게 내 사연을 말하되 확실하고도 엄정하게 조목조목 날짜를 짚고 독설이나 감탄사 하나 발설하지 않았다.

치안판사는 처음에 전혀 믿지 못하는 눈치였지만, 이야기가 진행될수록 점점 더 흥미를 갖고 귀를 기울였다. 불신의 기색 없이 가끔은 공포에 떨고 어떤 때는 적나라하게 경악한 표정이 그 얼굴에 채색되곤 했다.

이야기를 끝마치고 나서 나는 말했다. "이것이 바로 제가 지금 고발하려는 존재입니다. 판사님께서 이 괴물의 체포와 처벌에 전심전력을 다해주시길 간청드립니다. 치안판사로서의 의무이기도 하거니와, 판사님의 인간적 감정도 이런 사건을 집행하는 것에 반감을 갖지 않으실 거라고 믿고 또 바랍니다."

이 말에 치안판사의 표정이 변했다. 그는 유령이나 초자연적인 현상에 대한 이야기를 듣는 것처럼 절반쯤 믿는 마음으로 내 이야기를 들었다. 하지만 결국 공식적으로 행동해달라는 요구를 받자 불신의 물결이 다시 덮쳐온 것이다. 그러나 그는 온화하게 대답했다.

"선생님의 추적에 가능한 한 모든 원조를 제공하겠습니다. 그러나 말씀하시는 괴물은 제가 아무리 노력해도 물리칠 수 없는 능력을 가진 것 같군요. 얼음 바다를 가로질러 건널 수 있고, 감히 어떤 인간도 침범할 수 없는 동굴과 암굴에 살 수 있는 동물을 누가 추적할 수 있겠습니까? 게다가 범행을 저지른 지 몇 달이 지났는데, 놈이 어떤 장소를 헤매는지, 혹은 어느 지역에 살고 있는지 아무도 추측할 수 없지 않습니까."

"틀림없이 제가 살고 있는 장소 근처에서 맴돌고 있을 겁니다. 그리고 행여 정말 알프스산으로 피신했다고 해도, 샤무아*를 사냥하듯 잡을 수 있습니다. 그러나 판사님 생각은 잘 알겠습니다. 제 이야기를 믿지 않으시기 때문에 제 원수를 추적해 놈이 마땅히 받아야 할 처벌을 내릴 생각이 없으신 거지요."

이 말을 뱉는 내 눈에 분노가 이글거려 치안판사는 움찔했다. "그게 아닙니다. 저도 최선을 다할 겁니다. 그리고 제 능력으로 괴물을 잡을 수만 있다면, 놈도 범행에 어울리는 죗값을 응당 치르고야 말 겁니다. 그러나 괴물이 정말 지금 말씀하신 능력들을 갖추고 있다면, 체포가 현실적으로 불가능한 일일뿐더러 적절한 조치를 모두 취한다 해도 선생님께 실망스러운 결과만 안겨드릴 거라는 말씀입니다."

"그럴 리가 없습니다. 하지만 제가 무슨 말을 해도 별 소용이 없겠군요. 판사님께 제 복수는 전혀 중요한 일이 아니니까요. 저도 죄악이라고 생각하지만, 지금은 복수가 제 영혼을 온통 갉아먹는 유일한 열정이 되었습니다. 제가 인간 사회에 풀어놓은 살인자가 아직도 살아서 돌아다니고 있다는 생각만 하면, 차마 말로 형용할 수 없는 분노가 치밀어 오릅니다. 판사님은 제 정당한 요구를 거절하셨습니다. 제게는 단 한 가지 수단밖에 남지 않았습니다. 살아서건 죽어서건 놈을 파멸시키는 데 제 온몸을 바칠 생각입니다."

이 말을 하면서 억누를 수 없는 격정에 나는 부르르 떨었다. 태도는 격앙되었고, 과거 순교자들에게서 볼 수 있었던 도도하고 맹렬한 열정

---

* 알프스 영양.

이 비쳤다. 그러나 헌신이라든가 영웅심과는 전혀 다른 생각들에 사로잡혀 있던 제네바의 치안판사가 보기에는, 이러한 정신의 고양이 광기의 현현처럼 보이기만 했다. 그는 유모가 아이를 달래듯 나를 진정시키려 애썼고, 내가 한 이야기를 착란의 소산으로 치부했다.

"세상에, 이럴 수가." 나는 외쳤다. "자신이 지혜롭다는 오만에 차 있지만 사실은 얼마나 무지한 위인인가! 그만둬. 자기가 무슨 말을 하는지도 모르면서."

나는 분이 복받치고 어지러운 마음으로 재판소에서 나와, 뭔가 다른 방법을 강구하러 돌아갔다.

7장

당시 내 상황은 자발적 사고를 완전히 상실한 상태였다. 분노가 나를 황황히 몰아가고 있었다. 내게 힘을 주고 평정심을 주는 건 오로지 복수심뿐이었다. 복수심이 내 감정의 틀을 잡아주고, 정신착란과 죽음이 내 몫으로 남아 있을 때 계산적이고 냉정할 수 있도록 해주었다.

첫 결심은 제네바를 영원히 떠나겠다는 것이었다. 내가 행복했고 사랑받던 시절 소중히 여겼던 나라는 이제 고통 속에 빠진 내게 증오의 대상이 되었다. 나는 소정의 돈을 구하고 어머니 소유였던 보석 몇 개를 챙겨 떠났다.

그리고 이제 나의 방랑이 시작되었다. 목숨이 끊어지는 날에야 끝이 날 방랑이었다. 광대한 대지를 건넜고, 여러 사막과 야만적인 나라에서 여행자들이 곧잘 맞닥뜨릴 만한 온갖 역경을 견뎌냈다. 내가 어떻게 살았는지는 잘 모르겠다. 말을 듣지 않는 사지를 모래 평원에 쭉 뻗고 누워 차라리 죽여달라고 빌었던 게 수도 없으니까. 그러나 복수가 내 목숨을 지탱했다. 원수를 살려놓고 나 혼자 죽을 용기도 없었다.

제네바를 떠났을 때 처음 전력을 쏟은 일은 악마 같은 숙적의 뒤를 쫓을 단서를 찾는 일이었다. 그러나 내 계획은 틀어졌다. 그래서 어느 길을 따라야 할지 확신도 갖지 못하고, 몇 시간이나 시 경계 안을 돌아다녔다. 밤이 내리자 나도 모르게 윌리엄과 엘리자베트, 아버지가 영면에 든 묘지 입구에 서 있는 나를 발견했다. 묘지로 들어가서 그들의 묘비로 다가갔다. 바람에 부드럽게 흔들리는 나뭇잎 소리뿐, 만물은 쥐죽은듯 고요했다. 밤은 완전한 어둠에 접어들어 있었고, 무심한 구경꾼일지라도 뭔가 침통하고 비통한 기운을 느낄 것 같은 분위기였다. 떠난 이들의 혼령이 애도하는 사람의 머리 주위를 떠돌며, 느낄 수 있지만 볼 수는 없는 그림자를 드리우고 있는 깃 같았다.

이 광경을 보고 처음에는 깊은 비탄을 느꼈으나 곧 격분과 절망으로 바뀌었다. 그들은 죽었고 나는 살았다. 그들을 죽인 살인자 역시 살아 있었고, 그를 파멸시키기 위해 나는 지쳐빠진 육신을 질질 끌고 가야만 한다. 풀밭에 무릎을 꿇고 땅바닥에 키스를 하며, 떨리는 입술로 외쳤다. "내가 무릎을 꿇은 신성한 대지에 걸고, 내 곁을 헤매는 혼령들에게 걸고, 지금 내가 느끼는 깊고 영원한 비탄에 걸고 맹세한다. 또한 그대, 오 밤이여, 그리고 그대를 지배하는 정령들에게 걸고, 이런 불행을 초래한 악마를 추적할 것을 맹세한다. 그 아니면 내가 치명적인 결투로 죽어갈 때까지. 이 목적을 위해서 나는 목숨을 부지할 테다. 이 값비싼 복수를 결행하기 위해서, 영영 눈앞에서 추방해버리려 했던 태양을 다시 한번 바라보고, 이 대지의 푸른풀을 또다시 밟을 테다. 죽은 자들의 영이여, 내가 그대들을 초혼招魂한다. 방랑하는 복수의 집행자들이여, 나를 도와 안내해달라. 저주받은 지옥의 악마가 고뇌를 깊이 들이마시게 하라. 지금 나를 괴롭히는 절망을 그가 느끼게 하라."

처음에 간원을 시작할 때는 경건한 마음과 어떤 외경심으로 충만해 살해당한 식구들이 내 간절한 마음을 듣고 소원을 들어주리라는 믿음마저 생길 것 같았다. 그러나 끝맺음을 할 때는 분노가 온몸을 사로잡아 격분에 목이 메어 말조차 나오지 않았다.

내게 돌아온 대답은 밤의 정적을 뚫고 울려퍼진 악마 같은 너털웃음소리였다. 그 소리는 오래도록 무겁게 귓전을 울렸다. 산맥이 그 웃음소리를 받아 메아리치자 마치 지옥 전체가 조롱하고 비웃으며 나를 에워싼 느낌이었다. 차라리 미쳐서 그 자리에서 죽어버렸어야 했다. 하지만 내 맹세는 이미 입 밖에 떨어졌고, 복수를 하기 위해서 살아야 했다. 웃음소리는 잦아들고, 너무나 잘 알고 있는 혐오스러운 목소리가 분명 내 귀 아주 가까운 곳에서 또렷하게 속삭였다. "만족스럽군. 한심한 위인 같으니라고! 살겠다고 결심하다니, 아주 만족스러워."

나는 소리가 들리는 쪽으로 돌진했다. 하지만 악마는 내 손아귀에서 벗어났다. 문득 커다란 원형의 달이 떠올라 그 소름 끼치고 뒤틀어진 형상을 환히 비추었다. 인간의 속도라 할 수 없는 빠른 속도로 도망치고 있었다.

나는 그를 뒤쫓아갔다. 그리고 몇 달이 지나도록 추적에만 매달렸다. 미미한 단서의 안내를 받아 굽이치는 론강을 따라갔지만 허사였다. 푸른 지중해가 나타났다. 그리고 기이한 우연으로 악마가 밤을 틈타 흑해로 향하는 배에 몸을 숨기는 모습을 보았다. 나는 같은 배로 항로를 잡았지만 그는 탈출했다. 어떻게 탈출했는지는 알지 못한다.

타타르와 러시아의 황야 한가운데로, 그가 나를 아무리 피해도 끝까지 발자취를 따라갔다. 가끔은 소름 끼치는 괴물의 출현에 경악한 농부들이 내게 그가 간 길을 일러주었다. 때때로 완전히 흔적을 놓쳐버리면 내가 아예 절망해 죽어버릴까봐 괴물이 일부러 발자취를 남겨 내 길을 인도하기도 했다. 머리 위로 눈이 내리면 하얀 평원 위로 괴물의 거대한 발자국이 보였다. 갓 삶을 시작하는 당신이, 근심은 새롭고 고뇌도 모르는 당신이 내가 느꼈던, 또 지금도 느끼고 있는 이 감정을 어떻게 이해할 수 있단 말인가? 추위, 궁핍과 피로 따위는 내가 운명적으로 견뎌내야 할 고통 중에서는 아무것도 아니었다. 나는 무슨 악마의 저주를 받은 듯 가는 곳마다 영원한 지옥을 품고 다녔다. 그러나 선한 정령도 여전히 내 발걸음이 닿는 곳마다 따라다니며 길을 인도해주었고, 지독한 불평을 토로할 때면 도저히 넘지 못할 것만 같은 곤경에서 구해주곤 했다. 가끔 본능이 굶주림을 견디지 못하고 기진맥진해 쓰러지면, 사막에서도 끼니가 준비되어 기력을 회복시켜주고 원기를 북돋워주었다. 시골 농부들의 끼니처럼 초라하기 이를 데 없는 식사였지만, 내가 초혼해 도움을 요청했던 혼령들이 준비해주었다는 사실만큼은 의심의 여지가 없었다. 만물이 메마르고 하늘에 구름 한 점 없을 때 목이 바짝바짝 말라 갈증으로 타들어갈 때면, 작은 구름이 나타나 하늘이 흐릿해지고 몇 방울 비가 떨어져 내 목숨을 살려주고 홀연 사라지기도 했다.

나는 가능하면 강줄기를 따라다녔지만, 시골 사람들이 보통 이쪽에 집중적으로 모여 살고 있기 때문에 악마는 이런 길을 회피하곤 했다.

다른 데서는 인기척을 찾기 힘들었다. 그래서 대개는 우연히 맞닥뜨리는 야생동물들을 먹고 살았다. 수중에 돈은 있었으므로, 돈을 나눠주거나 내가 잡은 동물들을 주고 마을 사람들의 환심을 사곤 했다. 짐승을 잡으면 늘 조금만 먹고 내게 불과 요리 도구를 제공해준 사람들에게 주었다.

이런 식으로 흘러간 삶은 지긋지긋하게 혐오스러워서, 잠들었을 때가 아니면 기쁨이라고는 맛볼 수 없었다. 아, 축복받은 잠이여! 누구보다 비참할 때면 잠에 빠져들곤 했고, 그러면 내 꿈이 나를 달래주어 황홀한 기쁨마저 맛볼 수 있었다. 수호 정령들이 이런 찰나, 아니 행복의 시간들을 주어 기진하지 않고 순례의 행보를 계속할 수 있도록 해주었다. 이런 휴식마저 박탈당했다면 역경에 무릎을 꿇고 쓰러졌으리라. 낮에는 밤이 올 거라는 희망으로 힘을 내어 버틸 수 있었다. 잠들면 친구들, 내 아내, 사랑하는 고국을 볼 수 있었으니까. 다시 한번 아버지의 자애로운 얼굴을 보고, 엘리자베트의 은빛 목소리를 듣고, 건강과 젊음을 누리던 클레르발을 보았다. 힘겨운 행군에 지칠 때면 밤이 올 때까지 나는 꿈을 꾸고 있는 것이라고, 밤이 되면 내 소중한 사람들의 품안에서 현실을 만끽할 수 있다고 스스로를 타일렀다. 그들을 향한 내 사랑은 얼마나 괴롭고 괴로웠던가! 심지어 눈을 뜨고 있을 때도 내 온 마음을 사로잡던 그네들의 사랑스러운 모습에 얼마나 필사적으로 매달렸으며, 여전히 살아 있다고 믿으려 얼마나 애썼던가. 그런 순간 내 안에서 불타던 복수심은 심장 속에서 죽어버리고, 그 악마를 파괴하기 위한 행보는 내 영혼의 열렬한 갈망이라기보다는 오히려 하늘이 내린 사명, 나 스스로도 의식하지 못하는 어떤 힘의 기계적 충동 같았다.

내가 쫓는 그의 감정이 어떠했는지는 알 길이 없다. 가끔은 나무껍질이나 돌에 글귀를 새겨 길을 안내하고 내 분노를 촉발시켰다. "나의 권세는 아직 끝나지 않았다." (새겨져 있던 글귀들 중에서 알아볼 수 있는 단어들이었다.) "살아라, 그러면 내 권능이 완벽해지리라. 나를 따르라. 나는 북극의 영원한 얼음을 쫓아갈 테니. 거기라면 나는 끄떡없어도, 너는 추위와 서리의 참담함을 느끼게 되리라. 네가 너무 게을리 따라오지만 않는다면, 북극 근처에서 죽은 토끼를 보게 될 것이다. 먹어라, 그리고 힘을 얻어라. 어서 와라, 내 원수. 우리에겐 목숨을 걸고 벌여야 할 결투가 남아 있으니까. 하지만 네가 힘들고 비참한 시간들을 견뎌내야 그때가 올 것이다."

비웃는 악마라니! 새삼스럽게 나는 복수를 다짐하고, 비참한 악마 네놈을 고문과 죽음에 처하려 한다. 놈과 나, 둘 중 하나가 죽을 때까지 나는 수색을 그치지 않으리라. 그때는 한없는 기쁨으로 내 사랑하는 엘리자베트와, 지금 이 순간에도 내 따분한 노고와 지긋지긋한 순례에 대한 보상을 준비하고 있을 사람들을 다시 만나리라.

북쪽으로 여행을 계속하는 동안, 눈발이 굵어졌고 추위는 도저히 참을 수 없을 정도로 극심해졌다. 농부들은 움막 속에 처박혀 나오지 않았고, 혹한에 강한 극소수의 사람들만 밖으로 나와 굶주림을 이기지 못하고 먹이를 찾아 은신처에서 나온 동물들을 사냥했다. 강은 다 얼음으로 뒤덮여 물고기 한 마리 잡을 수 없었다. 그리하여 주된 식량원이 끊기고 말았다.

내가 힘겨워지면 힘겨워질수록 원수의 승리감은 커져만 갔다. 그가 남긴 글귀는 다음과 같았다. "준비하라! 네 노고는 이제 시작되었을 뿐이니. 모피로 몸을 감싸고 식량을 준비하라. 우리가 곧 시작할 여정에서 네 고행은 끝없는 나의 증오를 충족시킬 테니."

이런 조소의 말에 내 용기와 끈기는 새삼 힘을 얻었다. 목표를 실패 없이 수행하겠다고 결심했다. 그리고 나를 도와달라고 하늘에 간청하면서, 꺾이지 않는 열정으로 여정을 계속하며 광막한 사막들을 건넜고, 마침내 아득히 멀리 바다가 나타나 수평선이라는 궁극의 한계를 형성했다. 오! 남방의 푸른바다와는 얼마나 달랐던가! 얼음으로 뒤덮인 바다는 훨씬 더 황량하고 거칠 뿐만 아니라 땅과 구분하기도 힘들었다. 그리스인들은 아시아의 언덕에서 지중해를 보았을 때 기쁨의 눈물을 흘렸고, 환희에 젖어 고생의 끝을 반겼다.* 나는 울지 않았다. 다만 무릎을 털썩 꿇고, 벅찬 심정으로 원수의 간계에도 불구하고 그와 맞서 뒤엉켜 싸울 수 있도록 내가 바라던 곳으로 인도해준 나의 수호 정령들에게 감사했다.

그 몇 주 전, 나는 썰매와 개 몇 마리를 구해 도저히 믿지 못할 속도로 설원을 가르고 달렸다. 악마도 마찬가지 특혜를 누렸는지는 알 수 없다. 그러나 예전에는 날마다 추적에서 뒤처지기만 했던 반면, 이제는 따라붙고 있다는 걸 알게 되었다. 그래서 처음 바다를 보았을 무렵에는 괴물이 나보다 겨우 하루 정도 거리를 앞서가고 있었다. 나는 괴물이 해변에 도착하기 전에 앞길을 막아서고 싶었다. 그래서 새롭게 용기를 내어 힘껏 전진했고, 이틀 후에는 바닷가 어느 초라한 마을에 도착했다. 마을 주민들에게 악마에 대해 물어보고 정확한 정보를 얻었다. 그

---

* 그리스의 사가 크세노폰의 『아나바시스』 4권에 등장하는 '일만 대군의 행군'에 대한 언급으로, 기원전 401~399년에 있었던 페르시아 원정 작전의 기록이다.

들 말로는, 장총 한 자루와 권총 여러 자루로 무장한 거대한 괴물이 전날 밤 도착해서 무시무시한 외모로 한적한 오두막에 사는 사람들을 겁주어 도망치게 만들었다고 했다. 괴물은 그들의 겨울 식량을 다 가져다가 썰매에 싣고, 썰매를 끌 훈련된 개들을 여러 마리 잡아다가 썰매에 묶은 후, 바로 그날 밤 바다를 가르며 길을 떠났으나 그 방향에 육지는 없었다. 공포에 질린 주민들은 기뻐했다. 주민들은 얼음이 깨져서 괴물이 급사하거나 영원한 서리 때문에 얼어죽을 거라고들 생각하고 있었다.

이 정보를 들은 나는 잠시 절망에 빠졌다. 놈이 나를 피해 도망쳐버리고 말았다. 이제 태산 같은 대양의 빙하를 가로질러 파괴적이고 거의 끝없는 여행을 시작해야 했다. 마을 주민들 가운데서도 추위를 오래 견딜 수 있는 사람이 거의 없는데, 온화하고 맑은 기후에서 나고 자란 사람이 버틸 수 있을 거라고는 기대조차 할 수 없었다. 그러나 악마가 살아서 승승장구하고 있다는 생각만 해도 분노와 복수심이 힘찬 파도처럼 되돌아와 다른 감정들을 모조리 집어삼켜버렸다. 잠시 휴식을 취하는 사이, 죽은 자들의 혼령이 나를 에워싸고 떠돌아다니며 힘을 다해 복수를 하라고 부추겼다. 나는 여정에 필요한 물자를 준비했다.

육지용 썰매를 울퉁불퉁하게 얼어붙은 바다에 적합하도록 바꾸었다. 그리고 물자를 넉넉히 준비해 육지를 떠났다.

그후로 며칠이 흘렀는지 짐작도 할 수 없다. 하지만 나는 참혹한 고생을 견뎠다. 내 심장에서 영원히 타오르는 정당한 복수심이 아니었다면 그 무엇으로도 버티지 못했을 것이다. 광대하고 험준한 얼음산들이 내 앞길을 막기 일쑤였고, 바닷물이 녹을 때 나는 우레 같은 굉음도 자주 들려와 내 목숨을 위협했다. 그러나 다시 서리가 내려 바닷길을 안전하게 만들어주었다.

남은 식량의 양으로 보아 이 여행길에서 3주일을 보냈다고 추정된다. 그동안 끊임없이 지연되는 희망은 심장으로 되돌아와 내 눈에서 낙심과 비탄의 쓰디쓴 눈물방울을 쥐어짜냈다. 하마터면 절망의 여신은 먹잇감을 거의 손에 넣고, 나는 이 비참한 고통의 발치에 무너질 뻔했다. 어느 날, 썰매를 끌던 불쌍한 동물들이 지독한 중노동 끝에 간신히 경사진 얼음산 정상에 올랐다. 그중 한 마리는 지쳐서 끝내 죽어가고 있었다. 나는 눈앞에 펼쳐진 광경을 번뇌에 가득차 바라보았다. 바로 그때 어스름 깔린 평원 위의 검은 얼룩이 눈에 띄었다. 정체를 파악하려고 두 눈 부릅뜨고 바라보던 나는 썰매와 그 속에 탄 친숙한 기형의 형체를 알아보고 들뜬 기쁨의 비명을 올렸다. 오! 얼마나 들끓는 격류가 되어 희망이 내 가슴에 다시 찾아왔던가! 뜨거운 눈물이 그렁그렁 차올랐지만 악마를 잘 보지 못할까 두려워 황급히 훔쳤다. 그러나 여전히 뜨겁게 불타는 눈물에 시야는 흐릿해졌고, 결국 나를 짓누르는 감정을 못 이기고 나는 큰 소리로 울음을 터뜨렸다.

그러나 지체할 때가 아니었다. 개들의 짐을 덜어주려고 죽은 동료의 시체를 풀고, 먹이를 넉넉하게 주었다. 개들에게 한 시간의 휴식을 주었는데, 절대적으로 필요한 일이었지만 마음이 조급해서 견디기 힘들었다. 그리고 길을 떠났다. 썰매는 아직도 잘 보였고, 잠깐씩 얼음바위가 사이에 끼어들어 앞을 가릴 때만 제외하면 그후로는 시야에서 놓치지 않았다. 심지어 눈에 띄게 거리가 좁혀지고 있었다. 그리고 거의 이틀에 걸쳐 여행한 결과, 겨우 1킬로미터 정도밖에 안 되는 거리에 있는 원수를 보고 내 심장은 쿵쿵 뛰었다.

그런데 지금, 숙적이 내 손에 당장이라도 잡힐 것만 같은 이때, 내 모든 희망은 갑자기 꺼져버렸고 어느 때보다도 막막하게 놈의 자취를 놓치고 말았다. 해빙소리가 들렸다. 해빙이 이루어지는 우레 같은 소리가 점점 더 불길하고 끔찍하게 들려왔고, 발밑에서는 물이 요동치고 불어오르기 시작했다. 애써 전진했지만 아무 소용도 없었다. 바람이 거세지고, 바다가 포효했다. 그리고 지진처럼 엄청난 충격과 함께 빙하가 쩍 쪼개져 어마어마한 굉음을 내며 갈라졌다. 사태는 곧 끝났지만, 몇 분후 나와 원수 사이에 바다의 격랑이 휘몰아치더니 나는 산산조각으로 흩어진 유빙 위에서 표류하는 신세가 되었다. 유빙은 시시각각 작아지며 참혹한 죽음을 예고했다.

이런 식으로 공포의 시간들이 무수히 지나갔다. 개들도 몇 마리나 죽어 넘어졌다. 그리고 나 역시 불안과 압박에 시달리다못해 쓰러지기 일보 직전이 되었을 때, 당신네 배가 정박해서 우리에게 원조와 구명의 희망을 주었다. 이렇게 최북단까지 항해하는 선박이 있으리라곤 생각조차 못했던 나는 그 광경에 놀라 넋을 잃었다. 나는 곧 썰매 일부를 부수어 노를 만들었다. 이렇게 해서 엄청난 피로와 싸우며 이 얼음뗏목을 당신 배가 있는 쪽으로 저어 올 수 있었다. 당신이 남쪽으로 간다고 하면, 목표를 버리느니 차라리 바다에 운명을 맡기겠다고 결심하고 있었다. 당신을 설득해서 원수를 계속 추적할 수 있도록 보트를 한 척 내어달라고 할 생각이었다. 그러나 당신 배는 북쪽을 향하고 있었다. 당신이 나를 배에 태웠을 때는 원기가 완전히 소진되어, 차라리 가중된 고난에 굴복해버리고 죽어버릴 것만 같았다. 사명을 완수하지 못한 내게 죽음은 아직도 두려운 일이지만.

아! 수호 정령은 언제 나를 악마에게로 데려가서 내가 이토록 열망하는 휴식을 허락해줄까? 아니면 나는 죽고 놈은 계속 살아남아야만 하는 걸까? 내가 죽는다면, 맹세해달라, 월턴. 놈이 도망치지 못하게 하겠다고. 당신이 놈을 찾아내어 죽여서 내 복수를 완수해주겠다고. 하지만 내가 감히 당신에게 내 순례를 이어받아 이제까지 겪어온 역경들을 대신 떠맡아달라고 부탁할 수 있을까? 아니, 나는 그렇게 이기적인 사람은 아니다. 그러나 내가 죽은 뒤 놈이 다시 나타난다면, 복수의 집행자들이 놈을 당신에게 인도한다면, 절대 살려두지 않겠다고 맹세해달라. 첩첩이 쌓인 내 한을 밟고 놈이 승승장구하여 나 같은 폐인을 또하나 만들지 못하도록. 놈은 유창한 달변으로 사람의 마음을 설득한다. 한때는 놈의 말에 내 마음마저 좌우되었으니까. 그러나 놈을 믿지 말라. 놈의 영혼은 배신과 악마 같은 악의로 가득차, 그 형체만큼이나 지옥 같다. 괴물의 말을 듣지 말라. 윌리엄, 유스틴, 클레르발, 엘리자베트, 아버지, 그리고 불쌍한 빅토르의 혼령을 초혼하고, 놈의 심장에 검을 꽂으라. 내가 멀지 않은 곳에 머물며, 강철의 칼날을 정확히 인도하겠다.

월턴, 쓰던 편지를 이어 쓰며

17××년 8월 26일

이 기이하고 무서운 사연을 다 읽으셨겠지요, 마거릿 누님. 그런데 누님의 피도 공포로 굳어버리는 느낌이 들지 않나요? 지금 이 순간에도 제 피가 얼어붙는 것만 같아요. 그는 이따금 돌연한 번뇌에 사로잡혀 이야기를 잇지 못할 때도 있습니다. 어떤 때는 목이 메어오지만, 꿰뚫는 듯 날카로운 목소리로 힘겹게 고통이 뚝뚝 떨어지는 말들을 내뱉곤 합니다. 섬세하고 아름다운 눈은 분노로 빛나는가 하면, 묵직한 슬픔에 잠기기도 하고, 끝 모를 불행에 젖기도 합니다. 가끔 얼굴과 말투를 통제하여 조용한 목소리로 어떤 감정적 동요의 흔적도 없이, 세상에 있을 리 없는 끔찍한 사건들을 이야기할 때도 있고요. 그러다가 화산이 폭발하듯 돌연 광적인 분노로 가득찬 표정으로 바뀌며, 그를 괴롭힌 괴물을 향해 새된 소리로 저주를 퍼붓는 겁니다.

그의 이야기는 일관성이 있고, 소박하기 짝이 없는 진실의 외양을 하고 있어요. 그러나 솔직히 말씀드리자면, 그가 보여준 펠릭스와 사피의 편지들이나, 우리 배에서 목격한 괴물의 모습이 제게는 그가 해준 이야기보다 이 사연의 진실에 더 큰 믿음을 줍니다. 아무리 진지하고 일관성 있는 이야기라 해도 말입니다. 그런 괴물이 정말로 존재하는 겁니다. 의심할 수 없는 사실이에요. 놀라움과 경탄으로 황망해 저는 어쩔 줄 모르겠습니다. 가끔씩 프랑켄슈타인에게서 피조물이 어떻게 형성되었는지 구체적인 내용을 알아내보려고 할 때도 있습니다. 그러나 이 점에 관해서는 그는 난공불락입니다.

"미쳤습니까, 친구?" 이렇게 말하더군요. "그런 무분별한 호기심이 당신을 어떤 결과로 이끌겠습니까? 당신 자신과 세계를 위해 악마 같은 숙적을 창조하려는 겁니까? 그렇지 않다면 어떤 의도로 묻는 거죠? 진정해요, 진정해요! 내 불행에서 배우고, 당신의 불행을 자초하지 마십시오."

프랑켄슈타인은 그의 과거사를 내가 틈틈이 기록했다는 사실을 알아냈습니다. 보고 싶다고 하더니 여러 군데를 고치고 덧붙여 쓰더군요. 주로 그가 원수와 나누었던 대화에 생기와 영혼을 불어넣기 위해서였습니다. "내 사연을 이왕 보존해주셨으니 왜곡된 내용이 후세에 전해지는 건 제가 원치 않아서 말입니다."

이렇게 일주일이 흘러갔어요. 그사이 저는 인간의 상상력이 만들어낸 어떤 이야기보다 더 기괴한 사연을 들었습니다. 내 사고, 내 영혼을 이 손님에 대한 관심이 온통 잠식해버렸습니다. 이 이야기와 그 사람의 고상하고 신사다운 태도가 일으킨 관심이었지요. 저는 그를 위로해주고 싶습니다. 그러나 그토록 무한한 불행에 빠져 있는, 그토록 철저히 위로를 꿈꿀 수 없는 사람에게 제가 살아가라고 충고할 수가 있을까요? 아니, 그럴 수는 없습니다! 그가 지금 누릴 수 있는 유일한 기쁨은 산산조각으로 깨진 감정을 평화와 죽음으로 수습하는 것이니까요. 그러나 한 가지 위안은 누리고 있습니다. 고독과 착란에서 온 것이지요. 꿈을 꿀 때면 친구들과 대화를 나눈다고 믿고 있는데, 바로 이런 만남으로 불행을 달래거나 복수심에 불을 붙이는 것입니다. 그는 이들이 자기 망상의 소산이 아니라 머나먼 세계 아득한 땅에서 찾아오는 실제 존재라고 믿고 있어요. 이런 믿음이 백일몽에 엄숙함을 부여합니다. 그래서 나도 마치 그것이 실제인 양 흥미롭답니다.

우리 대화가 항상 과거와 불행에만 국한된 건 아닙니다. 문학의 온갖 논점들에 대해 그는 무한한 지식을 과시하며, 날카로운 통찰력을 갖고 있습니다. 능변은 힘차고 감동적입니다. 그가 비참한 사건을 얘기하거나, 연민이나 사랑의 감정을 일으키려 애쓸 때면 도저히 눈물 없이는 이야기를 들을 수가 없습니다. 폐인이 된 지금도 이토록 고아하고 신과 같은데 전성기 때는 얼마나 영예로운 사람이었을까요. 그 역시 자신의 값어치를 느끼고, 그 엄청난 전락을 의식하는 듯했습니다.

"젊었을 때는 나 스스로도 뭔가 위대한 업적을 이룩할 운명일 거라는 느낌이 들었습니다. 내 정서에는 깊이가 있었습니다. 찬란한 업적을 이룩하기에 적합한 판단력도 소유하고 있었고요. 나 자신의 가치에 대한 자부심이, 다른 사람들이라면 중압감을 느꼈을 상황에서도 나를 지탱해준 힘이었습니다. 허망한 비탄 속에서 내 동포 인류에게 쓸모 있는 재주를 낭비해버리는 건 범죄라고 여겼으니까요. 내가 완수한 작업을 생각해보면 지각 있고 합리적인 동물을 창조한 일이었으니, 평범한 사기꾼 무리와 동등한 위상으로 간주할 수는 없었지요. 그러나 처음 연구를 시작할 때의 이런 감정은 이제 나를 더 비천한 흙바닥으로 전락시킬 뿐입니다. 제 꿈과 희망은 이제 아무 의미도 없습니다. 그리고 감히 전능을 탐했던 대천사처럼 나 역시 영원한 지옥에 사슬로 묶여 있습니다. 내 상상력은 생생했고, 분석과 응용의 능력은 탁월했습니다. 이런 자질들을 통합해 아이디어를 창안하고, 인간 창조를 완수했던 것입니다. 미완의 작업에 매달리던 시절 내 백일몽을 회상하면 지금도 격정이 치밀어오릅니다. 나 자신의 권능 자체를 만끽하기도 하고, 권능의 효과를 생각하며 불타오르기도 하며, 생각 속에서 천국을 걸었습니다. 갓난아기였던 시절부터 드높은 희망과 고고한 야심을 품었지요. 그러나 이제 얼마나 참담하게 전락했습니까? 오! 친구여, 예전 내 모습을 당신이 안다면, 지금처럼 굴욕적인 상태의 내 모습을 알아보지도 못할 겁니다. 내 심장에 낙담이 찾아드는 일은 거의 없었습니다. 고고한 운명이 나를 몰아가는 것만 같았습니다. 하지만 결국 나는 추락했고, 영원히, 영원히 일어날 수 없을 겁니다."

그렇다면 이 아름다운 사람을 잃어버릴 수밖에 없는 걸까요? 저는 친구를 갈망해왔습니다. 나와 공감을 나누고 나를 사랑해줄 사람을 찾아왔단 말입니다. 그런데 이것 보세요. 이 황량한 바다 위에서, 이렇게 한 사람을 찾아내지 않았습니까. 하지만 그를 얻고 그의 가치를 알게 되자마자, 그를 잃어버리게 될 것 같아 두렵습니다. 삶과 다시 화해하게 해주고 싶지만, 그는 그런 생각에 극심한 반감을 가지고 있어요.

"고맙습니다, 월턴." 그는 이렇게 말하더군요. "이렇게 한심한 위인에게 베풀어준 친절에 감사해요. 그러나 새로운 인연과 새로이 샘솟는 애정을 말하지만, 이미 세상을 떠난 사람들을 대신할 수 있을 거라고 생각하나요? 세상 어떤 남자가 내게 클레르발과 같은 존재가 되고, 세상 어떤 여자가 내게 엘리자베트를 대신할 수 있을까요? 굳이 특별히 탁월한 자질 때문에 생겨난 사랑이 아니더라도, 어린 시절의 벗들은 늘 우리 마음을 끌어당기는 어떤 힘이 있는데, 그건 나중에 사귄 친구들에게서 찾아보기 힘든 자질이지요. 어린 시절의 벗들은 우리가 아이였을 때의 성정을 알고 있어요. 훗날 아무리 변하더라도 완전히 지울 수 없는 본성이지요. 그리고 우리가 품은 동기의 진실성을 훨씬 정확하게 가려 우리 행동을 엄밀하게 판단할 수 있어요. 어릴 때부터 싹수가 보이지 않는 이상, 형제들은 자기 형제가 사기나 기만을 저지를 거라고 서로 의심하지 않습니다. 반면 아무리 가까운 사이라 해도 커서 사귄 친구는 자기도 모르게 의혹에 휩싸이게 될 수 있지요. 그러나 내가 누렸던 우정은 익숙하고 친밀했을 뿐 아니라, 친구들의 미덕 덕분에 더욱 소중한 것이었어요. 어디를 가도, 날 달래는 엘리자베트의 목소리와 클레르발과의 대화가 내 귀에 속삭이듯 들릴 겁니다. 그들은 죽었어요. 그러나 그런 고독 속에서는 단 한 가지 감정만이 나를 설득해 목숨을 부지하게 만든답니다. 내 동포 인류를 널리 이롭게 하는 숭고한 작업이나 기획에 매달려 있다면 그 일을 끝내기 위해 살 수 있겠지요. 그러나 내 운명은 그런 게 아닙니다. 내가 생명을 준 존재를 추적해 파괴해야 합니다. 그때는 지상에서 내가 해야 할 일이 마무리되니, 죽어도 좋을 거요."

9월 2일

사랑하는 누님,

사면초가의 위험에 에워싸여, 소중한 영국 땅과 더욱더 소중한 그 땅의 친구들을 제가 다시 볼 수 있는 운명인지 알지 못한 채 이 편지를 씁니다. 도통 탈출구가 보이지 않는 얼음 산맥이 사방을 포위하고 있는데, 당장이라도 우리 배와 충돌할 것 같습니다. 제 설득에 흔쾌히 동행이 되어준 용감한 선원들은 저만 바라보고 도움을 기다리고 있습니다. 하지만 저는 아무것도 해줄 것이 없어요. 우리 상황은 끔찍하게 소름 끼치는 데가 있지만, 용기와 희망은 아직 저를 저버리지 않았습니다. 우리는 살아남을 수도 있지만, 그렇지 못하면 세네카*의 교훈에 따라 용감하게 죽음을 맞겠습니다.

하지만 마거릿 누님, 누님의 마음은 어떨까요? 제가 죽었다는 소식은 듣지 못하고 초조하게 제가 돌아오기만을 기다리시겠죠. 수년의 세

---

* 로마시대의 스토아철학자이자 시인.

월이 흐르면서 절망이 때때로 찾아올 테지만, 희망의 고문도 끝나지 않을 겁니다. 오! 사랑하는 누님. 누님의 간절한 기대가 끔찍하게 배반당할 거라는 예상이 저 자신의 죽음보다 제겐 더 무서운 일이네요. 그러나 누님께는 남편이 있고 사랑스러운 아이들이 있으니 행복하실 수 있을 거예요. 하느님께서 축복하사, 누님을 행복하게 해주시기를!

제 불행한 손님은 더할 나위 없이 따뜻한 연민의 눈길로 저를 바라봅니다. 제게 희망을 불어넣으려 애쓸 뿐만 아니라, 자기 스스로도 목숨을 중하게 여기기라도 하는 것처럼 말하고 있어요. 그는 이 바다에서 비슷한 사고가 얼마나 많이 일어나는지 말해주곤 하는데, 그러다보면 저도 모르게 좋은 예감이 드는 거예요. 선원들도 그 달변의 힘을 느끼고 있습니다. 그가 말을 하면 더이상 절망하지 않아요. 그는 선원들의 원기를 북돋워주고, 선원들은 그의 목소리를 듣고 있을 때면 이 광막한 얼음산들이 둔덕에 불과해서 인간의 결단 앞에 허망하게 사라질 거라 믿습니다. 덧없이 스쳐가는 감정이긴 합니다. 날마다 기대가 좌절을 맞으면서 선원들의 마음에 두려움이 가득차니, 이 절망에 선상 반란이라도 일어나지 않을까 걱정입니다.

9월 5일

방금 너무나 흔치 않은 일이 일어났기 때문에, 이 편지들이 누님께 영영 닿지 못할 가능성이 높다 해도 도저히 기록하지 않고는 견딜 수가 없습니다. 우리는 아직도 얼음 산맥에 포위되어 있고, 이리저리 움직이는 빙하 사이에서 찌그러질 위험에 시시각각 노출되어 있습니다.

추위는 지독하고, 불행한 제 동료들 여럿이 벌써 이 절망의 풍경 속에서 무덤을 찾았습니다. 프랑켄슈타인의 건강도 하루가 다르게 쇠하고 있습니다. 눈에서는 고열의 불길이 여전히 이글거리고 있습니다. 하지만 기력이 다해 갑자기 몸을 움직이기라도 하면 순식간에 쓰러져 시체처럼 보이는 가사 상태에 빠져듭니다.

마지막 편지에서 선상 반란이 일어날까봐 두렵다고 썼지요. 오늘 아침, 친구의 야윈 얼굴을—눈은 반쯤 감고 사지는 힘없이 늘어뜨리고 있더군요—바라보며 앉아 있는데, 선실로 들어오겠다고 요구하는 대여섯 명의 선원들 소리에 정신이 들었습니다. 그들이 들어오더니 지도자가 내게 말했습니다. 자신은 나와 담판을 짓도록 선원들 중에서 뽑힌 대표로서, 내가 거절할 수 없는 정당한 요구를 하러 왔다고요. 우리는 얼음 속에 유폐되어 아마 영영 탈출할 수 없을 텐데, 행여 얼음이 산개되어 자유로운 물길이 열려서 운좋게 이번 난관을 극복한다 해도, 내가 무모한 여정을 계속해 선원들을 모두 새로운 위험에 빠뜨릴까 두렵다고 했습니다. 그래서 선원들은 배가 풀려나 자유로이 항해할 수 있게 되면, 제가 곧장 항로를 남쪽으로 잡겠다는 엄숙한 약속을 해주기를 바란다는 겁니다.

이 말에 저는 고민에 빠졌습니다. 저는 절망하지 않았습니다. 배가 풀려나더라도 아직 귀항하고 싶은 마음은 없었습니다. 그러나 이런 요구를 정당하게 거절할 수 있을까요? 아니, 거절하는 게 가능하기나 할까요? 대답을 망설였습니다. 그때 처음에는 아무 말도 없었던, 하다못해 들을 힘도 없어 보이던 프랑켄슈타인이 몸을 일으켰어요. 눈빛은 반짝이고 뺨은 찰나의 생기로 물들어 있었습니다. 선원들을 향해 몸을 돌리더니 그가 말했습니다.

"무슨 뜻입니까? 대장에게 대체 무슨 요구를 하시는 겁니까? 그렇게 쉽게 계획에 등을 돌리시렵니까? 영예로운 원정이라고 하지 않았습니까? 그런데 어째서 영예롭다고 하셨지요? 남방의 바다처럼 길이 순조롭고 잔잔해서가 아니라 위험과 공포로 점철된 길이기 때문입니다. 새로운 사건이 일어날 때마다 여러분의 강건함을 드러내고 용기를 보여 줘야 하기 때문입니다. 그래서 원정은 영예로운 것이고, 명예로운 과업인 것입니다. 앞으로 여러분은 인류에 공헌한 사람으로 칭송될 겁니다. 여러분의 이름이 명예와 인류의 선을 위해 죽음을 맞은 용감한 사내들의 반열에 오를 겁니다. 그런데 지금, 처음 출현한 위험 앞에서 처음으로 여러분의 용기가 크고 무서운 시험대에 오르자 여러분은 주눅이 들어 추위와 위험을 견딜 힘이 없었던 사람으로 후세에 전해지는 데 만족하려 하는군요. 그리하여, 딱한 친구들 같으니, 그들은 춥다고 따뜻한 화롯가로 돌아갔다, 그러겠지요. 그러려면 이런 준비는 필요도 없었을 겁니다. 스스로가 비겁자라는 걸 입증하기 위해서라면, 이렇게 먼 곳까지 와서 대장까지 실패의 굴욕으로 끌고 들어갈 필요도 없었을 겁니다. 오! 남자답게 행동하십시오. 아니, 남자 이상의 존재가 되십시오. 확고하게 목표를 다지고 반석처럼 든든히 버티십시오. 얼음은 여러분의 심장과는 재질이 다릅니다. 얼음은 변하기 쉬우니, 의지만 품는다면 결코 여러분을 이겨낼 수 없습니다. 이마에 굴욕의 낙인을 찍고 가족에게 돌아가지는 마십시오. 싸워 이긴 영웅이 되어 돌아가십시오. 적에게 등을 돌리는 게 무엇인지 모르는 영웅으로 돌아가십시오."

그의 목소리는 강약과 고저를 적절히 사용함으로써 원하는 감정을 이끌어냈고, 눈빛은 숭고한 의도와 영웅적 기상으로 충만해 있었습니다. 사람들은 감동할 수밖에 없었죠. 서로 바라보며 아무 말도 못하더군요. 제가 말했습니다. 일단 물러나서 지금 한 말을 곱씹어 생각해보라고 했지요. 선원들이 계속 반대한다면 북쪽 항로를 고집하지는 않겠지만, 깊이 생각해보고 용기를 되찾기를 바란다고 말했습니다.

그들은 뒤로 물러나서 제 친구 쪽을 바라보았습니다. 그러나 그는 무기력 상태에 빠져 생명이 거의 붙어 있지 않은 것 같았습니다.

이 모든 일이 어떻게 끝날지 저는 알 수가 없습니다. 그러나 목표를 달성하지 못하고 굴욕을 안고 돌아가느니 차라리 죽고 싶습니다. 두렵지만 그게 제 운명이 아닐까 싶습니다. 영광과 명예라는 관념에서 힘을 얻지 못하는 선원들은 자발적으로 현재의 고난을 이겨낼 길이 없으니까요.

9월 7일

주사위는 던져졌습니다. 우리 모두 파멸을 맞지 않는다면 귀항한다는 데 동의했습니다. 비겁과 우유부단에 의해, 제 소망이 이렇게 시들어갑니다. 무지와 낙심을 안고 돌아갑니다. 이런 부당함을 인내심으로 견디기 위해서는 제가 품은 것보다 더 많은 철학이 필요합니다.

9월 12일

다 끝났습니다. 저는 영국으로 돌아가고 있습니다. 인류의 이익을 위한 희망도, 영광도 다 잃었습니다. 제 친구도 잃었습니다. 그러나 이 쓰라린 상황을 사랑하는 누님께 자세히 묘사하려고 애써보겠습니다. 영국으로, 그리고 누님이 계신 곳으로 이렇게 표표히 떠가고 있습니다만, 저는 절망에 빠지지는 않을 겁니다.

9월 19일,* 얼음이 움직이기 시작했고 천둥 같은 포효 소리가 아득히 먼 곳에서 들리면서, 사방으로 섬들이 쪼개지고 갈라졌습니다. 우리는 위급한 상황에 처했습니다. 그러나 수동적인 입장으로 남아 있을 수밖에 없었기에 저는 관심을 주로 불행한 손님에게 쏟았습니다. 병세가 지독하게 나빠져서 철저히 침대에 누워 요양해야 했거든요. 우리 뒤에서 얼음이 깨지더니 세차게 북쪽으로 몰려갔습니다. 서쪽에서 산들바람이 일어, 11일에는 남쪽으로 향하는 항로가 완전히 툭 터졌습니다. 이 광경을 본 선원들은 고국으로의 귀환이 보장되었다고 생각하고 격렬한 환호성을 터뜨렸습니다. 환호성은 시끄러웠고 오랫동안 계속되었습니다. 졸고 있던 프랑켄슈타인이 일어나 소동의 원인을 묻더군요. "곧 영국으로 돌아가게 되어 환호를 올리는 겁니다." 제가 대답했습니다.

"그러면 정말 돌아가실 겁니까?"

"아! 안타깝지만 그렇습니다. 선원들의 요구에 더 버틸 수가 없어요. 그들 뜻을 어기고 사지로 내몰 수는 없으니 돌아가야 합니다."

"뜻이 정 그렇다면 그렇게 하십시오. 그렇지만 저는 안 갑니다. 대장님은 목표를 포기할 수 있을지 몰라도, 제 목적은 하늘이 부여한 것이

---

* 1831년 판본에서는 '9월 9일'로 수정되었다.

니 감히 그럴 수는 없습니다. 내 몸은 쇠약하나 틀림없이 내 복수를 돕는 정령들이 필요한 힘을 줄 겁니다." 이 말을 하며 그는 침대에서 벌떡 일어나려 했지만, 몸에 큰 무리가 되었습니다. 그는 뒤로 쓰러져 혼절하고 말았습니다.

한참 후에야 그는 정신을 차렸습니다. 중간에 아예 목숨이 끊어진 게 아닐까 생각한 게 한두 번이 아니었어요. 마침내 그는 눈을 떴지만 호흡이 힘들어 말을 할 수가 없었습니다. 의사는 진정제를 처방하고는 환자의 요양을 방해하지 말고 쉬게 하라고 했습니다. 그러면서 제게는 친구의 목숨이 몇 시간 남지 않았다고 말하더군요.

사형선고가 내려진 것이었습니다. 저는 슬퍼하며 인내하는 일 외에는 아무것도 할 수가 없었습니다. 저는 침대 곁에 앉아 그를 지켜보았습니다. 그가 눈을 감고 있어서 나는 잠들었다고 생각했지요. 그러나 잠시 후 힘없는 목소리로 나를 부르더니 가까이 오라면서 말하더군요. "아! 내가 의지하던 힘은 다 사라지고 없습니다. 곧 죽을 거라는 예감이 들어요. 내 원수이자 박해자인 괴물은 계속 존재하겠지요. 월턴, 예전에 내가 보인 바 있는 그런 불타는 증오와 열렬한 복수심을 지금 내 존재의 마지막 순간까지 내가 품고 있다고 생각하지는 마세요. 다만 내 숙적의 죽음을 바라는 마음은 정당하다고 여깁니다. 요 며칠 생애 마지막 날들을 맞아 나는 과거의 내 행적을 곰곰이 되짚어보았어요. 잘못했다고 생각하지 않습니다. 열정적인 광기로 이성을 잃은 상태에서 나는 이성적인 존재를 창조했으니, 내 능력이 닿는 한 행복과 복지를 보장했어야 합니다. 그게 제 의무였어요. 그러나 이보다 훨씬 더 중요한 것이 있었습니다. 동포 인류에 대한 의무가 내게는 더 중요한 관심사였습니다. 훨씬 많은 사람들의 행복과 불행이 달려 있었으니까요. 이런 관점에서 처음 창조한 괴물이 동반자를 창조해달라고 했던 요구를 거절했고, 그 거절은 정당했습니다. 놈은 비길 데 없는 악의와 이기심을 보여주었습니다. 내 친구들을 살해했습니다. 비범한 감각, 행복, 그리고 지혜를 지닌 존재들을 파괴하는 데 매진했습니다. 이 복수심의 갈증이 어디서 끝날지 저도 모릅니다. 그 자신이 불행한 존재이니, 또다른 이를 불행하게 만들 수 없다면 죽어야 할 것입니다. 그를 파괴하는 일은 내 사명이지만, 저는 실패했습니다. 이기적이고 사악한 동기에서 지난번 대장님께 제가 미처 다 하지 못한 일을 완수해달라고 부탁드렸습니다. 그리고 이제 다시 한번 같은 청을 드립니다. 하지만 이번에 제 동기는 이성과 미덕입니다.

그러나 이 일을 위해 고국과 친구들을 버리라고 말할 수는 없습니다. 그리고 이제 영국으로 돌아가면 놈을 만날 기회도 거의 없을 겁니다. 그렇지만 이런 점들을 잘 고려하고 대장님이 행해야 할 의무들과 균형을 잘 맞추어 해주시길 부탁드립니다. 제 판단과 사고는 이미 임박한 죽음으로 어지러워졌습니다. 격렬한 감정에 오도될 수 있으니 제가 옳다고 생각하는 바를 대장님이 해달라고 부탁할 수는 없습니다.

그가 살아 있으면 악행의 도구가 될 수밖에 없다는 사실이 심란할 뿐입니다. 다른 면에서 보면 이 시간, 곧 해방을 기대할 수 있는 지금 이 시간은 지난 몇 년을 통틀어 제가 누린 최고의 행복입니다. 사랑하는 사자死者들의 혼령이 내 눈앞을 스쳐가니 어서 그 품으로 달려가야겠습니다. 안녕히, 월턴! 평온함에서 행복을 찾고 야심을 피하세요. 겉보기에 아무 죄가 없어 보여도, 과학과 발견에서 이름을 높이고자 하는 마음이라면. 그런데 이런 말을 제가 왜 하고 있는지 모르겠군요. 나야 이런 희망을 품었다가 실패했지만, 다른 사람은 성공할 수도 있는데.”

목소리는 말을 할수록 점점 더 약해졌습니다. 그리고 마침내 애쓰다 지친 나머지 침묵에 빠져들었어요. 약 반시간 후에 그는 다시 말해보려 했으나 끝내 하지 못했습니다. 힘없이 내 손을 꼭 잡고서 영영 눈을 감았지요. 그리고 온화한 미소의 빛도 그 입술에서 덧없이 사라졌습니다.

마거릿 누님, 이 영예로운 영혼의 때 이른 죽음에 제가 무슨 말을 할 수 있을까요? 무슨 말을 해야 누님께 제 슬픔의 깊이를 전할 수 있을까요? 제가 할 수 있는 말은 모두가 부적절하고 미약합니다. 눈물이 흐릅니다. 마음은 구름 같은 실망감에 뒤덮였습니다. 그러나 저는 영국으로 항해하고 있으며, 그곳에서 위로를 찾을 겁니다.

지금 무슨 일이 일어나서 잠시 펜을 놓아야겠습니다. 이 소리들은 무슨 징조일까요? 자정입니다. 순풍이 불고 있고, 갑판의 보초도 별 움직임이 없습니다. 또 소리가 납니다. 인간의 목소리 같지만 훨씬 거친 소리가 들립니다. 프랑켄슈타인의 시신이 아직 누워 있는 선실에서 나고 있습니다. 일어나서 살펴봐야겠어요. 안녕히 주무세요, 사랑하는 누님.

하느님 맙소사! 방금 굉장한 일이 일어났습니다! 아직도 현기증이 납니다. 그 일을 자세히 설명할 힘이 남아 있기나 한지 모르겠어요. 하지만 마지막의 이 기막힌 재앙이 없다면 제가 기록한 이야기는 미완으로 남을 겁니다.

선실에 들어갔습니다. 그곳에는 불운했던 내 사랑하는 친구의 시신이 누워 있었습니다. 그런데 그 시신 위에 몸을 굽히고 있던 형체에 대해서는 도저히 형용할 말을 찾을 수 없습니다. 몸집은 거대했으나 균형이 맞지 않고 조잡했습니다. 관 위에 몸을 구부리고 있어서, 얼굴은 길고 헝클어진 머리카락에 가려져 있었습니다. 그러나 엄청나게 큰 손 하나가 뻗어 나와 있었는데, 색깔이나 겉으로 보이는 질감이 마치 미라 같았습니다. 제가 들어오는 소리를 들은 괴물은 비탄과 공포의 절규를 내뱉다가 그치고, 창문으로 펄쩍 뛰어올랐습니다. 그의 얼굴만큼 무시무시하고, 그렇게 혐오스럽고, 소름 끼치게 추악한 모습은 제 평생 한 번도 본 적이 없습니다. 나도 모르게 눈을 감고 이 파괴자에 대한 제 의무를 기억해내려 애썼지요. 저는 그에게 가지 말라고 외쳤습니다.

그는 발길을 멈추고 놀란 눈으로 저를 보았습니다. 그리고 내가 여기 있다는 사실을 잊은 것처럼 다시 창조자의 생명 없는 시신 쪽으로 돌아서는데, 온몸 구석구석 몸짓 하나하나가 통제할 수 없는 격정적인 분노로 활활 타오르는 것 같았습니다.

"저것 또한 내 희생자요!" 그가 외쳤습니다. "그를 살해함으로써 내 범행은 절정에 달했소. 내 불행한 존재 역시 끝으로 치닫고 있단 말이오! 오, 프랑켄슈타인! 관대하고 희생적인 인간이여! 지금 와서 용서를 빈다 해서 무슨 의미가 있을까? 당신이 사랑하는 모든 걸 돌이킬 수 없이 파괴해버린 내가 아닌가. 아! 차갑게 식었구나. 내게 대답해주지는 못하겠어."

목이 멘 목소리였어요. 죽어가는 친구의 마지막 부탁을 들어주기 위해 괴물을 처치해야겠다는 처음의 생각은 호기심과 동정심이 뒤섞인 심리로 인해 일단 유보하게 되더군요. 저는 이 어마어마하게 큰 존재에게 다가갔습니다. 감히 다시 눈을 들어 그의 얼굴을 바라볼 용기가 나지 않더군요. 괴물의 흉측한 용모에는 뭔가 그렇게 끔찍하고 이 세상 것 같지 않은 느낌이 있었습니다. 제가 말을 하려 했지만 입술에서 말이 잦아들었습니다. 괴물은 미친 듯 앞뒤가 맞지 않는 자책을 늘어놓고 있었습니다. 폭풍처럼 휘몰아치는 괴물의 격정이 잠시 가라앉은 틈을 타 저는 용기를 쥐어짜 말을 걸었습니다. "당신의 회개는 이제 아무 쓸모가 없소. 이렇게 극단적으로 악마 같은 복수를 자행하기 전에 양심의 소리에 귀기울이고 쓰라린 가책에 유념했더라면, 프랑켄슈타인은 아직 살아 있었을 텐데."

"당신이 뭘 안다고 헛소리인가? 내가 그럼 고뇌와 자책을 전혀 몰랐다고 생각하는가? 이 사람은……" 괴물은 시신을 가리키며 말을 이었습니다. "범죄를 저지를 때마다 이 사람이 겪은 고통이 나보다 덜하면 덜했지 더하지는 않았다. 오! 잊히지 않는 범행의 과정 하나하나에서 그는 내가 겪어야 했던 고통의 만분의 일도 겪지 않았단 말이다. 끔찍한 이기심 때문에 도저히 멈출 수 없었으나, 내 심장에는 가책의 독이 퍼져 있었다. 클레르발의 신음이 내 귀에 음악 같았을 거라 생각하는가? 내 심장은 사랑과 연민을 느낄 수 있게 만들어졌다. 불행이 심장을 쥐어짜 죄악과 증오를 품게 만들었을 때, 당신이 상상도 할 수 없는 고문 같은 아픔 없이는 그 지독한 변화를 견뎌낼 수 없었다.

클레르발을 죽인 후, 나는 슬픔에 무너지고 철저히 피폐해진 심장을 안고 스위스로 돌아갔다. 프랑켄슈타인이 불쌍했다. 공포심에 가까운 연민을 느꼈다. 나 자신이 혐오스러웠다. 그러나 내 존재와 그에 수반되는 말할 수 없는 고통을 초래한 장본인이 감히 행복을 꿈꾸고 있다는 걸 알게 되었을 때, 내게는 비참과 절망을 쌓고 또 쌓아 안겨준 주제에 영영 금지된 감정과 열정을 누리려 한다는 걸 깨달았을 때, 무력한 질투와 쓰디쓴 분노가 나를 끔찍하게 허기진 복수심으로 가득 채우고 말았다. 내가 했던 협박을 기억해낸 나는 그대로 행해야겠다고 결심했다. 나 자신에게 치명적인 고문 행위를 자초하는 짓임을 알고 있었으나, 나 자신은 충동적 본능의 주인이 아니라 노예와 같아 혐오스러워하면서도 순순히 따르지 않을 도리가 없었다. 하지만 막상 그녀가 죽었을 때! ……아니, 그때 나는 비참하지 않았다. 감정은 모두 훨훨 떨쳐버리고 고뇌는 모두 억누르고 흘러넘치는 절망을 만끽했다. 그후로 악은 나의 선이 되었다. 여기까지 몰리자, 이젠 자발적으로 선택했던 요소에 내 본성을 적응시키는 수밖에 없었다. 악마적 계획의 완수가 도저히 충족되지 않는 열망이 되었다. 그리고 이제 끝이 났다. 저기 내 마지막 희생자가 있으니!"

처음에는 그가 표출하는 불행에 마음이 흔들렸습니다. 그러나 괴물의 달변과 설득력에 대해 프랑켄슈타인이 했던 이야기를 마음에 떠올리고 생명 없는 친구의 시신에 새삼 눈길을 돌리자, 내 안의 분노에 다시 불이 지펴졌습니다. "저주받은 괴물! 여기 와서 네놈이 초래한 참담한 상황 앞에 신세한탄을 하는 건 좋다. 한데 모여 있는 건물들에 횃불을 던지고 폐허 속에 앉아 타들어가는 도시를 보며 붕괴를 슬퍼하는 셈이지. 위선적인 악마! 네놈이 애도하는 그가 아직 살아 있다면 여전히 네놈은 그에게 저주받은 복수심을 퍼부을 테고, 결국 희생자로 삼을 테지. 네놈이 느끼는 감정은 연민이 아니다. 그저 악의의 희생자가 이제 네놈 손아귀에서 벗어났기 때문에 슬퍼하는 것이다."

"오, 그렇지 않아. 그게 아니야." 그 존재가 말을 끊더군요. "물론 내가 한 행동을 보면 그런 오해를 할 수도 있겠지. 그러나 내 불행에 공감해 주기를 바라지는 않는다. 어떤 공감도 내게는 있을 수 없으니까. 처음 공감을 구했을 때는 미덕에 대한 사랑에서, 내 온몸과 마음에서 흘러넘 치던 행복과 사랑의 감정에서, 동참하고 싶은 마음에서 그랬다. 그러나 이제, 그때의 미덕은 내게 그림자에 불과한 것이 되었고 행복과 애정은 쓰라리고 혐오스러운 절망으로 변해버렸으니, 이제 내가 무엇에 대한 공감을 구할까? 고통이 지속되더라도 혼자서 견뎌내는 데 나는 만족한 다. 죽는다 해도, 혐오와 불명예가 기억을 짓누르고 있다는 사실에 만 족한다. 한때는 미덕과 명성과 기쁨의 꿈이 내 상상을 달래주었다. 한 때는 이 외모를 용서하고 내가 풍기는 훌륭한 자질들을 사랑해줄 존재 들과 만나고 싶다는 헛된 희망을 품었다. 명예와 헌신이라는 고아한 생각에서 자양분을 얻었다. 그러나 이제 죄악으로 가장 미천한 짐승 보다 못한 존재로 전락했다. 어떤 범죄도, 어떤 악행도, 어떤 악의도, 어떤 불행도 내가 겪은 것에는 비할 수 없다. 내가 저지른 끔찍한 짓 들을 하나씩 돌이켜보면, 한때 숭고하고 투명한 미와 위풍당당한 선 의 비전으로 사고가 충만했던 존재라는 게 믿기지 않는다. 그러나 사 실이다. 타락한 천사가 사악한 악마가 되는 법이다. 하지만 심지어 신과 인간의 원수에게조차 외로움을 함께할 친구와 동료가 있다. 나 는 철저히 혼자다.

프랑켄슈타인을 친구라 부르는 당신은 내가 저지른 범행과 그의 불 행을 알고 있는 것 같군. 그러나 그가 아무리 상세한 이야기를 해주었 다 한들, 무력한 희망에 시들어가며 견뎌내야 했던 참담한 불행의 세월 을 차마 요약할 수는 없었겠지. 그의 희망을 파괴하긴 했으나, 나 자신의 욕망은 충족시킬 수가 없었다. 영원히 뜨겁게 달아오를 허기진 욕망이었다. 여전히 사랑과 우정을 갈구했지만 계속 거절당했다. 그런데 이것이 부당하지 않은가? 전 인류가 내게 죄를 지었는데, 나만 유일한 범죄자라는 멍에를 써야 하는가? 어째서 당신은 자기 친구를 경멸하며 문간에서 몰아낸 펠릭스를 미워하지 않는가? 어째서 자기 아이를 구해준 은인을 죽이려 했던 시골 사람을 비난하지 않는가? 아니, 이 사람들은 덕스럽고 흠 없는 존재들이겠지! 불행하고 버려진 내가 추물이니, 당연히 면박당하고 발길에 차이고 짓밟혀 마땅하겠지. 심지어 지금도 이런 불의를 생각하면 피가 끓어오른다.

하지만 내가 저주받은 괴물이라는 건 사실이다. 사랑스럽고 힘없는 이들을 무참히 죽였으니. 죄 없는 이들이 잠자는 사이에 그 목을 졸랐고, 나나 다른 살아 있는 존재를 한 번도 해한 적 없는 사람의 목덜미를 죽도록 그러쥐었다. 인간들 중에서도 사랑과 존경을 받아 마땅한 우수한 인물인 내 창조자를 불행으로 몰아넣었다. 심지어 결코 치유할 수 없는 파멸의 길로 그를 쫓았다. 저기 그가 누워 있군, 하얗고 차가운 몸으로 죽어서. 당신은 나를 미워하겠지. 그러나 그 증오는 나 스스로 느끼는 혐오감에는 차마 비길 수도 없다. 나는 그 일을 집행한 손을 본다. 그런 상상을 처음 품었던 심장을 생각한다. 그들이 내 눈길과 마주치고 그 행위가 내 생각을 온통 사로잡을 그 순간만을 갈망한다.

내가 미래에 악행의 도구가 될까 두려워하지 말라. 내 일은 거의 다 끝났으니까. 당신도 또 어떤 인간의 죽음도 내 존재를 완결짓고 해야 할 일을 끝내는 데 필요치 않다. 그저 내 죽음이 요구될 뿐이다. 이런 희생을 내가 지체할 거라고 생각하지도 말라. 나는 당신 배에서 내려 여기로 날 데려다준 얼음뗏목을 타고 지구의 최북단으로 떠날 것이다. 내 장례식을 위한 장작을 모아 화장용 더미를 쌓고 이 비참한 육신을 재가 되도록 태워서, 행여 나 같은 존재를 하나 더 창조하고자 하는 호기심 많고 불경한 인물이 보더라도 남은 유골이 아무런 도움이 되지 못하게 하겠다. 나는 죽을 것이다. 지금 나를 잠식하는 고통도 더이상 느끼지 못할 테고, 채울 수도 꺼뜨릴 수도 없는 정념의 먹이가 되지도 않을 것이다. 나를 존재하게 만든 이는 이미 죽었다. 그리고 내가 세상에서 사라지면 우리 두 사람의 기억도 금세 사라지겠지. 해도 별도 보지 못하고 뺨을 희롱하는 바람도 느끼지 못하겠지. 빛, 감정, 그리고 감각이 사라질 것이고, 이런 조건에서 나는 행복을 찾아야 한다. 몇 년 전, 이 세계가 담은 심상들이 처음 내게 열렸을 때, 여름의 명랑한 온기를 느끼고 바스락거리는 잎사귀와 지저귀는 새 소리를 들었을 때, 그리고 내게 이들이 전부였을 때는 죽기 싫어 흐느꼈을 텐데. 죽음은 이제 내게 남은 유일한 위로다. 범죄에 더럽혀지고 쓰디쓴 회한에 갈기갈기 찢긴 내가 죽음이 아니라면 어디서 휴식을 찾겠는가?

안녕히! 이제 난 당신을 떠난다. 그리고 당신은 내 눈이 보게 될 마지막 인간이 되겠지. 이제는 작별이다, 프랑켄슈타인! 아직 살아 있어 내게 복수심을 품고 있다면, 나를 죽이는 것보다는 살려두는 편이 오히려 나았을 테지. 하지만 그러지 못했다. 당신은 내가 더 큰 불행을 초래할까봐 두려워 나를 파멸시키려 했으니까. 하지만 혹시라도, 나로서는 알 수 없는 방식을 통해 당신이 아직 생각하고 느낄 수 있다면 나를 불행하게 만들고자 내 목숨을 원치는 않을 거다. 당신이 아무리 비참하게 무너졌다 한들, 내 괴로움이 당신보다 훨씬 크니까. 회한의 쓰라린 가

책은 죽음이 영원히 상처를 덮어버리지 않는 한 상처 속에서 끝없이 곪아갈 테니까."

"그러나 머지않아 나는 죽을 것이다." 그는 슬프고도 엄숙한 열정으로 부르짖었습니다. "그리고 지금 내가 느끼는 이 감정을 더이상 느끼지 않게 될 것이다. 곧 이 타오르는 아픔도 끝날 것이다. 의기양양하게 장작더미에 올라, 고문하는 불길의 고통 속에서 희열을 느끼리라. 그 화염이 잦아들면 나의 재는 바람에 휩쓸려 바다로 날아가리라. 내 영혼은 평화로이 잠들 것이고, 행여 영혼이 생각을 한다 해도 설마 이렇지야 않겠지. 이만 안녕히."

괴물은 이렇게 말하며 선실 창문에서 펄쩍 뛰어 배에 바짝 붙어 있던 얼음뗏목에 올랐습니다. 그리고 순식간에 세찬 파도에 떠밀려 어둠 속으로 아득히 사라져갔습니다.

프랑켄슈타인, 그 괴물의 무수한 얼굴들

독자 여러분에게 먼저 한 가지 사실을 언급하고 싶다. 이 소설을 제대로 감상하기 위해서는 여러분이 알고 있는 프랑켄슈타인의 얼굴을 지워야 한다는 사실을. 프랑켄슈타인은 단연코 세계에서 가장 유명한 괴물이다. 영화도 책도 본 적이 없는 사람이라 해도 그 이름을, 아니 그 유명한 이미지를 모르는 사람은 없다. 거대한 머리에 툭 튀어나온 이마, 스테이플러로 찍어 붙인 것 같은 이마의 섬뜩한 긴 흉터, 그리고 관자놀이에 비죽 튀어나온 나사못. 만화, 패러디, 심지어 핼러윈 분장에 이르기까지 이 프랑켄슈타인의 강렬한 시각적 이미지는 20세기 대중문화사에서 무한 재생산되었다. 이는 1931년 할리우드 흑백 공포 영화에 등장한 배우 보리스 칼로프의 얼굴이다(프랑켄슈타인 박사의 얼굴이 아니라 그가 창조한 '이름 없는' 괴물의 얼굴이기도 하다). 원작을 상당 부분 개작해 각색한 이 영화가 원작과 가장 다른 점은 괴물의 대사가 단 한 마디도 없다는 것이다. 19세기의 천재 여성 작가 메리 셸리와 그녀가 창조한 능변의 괴물에게 자신을 표현할 수 있는 '언어'는 곧 생명과도 같다. 그런데 너무나 유명해진 이 B급 영화배우의 얼굴은 오히려 원작을 그 강렬한 이미지로 뒤덮어 은폐하고, 풍부한 언어, 문학적 텍스트의 의미를 단순 환원하는 결과를 낳았으니, 아이러니하게도 그 또한 참 프랑켄슈타인의 괴물답다.

20세기 대중문화에서 프랑켄슈타인의 괴물이 그토록 무한히 재생산되며 엄청난 반향을 얻었던 것은, 뭐니뭐니해도 원자력과 핵, 생화학 무기를 비롯한 대량학살 무기, 인공지능 로봇의 개발 등 가히 인류의 멸절마저 초래할 수 있는 어마어마한 규모의 과학기술 발전에 대한 경계심이 그 어느 때보다도 팽배했기 때문이다. 나사못이 관자놀이에 박힌 섬뜩한 괴물의 이미지는 버섯구름만큼이나 20세기 인류의 의식을 파고들었고 만화, 영화, 과학소설 등으로 광범위하게 확산되었다. 아이작 아시모프의 『아이, 로봇』이라든가 카렐 차페크의 『R.U.R.』등 고전 과학소설은 물론, 잘 알려진 영화 〈블레이드 러너〉〈터미네이터〉 등 다양한 장르의 서사가 프랑켄슈타인의 이야기에서 그 원형을 찾았다. 불경한 기술을 빌려 창조주를 사칭함으로써 멸절의 위기를 자초하는 인류에 대한 경고를 일찌감치 원형적 서사로 풀어낸 메리 셸리는 분명 '과학소설의 어머니'라 불려도 손색이 없다.

그러나 『프랑켄슈타인 또는 현대의 프로메테우스』를 단순히 '과학소설'의 원형이라 평가한다면, 이는 마치 호메로스의 『오디세이아』를 여행기라고 부르는 것만큼 답답한 얘기가 된다. 우리가 피상적 이미지에

홀려 상세히 듣지 못했던 괴물의 이야기, 메리 셸리의 '언어'에 귀기울여 주목할 때, 이 풍요롭고 유동적인 텍스트를 읽어내는 길은 천 가지하고도 한 가지 이상 더 열리게 될 테니까. 그 유명한 프랑켄슈타인의 얼굴을 비롯해서 이 텍스트를 둘러싼 여러 통념과 환원적 시각들을 걷어내고 아무런 편향 없이, 텍스트의 결과 겹으로 짜인 '진짜' 프랑켄슈타인의 무수한 다른 얼굴들을 독자 여러분이 '읽어가면서' 직접 찾아내기를 바라는 마음으로 작품 이해의 단서가 될 만한 몇 가지 사실들을 짚어보고자 한다.

무엇보다 메리 셸리의 비범한 삶은 『프랑켄슈타인』을 읽을 때 가장 중요한 맥락이자 단초다. 소름 끼치는 괴담으로도, 형이상학적 은유로도, 심지어 현대의 신화로도 모자람이 없는, 열아홉 살 소녀의 이 경이로운 데뷔작은 탄생을 둘러싼 일화들부터가 극적이다못해 신화적이었다. 비록 10대의 어린 나이였으나 소설을 쓸 당시 메리 셸리의 삶은 이미 참담한 상실감, 지독한 지적 갈증, 당대 최고의 지성을 자연스럽게 호흡하는 환경, 모성애의 결핍, 격렬하고 낭만적인 열정, 지적인 야심, 심지어 출산과 사산의 경험까지 아우르고 있었으니 말이다.

메리 울스턴크래프트 셸리는 혈통부터가 진부함이라든가 인습과는 거리가 멀다. 아버지는 유명한 급진 정치사상가이자 유토피아 소설가인 윌리엄 고드윈이었다. 그리고 어머니는 최초의 여성주의 이론서인 『여성의 권리 옹호 *A Vindication of the Rights of Woman*』를 쓴 메리 울스턴크래프트였다. 당대 가장 이름난 반골 지식인이었던 두 사람은 열렬한 사랑에 빠져 4개월 만에 딸 메리를 임신했지만, 울스턴크래프트는 메리를 출산하고 나서 열하루 만에 산욕열로 유명을 달리했다. 필생의 사랑을 불과 13개월 만에 잃은 고드윈은 의붓딸 패니 임레이와 갓 태어난 메리의 양육을 혼자 떠맡아야 했다. 메리와 윌리엄은 돈독하고 특별한 정신적 유대를 과시하는 부녀였다. 그러나 그런 관계를 질시한 계모 때문에 교육의 기회를 박탈당한 메리는 아버지와 집안에 드나드는 지식인들의 환담으로 지적 허기를 채웠고, 아버지의 서재에서 수백 수천 권에 달하는 장서들을 혼자 무서운 속도로 독파하며 독학했다. 『프랑켄슈타인』에서 엘리자베트와 빅토르가 학교에 가지 않고 서로에게 지적자극을 주며 독서를 중심으로 자유분방하게 수학하는 모습이나, 괴물이 우연히 얻게 된 책들로 홀로 독학하는 묘사에는 이러한 메리 자신의 경험이 깔려 있다. 지적이고 도덕적인 인간을 길러내는 '교육'의 중요성은 『프랑켄슈타인』이 제기하는 중요한 화두이며 19세기 유럽을 휩쓴 계몽주의의 주요 관심사이기도 하다.

　'교육'과 함께 『프랑켄슈타인』에서 중요한 또하나의 화두는 바로 '가정'이다. 『프랑켄슈타인』에서는 공적 영역에서의 자기 실현이라는 야심과 사적 영역의 행복이라는 가치가 얼핏 양립 불가능한 대치 상태에 놓여 있는 것으로 보인다. 평화로운 가정의 삶은 사회적 은둔과 다를 바 없이 그려지기에 사회적 성공을 위해서는 가정을 탈출하지 않으면 안 되지만, 가정에 심리적인 닻을 내리지 않은 인간은 타락과 파멸을 면하기 힘들다는 딜레마 말이다. 메리 셸리의 작품 속에서 가정은 꾸준히 동경과 선망의 대상이자 깊은 불안과 결핍의 장으로 드러난다. 가족에 뿌리내리지 못한 동복언니, 자신을 질시하는 새어머니와 그녀가 데려온 아들딸, 까탈스러운 천재 아버지로 구성된 혼란스러운 확대가족

속에서 정서적 안정을 얻기란 쉬운 일이 아니었다. 돌아가신 어머니의 무덤가에 혼자 누워 책을 읽는 것을 가장 큰 낙으로 삼던 메리에게, 잠시 방문하게 된 스코틀랜드의 지인 윌리엄 백스터 가족의 아늑하고 안정된 행복은 마치 이상향처럼 다가왔다. 괴물로 인해 풍비박산되는 제네바 프랑켄슈타인 가족의 소박하고 애정 넘치는 삶은, 이 당시 백스터가에서 체류한 경험을 바탕으로 하고 있다. 그리고 동반자와 함께 소박한 가정의 행복을 맛보는 소망은, 괴물의 파괴성의 근간에 있는 근본적 결핍과 욕망을 규정한다.

평범하게 가정의 행복을 일굴 기회는 메리에게도 그리 쉽게 주어지지 않았다. 지적으로뿐만 아니라 감정적으로도 조숙했던 메리는 열일곱 살의 어린 나이에 아버지의 제자였던 촉망받는 젊은 시인 퍼시 비시 셸리와 함께 프랑스 파리로 사랑의 도피를 감행한다. 이 결합은 처음부터 무수한 불안 요소를 내포하고 있었다. 당시 셸리는 기혼자로서 아내는 그의 아이를 임신하고 있었으며, 메리는 그토록 사랑했던 아버지와 의절하다시피 했던 것이다. 게다가 두 사람의 첫딸은 사산아였다. 이러한 상황에서 『프랑켄슈타인』을 집필하기 시작했을 때, 메리는 2년째 셸리와 동거하면서 어린 아들을 낳았지만 여전히 고드윈이라는 처녀 시절 성을 갖고 있었다. 한창 집필 중이던 6개월 뒤에야 메리는 두 사람 모두가 흠모하던 청교도혁명의 주역 존 밀턴의 생가와 가까운 한 교회에서 퍼시 비시 셸리와 결혼식을 올리게 된다. 그러나 혼례를 치르기 불과 몇 주일 전, 남편의 전 부인 해리엇 셸리와 동복언니 패니 임레이가 자살하고 만다.

이런 배경을 지닌 젊은 여성이 만물과 만사에서 배후의 의미를 찾아내는 시선을 일찌감치 갖게 된 건 어찌 보면 당연한 일일 터이다. 이미 그녀의 삶에서 출산과 결혼은 죽음으로 얼룩졌고, 사랑과 증오, 행복과 불행, 삶과 죽음, 고통과 쾌락은 동전의 양면처럼 불가분의 체험이었다. 같은 사건이라도 경험의 주체에 따라 전혀 다른 체험이 가능하다는 사실을 깨닫고, 따라서 모든 이야기에는 이면이 있음도 날카롭게 의식하고 있었다. 안락한 가정을 동경하면서도 한 번도 가족에 정착하지 못했고, 보수적인 19세기 사회에서 전형적인 여성의 역할을 중시하면서도 비범한 지성과 작가로서의 야망 때문에 거기서 만족하지 못했으며, 그렇다고 전적으로 남성들의 세계에 투신할 수도 없었던 셸리에게 타자로서의 자아인식, 그리고 무소속의 불안감은 곧 삶의 조건이었다.

그래서인지 메리 셸리의『프랑켄슈타인』은 같은 이야기를 바라보는 겹겹의 다른 각도와 시선이 두드러진다. 그리하여『프랑켄슈타인』에서 주인공인 프랑켄슈타인 박사의 목소리는 거침없이 시사를 상악하지 못한다. 프랑켄슈타인의 언행을 바라보고 논평하고 액자처럼 에워싸는 목소리들이 늘 병존한다. 새빌 부인과의 관계를 통해 자신의 이야기를 표현하는 월턴 대장의 북극 원정과 엘리자베트 라벤차의 서한들, 월턴이 듣는 프랑켄슈타인의 이야기 속에서 또다시 괴물이 육성으로 자기 이야기를 할 수 있도록 허락한 파격적인 이중의 액자 형식은 프랑켄슈타인의 서사에 아이러니와 텍스트의 깊이를 더한다. 세상 누구와도 '다르다'는 이유로 절대 고독의 상태에 빠진 괴물의 고뇌는 그가 저지르는 살육 행위를 정당화해주지는 못하지만 적어도 납득시키기에 모자람이 없다. 괴물에게는 무수한 얼굴들이 있고, 어떤 얼굴은 참으로 슬프다. 그리고 그 슬픈 얼굴은 프랑켄슈타인 박사를 고결한 운명의 희생자로만 볼 수 없게 한다. 괴물의 감정과 그 감정을 표현해내는 수사학적 달변은 프랑켄슈타인과 인간 사회에 대한 날카로운 비판이 되어 돌아온다.

이렇게 보면 메리 셸리가 1831년 개정판을 내며 쓴 서문에서 이 소설을 "추악한 내 자식my hideous progeny"이라고 칭하며 다시 한번 세상에 나가 성공하라고 명한 대목이 참으로 의미심장하다. 소설의 제목은 '프랑켄슈타인'이지만, 메리 셸리의 마음속에서 이 소설은 오히려 괴물 그 자체를 연상시킨다는 뜻이니까. 서문에서 밝힌 것처럼, 1816년 바이런 경, 셸리, 그리고 바이런의 주치의였던 존 폴리도리 박사와 함께 지루한 우기의 밤을 흥미롭게 해줄 괴담을 하나씩 창작하기로 한 데서 『프랑켄슈타인』이 탄생하게 되었다. 1831년 개정판의 서문에서 메리 셸리는 당시 최고의 시인들과 경쟁해야 한다는 창작의 부담감을 토로한다. 그리고 대시인들이 '산문' 쓰는 일을 즐기지 않아 곧 포기했던 반면, 자신은 끝까지 매달려 독자의 피를 차갑게 굳게 만들 만한 섬뜩한 '이야기'를 찾아냈다고 말한다. 이 소설은 제네바의 자연 속에서 "하늘과 땅의 영광"을 찬미하던 바이런 경의 시와는 달리, '한밤중의 머리맡'에 출몰하는 악몽처럼 소름 끼치는 공포를 표현하고자 했다는 것이다. 말하자면 이 소설은 상상력의 적자가 아니라 시인들이 홀대한 산문으로 낳은 사생아다. 많은 평자들은, 프랑켄슈타인이 괴물을 창조하는 과정이 신에게 도전하는 과학자의 과도한 야망을 보여줄 뿐 아니라 작가나 예술가가 품는 창작의 불안을 투영하는 은유라고 보기도 한다. 그러고 보면 괴물을 창조한 '불경한 기예unhallowed art'에서 'art'라는 말이 기술과 예술 모두를 아울러 칭한다는 사실도 흥미롭다. 고드윈, 울스턴크래프트, 퍼시 비시 셸리, 그리고 바이런 경까지, 메리 셸리를 둘러싸고 있던 당대 최고의 문필가들, 혁명가들의 사상적 자취를 『프랑켄슈타인』에서 찾아내는 건 어려운 일이 아니다. 그러나 메리 셸리는 그들과 달리 창조성, 상상력, 지적 야망, 그리고 글쓰기를 사랑하면서도 한편으로 두려워하고 불신했다. 자신이 창조한 텍스트에 대한 작가의 이 애증 섞인 감정 역시 괴물의 또다른 얼굴이다.

괴물의 얼굴들은 읽는 이에 따라, 시대에 따라 무한히 달라진다. 그러나 한 가지만은 분명하다. 괴물의 얼굴들은 모두가 사람의 얼굴이라는 것. 퍼시 비시 셸리는 에세이 『『프랑켄슈타인』에 대하여 On Frankenstein』에서 이 소설의 가장 큰 장점은 "강력하고도 심오한 감정의 원천"이며, 모든 등장인물들과 상황은 "필연과 인간 본성이 낳은 자식들"이라고 말했다. 그 심오한 감정과 인간 본성으로 접근하는 길들이 이 소름 끼치게 무섭고도 불가항력적으로 매혹적인 텍스트, 그 괴물의 무수한 얼굴에 존재한다.

마지막으로 번역 원본으로 쓴 텍스트는 1818년의 초판임을 밝혀둔다. 얼마 전까지만 해도 메리 셸리가 대대적으로 개정한 1831년 판본을 연구와 번역의 원전으로 쓰는 일이 많았다. 그러나 1831년에 메리 셸리가 원래의 작품 구상과 심정적으로 거리를 두게 되었다는 주장이 제기되면서 최근에는 학계가 1818년 초판을 강력히 권장하고 있다.

김선형

1797년	8월 30일 런던에서 태어남. 아버지는 무정부주의의 선구자이자 급진 정치사상가인 윌리엄 고드윈이었고, 어머니는 최초의 여성주의 이론서 『여성의 권리 옹호』의 저자 메리 울스턴크래프트. 어머니 메리 울스턴크래프트는 출산 직후 산욕열로 사망함. 고드윈은 아내가 데리고 온 패니 임레이 고드윈과 갓난아기 메리를 혼자 돌보게 됨.
1801년	윌리엄 고드윈이 메리 제인 클레어몬트를 만나 재혼함. 계모는 아버지와 특별한 유대관계에 있던 메리를 질시해 사생활을 침범하기 일쑤였고, 자신의 딸 제인 클레어몬트는 기숙학교로 유학을 보내면서 메리는 방치함. 따라서 메리는 가정교사였던 루이자 존스에게서 글을 배우고 아버지의 서재에서 독학함.
1806년	8월 24일 거실 소파 밑에 숨어 낭만주의 시인 새뮤얼 테일러 콜리지가 낭독하는 「늙은 수부의 노래 *The Rime of the Ancient Mariner*」를 몰래 들음. 이 시는 『프랑켄슈타인 *Frankenstein*』(1818)과 『포크너 *Falkner*』(1837)에 큰 영향을 끼침. 이처럼 윌리엄 워즈워스, 찰스 램, 토머스 홀크로프트, 윌리엄 해즐릿 등 당대 최고의 사상가들이 나누는 대화를 어깨너머로 들으며 지적인 성장을 일구어감.
1808년	찰스 디브딘의 5연 노래 「마운시어 농통포 *Mounseer Nongtongpaw*」를 4행시 39연으로 개작해 고드윈 청소년 문고로 출간함. 이 판본이 엄청난 인기를 끌어 1830년 로버트

크루이크생크의 삽화를 곁들여 재출간됨. 계모와의 갈등이 고조됨.

1812년   스코틀랜드 던디의 윌리엄 백스터 가족을 방문해 체류함. 훗날 그녀의 소설에 중요하게 등장하는 끈끈하고 조화로운 가족애와 가정의 행복을 경험하게 됨. 11월에 집으로 돌아와 이튼과 옥스퍼드에서 수학한 고드윈의 새 청년 제자 퍼시 비시 셸리와 아내 해리엇 웨스트브룩 셸리를 처음으로 만남.

1814년   결혼생활에 환멸을 느끼던 퍼시 비시 셸리와 재회, 사랑에 빠짐. 메리는 퍼시에게서 천재 이상주의자를 보았고 퍼시는 메리의 미모와 당대 최고 사상가의 딸이라는 사실에 매력을 느낌. 그해 7월 28일 두 사람의 샤프롱 역할을 했던 계모의 딸 제인 클레어몬트를 대동하고 프랑스로 사랑의 도주를 감행. 이후 8년간 가난과 낭만으로 점철된 유랑생활이 이어짐.

1815년   조산한 첫딸이 생후 11일 만에 사망함. 어린 딸이 다시 살아나는 꿈을 꾸었다는 기록을 남김.

1816년   동복언니 패니 임레이와 남편의 전처 해리엇 셸리 자살. 아들 윌리엄 출산. 어린 나이에 '클레어'로 이름을 바꾼 제인 클레어몬트가 조지 고든 바이런 경과 짧은 사랑에 빠져 제네바 호수 근처의 샬레로 이주. 여기서 의사 존 윌리엄 폴리도리, 퍼시 비시 셸리와 절친한 사이가 된 바이런 경과 함께 지내면서 강렬한 지적 자극을 받음. 1818년 판본 서문에 따르면 이 당시 세 사람이 괴담을 하나씩 짓기로 약속했고, 그로 인해 『프랑켄슈타인』을 쓰게 되었다고 함.

1817년   『제네바 호수 일주 항해와 샤모니 빙하를 묘사하는 편지를 비롯해, 프랑스 일부 지역, 스위스, 독일, 네덜란드를 6주일 동안 여행한 기록*History of a Six Weeks' Tour through a Part of*

France, Switzerland, Germany, and Holland, with Letters Descriptive of a Sail Round the Lake of Geneva, and of the Glaciers of Chamounix』 출간. 일기와 패니에게 보낸 편지들을 편간한 이 책은 어머니 메리 울스턴크래프트의 『스웨덴, 노르웨이, 덴마크에서 잠시 머물며 쓴 편지들Letters Written during a Short Residence in Sweden, Norway, and Denmark』(1796)을 모델로 함. 셋째 딸 클라라 에버리나를 출산하지만 이듬해 사망.

1818년   『프랑켄슈타인 또는 현대의 프로메테우스Frankenstein: or, The Modern Prometheus』 출간. 퍼시 비시 셸리와의 사이가 소원해지기 시작함.

1819년   아들 윌리엄이 말라리아로 사망. 아들 퍼시 플로렌스 출산. 이 아들만이 유일하게 살아남아 장성함. 『마틸다Mathilda』 집필. 그러나 이 작품은 작가 사후에 공개됨.

1820년   퍼시 비시 셸리와 시극『페르세포네Proserpine』 공동 집필.

1822년   다섯번째 임신을 했으나 사산했고 산후 출혈로 목숨을 잃을 뻔함. 7월 8일 퍼시 비시 셸리 익사. 1819년 아들 윌리엄의 죽음 이후 메리는 심한 우울증에 시달려 퍼시와의 사이가 소원해졌으며, 개방 결혼을 주장했던 퍼시는 다른 여성들로부터 위로를 구하기 시작했음. 시간이 흐르면 관계가 좋아질 거라 믿었던 메리는 퍼시가 급사하자 심하게 자책함.

1823년   소설『발페르가Valperga』 출간. 아들 퍼시 플로렌스와 함께 영국으로 돌아옴. 퍼시 비시 셸리의 부친인 티모시 셸리 경이 손자의 학업을 후원했고 사후에는 영지와 작위를 물려줌.

1826년   퍼시 비시 셸리의 이상화된 초상이라 할 수 있는 소설『마지막 남자The Last Man』 출간. 향후 미국인 극작가 존 하워드 페인, 프랑스 소설가 프로스페르 메리메, 미국 작가 워싱턴

어빙 등이 구애했지만, 아들 퍼시 플로렌스와 아버지 윌리엄 고드윈을 돌보며 독신생활을 고수함.

1830년　소설 『퍼킨 워벡의 풍운*The Fortunes of Perkin Warbeck*』을 출간하지만 좋은 반응을 얻지 못함.

1831년　『프랑켄슈타인』을 개작해 출간.

1832년　『페르세포네』가 런던의 정기간행물 『겨울의 화환*The Winter's Wreath*』에 게재되어 공개됨.

1835년　소설 『로도어*Lodore*』 출간.

1836년　아버지 윌리엄 고드윈 사망.

1837년　소설 『포크너』 출간.

1844년　유작이 된 여행기 『1840년, 1842년, 1843년 독일과 이탈리아 유람*Rambles in Germany and Italy in 1840, 1842 and 1843*』 출간.

1829~1846년　중산층의 독학을 장려하고자 기획된 디어니시어스 라드너의 133권짜리 백과사전 『캐비닛 사이클로피디어*Cabinet Cyclopaedia*』(1829~1846)의 일환인 위인전 『문학과 과학 부문의 위인들*Lives of the Most Eminent Literary and Scientific Men*』 시리즈 중 3권에 달하는 '이탈리아, 스페인, 포르투갈 편'과 2권짜리 '프랑스 편'을 집필.

1848년　결국 메리를 죽음으로 몰아간 뇌종양 발병. 정확한 진단은 1850년에야 받게 되었지만 증세는 이미 이 당시 뚜렷해짐.

1851년　2월 1일, 53세의 나이로 런던에서 사망. 부모님과 함께 묻어 달라는 유언을 남김.

문학동네 세계문학전집 발간에 부쳐

세계문학은 국민문학 혹은 지역문학을 떠나 존재하는 문학이 아니지만 그것들의 총합도 아니다. 세계문학이라는 용어에는 그 나름의 언어와 전통을 갖고 있는 국민문학이나 지역문학의 존재를 인정하면서 그것을 넘어서는 문학의 보편적 질서에 대한 관념이 새겨져 있다. 그 용어를 처음 고안한 19세기 유럽인들은 유럽문학을 중심으로 그 질서를 구축했지만 풍부한 국민문학의 전통을 가지고 있는 현대의 문학 강국들은 나름의 방식으로 세계문학을 이해하면서 정전(正典)의 목록을 작성하고 또 수정한다.

한국에서도 세계문학 관념은 우리 사회와 문화의 변화 속에서 거듭 수정돼왔다. 어느 시기에는 제국 일본의 교양주의를 반영한 세계문학 관념이, 어느 시기에는 제3세계 민족주의에 동조한 세계문학 관념이 출현했고, 그러한 관념을 실천한 전집물이 출판됐다. 21세기 한국에 새로운 세계문학전집이 필요하다는 것은 명백하다. 우리의 지성과 감성의 기준에 부합하는 세계문학을 다시 구상할 때가 되었다.

문학동네 세계문학전집은 범세계적으로 통용되는 고전에 대한 상식을 존중하면서도 지난 반세기 동안 해외 주요 언어권에서 창작과 연구의 진전에 따라 일어난 정전의 변동을 고려하여 편성되었다. 그래서 불멸의 명작은 물론 동시대 세계의 중요한 정치·문화적 실천에 영감을 준 새로운 작품들을 두루 포함시켰다.

창립 이후 지금까지 한국문학 및 번역문학 출판에서 가장 전문적이고 생산적인 그룹을 대표해온 문학동네가 그간 축적한 문학 출판 경험을 바탕으로 새로운 세계문학전집을 펴낸다. 인류가 무지와 몽매의 어둠 속을 방황하면서도 끝내 길을 잃지 않은 것은 세계문학사의 하늘에 떠 있는 빛나는 별들이 길잡이가 되어주었기 때문이다. 우리가 자부심과 사명감 속에서 그리게 될 이 새로운 별자리가 독자들의 관심과 애정에 힘입어 우리 모두의 뿌듯한 자산이 되기를 소망한다.

문학동네 세계문학전집 편집위원
민은경, 박유하, 변현태, 송병선, 이재룡, 홍길표, 남진우, 황종연

세계문학전집 094

프랑켄슈타인

1판 1쇄 2012년 6월 18일
1판 32쇄 2024년 8월 25일

지은이 메리 셸리 | 옮긴이 김선형

책임편집 고우리 | 편집 이은현 오동규 | 독자모니터 유부만두
디자인 윤종윤 이주영 서설미 | 저작권 박지영 형소진 최은진 오서영
마케팅 정민호 서지화 한민아 이민경 안남영 왕지경 정경주 김수인 김혜원 김하연 김예진
브랜딩 함유지 함근아 박민재 김희숙 이송이 박다솔 조다현 정승민 배진성
제작 강신은 김동욱 이순호 | 제작처 영신사

펴낸곳 (주)문학동네 | 펴낸이 김소영
출판등록 1993년 10월 22일 제2003-000045호
주소 10881 경기도 파주시 회동길 210
전자우편 editor@munhak.com | 대표전화 031)955-8888 | 팩스 031)955-8855
문의전화 031)955-1927(마케팅), 031)955-1916(편집)
문학동네카페 http://cafe.naver.com/mhdn
인스타그램 @munhakdongne | 트위터 @munhakdongne
북클럽문학동네 http://bookclubmunhak.com

ISBN 978-89-546-1837-3 04840
    978-89-546-0901-2 (세트)

www.munhak.com

● 문학동네 세계문학전집은 계속 출간됩니다